Droemer Knaur

LEN DEIGHTON

GEKÖDERT

Roman

Aus dem Englischen von
Peter Hahlbrock

Droemer Knaur

CIP-Titelaufnahme der Deutschen Bibliothek

Deighton, Len:
Geködert: Roman / Len Deighton. –
München: Droemer Knaur, 1990
ISBN 3-426-19264-0

Umschlaggestaltung: Atelier Zero, München
Satzarbeiten: Compusatz GmbH, München
Druck und Bindearbeiten: Spiegel GmbH, Ulm
Printed in Germany
ISBN 3-426-19264-0

2 4 5 3 1

1

Wenn sie mich bitten, Präsident der Vereinigten Staaten zu werden, werde ich sagen: »Aber nicht in Washington, D. C.!« Ich hatte mich ohne elektrisches Licht mit eiskaltem Wasser rasiert und, während ich durch den ungeräumten Schnee stapfte und auf ein Taxi wartete, das nie kam, alle erforderlichen Papiere unterschrieben und mich von dem vorbeirauschenden Verkehr mit dem süßlich riechenden Matsch Washingtons bespritzen lassen.

Jetzt war es Nachmittag. Ich hatte zu Mittag gegessen und war etwas besserer Laune. Aber der Tag war noch lang, und diese Sache hatte ich mir bis zuletzt aufgehoben. Ich sah also dauernd zur Uhr hoch und aus dem Fenster auf den unaufhörlich aus den tief hängenden stahlgrauen Wolken fallenden Schnee und fragte mich, ob ich die Abendmaschine nach London rechtzeitig erreichen und ob die bei diesem Wetter überhaupt starten würde.

»Wenn das die gute Nachricht ist«, sagte Jim Prettyman mit lockerem amerikanischem Grinsen, »was ist dann die schlechte?« Er war dreiunddreißig Jahre alt (meinen amtlichen Informationen zufolge), ein schmächtiger, weißgesichtiger Londoner mit schütterem Haar und randloser Brille, der von der London School of Economics kam, als genialer Mathematiker galt und sich in den Fächern Buchhaltung, Politische Wissenschaften und Betriebswirtschaft qualifiziert hatte. Ich war immer sehr gut mit ihm ausgekommen, man kann sogar sagen, daß wir Freunde waren, aber er hatte nie verheimlicht, wie ehrgeizig – und ungeduldig – er war. Sobald ein schnellerer Bus vorbeikam, sprang Jim auf, so war er einfach. Ich sah ihn mir genau an. Bei ihm konnte ein Lächeln lange dauern.

Er wollte also nächsten Monat nicht nach London kommen und aussagen. Schön, das Department in London hatte nichts anderes erwartet. Jim Prettyman hatte nicht den Ruf, ein Mann zu sein, der einen Umweg machte, nur um der Londoner Zentrale gefällig zu sein – oder sonst irgend jemandem.
Ich sah noch einmal nach der Uhr und sagte nichts. Ich saß in einem großen beigefarbenen Ledersessel. In der Luft lag der wunderbare Geruch von neuem Leder, den sie in billige japanische Autos sprühen.
»Noch Kaffee, Bernie?« Er kratzte sich seitlich an seiner knochigen Nase, als dächte er an was anderes.
»Ja, bitte.« Scheußlicher Kaffee, sogar an meinen bescheidenen Ansprüchen gemessen. Aber ich nehme an, das Angebot sollte mir zeigen, daß er nicht versuchte, mich loszuwerden, und daß ich's annahm, war meine stümperhafte Art, mich von den Männern zu distanzieren, die mich mit der Botschaft, die ich ihm jetzt mitteilen würde, zu ihm geschickt hatten. »London könnte dich offiziell anfordern«, sagte ich. Ich versuchte, das in freundlichem Ton zu sagen, aber es klang wie eine Drohung, und es war ja wohl auch eine.
»Hat London gesagt, du sollst mir das sagen?« Seine Sekretärin schaute durch die halbgeöffnete Tür – offensichtlich hatte er einen versteckten Klingelknopf gedrückt –, und er sagte: »Noch zwei, Milch und Zucker.« Sie nickte und ging. Alles lakonisch und locker und sehr amerikanisch. Tatsächlich war ja auch James Prettyman – oder wie das Namensschild aus Kupfer auf Eiche auf seinem Schreibtisch verkündete: J. Prettyman – durch und durch amerikanisch. Er war so amerikanisch, wie es englische Einwanderer eben zu sein pflegen während der ersten ein, zwei Jahre nach Beantragung der Staatsbürgerschaft.
Ich hatte ihn genau beobachtet, um zu erkennen, was in ihm vorging, aber sein Gesichtsausdruck gab nicht den kleinsten Hinweis auf seine wirklichen Empfindungen. Er war ein zäher Bursche, das wußte ich schließlich schon lange. Meine Frau Fiona sagte, von mir abgesehen sei Prettyman der rücksichtsloseste Mann, den sie je getroffen habe. Das hinderte sie übrigens nicht, ihn gerade wegen dieser Rücksichtslosigkeit – und

einer Menge anderer Sachen – zu bewundern. Es gelang ihm sogar, sie für sein zeitraubendes Steckenpferd, das Entziffern mesopotamischer Keilschrifturkunden, zu begeistern. Die meisten von uns hatten lieber gelernt, ihn dieses Thema gar nicht erst zur Sprache bringen zu lassen. Kein Wunder jedenfalls, daß er zuletzt in der Code-Abteilung beschäftigt gewesen war.

»Ja«, antwortete ich, »das soll ich dir sagen.« Ich sah mir das Büro an, dessen Wände mit einem besonderen Kunststoff getäfelt waren, wie es anscheinend hiesige feuerpolizeiliche Vorschriften erforderlich machten. Ich entdeckte den streng dreinblickenden, in Gold gerahmten Präsidenten des Perimeter Security Guarantee Trust und den einem antiken Vorbild prätentiös nachgebauten Schreibtisch, in dessen Innerem ich ein Fach mit Getränken vermutete. Ein doppelter Whisky wäre mir angesichts des Wetters, das mich draußen erwartete, sehr willkommen gewesen.

»Ausgeschlossen! Sieh dir das Zeug da an!« Er wies auf einen Stapel von unbearbeiteten Akten und das Terminal, über das er Zugang zu den hundertfünfzig bedeutendsten Datenbanken hatte. Aus einem massiven Silberrahmen daneben sah uns noch ein weiterer Hinderungsgrund an: seine brandneue amerikanische Frau. Sie sah aus wie achtzehn, hatte aber einen Sohn auf der Harvard-Universität und zwei Exehemänner, nicht zu reden von ihrem Vater, der ein großes Tier im State Department gewesen war. Sie stand mit Jim und einer glänzenden Corvette vor einem großen Haus mit Kirschbäumen im Garten. Er grinste noch einmal. Ich verstand, weshalb man ihn in London nicht mochte. Er hatte keine Augenbrauen, und seine Augen waren so schmal, daß er, wenn er dieses superbreite, freudlose Lächeln aufsetzte, das seine weißen Zähne nur eben entblößte, aussah wie der Kommandant eines japanischen Kriegsgefangenenlagers, der sich beschwert, daß die Gefangenen sich nicht tief genug verbeugen.

»Du könntest das an einem Tag erledigen«, versuchte ich ihn zu überreden.

Er war darauf vorbereitet. »Einen Tag hin. Einen Tag zurück. Ich würde drei Arbeitstage verlieren, und, ehrlich gesagt, Ber-

nie, diese verfluchte Fliegerei macht mich jedesmal völlig groggy.«
»Ich dachte, du würdest bei der Gelegenheit vielleicht gern mal wieder die Familie besuchen«, sagte ich. Dann wartete ich, während die Sekretärin – groß, mit erstaunlich langen und spitzen roten Fingernägeln sowie einer Mähne silbrig blonder Locken – zwei Pappbecher mit Automatenkaffee hereinbrachte und diese behutsam auf dem riesigen Schreibtisch abstellte, dazu zwei leuchtend gelbe Papierservietten, zwei Päckchen Süßstoff, zwei Päckchen Kaffeesahneersatz und zwei Kaffeelöffelchen aus Kunststoff. Sie lächelte erst mich an, dann Jim.
»Danke, Charlene«, sagte er. Und griff sofort nach seinem Kaffee mit einer Miene, als freue er sich darauf. Nachdem er zwei Süßstofftabletten und den Weißmacher zugefügt und energisch umgerührt hatte, nahm er einen Schluck und sagte: »Meine Mutter ist letztes Jahr im August gestorben, und Papa ist nach Genf zu meiner Schwester gezogen.«
Danke schön, liebe Dokumentations- und Informationsabteilung, immer zur Stelle, wenn man dich braucht! Ich nickte. Seine englische Frau, von der er sich ruck, zuck in Mexiko hatte scheiden lassen, die Frau, die sich geweigert hatte, nach Washington zu ziehen, trotz des glänzenden Gehalts und der großen Kirschbäume im Garten, hatte er nicht erwähnt. Es schien mir auch besser, die Sache nicht weiter zu verfolgen. »Das tut mir aber leid, Jim.« Es tat mir wirklich leid. Seine Eltern hatten mich mehr als einmal, wenn ich's bitter nötig hatte, sonntags zum Mittagessen eingeladen und sich um meine beiden Kinder gekümmert, als das griechische Au-pair-Mädchen nach einem Streit mit meiner Frau einfach verschwunden war. Ich trank ein bißchen von dem übel schmeckenden Gebräu und fing noch einmal von vorne an. »Eine Menge Geld – vielleicht eine halbe Million – haben sie noch immer nicht aufspüren können. Irgend jemand muß doch was davon wissen. Eine halbe Million Pfund!«
»Na, ich weiß nichts davon.« Sein Mund wurde schmal.
»Nun komm schon, Jim. Niemand regt sich sonderlich auf deswegen. Das Geld ist irgendwo in der Hauptkasse. Jeder weiß

das, aber sie werden keinen Frieden geben, bis die Buchhalter es aufspüren und die Akten darüber schließen.«

»Warum du?«

Gute Frage. Die wahre Antwort war, daß ich neuerdings immer die Aufträge kriegte, die niemand anders haben wollte. »Ich hatte sowieso hier zu tun.«

»Damit haben sie also den Preis für ein Flugticket eingespart.« Er trank noch etwas Kaffee und wischte sich die Mundwinkel mit der leuchtend gelben Papierserviette ab. »Gott sei Dank, daß ich mit dieser elenden Pfennigfuchserei in London nichts mehr zu tun habe. Wie, zum Teufel, erträgst du das nur?« Er trank den Rest seines Kaffees. Ich nehme an, irgendwie schmeckte ihm das Zeug.

»Bietest du mir einen Job an?« fragte ich, ohne mit der Wimper zu zucken, ganz offen. Er runzelte die Stirn und schien für einen Augenblick verwirrt. Tatsächlich garantierte, seitdem vor ein paar Jahren meine Frau zu den Russen übergelaufen war, allein mein Vertrag mit der Londoner Zentrale meine Bona fides. Wenn sie dort auf meine Dienste verzichteten – ganz gleich, wie elegant sie mich loswurden –, konnte es sehr leicht passieren, daß ich mit meinem »unbefristeten« Visum für »unbeschränkte« Reisen in die USA nicht mehr bis dahin kam, wo mein Gepäck auf mich wartete. Natürlich hätte es sich eine wirklich mächtige, unabhängige Firma leisten können, eine offizielle Mißbilligung zu mißachten, aber mächtige, unabhängige Firmen wie diese freundlichen Leute, für die Jim arbeitete, waren gewöhnlich versessen darauf, die Regierung bei Laune zu halten.

»Wenn dieses Jahr nicht besser wird als das letzte, werden wir Leute entlassen müssen«, sagte er verlegen.

»Wie lange wird es dauern, bis ich hier ein Taxi kriege?«

»Ich meine, ob ich nun da in London antanze oder nicht, kann dir persönlich doch egal sein, oder?«

»Irgend jemand hat mir erzählt, daß manche Taxis bei diesem Wetter überhaupt nicht zum Flughafen hinausfahren.« Kriechen wollte ich jedenfalls nicht vor ihm, ganz gleich, wie dringlich London es machte.

»Wenn es für dich ist, brauchst du's nur zu sagen. Ich weiß, daß ich dir etwas schuldig bin, Bernie.« Da ich nicht antwortete, erhob er sich. Und wie durch ein Zauberwort gerufen, erschien die Sekretärin an der Tür, und er wies sie an, mir einen Wagen zu besorgen. »Mußt du noch irgendwo was abholen?«

»Direkt zum Flughafen«, sagte ich. Meine Hemden, Unterwäsche und Rasierutensilien steckten in der Ledertasche, zusammen mit den Fernschreiben, die mir die Botschaft mitten in der Nacht herübergeschickt hatte. Die hätte ich Jim zeigen sollen, aber geändert hätte das nichts. Er war entschlossen, der Londoner Zentrale zu beweisen, daß sie und ihre Probleme ihm scheißegal waren. Er wußte, daß er nichts zu befürchten hatte. Als er ihnen seine Absicht, in Washington zu arbeiten, eröffnete, hatten sie sein Leben in alle Einzelteile zerlegt und ihm eine Sicherheitsüberprüfung verpaßt, wie sie nicht einmal bei einer Aufnahme üblich ist. Nur wenn einer ausscheidet. Vor allem aus der Code-Abteilung.

Jim Saubermann Prettyman brauchte sich also keine Sorgen zu machen. Er war immer ein vorbildlicher Angestellter gewesen. Das war sein Modus operandi. Nicht einmal einen Bleistift oder ein Päckchen Büroklammern aus dem Büro hatten sie bei ihm zu Hause gefunden. Es ging das Gerücht, das mit der Untersuchung beauftragte Team von K-7 sei schließlich so frustriert gewesen, daß sie das handgeschriebene Kochbuch seiner Frau mitnahmen und es unter ultraviolettem Licht prüften. Aber Jims Exfrau war nicht der Typ, handschriftliche Kochrezeptsammlungen anzulegen, die Geschichte könnte also sehr wohl nur erfunden sein, um die Leute von K-7 lächerlich zu machen. Niemand mag sie. Und derartige blöde Geschichten wurden damals haufenweise erzählt. Meine Frau war gerade übergelaufen, und jeder war nervös.

»Du arbeitest doch mit Bret Rensselaer. Rede mal mit Bret. Der weiß, wo die Leichen verscharrt sind.«

»Bret ist nicht mehr bei uns«, erinnerte ich ihn. »Er wurde erschossen. In Berlin... schon vor einer Ewigkeit.«

»Richtig, hatte ich vergessen. Armer Bret, natürlich habe ich das damals gehört. Er hat mich zum ersten Mal hierhergeschickt, ich habe ihm eine Menge zu verdanken.«

»Weshalb sollte Bret Bescheid wissen?«
»Über den Schmiergeldfonds, den die Hauptkasse mit den Deutschen eingerichtet hat? Soll das ein Witz sein? Bret hat die ganze Sache doch gedeichselt. Er ernannte die Direktoren der Firma – alles Strohmänner natürlich – und stimmte alles ab mit den Leuten, die die Bank leiteten.«
»Das war Bret?«
»Die Bankdirektoren waren sämtlich seine Leute, und Bret gab ihnen Instruktionen.«
»Das ist mir neu.«
»Aber sicher. Es ist wirklich schade. Eine halbe Million Pfund hätte nicht verschüttgehen können, ohne daß Bret nicht mindestens geahnt hätte, in welcher Richtung danach zu suchen ist.« Jim Prettyman blickte zur Tür, in der wieder seine Sekretärin stand. Sie hatte anscheinend genickt oder sonst ein Zeichen gegeben, denn Jim sagte: »Der Wagen ist da. Ich meine, es eilt nicht, aber du kannst fahren, sobald du willst.«
»Hast du mit Bret zusammengearbeitet?«
»An dieser deutschen Sache? Ich habe die Bargeldüberweisungen abgezeichnet, wenn sonst niemand da war, der es hätte tun können. Aber alles, was ich tat, war höheren Orts schon abgesegnet. Bei den Sitzungen war ich nie anwesend. Die gingen immer hinter verschlossenen Türen vonstatten. Soll ich dir mal was sagen? Ich glaube, von diesen Sitzungen hat nicht eine bei uns im Gebäude stattgefunden. Alles, was ich gesehen habe, waren Kassenanweisungen mit autorisierten Unterschriften, von denen mir keine einzige bekannt war.« Er lachte. »Jeder Buchprüfer, der nur ein bißchen von seinem Job versteht, würde sofort merken, daß jede dieser verdammten Unterschriften von Bret Rensselaer selbst hätte sein können. Es gibt nicht einen handfesten Beweis dafür, daß dieser Ausschuß überhaupt existiert hat. Die ganze Sache hätte ein von Bret Rensselaer erfundenes Märchen sein können.«
Ich nickte, als ob ich verstanden hätte, aber als ich meine Tasche ergriff und den Mantel anzog, den mir die Sekretärin reichte, muß ich verwirrt ausgesehen haben.
Jim begleitete mich zur Tür und durch das Vorzimmer. Die

Hand auf meine Schulter gelegt, sagte er: »Schon gut, Bernie. Bret hat die Sache nicht fingiert. Ich wollte damit nur sagen, wie geheim sie war. Aber wenn du mit den anderen darüber redest, vergiß nie, daß die alle seine Kumpel waren. Falls einer von denen sich aus der Kasse bedient hat, wird Bret ihn gedeckt haben. Sei vernünftig, Bernie. So was kommt vor. Nicht oft, das gebe ich zu, aber gelegentlich. So ist die Welt nun mal.«
Jim begleitete mich zum Fahrstuhl und drückte die Knöpfe für mich, wie Amerikaner das tun, wenn sie sichergehen wollen, daß man das Haus verläßt. Er sagte, wir müßten uns mal wieder treffen, zusammen essen gehen und von der guten alten Zeit plaudern, die wir miteinander erlebt hätten. Ich sagte, ja, unbedingt und danke und also dann, aber der Aufzug kam noch immer nicht.
Jim drückte noch einmal auf den Knopf und lächelte ein schiefes kleines Lächeln. Er straffte sich. »Bernie«, sagte er plötzlich und sah sich um, den Korridor entlang, ob da auch niemand sei, der ihn hören könnte.
»Ja, Jim?«
Er sah sich noch einmal um. Jim war immer ein sehr vorsichtiger Bursche gewesen. Deshalb war er ja auch so gut vorwärtsgekommen. Deshalb, unter anderem. »Diese Geschichte da in London...«
Wieder hielt er inne. Einen schrecklichen Augenblick lang war ich überzeugt, daß er gleich zugeben würde, das fehlende Geld eingesteckt zu haben, um mich dann anzuflehen, ihn zu decken, um unserer alten Freundschaft willen. Oder irgend etwas in der Art. Das hätte mich in eine verdammt schwierige Lage gebracht, und bei dem Gedanken allein drehte sich mir schon der Magen um. Aber die Sorge hätte ich mir sparen können. Jim war nicht der Typ, der irgend jemanden um Hilfe anflehte.
»Ich komme nicht. Sag ihnen das in London. Sie können machen, was sie wollen, aber ich werde nicht kommen.« Er schien aufgeregt.
»Okay, Jim«, sagte ich. »Ich werde es ihnen sagen.«
»Ich würde London gerne einmal wiedersehen. Manchmal habe ich direkt Heimweh... Wir haben doch schöne Zeiten miteinander gehabt, nicht wahr, Bernie?«

»Allerdings«, sagte ich. Jim war immer ein ziemlich kalter Fisch gewesen. Dieser Gefühlsausbruch überraschte mich.
»Weißt du noch, wie Fiona den Fisch briet, den wir gefangen hatten, und das Öl verschüttete und die Küche in Brand setzte? Da hast du echt die Nerven verloren.«
»Sie hat behauptet, du wärst daran schuld gewesen.«
Er lächelte. Er schien ehrlich erheitert. Das war der Jim, den ich kannte. »Ich habe nie jemanden so schnell reagieren sehen. Fiona wurde wirklich mit allem fertig.« Er zögerte. »Bis sie dir begegnete. Ach ja, schöne Zeiten waren das, Bernie.«
»Allerdings.«
Ich dachte, daß er nun doch noch weich wurde, und er muß es mir angesehen haben, denn er sagte: »Aber in diese lausige Untersuchung lasse ich mich nicht reinziehen. Die suchen doch nur jemanden, dem sie die Schuld geben können, das weißt du doch, nicht wahr?«
Ich schwieg.
Jim fuhr fort: »Warum haben sie ausgerechnet dich mit dieser Frage geschickt...? Weil du selbst in die Mangel genommen wirst, wenn ich nicht komme.«
Ich ging darauf nicht ein. »Wäre es nicht besser, wenn du rüberfliegst und ihnen sagst, was du weißt?« schlug ich vor.
Der Vorschlag beruhigte ihn nicht gerade. »Ich weiß überhaupt nichts«, sagte er mit erhobener Stimme. »Mein Gott, Bernie, wie kannst du nur so blind sein? Das Department will doch mit dir abrechnen.«
»Abrechnen? Wofür?«
»Für das, was deine Frau gemacht hat.«
»Das ist unlogisch.«
»Rache ist nie logisch. Laß dir's gesagt sein. Die werden dich drankriegen. So oder so. Selbst wenn einer seinen Abschied nimmt – wie ich's gemacht habe –, macht sie das wütend. Für sie ist das Verrat. Wer einmal beim Department angefangen hat, bleibt für immer drin, so sehen die das.«
»Wie in der Ehe«, sagte ich.
»Bis daß der Tod euch scheidet«, sagte Jim. »Genau. Und die werden dich kriegen, durch deine Frau. Oder vielleicht durch deinen Vater. Warte nur ab.«

Der Aufzug kam endlich, und ich betrat die Kabine. Ich dachte, er wollte mitfahren. Hätte ich gewußt, daß er das nicht vorhatte, dann hätte ich ihm die Anspielung auf meinen Vater nicht ohne Rückfrage durchgehen lassen. Er setzte einen Fuß in die Kabine und drückte innen den Knopf zum Erdgeschoß. Aber da war es schon zu spät. »Gib dem Fahrer kein Trinkgeld«, sagte Jim noch lächelnd, während sich die Türen schlossen. Das letzte, was ich von ihm sah, war dieses Cheshire-Katzen-Lächeln. Ich sollte es lange nicht vergessen.
Als ich auf die Straße hinaustrat, lag der Schnee noch höher, und die Luft war voller dicker Flocken, die herumtrudelten wie Flugsamen mit Motorschaden.
»Wo ist Ihr Gepäck?« fragte der Fahrer. Er stieg aus dem Wagen und schüttete den Rest seines Kaffees in den Schnee, wo ein brauner Krater mit aufgeworfenem Rand entstand, der wie der Vesuv dampfte. Auf eine Fahrt zum Flughafen an einem Freitag nachmittag war er nicht gerade scharf, und man brauchte kein Psychologe zu sein, um zu entziffern, daß ihm genau das im Gesicht geschrieben stand.
»Das ist alles«, sagte ich.
»Sie reisen mit leichtem Gepäck, Mister.« Er machte mir die Tür auf, und ich stieg ein. Der Wagen war warm, vermutlich kehrte der Fahrer eben von irgendeinem Einsatz zurück und hatte erwartet, nach Hause geschickt zu werden. Jetzt war er schlechter Laune.
Der Verkehr floß zäh, selbst für Washington an einem Freitag nachmittag. Ich dachte an Jim, während wir zum Flughafen hinaus krochen. Ich nehme an, er wollte mich loswerden. Weshalb hätte er sonst diese lächerliche Geschichte über Bret Rensselaer erzählt? Die Idee, daß Bret in irgendeinen Finanzschwindel zu Lasten der Regierung verwickelt gewesen sei, war so hirnverbrannt, daß ich sie überhaupt nicht ernsthaft in Betracht zog. Vielleicht hätte ich es tun sollen.

Das Flugzeug war halb leer. Nach einem Tag wie diesem hatten die meisten Leute die Nase voll, auch ohne die Aussicht auf den liebevoll aufmerksamen Service irgendeiner Luftfahrtgesellschaft und womöglich – oder nein, zu dieser Jahreszeit wahrscheinlich – auf eine Umleitung des Fluges nach Manchester. Aber wenigstens hatte ich in der halbleeren Kabine erster Klasse Platz für meine Beine. Das angebotene Glas Champagner nahm ich so begeistert an, daß die Stewardeß mir schließlich die ganze Flasche überließ.

Ich las die Speisekarte für das Dinner und versuchte, nicht an Jim Prettyman zu denken. Ich hatte ihm nicht hart genug zugesetzt. Der unerwartete Anruf von Morgan, dem persönlichen Assistenten des D. G., hatte mich geärgert. Ich hatte an diesem Nachmittag einen Ladenbummel vor. Weihnachten war vorbei und der Winterschlußverkauf in vollem Gange. In einem Schaufenster hatte ich einen großen Modellhubschrauber entdeckt, über den mein Sohn Billy bestimmt ausgeflippt wäre. London gab mir ständig neue Aufträge, die nichts mit mir oder den Sachen, die ich gerade bearbeitete, zu tun hatten. Ich hatte den Verdacht, daß sie diesmal mich geschickt hatten, nicht weil ich sowieso nach Washington mußte, sondern weil man in London wußte, daß Jim ein alter Freund von mir war und sich eher von mir als von sonst jemandem aus dem Department überreden lassen würde. Am Nachmittag war es mir noch ganz recht gewesen, daß Jim sich weigerte, und ich hatte mich richtig darauf gefreut, dem blöden Morgan das zu bestellen. Jetzt, da es zu spät war, dachte ich anders darüber. Vielleicht hätte ich sein Angebot, die Reise mir zuliebe zu machen, doch annehmen sollen.

Ich dachte an Jims Warnungen. Er war nicht der einzige, der überzeugt war, daß das Department mich dafür verantwortlich machte, daß meine Frau übergelaufen war. Aber die Idee, daß sie deshalb versuchen könnten, mir eine Unterschlagung anzuhängen, war neu. Damit würden sie mich natürlich ein für allemal erledigen. Mit so einem Ausrutscher in meiner Biographie würde mich nie wieder jemand beschäftigen. Ein ekliger Gedanke. Und was sollte diese Bemerkung am Schluß, daß sie mich durch meinen Vater kriegen könnten? Mein Vater arbeitete nicht mehr für das Department. Mein Vater war tot.

Ich trank noch ein Glas Champagner – Schaumwein kann man

wegkippen, wenn man ihn warm werden läßt – und leerte die Flasche, ehe ich die Augen schloß und versuchte, mir in Erinnerung zu rufen, was genau Jim gesagt hatte. Dabei muß ich eingeschlafen sein. Ich war müde. Wirklich müde.

Ich erwachte, als mich jemand rüttelte und schüttelte und fragte: »Möchten Sie Frühstück, Sir?«

»Ich habe kein Dinner gehabt«, sagte ich.

»Wir haben die Anweisung, schlafende Gäste nicht zu wecken, Sir«, sagte die Stewardeß.

»Frühstück?«

»In ungefähr fünfundvierzig Minuten landen wir in Heathrow.«

Es war ein Airline-Frühstück: ausgedörrter, verschrumpelter Bacon, ein Kunststoffei mit einem kleinen, schlappen Brötchen und kalorienarmer Milchersatz zum Kaffee. Selbst wenn ich am Verhungern gewesen wäre, das Angebot war leicht auszuschlagen. Das Dinner, das ich verschlafen hatte, war höchstwahrscheinlich nicht besser gewesen, und wenigstens schien mir die Umleitung in das sonnige Manchester diesmal erspart zu bleiben. Das letzte Mal, daß man uns gegen unseren Willen in Manchester abgesetzt hatte, war mir noch lebhaft in Erinnerung. Die leitenden Angestellten der Luftfahrtgesellschaft hatten sich auf den Toiletten versteckt, bis die wütenden, ungewaschenen, unbewirteten Fluggäste in einen ungeheizten Zug geschleust worden waren.

Diesmal landete ich also planmäßig in London. An der Sperre wartete meine Gloria auf mich. Sie holte mich immer vom Flughafen ab, und es gibt keine größere Liebe als die, welche einen Menschen bewegt, freiwillig nach Heathrow hinaus zu fahren.

Sie sah strahlend aus, stand auf den Zehenspitzen und winkte wie eine Wilde. In der Reihe der müden, wie Betrunkene auf das Absperrgitter der Ankunftshalle Nummer drei gelehnten Freunde und Verwandten anderer Ankömmlinge aus Übersee wirkte sie mit ihrem langen, naturblonden Haar und dem auf Taille geschnittenen braunen Wildledermantel mit dem großen Pelzkragen wie ein Leuchtfeuer. Und wenn sie auch ein bißchen zu auffällig mit ihrer Gucci-Handtasche wedelte und sogar zur

Frühstückszeit im Winter diese auffällige Sonnenbrille tragen mußte – ein paar Zugeständnisse konnte man schon machen. Schließlich war sie nur halb so alt wie ich.
»Der Wagen ist draußen«, flüsterte sie, als sie mich aus der festen Umarmung wieder entließ.
»Längst abgeschleppt inzwischen.«
»Sei nicht so miesepetrig. Er wird dasein.«
Und natürlich war er da. Und der von den Meteorologen angekündigte Schnee war nicht da. Der Süden Englands lag in der goldenen Morgensonne, die fast unverschleiert am blauen Himmel stand. Verdammt kalt war es allerdings. Die Meteorologen behaupteten, es sei der kälteste Januar seit 1940, aber wer glaubt denen schon?
»Du wirst das Haus nicht wiedererkennen«, prahlte sie, während sie den gelben, verbeulten Mini stadteinwärts lenkte und dabei die Geschwindigkeitsbegrenzung mißachtete, wütende Taxifahrer schnitt und schläfrige Busfahrer anhupte.
»Na, viel kannst du in einer Woche ja nicht gemacht haben.«
Gloria lachte. »Warte nur ab.«
»Erzähl's mir lieber gleich«, sagte ich mit schlecht verhohlener Besorgnis. »Du hast doch hoffentlich nicht die Gartenmauer abgerissen? Die Rosenbeete nebenan ...«
»Warte nur ab, du wirst es ja sehen.«
Sie nahm die Hand vom Steuer, um mir einen Faustschlag gegen das Bein zu versetzen, so als wollte sie sich davon überzeugen, daß ich wirklich aus Fleisch und Blut war. Ahnte sie überhaupt, daß ich den Auszug aus dem Haus in Marylebone mit ziemlich gemischten Gefühlen betrachtete? Nicht nur, weil es praktisch und zentral gelegen war, sondern auch, weil es das erste Haus war, das ich je gekauft hatte, wenn auch mit Hilfe einer noch immer nicht ganz abgetragenen Hypothek, die die Bank nur gewährt hatte, weil mein begüterter Schwiegervater ein gutes Wort für mich eingelegt hatte. Na ja, auf immer verloren war das Haus in der Duke Street nicht. Ich hatte es an amerikanische Junggesellen vermietet, die in der City arbeiteten. Bankangestellte. Sie bezahlten eine sehr anständige Miete, die nicht nur die Hypothek weiter abtragen half, sondern mir auch gestattete, ein

Haus in einem Vorort zu nehmen, und darüber hinaus einen kleinen Teil der Kosten deckte, die mir meine beiden mutterlosen Kinder verursachten.

Gloria war seit dem Umzug in das neue Haus in ihrem Element. Für sie war das ziemlich schäbige Reihenhaus mit dem abbröckelnden Putz, dem Schrumpfvorgarten und einem Seiteneingang, den man als Stellplatz für einen Wagen betoniert hatte, eine Gelegenheit, mir zu beweisen, wie unentbehrlich sie für mich war. Ein neuer Schauplatz, von dem sie hoffte, den Schatten meiner Frau Fiona fernzuhalten. Balaklava Road Nr. 13 sollte unser heimeliges Nest werden, der Ort, an dem wir von nun an glücklich miteinander leben würden wie die Paare am Ende der Märchen, die sie vor noch gar nicht so langer Zeit gelesen hat.

Verstehen Sie mich nicht falsch. Ich liebte sie. Verzweifelt. Wenn ich unterwegs war, zählte ich die Tage – manchmal die Stunden –, bis wir uns wiedersahen. Aber trotzdem war mir bewußt, daß wir eigentlich nicht zusammenpaßten. Sie war noch ein halbes Kind. Ehe sie mir begegnete, war sie mit Schuljungen ausgegangen, Jungen, die ihr bei den Mathematikaufgaben halfen und sie unregelmäßige Verben abfragten. Irgendwann würde sie plötzlich merken, daß da draußen die große, weite Welt auf sie wartete. Und wenn das passierte, war ich vielleicht inzwischen von ihr abhängig geworden. Aber was sage ich? Ich war jetzt schon abhängig von ihr.

»Ist alles gut gelaufen?«

»Alles in Ordnung«, sagte ich.

»Irgend jemand von der Zentralen Finanzierungsstelle hat dir eine Notiz auf den Schreibtisch gelegt... nicht nur eine, ein halbes Dutzend. Hat alles mit einem gewissen Prettyman zu tun.«

»Sonst irgendwas?«

»Nein. Es war sehr ruhig im Büro. Ungewöhnlich ruhig. Wer ist dieser Prettyman?«

»Ein Freund von mir. Sie wollen, daß er aussagt... Es geht um irgendwelches Geld, das spurlos verschwunden zu sein scheint.«

»Und er hat's geklaut?« Das interessierte sie offensichtlich.

»Jim? Nein. Wenn Jim mal an die Kasse geht, dann nimmt er sich zehn Millionen, wenn nicht mehr.«

»Ich dachte, er wäre dein Freund«, sagte sie vorwurfsvoll.

»War nur 'n Scherz.«

»Also, wer hat das Geld gestohlen?«

»Niemand hat irgendwas gestohlen. Die Buchhaltung hat einfach wieder mal geschlampt.«

»Wirklich?«

»Du weißt doch, wie lange die Zahlstelle schon braucht, um eine Spesenabrechnung zu bearbeiten. Hast du die Anfragen gesehen, die sie zu meiner letzten Monatsabrechnung hatten?«

»Das sind nur deine Spesen, mein Lieber. Manche Leute kriegen sie innerhalb einer Woche abgezeichnet und ausbezahlt.«

Ich lächelte. Ich war froh, das Thema wechseln zu können. Prettymans Warnungen hatten eine dumpfe Angst zurückgelassen. Sie lag mir im Magen wie ein Stein.

In Rekordzeit hatten wir die Balaklava Road erreicht. Die Straße war gesäumt von kleinen viktorianischen Häusern mit großen Erkerfenstern. Hier und da fiel eine Fassade in geschmackvollem Pastellton auf. Es war Sonnabend. Trotz der frühen Stunde sah man schon Hausfrauen unter der Last ihrer Panikkäufe heimwärts wanken und Ehemänner die Familienautos wienern. Alle stellten jenen manischen Eifer und jene verbissene Energie zur Schau, die die Briten nur für ihre Hobbys aufwenden.

Der Nachbar, der die andere Hälfte unseres Zweifamilienhauses bewohnte – ein Versicherungsvertreter und leidenschaftlicher Gärtner –, pflanzte gerade seinen Weihnachtsbaum in den hartgefrorenen Boden seines Vorgartens. Die Mühe hätte er sich sparen können, die wachsen nie an. Er winkte uns mit der Schaufel zu, als wir in die schmale Einfahrt einbogen. Der Stellplatz war so eng, daß man kaum aus dem Wagen kam.

Gloria öffnete die frisch gestrichene Haustür mit stolzem Schwung. Der Flur war frisch tapeziert – große senfgelbe Blumen an kringeligen Stengeln –, und ein neuer Teppich lag auch da. Ich bewunderte alles gebührend. Auf dem Küchentisch stand ein Schlüsselblumenstrauß, gedeckt war er mit unserem besten Porzellan. Kristallgläser standen für den Orangensaft bereit, und

geräucherter Bacon lag neben vier braunen Eiern am Herd parat, auf dem eine neue Teflonpfanne stand.
Ich ging mit ihr durch das ganze Haus und bewunderte alles, wie es meine verdammte Pflicht und Schuldigkeit war. Die neuen Vorhänge waren wunderbar. Und wenn die dreiteilige braune Ledergarnitur ein bißchen niedrig war, so daß man Mühe hatte, sich daraus zu erheben – was machte das schon? Schließlich hatten wir ja eine Fernbedienung für den Fernseher. Doch als wir in die Küche zurückkamen und mir bald der Duft von gutem Kaffee und brutzelndem Speck in die Nase stieg, wußte ich, daß sie mir noch was anderes zu erzählen hatte. Es betraf offensichtlich nicht das Haus. Ich nahm an, daß es nicht sonderlich wichtig war. Aber da irrte ich mich.
»Ich habe gekündigt«, sagte sie, am Herd stehend, über die Schulter. Das Department zu verlassen, damit hatte sie schon unzählige Male gedroht. Bisher hatte sie aber ihren Zorn und ihre Enttäuschung jedesmal nur an mir ausgelassen. »Sie haben mir versprochen, mich nach Cambridge zu schicken. Versprochen haben sie's mir!« Allein der Gedanke daran machte sie wütend. Sie sah von der Bratpfanne hoch und drohte mir mit der Gabel, ehe sie den Speck mit ihr aufspießte.
»Und jetzt wollen sie nicht mehr? Haben sie das gesagt?«
»Ich werde mein Studium selbst finanzieren. Wenn ich sparsam bin, schaffe ich's«, sagte sie. »Im Juni werde ich dreiundzwanzig. Ich werde mir jetzt schon vorkommen wie eine Oma, wenn ich mit diesen achtzehnjährigen Schulkindern im Hörsaal sitze.«
»Was haben sie gesagt?«
»Morgan hat mich in der vergangenen Woche auf dem Gang angesprochen. Fragte mich, wie mir die Arbeit gefällt. Und was ist mit meinem Studienplatz in Cambridge? sagte ich. Er hatte nicht den Mumm, mir's geradeheraus zu sagen. Er sagte, es wäre kein Geld dafür da. Das Aas. Aber dafür, daß Morgan an Konferenzen in Australien teilnimmt und an diesem verdammten Symposium in Toronto, dafür ist natürlich Geld da. Für die Vergnügungsreisen der Herren Chefs immer!«
Ich nickte. Ich selbst würde zwar nicht unbedingt nach Australien oder Toronto zum Vergnügen reisen, aber Morgan hatte vielleicht seine Gründe. »Sag bloß, du hast ihm das gesagt?«

»Und ob. Dem hab' ich's gegeben. Wir standen gerade vor dem Büro des Deputy. Wahrscheinlich hat er jedes Wort gehört. Ich hoffe es.«

»Du hast Haare auf den Zähnen, was?«

Knurrend knallte sie die Teller auf den Tisch, konnte sich dann aber das Lachen doch nicht verkneifen. »Na und wie, von der Seite kennst du mich nur noch nicht.«

»Sag doch nicht so was, Liebling!«

»Du behandelst mich wie ein blödes Kind, Bernard. Ich bin kein Idiot.« Ich sagte nichts. Der Toast flog klappernd aus dem Toaster. Gloria rettete beide Scheiben, ehe sie in den Ausguß hüpften, und legte sie neben die Eier mit Bacon auf meinem Teller. Als ich dann zu essen begann, setzte sic sich mir gegenüber, das Gesicht in die Hände, die Ellbogen auf die Tischplatte gestützt, und betrachtete mich aufmerksam, als wäre ich ein Tier im Zoo. Ich gewöhnte mich jetzt langsam daran, aber nervös machte mich diese Aufmerksamkeit noch immer. Manchmal begegnete ich ihrem neugierigen Blick, wenn ich aus einem Buch aufsah oder den Telefonhörer auflegte.

»Wann, hast du gesagt, kommen die Kinder nach Hause?« fragte ich.

»Du hast doch nichts dagegen, daß sie zu dem Handarbeitsmarkt gegangen sind?«

»Ich weiß nicht, was ein Handarbeitsmarkt ist«, sagte ich, und es stimmte sogar.

»Er ist im Gemeindesaal an der Sebastopol Road. Die Leute backen Kuchen, legen Gurken ein, stricken Teewärmer und stiften Weihnachtsgeschenke, die sie nicht brauchen können. Es ist ein Wohltätigkeitsbasar.«

»Und warum sollten Billy und Sally dahin wollen?«

»Ich wußte, daß du dich ärgerst.«

»Ich ärgere mich nicht, aber weshalb sollte sie so was interessieren?«

»Spielzeug gibt's da auch. Genaugenommen ist es ein Trödelmarkt, aber der Frauenbund nennt die Veranstaltung eben den Neujahrshandarbeitsmarkt. Klingt einfach besser. Ich wußte, daß du keine Geschenke mitbringen würdest.«

»Ich hab's versucht. Ich wollte, wirklich.«
»Ich weiß, Liebster. Die Geschenke waren auch nicht der Grund, weshalb die Kinder hiersein wollten, wenn du kommst. Aber ich habe sie überredet hinzugehen. Es ist gut für sie, mit Kindern zusammenzusein. Ein Schulwechsel in diesem Alter ist nicht leicht. In London hatten sie viele Freunde; jetzt müssen sie sich hier neue suchen. Es ist nicht leicht, Bernie.« Eine beachtliche Rede. Vielleicht hatte sie die vorbereitet.
»Ich weiß.« Ich malte mir immer noch mit Schrecken aus, wie es sein würde, wenn sie ab Oktober – oder wann immer das akademische Jahr an solchen Orten anfing – in Cambridge studierte. Was sollte ich dann in diesem elenden Haus in einer Gegend, wo ich keine Menschenseele kannte? Und was sollte aus den Kindern werden?
Sie hatte offenbar meine Gedanken gelesen. »Ich komme an jedem Wochenende nach Hause«, versprach sie.
»Du weißt, daß das unmöglich ist«, sagte ich. »Du wirst verdammt hart arbeiten müssen. Ich kenn' dich doch. Du wirst alles besser machen wollen, als es jemals von irgend jemand anderem gemacht worden ist.«
»Es wird schon gehen, Liebster«, sagte sie. »Wenn wir es beide wollen, wird alles gutgehen, du wirst schon sehen.«
Muffin, unsere lebenserfahrene Katze, kam und klopfte ans Fenster. Muffin schien das einzige Mitglied der Familie zu sein, dem die Übersiedlung in die Balaklava Road überhaupt keine Schwierigkeiten gemacht hatte. Und sogar Muffin kam in manchen Nächten nicht nach Hause.

2

Noch etwas gab es, das ich an den Vororten nicht mochte: den Weg zur Arbeit. In meinem alternden Volvo nahm ich es mit den allmorgendlichen Staus auf, aber Gloria leistete mir dabei selten Gesellschaft. Sie fuhr lieber mit der Bahn, jedenfalls behauptete sie das, sagte, das gäbe ihr ein bißchen Zeit zum Nachdenken. Aber der Zug um 7.32 Uhr kam immer schon bis auf den letzten Platz besetzt aus den weiter draußen gelegenen Vororten an, und ich hatte keine Lust, jeden Morgen eingekeilt bis Waterloo Station zu stehen. Außerdem hatte ich den mir zustehenden Parkplatz zu verteidigen. Die Hyänen umkreisten ihn schon. Kaum hatte ich meine neue Adresse gemeldet, hatte der alte Mann im Personalbüro mir schon nahegelegt, gegen eine kleine finanzielle Abfindung darauf zu verzichten. »Ich nehme an, Sie werden von jetzt an mit der Bahn kommen?« »Nein«, hatte ich scharf gesagt. »Nein, ich denke nicht daran.« Und von den paar Tagen abgesehen, an denen der Volvo in der Werkstatt war (die Kupplung), war ich tatsächlich nie mit der Bahn gefahren. Ich gab mir höchstens fünf aufeinanderfolgende Tage, an denen ich nicht mit dem Wagen zur Arbeit kam, dann wäre der Parkplatz, den ich mir so sauer verdient hatte, irgend jemand anderem zugeteilt, der ihn dringender brauchen konnte.

Und so nahm ich am Montag den Wagen, während Gloria mit der Bahn fuhr. Sie war natürlich eher im Büro. Von Waterloo Station sind's dorthin nur zwei oder drei Minuten zu Fuß, ich dagegen steckte wie gewöhnlich ab Wimbledon im Stau.

Bei meiner Ankunft im Büro erwarteten mich Kummer und Sorgen auf der Türschwelle. Dicky Cruyer war bereits da, was schon für sich allein bewies, daß irgendeine Krise angesagt war.

Offenbar hatten sie ihn telefonisch von seinem gemütlichen Frühstück weggeholt, das er sich nach dem Joggen über die Hampstead Heath jeden Morgen gönnt. Sogar Percy Babcock, der Deputy D. G., hatte sich aus seiner Anwaltspraxis zu einer Sitzung früh am Morgen ins Büro bemüht.
»Sitzungszimmer Nummer zwei«, sagte das im Gang wartende Mädchen. Sie sagte das in einem verschwörerischen Flüsterton, dem man ihre Aufregung anhörte: Als wenn dies endlich der Tag wäre, auf den sie immer gewartet hatte, seit sie unsere langweiligen Berichte zu tippen begann. Ich nehme an, Dicky hatte sie angewiesen, vor meinem Zimmer auf mich zu warten. »Sir Percy führt den Vorsitz. Gehen Sie bitte gleich hin.«
»Danke, Mabel«, sagte ich und gab ihr meinen Mantel und eine Ledertasche mit höchst unwichtigen und nicht geheimen Akten, die sie von mir aus gern verschusseln hätte können. Sie lächelte pflichtschuldig. Ihr Name war nicht Mabel, aber ich nannte sie alle Mabel, und ich nehme an, mit der Zeit gewöhnten sie sich dran.
Nummer zwei war auf der obersten Etage. Ein schmaler Raum, in dem knapp vierzehn Personen sitzen konnten. Durchs Fenster sah man die häßlichen Hochhäuser der City, die heute den niedrig hängenden, grauen Himmel zu stützen schienen.
»Samson! Gut«, sagte der Deputy D. G., als ich eintrat. Notizblock, ein Bleistift und ein Stuhl erwarteten mich, und ich bemerkte zwei weitere Notizblöcke und Bleistifte, die vielleicht noch zwei andere Mitarbeiter unseres Hauses erwarteten, die heute zu spät zur Arbeit kamen, in der Hoffnung, daß das niemandem auffallen würde. Pech.
»Hast du schon gehört?« fragte Dicky.
Offensichtlich war Dicky der Dumme. Krise in der Deutschland-Abteilung. Kein Routinebericht für den Deputy, keine Konferenz zur Abstimmung der Urlaubspläne für das kommende Jahr und auch keine weiteren Fragen, was wohl die Zentrale Finanzierungsstelle mit den paar hunderttausend Pfund gemacht hat, die Jim Prettyman für Bret Rensselaer anwies und die Bret Rensselaer nie bekam. Dies hier war was Ernstes. »Nein«, sagte ich. »Was ist passiert?«

»Bizet«, sagte Dicky und kaute weiter an einem Fingernagel.
Ich kannte die Gruppe. Jedenfalls kannte ich sie so gut, wie ein Schreibtischtäter in London die Leute kennen kann, die die wirklich schmutzige, gefährliche Arbeit machen. Irgendwo in der Nähe von Frankfurt an der Oder, an der polnischen Grenze der DDR. »Polen«, sagte ich. »Oder so hat's jedenfalls angefangen. Polen, die in irgendeiner Schwerindustrie arbeiten.«
»Richtig«, sagte Dicky zurückhaltend. Er hatte eine Akte vor sich und überprüfte darin, wie gut mein Gedächtnis funktionierte.
»Was ist passiert?«
»Sieht übel aus«, sagte Dicky, unschlagbarer Meister in nichtssagenden Antworten auf jede nur erdenkliche Frage, ausgenommen solche nach den gastronomischen Qualitäten teurer Restaurants.
Billingsly, ein kahlköpfiger Jüngling aus dem Datenzentrum, klopfte sich mit der schweren Hornbrille in die Handfläche und sagte: »Es scheint, daß wir mehr als einen von ihnen verloren haben. Das ist immer ein schlechtes Zeichen.«
Diese Erkenntnis war inzwischen also schon bis ins Datenzentrum vorgedrungen. Wenn das kein Fortschritt war. »Ja«, sagte ich, »das ist immer ein schlechtes Zeichen.«
Billingsly sah mich an, als hätte ich ihn geohrfeigt. Sehr viel weniger herzlich entgegnete er: »Wenn Ihnen noch was anderes einfällt, das wir machen könnten...«
»Haben Sie eine Kontaktleine rausgelassen?« fragte ich.
Billingsly schien nicht genau zu wissen, was ich meinte: eine Musterung der Überlebenden. Endlich aber hörte Harry Strang, ein alternder Gorilla von der Operationsabteilung, lange genug auf, sich mit dem Radiergummi seines neuen gelben Bleistifts die Backen zu streicheln, um meine Frage zu beantworten: »Gestern früh.«
»Das war zu früh.«
»Genau das habe ich dem Deputy gesagt«, warf Dicky Cruyer ein und nickte Sir Percy ehrerbietig zu. Dicky sah von Minute zu Minute erschöpfter und kränker aus. In solchen Situationen bekam er für gewöhnlich Krankheiten, die ihn vollkommen

arbeitsunfähig machten. Der Gedanke, eine Entscheidung treffen und dazu stehen zu müssen, war es, was ihn infizierte.
»Messe«, sagte Harry Strang.
»Sie treffen sich bei der Messe am Sonntag morgen«, erklärte Dicky Cruyer.
»Sonst keine Kommunikation?« fragte ich.
»Nein«, sagte Strang, »das ist es ja gerade, was die Sache so schwierig macht.«
»Allerdings«, sagte ich. »Was noch?«
Für einen Augenblick herrschte Schweigen. Mit ein bißchen Verfolgungswahn hätte ich mir ohne weiteres einbilden können, daß sie mir was verheimlichen wollten.
»Schnipsel«, sagte Billingsly.
Strang sagte: »Wir haben was von drinnen. In der Gegend von Frankfurt sind zwei Männer in Untersuchungshaft genommen worden.«
»Berlin.«
»Berlin? Nein, Frankfurt«, sagte Billingsly.
Billingsly ging mir allmählich auf die Nerven. Im Datenzentrum waren sie alle so. Die bildeten sich ein, wir brauchten ein paar Megabytes unsortierter Information, um auf ihr Niveau zu kommen. »Stellen Sie sich doch nicht so dumm an«, sagte ich. Und zu Strang: »Haben Sie die Information aus Berlin oder aus Frankfurt?«
»Berlin«, sagte Strang. »Normannenstraße.« Das war der große, graue Häuserblock in Berlin-Lichtenberg, von dem aus der Stasi – Staatssicherheitsdienst der DDR – seine Welt einschüchterte und sich in unsere einmischte.
»An einem Wochenende«, sagte ich. »Klingt schlecht. Wenn der Stasi in Frankfurt das über Fernschreiber laufen läßt, dann glaubt er, er hat einen guten Fang gemacht.«
»Die Frage, die wir hier diskutieren«, sagte der Deputy mit jener sanften Höflichkeit von Staatsanwälten, wenn sie einen nervösen Angeklagten zu einem unwiderruflichen Schuldgeständnis führen, »ist, ob wir der Sache nachgehen sollen.« Er sah mich an und neigte den Kopf zur Seite, als könne er mich so besser sehen. Ich erwiderte den Blick. Er war ein ulkiger, rundlicher, kleiner

Mann mit glänzendem rosa Gesicht und leuchtenden Augen und flach an den Schädel geklatschtem Haar. Schwarzes Jackett, eine Weste voller alter Füllfederhalter und Bleistifte, Hosen mit Nadelstreifenmuster, Krawatte in den Farben irgendeiner obskuren Publik-School, die Krawattennadel mit Brillantsplittern besetzt. Ein Jurist. Wäre man ihm auf der Straße begegnet, hätte man ihn für einen Winkeladvokaten oder Angestellten der Anwaltskanzlei gehalten. Im wirklichen Leben – das heißt außerhalb dieses Gebäudes – leitete er eine der erfolgreichsten Anwaltskanzleien Londons. Weshalb er an dem undankbaren Geschäft hier festhielt, war mir ein Rätsel. Allerdings konnte er damit rechnen, bald den ganzen Laden zu übernehmen. Daß der D. G. es nicht mehr lange machen würde, war inzwischen allgemein bekannt.

Ich sagte: »Sie meinen, ob Sie jemand hinschicken sollen, der der Sache nachgeht?«

»Eben das«, sagte der Deputy. »Ich glaube, wir würden alle gerne Ihre Meinung dazu hören, Samson.«

Ich versuchte, Zeit zu gewinnen. »Irgend jemand von der Einsatzgruppe Berlin oder von anderswoher?«

»Ich glaube nicht, daß die EB damit befaßt werden sollte«, sagte Strang hastig. Der Standpunkt der Operationsabteilung war jedenfalls klar.

Es war auch der richtige. Es wäre total verrückt gewesen, jemanden aus West-Berlin auf die Sache anzusetzen. In einer Gegend wie dieser wird jeder Fremde sofort von jedem diensthabenden Geheimpolizisten aufs Korn genommen und womöglich von ein paar, die gerade dienstfrei haben, noch dazu. »Sie haben wahrscheinlich recht«, sagte ich, als gäbe ich damit etwas zu.

Strang sagte: »Den hätten sie doch eingebuchtet, ehe die Tinte trocken wäre, mit der er seine Anmeldung im Hotel unterschreibt.«

»Wir haben Leute, die näher dran sind«, sagte der Deputy.

Alle sahen jetzt mich an. Deshalb hatten sie auf mich gewartet. Sie wußten schon, was bei der Diskussion herauskommen sollte, aber sie legten Wert darauf, daß ich, der ehemalige Außendienstmann, es aussprach. Dann konnten sie weiterarbeiten, zum Essen gehen oder eindösen bis zur nächsten Krise.

»Wir können sie nicht einfach ihrem Schicksal überlassen«, sagte ich.
Alle nickten. Wir mußten uns zuerst auf die falsche Antwort einigen, das erforderte die Ethik des Department.
»Sie haben uns gute Sachen geschickt. Nichts Großartiges natürlich, sie waren ja einfache Stahlarbeiter, aber enttäuscht haben sie uns nie«, sagte Dicky.
»Ich würde gern hören, was Samson meint«, sagte der Deputy. Er hatte einen dünnen, goldenen Drehbleistift in der Hand. Er saß in seinen Sessel zurückgelehnt, die Hand bei dem Notizblock auf dem Tisch. Jetzt hob er den Blick von seinen Notizen, sah mich an und lächelte mir aufmunternd zu.
»Wir müssen die Sache sausenlassen«, sagte ich schließlich.
»Reden Sie etwas deutlicher«, sagte der Deputy mit seiner Lehrerstimme.
Ich räusperte mich. »Wir können nichts machen«, sagte ich erheblich lauter. »Wir werden einfach abwarten müssen, was weiter passiert.«
Alle wandten sich dem Deputy zu und beobachteten, wie er reagierte. »Ich glaube, das ist vernünftig«, sagte er schließlich. Dicky lächelte erleichtert, weil jemand anderer eine Entscheidung getroffen hatte. Noch dazu die Entscheidung, nichts zu unternehmen. Er rutschte in seinem Sessel herum, fuhr sich mit der Hand durch das lockige Haar, sah im Zimmer herum und nickte. Dann sah er zu dem Protokollführer hinüber, wie um sich zu vergewissern, daß er auch mitgeschrieben hatte.
Na schön, für den heutigen Tag hatte ich mein Gehalt verdient. Ich hatte ihnen genau das gesagt, was sie alle hören wollten. Nun würde ein oder zwei Tage lang nichts mehr passieren, außer daß ein paar polnischen Arbeitern unter ärztlicher Aufsicht und in Anwesenheit eines Stenographen die Fingernägel ausgerissen wurden.
Es klopfte an der Tür, und ein Tablett mit Tee und Keksen wurde gebracht. Billingsly, vielleicht weil er der Jüngste und am wenigsten Arthritische von uns war, vielleicht auch weil er einen guten Eindruck auf den Deputy machen wollte, verteilte Tassen und Untertassen und reichte die Milch und die Teekanne über die polierte Tischplatte.

»Hafermehlplätzchen mit Schokolade«, sagte Harry Strang. Ich sah zu ihm hinüber, und er zwinkerte mir zu. Harry wußte, was ablief. Harry war lange genug draußen gewesen, um zu wissen, was ich dachte.

Harry goß mir Tee ein. Ich nahm die Tasse und trank einen Schluck. Der Tee brannte mir im Magen wie Säure. Der Deputy beugte sich zu Billingsly und fragte ihn wegen der ungewöhnlich häufigen Ausfälle, die in letzter Zeit bei den Computern im Yellow Submarine auftraten. Billingsly erwiderte, daß man auf solchen Ärger bei einem elektronischen Spielzeug immer gefaßt sein müsse. Der Deputy sagte, nein, nicht wenn man zwei Millionen Pfund dafür bezahlt hat.

»Keks?« fragte Harry Strang.

»Nein, danke.«

»Wenn ich mich recht erinnere, mochten Sie früher diese Hafermehlplätzchen mit Schokolade aber gern«, sagte er spöttisch.

Ich beugte mich vor, um zu sehen, was der Deputy auf seinen Notizblock geschrieben hatte, aber es war nur Gekritzel: an die hundert wellige konzentrische Kreise mit einem dicken Punkt in der Mitte. Kein Ausweg. Keine Lösung. Kein Nichts. Die Antwort auf seine Frage, nehme ich an, und ich hatte ihm diese Antwort gegeben. Zehn Punkte aus zehn, Samson, so kommt man vorwärts in diesem Spiel.

Ehe nicht der Deputy seinen Tee getrunken hatte, konnten selbst die Beschäftigten von uns nicht daran denken, sich aus der Runde zu verabschieden. Der Deputy wollte eben den Raum verlassen, als Morgan – der eifrigste Kriecher vor dem D. G. – mit hochrotem Kopf, noch im Mantel, einen kurzen zusammenschiebbaren Regenschirm wie eine Prozessionskerze in der Hand, zur Tür hereinkam. Er sagte in seinem singenden walisischen Akzent: »Entschuldigen Sie bitte die Verspätung, Sir. Ich hatte ganz schrecklichen und unerwarteten Ärger mit meinem Wagen.« Er biß sich auf die Lippe. Anstrengung und Sorge machten ihn noch blasser als sonst.

Der Deputy war verärgert, ließ sich davon aber nur einen Schimmer anmerken. »Wir sind auch ohne Sie zurechtgekommen, Morgan«, sagte er.

Als der Deputy das Zimmer verließ, warf Morgan mir einen haßerfüllten Blick zu, den zu verbergen er sich nicht im mindesten bemühte. Vielleicht gab er mir die Schuld an seiner Demütigung, vielleicht nahm er mir auch nur übel, daß ich sie mit angesehen hatte. Wenn jedenfalls das Department mal jemanden brauchen sollte, mich zu begraben, auf Morgan konnte es immer rechnen. Möglicherweise war er sogar schon dabei, mir mein Grab zu schaufeln.

Ich ging nach unten, erleichtert, die Sitzung hinter mir zu haben, auch wenn ich danach nur in meinem engen, kleinen Büro landete, wo sich unbearbeitete Akten wartend stapelten. Ich starrte auf den übervollen Tisch neben dem Fenster, vor allem aber auf zwei in wunderschönes Weihnachtspapier gewickelte Schachteln. Auf der einen stand »Billy«, auf der anderen »Sally«. Die Schachteln waren von Harrods geliefert worden mit Karten, auf denen zu lesen war: »Mit viel Liebe von Mama«, allerdings nicht in Fionas Handschrift. Ich hätte die Pakete den Kindern natürlich schon vor Weihnachten geben sollen, statt dessen hatte ich sie aber hier liegen lassen und versuchte, sie nicht anzusehen. Auch in den Vorjahren hatte sie immer Weihnachtsgeschenke geschickt, und ich hatte sie unter den Baum gelegt. Die Kinder hatten die Grußkarten kommentarlos zur Kenntnis genommen. Aber diesmal hatten wir Weihnachten in unserem neuen Haus gefeiert, und irgendwie wollte ich Fiona da raushalten. Durch den Umzug war ich wenigstens Fionas Kleider und ihre persönlichen Sachen losgeworden. Ich wollte einen neuen Anfang machen, aber deswegen wurde die Begegnung mit diesen glänzenden Schachteln, jedesmal, wenn ich ins Büro kam, auch nicht einfacher.

Mein Schreibtisch war ein Chaos. Meine Sekretärin Brenda hatte für zwei Frauen in der Registratur einspringen müssen, die krank oder schwanger oder was weiß ich waren, so versuchte ich nun auf eigene Faust das Durcheinander zu ordnen, das sich in der Woche meiner Abwesenheit auf dem Tisch angehäuft hatte.

Das erste, was mir auffiel, waren die rot als »dringend« bezeichneten Mitteilungen über Prettyman. Du lieber Himmel, am letzten Donnerstag mußten alle halbe Stunde neue Mitteilungen, Anfragen, Aufträge und wohlmeinende Ratschläge auf meinem Schreibtisch gelandet sein. Ein Segen nur, daß Brenda vernünftig genug war, mir nicht dieses ganze Zeug nach Washington nachzuschicken. Jetzt war ich wieder hier, und meinetwegen konnten sie jemand anderen schicken, Jim Prettyman den Arm umzudrehen und diesem Ausschuß trüber Tassen von der Hauptkasse vorzuführen, die verzweifelt Ausschau hielten nach irgendeinem Unglücksraben, dem sie die Schuld an ihrer eigenen Unfähigkeit geben konnten.

Ich war schon dabei, das ganze Zeug in den streng vertraulichen Müll zu werfen, als mir die Unterschrift unter all diesen Botschaften auffiel. Billingsly. Äußerst seltsam, daß Billingsly die Sache heute morgen im Konferenzzimmer Nummer zwei mit keinem Wort erwähnt hatte. Er hatte nicht mal gefragt, was dabei rausgekommen sei. Sein Interesse, um nicht zu sagen seine Obsession, Prettyman nach London zu holen, hatte offenbar ganz plötzlich eine traumatische Wandlung durchgemacht. Aber das war typisch für Leute wie Billingsly – und andere im Department –, die mit beunruhigender Abruptheit zwischen Panik und Gedächtnisschwund schwankten.

Ich warf die Papiere also weg und vergaß das Ganze. Es war sinnlos, Jim Prettyman in Schwierigkeiten zu bringen. Meines Erachtens machte er einen Fehler, sich wegen dieser Kleinigkeit plötzlich aufs hohe Roß zu setzen. Er hätte aussagen können und sich damit lieb Kind gemacht. Er hätte sich auch weigern können, ohne sie vor den Kopf zu stoßen. Aber ich glaube, es machte ihm Spaß, sie zu brüskieren. Ich beschloß, die Wogen zu glätten, soweit das in meiner Macht stand. In meinem Bericht würde ich nicht sagen, daß er's rundheraus abgelehnt hatte zu kommen, sondern daß er sich's noch überlegte. Und bis mein Bericht angefordert würde, wollte ich überhaupt nichts sagen.

Ich sah Gloria erst beim Mittagessen im Restaurant wieder. Kürzlich war sie, weil sie fließend ungarisch sprach, an einen Schreibtisch in der unteren Etage versetzt worden: Beförderung, höheres Gehalt und sehr viel mehr Verantwortung. Ich nehme an, sie hofften, daß Gloria unter diesen Umständen nicht wagen würde, sie an das Versprechen zu erinnern, ihr Studium in Cambridge zu finanzieren. Seitdem sie in der neuen Stellung arbeitete, sah ich sie während der Dienststunden nicht mehr oft, und so wurden nun häusliche Angelegenheiten meist während des Mittagessens besprochen: Würde es aufdringlich wirken, wenn wir die Cruyers zum Essen einladen? Wer hatte den Zettel von der chemischen Reinigung? Warum hatte ich Muffin eine neue Büchse Katzenfutter aufgemacht, obwohl noch eine halbvolle im Eisschrank stand?

Ich fragte sie, ob wegen ihrer Kündigung inzwischen noch irgendwas gesagt worden sei, wobei ich vermutlich insgeheim hoffte, daß sie sich's noch mal anders überlegt hätte. Dem war nicht so. Als ich über einer »Pilz-Quiche mit Wintersalat« die Frage aufs Tapet brachte, erzählte sie mir, daß eine Freundin ihr aus Cambridge geschrieben habe, wahrscheinlich könne sie ihr dort ein hübsches Zimmer besorgen.

»Und was soll ich mit dem Haus machen?«

»Nicht so laut, Liebster«, sagte sie. Wir hielten noch immer an der absurden Fiktion fest, daß unsere Kollegen – diejenigen, die sich dafür interessieren mochten – nicht wüßten, daß wir zusammenlebten. »Ich werde weiter die halbe Miete zahlen. Habe ich dir doch schon gesagt.«

»Mit der Miete hat das nichts zu tun. Es ist nur, daß ich niemals ein Haus am Arsch der Welt gemietet hätte, nur um jeden Abend alleine vor dem Fernseher zu sitzen und schmutzige Wäsche zu sammeln, bis genug da ist, die Waschmaschine vollzuladen.«

Das provozierte ein spöttisches Lächeln. Sie rückte näher zu mir heran und sagte: »Wenn du erst merkst, wieviel schmutzige Wäsche die Kinder jeden Tag haben, wirst du dir keine Sorgen mehr machen, die Waschmaschine voll zu kriegen. Du wirst händeringend einen Laden suchen, wo du Waschpulver im Angebot kriegst.« Sie nippte an ihrem Apfelsaft mit Zusatz von Vitamin C. »Du hast ein Kindermädchen. Die nette Mrs. Palmer kommt jeden Tag zum Putzen. Ich werde jedes Wochenende kommen. Ich weiß also nicht, was du hast.«

»Ich wünschte, du wärst ein bißchen realistischer. Cambridge ist verdammt weit weg von der Balaklava Road. Der Wochenendverkehr auf den Straßen wird grauenhaft sein, die Zugverbindung ist noch schlimmer, und büffeln mußt du außerdem.«
»Ich wünschte, ich könnte dich beruhigen«, sagte sie. »Bist du krank? Irgendwas stimmt nicht mehr mit dir, seitdem du aus Washington zurück bist. Ist irgendwas schiefgegangen?«
»Wenn ich gewußt hätte, was du vorhast, hätte ich was anderes gemacht.«
»Aber ich habe es dir doch gesagt. Und nicht nur einmal.« Sie schlug die Augen nieder und fuhr fort, ihren Wintersalat zu essen, als wäre weiter nichts zu sagen. In gewissem Sinne hatte sie ja recht. Von ihrem Plan, in Cambridge zu studieren, redete sie seit Jahren. Sie hatte mir so oft davon erzählt, daß ich ihn längst nicht mehr ernst nahm. Als sie mir nun sagte, daß sie tatsächlich gekündigt hatte, konnte ich es kaum fassen.
»Ich dachte, das hätte noch Zeit gehabt bis nächstes Jahr«, sagte ich lahm.
»Du hast gedacht, es würde nie dazu kommen«, sagte sie. Dann blickte sie auf und bedachte mich mit einem wunderbaren Lächeln. Das mußte man diesem verdammten Studienprojekt allerdings lassen: Die Aussicht, nach Cambridge zu gehen, versetzte sie in die heiterste Laune. Oder war es nur meine Bestürzung, die sie so amüsierte?

3

Es war der Abend, an dem Gloria immer ihre Eltern besuchte. Dienstags ging sie abends zum Mathematikunterricht, mittwochs war Volkswirtschaft dran, donnerstags die Eltern. Da sie sich ihre Zeit so genau einteilte, fragte ich mich manchmal, ob ich eine ihrer Pflichten oder Teil ihrer Freizeitgestaltung war.
Ich blieb ungefähr eine Stunde länger als gewöhnlich im Büro, bis plötzlich Mr. Gaskell anrief, ein kürzlich pensionierter Artillerie-Feldwebel, der jetzt den Sicherheitsdienst beim Empfang hier versah. »Eine Dame ist hier. Will Sie persönlich sehen, hat Ihren Namen genannt, Mr. Samson.« Er flüsterte so diskret, daß es verschwörerisch wirkte. Ich fragte mich, ob dieser Respekt meinen beruflichen oder meinen gesellschaftlichen Verpflichtungen galt.
»Hat sie einen Namen, Mr. Gaskell?«
»Lucinda Matthews.« Es hörte sich an, als läse er den Namen von dem Anmeldeformular ab, das Besucher bei uns ausfüllen müssen.
Der Name sagte mir gar nichts, aber ich hielt es für das Beste, das nicht zu erwähnen. »Ich komme runter«, sagte ich.
»Das wäre gut«, erwiderte der Sicherheitsbeamte. »Ich kann sie ja nicht alleine ins Haus lassen. Sie verstehen doch, Mr. Samson?«
»Ich verstehe.« Ich sah aus dem Fenster. Die tiefhängende, graue Wolkendecke, die schon den ganzen Tag verdunkelt hatte, schien sich noch weiter gesenkt zu haben, und in der Dämmerung sah ich winzige Lichter wirbeln. Es fing also wirklich an zu schneien, wie im Wetterbericht angekündigt. Ich fröstelte bei dem Gedanken an die Kälte draußen.

Als ich endlich meine Akten weggeschlossen, mich davon überzeugt hatte, daß die Schränke ordnungsgemäß versperrt waren, und zum Pförtner herunterkam, war die mysteriöse Lucinda nicht mehr da.
»Eine nette kleine Person, Sir«, vertraute Gaskell mir an, als ich mich nach ihr erkundigte. Er stand neben dem Empfangspult in seiner dunkelblauen Pförtneruniform und trommelte mit den Fingern nervös auf einen Stapel eselsohriger Zeitschriften, die dort für Besucher, die lange in der zugigen Eingangshalle warten mußten, bereitlagen. »Gut gekleidet, eine Dame, wenn Sie wissen, was ich meine.«
Ich hatte keine Ahnung, was er meinte. Gaskell redete eine Sprache, die gänzlich seine eigene zu sein schien. Besonders rätselhaft waren seine Äußerungen über Kleidung, Rang und Klasse, vielleicht wegen des sozialen Niemandslands, das die höheren Mannschaftsgrade des Militärs bewohnen. Dergleichen elliptische Äußerungen war ich von Gaskell schon gewöhnt über alle möglichen Sachen. Ich wußte nie, wovon er redete.
»Hat sie gesagt, wo sie auf mich warten will?«
»Sie hatte den Wagen vor der Tür geparkt, Sir. Ich habe ihr gesagt, sie solle ihn wegfahren. Sie kennen ja die Bestimmungen.«
»Ja, ich weiß.«
»Autobomben und so weiter.« Ganz gleich, wie weit er vom Thema abschweifte, immer redete er in dem Kommandoton, den er sich als Feldwebel angewöhnt hatte.
»Hat sie gesagt, wo sie auf mich warten will?« wiederholte ich meine Frage. Draußen fiel jetzt der Schnee in dicken Flocken. Der Boden war kalt, der Schnee würde also liegen bleiben. Ein paar Handvoll reichten in dieser Metropole schon, um das gesamte öffentliche Verkehrssystem lahmzulegen. Gloria würde inzwischen bei ihren Eltern sein. Sie war mit der Bahn gefahren. Ich fragte mich, ob sie bei ihren Eltern übernachten würde oder erwartete, daß ich sie mit dem Wagen abholte. Ihre Eltern wohnten in Epsom; für meinen Geschmack unserem neuen Nest in Raynes Park entschieden zu nahe. Gloria sagte immer, ich hätte Angst vor ihrem Vater. Angst hatte ich nicht,

nur keine Lust, von einem ungarischen Zahnarzt wegen meines Verhältnisses zu seiner kleinen Tochter verhört zu werden.
Gaskell redete weiter. »Fabelhaftes Fahrzeug. Ein dunkelgrüner Mercedes. Glänzend! Gewachst! Der wird gepflegt, das sieht man sofort. Eine Dame, die einen Wagen poliert, ist mir noch nicht vorgekommen. So was liegt ihnen nicht.«
»Wo ist sie hin, Mr. Gaskell?«
»Ich habe ihr gesagt, der beste Parkplatz hier in der Nähe ist der vom Elephant and Castle.« Er ging zu dem Stadtplan an der Wand und zeigte mir, wo man das Lokal findet. Gaskell war ein stattlicher Mann. Er hatte sich schon mit fünfzig pensionieren lassen. Ich fragte mich, weshalb er kein Wirt geworden war. Hinter der Theke eines Pubs konnte ich ihn mir gut vorstellen. Und als ich mich in der letzten Woche nach dem Fahrplan der Züge zwischen London und Portsmouth bei ihm erkundigt hatte, hatte er mir mit einem Schwall anderer Informationen auch anvertraut, daß er genau das gerne gemacht hätte.
»Vergessen Sie den Parkplatz, Mr. Gaskell. Ich will wissen, wo sie mich erwartet.«
»Sandy's«, sagte er nun. »Sie kennen das Lokal angeblich gut.« Er sah mich prüfend an. Seitdem unsere Büroadresse dank den Bemühungen der um die öffentliche Kontrolle der Geheimdienste so besorgten Presse allgemein bekanntgeworden war, hatte das Personal die strikte Anweisung, Bars, Pubs und Clubs in der näheren Umgebung zu meiden, weil dort mit der ständigen Anwesenheit diverser Lauscher, Amateure, aber auch Profis, zu rechnen war.
»Ich wünschte, Sie würden solche Sachen notieren«, sagte ich. »Ich kenne das überhaupt nicht. Wissen Sie, wo das sein soll? Ist es ein Café oder was?«
»Auf alle Fälle kein Café, das ich kenne«, erwiderte Gaskell. Er runzelte die Stirn und saugte an seinen Zähnen. »Hier in der Nähe kann's nicht sein.« Und dann erhellte eine Erinnerung sein Gesicht. »Big Henry's! Das ist es, was sie gesagt hat. Big Henry's.«
»Big Henty's«, verbesserte ich. »Tower Bridge Road. Ja, das kenne ich.«
Ja, ich kannte es, und ich war nicht scharf darauf, der Dame, die

mich dort erwartete, Gesellschaft zu leisten. Ich wußte genau, was für »Informanten« sich bei Big Henty's mit einem treffen wollten. Schwätzer, die hofften, mühelos ein bißchen dazuzuverdienen. Und ich hatte mich darauf gefreut, den Abend allein zu Hause am Kaminfeuer mit den Resten des Entenbratens vom Sonntag, einer Flasche Wein und einem Buch zu verbringen. Ich blickte zur Tür und dann zu Gaskell. Und ich fragte mich, ob es nicht das Vernünftigste wäre, mir Lucinda und die Leute, die sie vielleicht vorgeschickt hatten, aus dem Kopf zu schlagen, geradewegs nach Hause zu fahren und die ganze Sache zu ignorieren. Höchstwahrscheinlich würde ich von der geheimnisvollen Lucinda nie wieder etwas hören. Die Stadt war voll von Leuten, die mich vor Jahren einmal gekannt hatten und sich plötzlich an mich erinnerten, wenn es ihnen einfiel, daß sie ein paar Pfund aus der öffentlichen Hand gut gebrauchen und diese gegen irgendwelche überholten und unzuverlässigen Informationen einhandeln könnten.

»Wenn Sie wollen, daß ich mitkomme, Mr. Samson...« sagte Gaskell auf einmal und hielt inne, damit ich über sein Angebot nachdenken konnte.

Gaskell nahm also an, daß in irgendeiner Form mit Gewalt zu rechnen war. Ein anständiger Kerl, dieser Gaskell. Aber sicherlich war er zu alt für solche Sachen. Ich war es jedenfalls.

»Das ist sehr freundlich von Ihnen, Mr. Gaskell«, entgegnete ich. »Aber ich glaube, die Sache wird eher langweilig als gefährlich.«

»Wie Sie meinen«, sagte Gaskell. Er konnte seine Enttäuschung nicht ganz verbergen.

Es war diese Spur von Ungläubigkeit, die mir das Gefühl gab, ich müsse der Sache nachgehen. Ich wollte nicht den Eindruck erwecken, als sei ich nervös. Verdammt noch mal! Warum hatte ich nicht den Mut, mich nicht darum zu kümmern, was die Gaskells dieser Welt von mir dachten?

Die Tower Bridge Road ist eine Hauptstraße im Süden Londons, die zur Themse führt oder vielmehr zu der seltsamen neugotischen Brücke, die für viele Ausländer das Wahrzeichen der Hauptstadt ist. Die Gegend heißt Southwark. Von hier aus traten Chaucers Pilger die Wallfahrt nach Canterbury an, und ein paar Jahrhunderte später wurde auf dem sumpfigen Boden Shakespeares Theater The Globe errichtet. Zu Zeiten der Königin Victoria im vergangenen Jahrhundert war diese Geschäftsstraße, in der noch bis spät in die Nacht Markt gehalten wurde, Drehorgeln dudelten und Dutzende von hellerleuchteten Pubs die Trinker einluden, das Zentrum eines der lebendigsten Viertel der Stadt. Da gab es düstere Slums, rauchgeschwärzte Fabriken, geschäftige Werkstätten, aber auch nette, baumbestandene kleine Plätze, wo bierbäuchige Krämer und dürre Federfuchser ihre soziale Überlegenheit behaupteten.

Jetzt ist die Straße dunkel, schmutzig und still. Wohlmeinende Bürokraten schicken das Verkaufspersonal früh nach Hause, die fliegenden Händler sind von der Straße verbannt, fast leere Pubs verkaufen hochbesteuertes, wäßriges Lagerbier, und die Fabriken sind verkommen. Ein Bilderbuchbeispiel der allgegenwärtigen Stadtverödung, abgesehen von den wenigen baumbestandenen Plätzen, die sich die Yuppies für teures Geld unter den Nagel reißen.

In der guten alten Zeit vor Women's Lib, Designer-Jeans und Pfannenpizza war Big Henty's Billardsaal mit seinen zehn großen Tischen, wo den Spielern außer Getränken auch warme Speisen serviert wurden, das Athenaeum von Southwark. Die schmale Eingangstür und die schwach beleuchtete Treppe führten in einen höhlenartigen Raum, der passenderweise gerade über einem Laden lag, wo es besonders gute Aale und Pasteten gab. Inzwischen war dieser Laden leider einem Video-Verleih-Club gewichen, dekoriert mit diesen grellbunten Plakaten, auf denen halbnackte Filmstars mit schweren Maschinengewehren lässig aus der Hüfte feuern. Doch Big Henty's selbst hatte sich im wesentlichen nicht verändert. Die Beleuchtung war noch genauso wie früher, und das ist bei einem Billardsaal das Wichtigste. Es war sehr still, aber an jedem Tisch wurde gespielt. Die grünen Filzflächen schimmerten wie Riesenaquarien, durch die hier und da plötzlich ein leuchtend bunter Fisch schoß, schnappte und verschwand.

Big Henty war natürlich nicht mehr da. Ihn hatte man im Jahre 1905 beerdigt. Der gegenwärtige Wirt war ein dünner, weißgesichtiger Mann von ungefähr vierzig Jahren. Er kümmerte sich um die Bar. Die Auswahl dort war nicht groß. Billardspieler finden keinen Geschmack an den komischen, sprudelnden Mixturen, die die Barkeeper in Cocktailbars auf Trab halten. Bei Big Henty's trank man Whisky oder Wodka, Real Ale oder auch Guinness mit Limo, wenn man die Leber (oder sonst was) schonen wollte. Gegen den Hunger gab es »getoastete« Sandwiches, die warm, weich und in Plastikfolie eingeschweißt aus dem Mikrowellenherd serviert wurden.

»'n Abend, Bernard. Hat angefangen zu schneien, was?« Der Mann hatte ein phänomenales Gedächtnis. Es war Jahre her, daß ich zuletzt hier gewesen war. Er nahm seine brennende Zigarette aus dem Johnny-Walker-Aschenbecher auf der Theke, inhalierte und legte sie an ihren Platz zurück. Mir fiel wieder ein, daß er wie ein Kettenraucher eine Zigarette an der anderen anzündete, aber selten daran zog. Vor Jahren hatte ich einmal Dicky Cruyer hierher mitgenommen zu einem Treffen mit einem großsprecherischen Kerl, der in der ostdeutschen Botschaft arbeitete. Bei dem Treffen war nichts herausgekommen, aber ich erinnere mich, daß Dicky den Barmann als den »Hüter der heiligen Flamme« charakterisiert hatte.

Ich erwiderte: »Ein kleines Guinness... Sidney.« Im letzten Augenblick war mir sein Name doch noch eingefallen. »Ja, der Schnee wird auch liegen bleiben.«

Das Guinness kam natürlich aus der Flasche. Kenner, die Porter oder Stout vom Faß gezapft haben wollten, mußten anderswohin gehen. Aber Sidney hielt das Glas schräg beim Einschenken, und der Daumen saß unter der Stelle, wo das Bier auftraf, damit man merkte, daß er sich mit dem Brauchtum auskannte, und die Schaumkrone auf dem Glas hatte genau die richtige Höhe. »Im Hinterzimmer.« Behutsam schüttelte er die letzten Tropfen aus der Flasche und warf sie in geübtem Schwung hinter sich. »Ihre Freundin. Im Hinterzimmer. Hinter Tisch vier.«

Ich nippte an meinem Glas. Dann drehte ich mich langsam um und musterte den Raum. Big Henty's Hinterzimmer hatte sich im Laufe der Jahre schon für manchen Flüchtling bewährt. Die Behörden hatten das immer geduldet. Die Kriminalbeamten von der Borough-High-Street-Polizeiwache trafen sich dort mit ihren Informanten. Ich durchquerte den Saal. Bis auf die Lichtkegel der mit Quasten und Fransen besetzten Lampen über den Billardtischen war der Raum dunkel. Die Zuschauer – nicht viele heute abend – saßen auf hölzernen Bänken an den Wänden, ihre grauen Gesichter nur als helle Flecken zu erkennen, ihre dunkle Kleidung unsichtbar.

Gemächlich ging ich, mein Bier in der Hand, durch den Saal, blieb dabei einmal stehen, um mir einen verzwickten Stoß anzusehen, und näherte mich dem Tisch Nummer vier. Einer der Spieler in der bevorzugten Billarduniform – dunkle Hose, weißes Hemd mit offenem Kragen und aufgeknöpfte Weste – stellte gerade auf der Anzeigetafel den letzten Stand des Spiels ein und musterte mich mit ausdruckslosem Blick, als ich die Tür mit der Aufschrift »Privat« öffnete.

Drinnen roch es nach Seife und einem Desinfektionsmittel. Es war ein kleiner Lagerraum mit einem Fenster, durch das man den Billardsaal sehen konnte, wenn man den schmutzigen Store beiseite schob. Auf der gegenüberliegenden Seite war ein größeres Fenster zur Tower Bridge Road hinaus. Von der Straße her hörte man das schmatzende Geräusch von Autoreifen im Schneematsch.

»Bernard.« Die Stimme einer Frau. »Ich dachte schon, du kommst nicht mehr.«

Ich setzte mich auf die Bank. Bei dem trüben Licht, das hier herrschte, erkannte ich sie erst jetzt. »Cindy!« sagte ich. »Du lieber Himmel, Cindy!«

»Du hast ganz vergessen, daß es mich gibt.«

»Natürlich nicht.« Ich hatte nur vergessen, daß Cindy Prettymans vollständiger Vorname Lucinda war, und nicht daran gedacht, daß sie nach der Scheidung wieder ihren Mädchennamen angenommen haben könnte. »Kann ich dir was zu trinken holen?«

Sie hob ihr Glas. »Mineralwasser. Ich trinke zur Zeit nicht.«

»Ich habe dich einfach nicht hier erwartet«, sagte ich. Ich warf einen Blick durch den Vorhang auf die Billardspieler.

»Warum nicht?«

»Ja, warum nicht?« Ich lachte kurz auf. »Wenn ich daran denke, wie viele Male Jim mich hat schwören lassen, daß ich das Spiel für immer aufgebe!« Damals, als Jim Prettyman und ich zusammenarbeiteten, hatte er mir das Billardspielen beigebracht. Er selbst war ein Meister, und auch Cindy konnte sich mit ihrem Spiel sehen lassen.

Cindy war ein oder zwei Jahre älter als Jim. Ihr Vater war Stahlarbeiter in Scunthorpe – ein Sozialist der alten Schule. Sie hatte ein Stipendium für die Universität von Reading bekommen. Sie sagte, daß sie sich schon während ihrer Schulzeit die Beamtenlaufbahn als Traumziel vorgestellt habe. Ich weiß nicht, inwieweit das der Wahrheit entsprach, aber das Auswahlgremium hört so was gerne. Sie wollte zum Schatzamt, kriegte aber das Außenministerium und schließlich auch Jim Prettyman, der ebenfalls dorthin geschickt wurde. Anschließend kam Jim zum Department, und ich sah ihn oft. Freitags nach der Arbeit gingen wir meistens hierher, ich, Fiona, Jim und Cindy. Der Verlierer mußte die anderen zum Essen bei Enzo einladen, einem kleinen Italiener an der Old Kent Road, unser Stammlokal damals. Jedesmal traf es mich. Es war schon ein ständiger Witz zwischen uns: Ich hatte meine eigene Art, Jim für die Lehrstunden zu bezahlen. Außerdem war ich der Älteste und verdiente damals am meisten. Dann zogen die Prettymans hinaus nach Edgeware. Jim bekam eine Gehaltserhöhung und kaufte sich einen eigenen großen Billardtisch, und danach gingen wir nicht mehr zu Big Henty's. Und Jim lud uns manchmal sonntags zum Mittagessen und zu einem Spiel ein. Aber das war nicht mehr dasselbe.

»Spielst du noch?« fragte sie.

»Schon seit Jahren nicht mehr. Und du?«

»Nicht, seitdem Jim weg ist.«

»Es tut mir wirklich leid, Cindy.«

»Jim und ich. Ja, darüber wollte ich mit dir reden. Du hast ihn am Freitag gesehen.«

»Ja, woher weißt du das?«

»Charlene. Ich habe mich in letzter Zeit oft mit ihr unterhalten.«

»Charlene?«
»Charlene Birkett. Das große Mädchen, der wir die Wohnung im Obergeschoß vermietet haben... in Edgeware. Sie ist jetzt Jims Sekretärin.«
»Ich habe sie gesehen, aber ich habe sie nicht wiedererkannt. Ich hielt sie für eine Amerikanerin.« Deshalb hatte sie mir also zugelächelt. Und ich dachte, der Grund wäre meine unwiderstehliche Ausstrahlung gewesen.
»Ja«, sagte Cindy. »Sie ging nach New York und fand keine Arbeit, bis Jim ihr diesen Job besorgte. Zwischen den beiden ist nie was gewesen«, fügte sie eilig hinzu. »Charlene ist ein nettes Mädchen. Wie ich höre, hat sie sich ganz schön herausgemacht, seitdem sie in New York ist und Kontaktlinsen trägt.«
»Jetzt erinnere ich mich«, sagte ich. Ich erinnerte mich wirklich. Ein mausgraues Mädchen mit hängenden Schultern, Wuschelhaar und Brille, das in keiner Weise der wohlgeformten Amazone ähnelte, die mir in Jims Büro Kaffee gebracht hatte. »Sie hat sich tatsächlich sehr verändert.«
»Die Leute verändern sich, wenn sie in Amerika leben.«
»Aber du wolltest nicht hin?«
»Amerika? Mein Vater hätte das nicht überlebt.« Man hörte ihr jetzt an, daß sie aus dem Norden kam. »Ich wollte mich nicht verändern.« Dann sagte sie plötzlich: »Klingt das nicht schrecklich? Ganz so habe ich es eigentlich nicht gemeint.«
»Die Leute gehen nach Amerika, und da werden sie reicher«, sagte ich. »Das ist die wahre Veränderung, die da stattfindet.«
»Jim hat sich in Mexiko scheiden lassen«, sagte sie. »Irgend jemand hat mir erzählt, daß diese Scheidungen nicht wirklich gültig sind. Eine Freundin von mir. Sie arbeitet bei der amerikanischen Botschaft. Weder mexikanische Eheschließungen noch mexikanische Scheidungen werden hier anerkannt«, sagte sie. »Stimmt das, Bernard?«
»Ich glaube nicht, daß der mexikanische Botschafter hier in wilder Ehe lebt, wenn es das ist, was du meinst.«
»Aber welchen Stand habe ich jetzt, Bernard? Er hat diese andere Frau geheiratet, aber was ist mit mir?«
»Hast du nicht mit ihm darüber gesprochen?« Inzwischen hatten

meine Augen sich an die Dunkelheit gewöhnt, und ich konnte sie jetzt besser sehen. Sie hatte sich nicht sehr verändert, war immer noch dasselbe nervöse Intelligenz- und Energiebündel. Nicht groß, rundlich, ohne füllig zu sein, das dunkle Haar kurz geschnitten, weil sie keine Zeit darauf verschwenden wollte – auf eine ungekünstelte Art sah sie attraktiv aus. Jetzt freilich war ihre Nase rot, als wäre sie erkältet, und ihre Augen glänzten wäßrig.

»Er hat mich gebeten mitzukommen.« Sie war stolz darauf, und deshalb sagte sie es auch.

»Ich weiß. Er hat überall gesagt, du würdest dir's noch anders überlegen.«

»Nein. Schließlich habe ich meine Arbeit hier!« Sie hatte die Stimme gehoben, als ob sie den alten Streit noch einmal ausfechten wollte.

»Es war jedenfalls eine schwierige Entscheidung«, sagte ich, um sie zu beruhigen. Plötzlich zerriß ein lautes, pochendes Geräusch die Stille. Lucinda erschrak fast zu Tode. Dann erkannte sie, daß nur der Motor des Eisschranks in der Ecke angesprungen war, und lächelte.

»Vielleicht hätte ich's mir anders überlegen sollen. Es wäre wahrscheinlich besser gewesen.«

»Jetzt ist es zu spät«, sagte ich hastig, um ihren Tränen vorzubeugen.

»Ich weiß, ich weiß, ich weiß.« Sie zog ein Taschentuch hervor, knüllte es aber zusammen und hielt es in der geschlossenen Faust, als hätte sie sich entschlossen, nicht zu weinen.

»Vielleicht solltest du mal zu einem Rechtsanwalt gehen«, sagte ich.

»Was wissen die schon?« fragte sie verächtlich. »Ich bin schon bei dreien gewesen. Die schicken einen wie ein Postpaket von einem Kollegen zum anderen, und als ich schließlich alle Honorare bezahlt hatte, wußte ich, daß manche Gesetzbücher dies sagen und andere das.«

»Anwälte können Gesetzestexte rezitieren, bis sie blau im Gesicht werden«, erwiderte ich. »Aber irgendwann müssen sich doch die Betroffenen untereinander einigen. Wer zum Rechtsanwalt geht, schiebt nur für teures Geld etwas auf, was er dann doch selbst erledigen muß.«

»Glaubst du das wirklich, Bernard?«

»Mehr oder weniger«, antwortete ich. »Wenn du ein Haus kaufen, ein Testament machen, dich scheiden lassen willst, brauchst du keinen Anwalt. Vorausgesetzt, du weißt, was du willst.«

»Ja«, sagte sie. »Denn was ist wichtiger als Heiraten? Und dazu braucht man auch keinen Anwalt.«

»In manchen Staaten doch«, sagte ich. »Da heiratet niemand, ohne einen Ehevertrag abzuschließen. Solche Probleme, wie du sie jetzt hast, tauchen da gar nicht erst auf. Das wird alles vorher geregelt.«

»Das hört sich aber ziemlich kaltblütig an.«

»Ist es vielleicht auch. Aber die Ehe kann auch manchmal ein bißchen zu heißblütig sein.«

»War deine so?« Sie öffnete die Faust und breitete das Taschentuch auf ihrem Schoß aus, so daß der farbige Saum und das in eine Ecke gestickte Monogramm L. P. zu sehen waren.

»Meine Ehe?« fragte ich. »Zu heißblütig?«

»Ja.«

»Vielleicht.« Ich nippte an meinem Bier. Dieses starke, bittere Gebräu hatte ich schon lange nicht mehr getrunken. Ich wischte mir den Schaum vom Mund. Es schmeckte mir. »Ich dachte, ich kenne Fiona, aber ich nehme an, ich kannte sie nicht gut genug.«

»Sie war so nett. Sie hat dich geliebt, Bernard.«

»Ich glaube schon.«

»Sie zeigte mir diesen phantastischen Verlobungsring und sagte, Bernie hat seinen Ferrari verkauft, um mir den schenken zu können.«

»Klingt wie aus dem Vorabendprogramm«, sagte ich, »aber der Ferrari war so gut wie schrottreif.«

»Sie hat dich geliebt, Bernard.«

»Die Menschen ändern sich, Cindy. Hast du selbst gesagt.«

»Haben deine Kinder sehr darunter gelitten?«

»Billy schien es gut wegzustecken, aber Sally... Es war alles in Ordnung, bis ich eine Freundin mit nach Hause nahm. Sally hat oft nachts geweint. Aber inzwischen hat sie sich daran gewöhnt.« Das sagte ich eher aus dem Wunsch heraus, daß es wahr wäre, als aus Überzeugung. Ich machte mir Sorgen wegen der Kinder, große Sorgen, aber das ging Cindy nichts an.

»Ist diese Freundin Gloria Kent, die bei euch im Department arbeitet?«

Diese Cindy wußte wirklich alles. Aber das Außenministerium war immer schon die Klatschbörse von Whitehall gewesen. »Du sagst es«, antwortete ich.

»Es ist schwierig für die Kinder«, sagte Cindy. »Wahrscheinlich sollte ich dankbar sein, daß wir keine Kinder haben.«

»Da hast du recht«, erwiderte ich. Ich trank von meinem Guinness und sah verstohlen auf die Uhr.

»Aber andererseits, wenn wir Kinder gehabt hätten, vielleicht wäre Jim nicht so scharf darauf gewesen, hier rauszukommen. Er wollte sich beweisen, verstehst du. Ich habe mich in letzter Zeit manchmal gefragt, ob er nicht sich die Schuld daran gegeben hat, daß wir keine Kinder hatten.«

»Jim hat von dem Abend gesprochen, als das Feuer in der Küche ausbrach«, sagte ich.

»Jim hat das Öl verschüttet. Er war immer schon so ungeschickt.«

»Wieso, ich dachte, Fiona war's?«

»Sie hat nur die Schuld auf sich genommen«, antwortete Cindy seufzend. »Jim konnte nie zugeben, daß er einen Fehler gemacht hat. So war er eben.«

»Richtig, Fiona hat die Schuld auf sich genommen«, sagte ich. »Sie hat mir erzählt, daß es Jim war, aber sie hat die Verantwortung übernommen... die Versicherung... alles.«

»Fiona war eine bemerkenswerte Frau, Bernie, und das weißt du auch. Sie war so selbstbewußt, daß Mißbilligung ihr einfach nichts anhaben konnte. Ich habe sie immer bewundert. Ich hätte fast alles darum gegeben, so zu sein wie Fiona, immer selbstbeherrscht und gefaßt.« Ich antwortete nicht. Cindy nahm einen Schluck Mineralwasser, strich ihr Kleid glatt, räusperte sich und sagte dann: »Was ich eigentlich von dir wissen wollte, Bernard, ist, was das Department tun wird.«

»Was das Department tun wird?« wiederholte ich verwundert.
»Na, wegen Jim«, sagte Cindy. Sie drückte ein paarmal ihr Taschentuch zusammen, als wollte sie ihre Handmuskeln trainieren.
»Wegen Jim.« Ich blies den Staub von meiner Brille und fing an, sie zu putzen. Die Gläser waren jedoch fettig geworden, und durch das Reiben wurden sie nur noch schmieriger. Die einzige Methode, sie richtig sauber zu kriegen, war, sie mit Spülmittel unter warmem Wasser zu waschen. Mein Optiker riet mir zwar von dieser Methode ab, aber ich machte es trotzdem immer so.
»Ich weiß nicht genau, was du meinst, Cindy.«
»Werden sie an mich oder an diese Amerikanerin auszahlen, diese sogenannte neue Gattin?« fragte sie ärgerlich.
»Auszahlen?« Ich setzte meine Brille auf und sah sie an.
»Sei nicht so schwierig, Bernard. Ich muß es wissen. Ich muß einfach. Das mußt du doch einsehen.«
»Aber was denn auszahlen?«
Sie bekam große Augen. »Heilige Mutter Gottes!« rief sie in dem Ton aus, in dem nur praktizierende Katholiken so etwas sagen. »Du weißt es nicht!« Es war eine Klage. »Jim ist tot. Sie haben ihn Freitag abend umgebracht, als er nach deinem Besuch aus dem Büro ging. Sie haben ihn erschossen. Sechs Kugeln.«
»Letzten Freitag.«
»Auf dem Parkplatz. Es war schon dunkel. Er hatte keine Chance. Zwei Mann haben ihm aufgelauert. Hat es dir wirklich niemand erzählt?«
»Nein.«
»Bitte halte mich nicht für gefühllos, aber ich will vor dieser anderen Frau Anspruch auf die Pension erheben. Wie soll ich das anstellen?«
»Aber ist da überhaupt eine Pension zu erwarten, Cindy? Ich dachte, er hätte sich abfinden lassen, als er aus dem Department ausschied.«
»Ausschied? Aber er ist doch nie ausgeschieden.«
»Du bist nicht richtig informiert, Cindy«, sagte ich.
Sie widersprach mir erregt. »Glaubst du vielleicht, ich weiß nicht Bescheid? Mein Gott, ich habe mit eigenen Augen...«

Dann hielt sie plötzlich inne, als könnte sie unmöglich etwas sagen, das ich nicht wissen durfte.

»Ich war in Washington bei ihm und habe ihn gebeten, in London auszusagen. Er wollte nicht kommen«, erklärte ich ruhig.

»Das war doch Tarnung, Bernard«, sagte sie. Sie hatte sich wieder unter Kontrolle, war aber immer noch ärgerlich. »Sie brauchten ihn in London, aber es sollte so aussehen, als käme er gegen seinen Willen.«

»Ich bin darauf reingefallen«, sagte ich.

»Jim hat sich in eine sehr gefährliche Lage gebracht«, sagte sie. »Solltest du mit ihm über das Geld reden?«

Ich nickte.

»Das hat alles Jim arrangiert«, sagte sie traurig. »Millionen von Pfund auf irgendeinem geheimen Konto im Ausland. Eine Menge Leute waren zeichnungsberechtigt. Einer davon war Jim.«

»Du willst doch nicht sagen, daß sie Jim deswegen umgebracht haben, oder, Cindy?«

»Weshalb denn sonst? Um ihm die Brieftasche zu klauen?« fragte Cindy verächtlich.

»Washington ist ein gefährliches Pflaster«, entgegnete ich.

»Zwei Mann, sechs Kugeln?« sagte sie. »Verflucht seltsame Diebe sind das.«

»Jetzt hole ich dir erst mal was Richtiges zu trinken, Cindy. Ich brauche ein bißchen Zeit, um über all das nachzudenken.«

4

Ich saß in Dicky Cruyers sehr behaglichem Büro in einem Eames-Sessel und wartete darauf, daß er von seinem Besuch beim Deputy zurückkäme. Er hatte mir versprochen, in zehn Minuten wieder hierzusein, aber was der Deputy ihm zu sagen hatte, hielt ihn dann doch länger auf.

Als Dicky endlich kam, gab er sich sichtlich Mühe, so jugendlich sorglos aufzutreten wie sonst auch, aber ich konnte mir denken, daß ihm der Deputy wegen der Bizet-Krise eine kräftige Standpauke gehalten hatte. »Alles okay?« fragte ich.

Einen Augenblick lang sah er mich an, als versuchte er sich zu erinnern, wer ich sei und was ich in seinem Büro machte. Er fuhr sich mit den Fingern durch das lockige Haar. Er war schlank, sah auch gut aus, auf eine jungenhafte Art, die er sorgfältig kultivierte.

»Der Deputy muß auf dem laufenden gehalten werden«, sagte Dicky. Es war eine gewisse Herablassung wegen der Unerfahrenheit des Deputy herauszuhören. Solange Sir Henry, der Director-General, regelmäßig gekommen war, hatte sich Sir Percy, sein Stellvertreter, nur selten bei uns gezeigt. Aber seitdem der Alte nur noch gelegentlich auftauchte, hatte der Deputy das Kommando übernommen und benahm sich wie der sprichwörtliche neue Besen. Die erste bedeutendere Maßnahme, die er traf, war, daß er Dicky empfahl, sich seiner verantwortlichen Stellung entsprechend zu kleiden. In letzter Zeit hatte man Dickys abwechslungsreiche Garderobe aus ausgebleichten Designer-Jeans, Turnschuhen und Schottenkarohemden und auch das goldene Medaillon, das er um den Hals trug, nicht mehr gesehen. Wie die übrigen männlichen Angestellten erschien er

jetzt jeden Tag im Anzug. Ich hatte noch immer Schwierigkeiten, mich an diesen neuen nüchternen Dicky zu gewöhnen.
»Du warst gestern abend nicht bei Charles Billingslys Abschiedsparty«, sagte Dicky. »Es gab Champagner... sehr stilvoll.«
»Ich wußte nichts davon«, erwiderte ich. Billingsly, der mehr oder weniger nutzlose Verbindungsmann der Deutschland-Abteilung zum Datenzentrum, war kein besonderer Freund von mir. Wahrscheinlich hatte er auch Angst, ich könnte zu viel von seiner teuren Brause trinken. »Werden wir ihn denn los?«
»Streng geheimer Auftrag in Hongkong. Haben sie ihm nur achtundvierzig Stunden vorher angekündigt. Er hat dir von der Party also nichts gesagt? Na ja, es ging alles sehr schnell.«
»Wozu sie den wohl in Hongkong brauchen?«
»Das weiß niemand, nicht mal Charles selber. Hetzen und abwarten, so läuft das doch bei uns.«
»Vielleicht wollte der Deputy ihn nur hier loswerden«, vermutete ich.
Dickys Augen glitzerten. Nach seiner kleinen Aussprache mit dem Deputy fragte er sich vielleicht, ob nicht er selbst eines Tages in einem schnellen Flugzeug mit fernem Ziel sitzen würde. »Charles loswerden?« fragte er. »Warum?«
»Keine Ahnung«, sagte ich.
»Nein, Charles ist ein guter Kerl.«
Ungerufen trat Dickys Sekretärin ein mit einem großen silbernen Tablett, auf dem sein Spode-Porzellan und eine große Kanne Kaffee standen, Kaffee von frisch gemahlenen Bohnen selbstverständlich, so wie Dicky ihn mochte. Vermutlich hoffte sie, seine Laune damit zu verbessern; manchmal hat eine starke Dosis Coffein ja diese Wirkung. Er beugte sich darüber und murmelte ein leises Lob, ehe er sich eine Tasse eingoß. Dann setzte er sich hinter den großen Rosenholztisch, den er als Schreibtisch benützte, und kostete den Kaffee. »Verdammt gut«, sagte er beifällig und nahm noch einen Schluck. »Nimm dir doch auch einen«, sagte er, als er endlich völlig von der Qualität überzeugt war.
Ich goß mir eine der vorgewärmten Tassen voll und gab etwas

Sahne dazu. Der Kaffee in Dickys Büro wurde immer mit Sahne serviert, obwohl er selbst ihn schwarz trank. Ich hatte mich schon oft darüber gewundert. Eine Zeitlang tranken wir schweigend. Ich hatte das Gefühl, daß Dicky ein paar Minuten brauchte, um sich von der Begegnung mit dem Deputy zu erholen.

»Seit einiger Zeit ist er ein absoluter Despot«, sagte Dicky schließlich. Nachdem er eine große Tasse Kaffee geleert hatte, zog er eine dünne Zigarre aus der Tasche, zündete sie an und blies den Rauch ins Zimmer. »Ich wünschte, ich könnte ihm klarmachen, daß dieser Laden nicht läuft wie seine Anwaltskanzlei. Ich kann kein Buch aus dem Regal ziehen und ihm die Antwort vorlesen.«

»Er wird's schon noch mitkriegen«, sagte ich.

»Natürlich, mit der Zeit«, stimmte mir Dicky zu. »Aber bis dahin bin ich alt und grau.« Da war sicherlich noch lange hin, denn Dicky war jung und gesund und zwei Jahre jünger als ich. Er tippte die Asche von seiner Zigarre in den Kristallaschenbecher auf dem Tisch und betrachtete gedankenverloren den Teppich.

Ich zog die Akte aus dem Pappdeckel und sagte: »Willst du dir das eben mal ansehen?« Ich hielt sie ihm direkt unter die Nase, doch er blieb in die Betrachtung des Teppichs versunken.

»Er spricht von vertikaler Reorganisation.«

»Was ist das?«

Dicky, aussichtsreicher Anwärter auf den Stalin-Preis für Büropolitik, sagte: »Mein Gott, Bernard. Vertikale Planung! Aufteilung der Deutschland-Abteilung nach Gebieten. Er sagte mir, ich sollte Berlin kriegen, als täte er mir damit wunder was für einen Gefallen. Berlin! Andere wären für Bonn, Hamburg und so weiter zuständig. Eine besondere Einheit würde mit den Amerikanern in München zusammenarbeiten. Das darf doch wohl nicht wahr sein!«

»Na, der Gedanke ist ja nicht neu«, erwiderte ich. Ich begann die Arbeit zu sortieren, die ich ihm mitgebracht hatte. Ich wußte, daß es bei seiner gegenwärtigen Aufregung schwer sein würde, ihn dazu zu bringen, sich mit den Sachen zu beschäftigen,

deshalb legte ich die Papiere, die er unterschreiben sollte, obenauf. Es waren fünf im ganzen.
»Ist doch lachhaft«, sagte Dicky so laut, daß seine Sekretärin zur Tür hereinsah, ob auch alles in Ordnung sei. Sie war noch neu hier, sonst hätte sie gewußt, daß man Dickys Launen möglichst aus dem Weg ging.
»Früher oder später wird es sowieso soweit sein, nehme ich an«, sagte ich. Ich nahm meinen Kugelschreiber aus der Tasche, damit Dicky unterschreiben könnte, während er von was anderem redete. Manchmal war es leichter so.
»Du hast schon früher davon gehört?« fragte Dicky ungläubig, als ihm plötzlich bewußt wurde, was ich gesagt hatte.
»O ja, schon vor einem Jahr, wenn's nicht schon länger her ist. Damals hatte die Sache aber noch einen anderen Namen.«
»Heiliger Strohsack, Bernard. Ich wünschte, du hättest mir was davon erzählt.«
Ich legte die Papiere auf den Tisch, gab ihm den Stift und sah zu, wie er seinen Namen schrieb. Natürlich hatte ich von der geplanten vertikalen Reorganisation noch nie was gehört, aber ich nahm an, daß der Deputy einfach etwas erfunden hatte, um Dicky ein bißchen Dampf zu machen, und ich wollte dem alten Knaben keinen Strich durch die Rechnung ziehen. »Und die solltest du dir ansehen«, sagte ich und legte ihm die wichtigsten Vorgänge auf den Tisch.
»Du wirst Frank besuchen müssen«, sagte er, während er das letzte Papier unterzeichnete und flüchtig den Rest durchsah, ob irgendwas davon interessant genug wäre, es durchzulesen.
»Okay«, sagte ich. Er blickte auf. Er hatte erwartet, daß ich mich sträuben würde, aber im Augenblick hatte ich gar nichts dagegen, nach Berlin geschickt zu werden. Ich war schon seit über einem Monat nicht mehr dort gewesen und hatte dienstliche wie auch persönliche Gründe, bald wieder mal hinzufahren. »Und was soll ich Frank sagen?« Ich wollte das klären, denn nach unserem absurden System besaßen Dicky und Frank Harrington – der Berliner Resident und so alt wie Methusalem – gleiche Autorität.
Er riß sich vom Teppichmuster los, das er inzwischen wieder studiert hatte, und sah mich an. »Ich will Frank nicht

verärgern«, sagte er. »Es ist nicht meine Sache, ihm zu sagen, wie er seine Berliner Einsatzgruppe zu leiten hat. Frank weiß schließlich über die Operationsbedingungen in seinem Gebiet mehr als wir alle zusammen.« Das entsprach zwar der Wahrheit, aber nicht Dickys allgemein bekannten Ansichten.
»Ich nehme an, es geht um Bizet, oder?«
»Genau. Vielleicht will Frank jemanden auf die Sache ansetzen. Frankfurt an der Oder ist praktisch vor seiner Haustür.«
»Es ist ja nicht die Entfernung, Dicky, sondern...«
Er hob sofort abwehrend die Hand. »Natürlich. Ich weiß, ich weiß, ich weiß.«
»Hoffst du, daß er schon auf eigene Faust irgendwas unternommen hat?«
»Ich will nur seinen Rat«, sagte Dicky.
»Komm, wir wissen doch beide, was er uns raten wird«, entgegnete ich. »Nichts tun. Warum sollte er diesmal was anderes empfehlen als sonst?«
»Frank ist schon lange da«, sagte Dicky, der schon manche Krise und Umstrukturierung durch Nichtstun überlebt hatte.
Ich vergewisserte mich, daß Dicky überall an der richtigen Stelle unterschrieben hatte. Dann trank ich den Kaffee aus und ließ das Thema Frank auf sich beruhen. Doch die Gelegenheit schien mir günstig, ihn über die Prettyman-Geschichte auszufragen. »Erinnerst du dich an Prettyman?« fragte ich, so beiläufig ich konnte.
»Sollte ich?«
»Jim Prettyman. Er war zuletzt in der Black box. Dann hat er seinen Abschied genommen, ist nach Amerika gegangen.«
»In der Code-Abteilung, eine Treppe tiefer?« In diese Region war Dicky noch nie vorgestoßen.
»Er war mit Bret in dem Ausschuß für besondere Operationen. Er hat dauernd versucht, Ausflüge zu organisieren in Gegenden, wo es angeblich antike Gräber gibt, an die noch kein Tourist seinen Namen geschrieben hat. Ein großartiger Billardspieler. Erinnerst du dich nicht mehr an den Abend im Big Henty's, als er diese sagenhafte Serie hatte?«
»Ich war nie im Leben im Big Henty's.«
»Aber natürlich, Dicky. Und nicht nur einmal. Jim Prettyman.

Ein junger Bursche, der einen tollen Posten in Washington gekriegt hat.«

»Manchmal denke ich, daß du wirklich jede Menschenseele in diesem Gebäude kennst«, sagte Dicky.

»Ich dachte, du kennst ihn«, sagte ich lahm.

»Laß dir mal was gesagt sein, Bernard.« Dicky hob den ausgestreckten Zeigefinger, als wollte er prüfen, woher der Wind wehte. »Wenn ich mit dir über diesen Prettyman reden würde, dann würdest du das Thema wechseln und von der Bizet-Geschichte anfangen. Ich will dir nicht zu nahe treten, alter Knabe, aber das ist wirklich eins von deinen Lastern.«

»Ich nehme an, du hast recht, Dicky.«

»Du mußt versuchen, beim Thema zu bleiben, deine Konzentrationsfähigkeit zu verbessern. Hast du's schon mal mit Yoga versucht?« Er schob die Papiere zur Seite, die zu lesen ich ihn gebeten hatte.

»Nein, Dicky«, gestand ich.

»Ich habe früher mal viel Yoga gemacht.« Er ließ einen Finger über die Papiere gleiten, als läse er ein Inhaltsverzeichnis. »Es schult den Geist und verbessert die Konzentrationsfähigkeit.«

»Ich werd' mir's überlegen«, versprach ich, nahm die unterschriebenen Papiere, die zu lesen Dicky nicht geruht hatte, und steckte sie in den Aktendeckel zurück.

Als ich aufstand, sagte Dicky, wieder in die Betrachtung des Teppichs versunken: »Ein Cousin meiner Mutter ist gestorben und hat mir ein großes Löwenfell vermacht. Ich überlege, ob ich das nicht hier rein legen sollte.«

»Es würde gut reinpassen«, sagte ich und wies dabei auf die antiken Möbel und die gerahmten Fotos an der Wand hinter ihm.

»Ich hatte es zu Hause im Wohnzimmer, aber ein paar von unseren Freunden haben sich ein bißchen aufgeregt, du weißt schon, von Ausrottung bedrohte Tiere und so.«

»Mach dir deshalb keine Sorgen, Dicky. Reiner Neid ist das.«

»Habe ich Daphne auch gesagt«, sagte er. »Schließlich ist das verdammte Ding tot. Ich kann einen Löwen doch schlecht von den Toten auferwecken, oder?«

5

Viele Zivilisten spielen ihr Leben lang mit der Vorstellung, Soldat zu sein. Manchen gefallen die Uniformen, Pferde, Trompeten, Flaggen; andere wollen nur in Seelenruhe leichtverständliche Befehle ausführen und dafür ihre tägliche warme Mahlzeit erhalten. Für manche Männer stellt das Soldatenleben eine Herausforderung dar, der sie sich nie gestellt haben; andere ziehen sich auf der Flucht vor der Realität in dieses geschützte Männlichkeitsreservat zurück.

Aus welchem dieser Gründe sich Frank Harrington für das Soldatenleben interessierte – oder ob es ein ganz anderer war –, habe ich nie erfahren. Aber wenn Frank weder im Büro war noch zu Hause in der prächtigen Grunewald-Villa, die er sich als Leiter des Berliner Büros meinte leisten zu müssen, fand ich ihn mit Sicherheit in irgendeinem feuchten Schützenloch im Manövergelände inmitten von mit Erde beschmierten Infanteristen, denen er glücklich strahlend erzählte, wie man einen Krieg gewinnt.

Diesmal wurde er in geborgten Militärklamotten, schmutzverkrustet an Knien und Ellbogen, von einem großen Befehlswagen in die Grunewald-Villa zurückgebracht.

»Tut mir furchtbar leid, Frank«, sagte ich.

»Ach, ich habe nur ein bißchen Soldat gespielt«, erwiderte er auf seine entwaffnende Art. »Und Dicky sagte ja, die Sache sei dringend.«

Er sah aus, als wollte er mich auf der Stelle in sein Arbeitszimmer führen. »So dringend, daß du dich nicht erst umziehen und 'ne Dusche nehmen kannst, ist es nun auch wieder nicht«, sagte ich. Ich gab ihm den Bericht aus London.

Er nahm ihn und schwenkte ihn vorm Ohr, als erwartete er, das Geschwätz hören zu können. Er grinste. Wir kannten Dicky schließlich. »Geh ins Wohnzimmer, und nimm dir was zu trinken, Bernard«, sagte er. »Ruf Tarrant, wenn du nicht findest, was du willst. Ich hoffe doch, du bleibst zum Essen?«
»Gerne, Frank«, sagte ich.
Nach diesem Tag bei den Soldaten sprudelte er schier über vor Freude. Auf halbem Weg die Treppe hinauf drehte er sich um und rief mir zu: »Willkommen zu Hause, Bernard.« Er wußte, daß diese Begrüßung mich freute. Nirgends fühlte ich mich so zu Hause wie in Berlin. Vor langer Zeit war mein Vater hier Resident gewesen – noch vor der Zeit der Herrschaftshäuser und üppigen Aufwandsentschädigungen –, und Berlin war der Ort meiner glücklichen Kindheitserinnerungen.
Als Frank nach etwas mehr als einer halben Stunde wiederkam, war er für seine Begriffe salopp gekleidet. Er trug ein altes Tweedjackett mit Fischgrätenmuster und eine Flanellhose, dazu aber ein gestärktes Hemd und eine gestreifte Krawatte, mit denen er in jeder Offiziersmesse hätte erscheinen können. Während an mir ganz neue Sachen sofort irgendwie schäbig aussahen, hatte Frank Harrington das Talent, noch in den ältesten Klamotten eine tadellose Erscheinung abzugeben. Die Manschetten ragten genau richtig bemessen aus den Jackettärmeln, ein Kavalierstaschentuch steckte perfekt gefaltet in der Brusttasche, und natürlich waren die handgenähten Oxfords poliert, daß man sich in ihnen spiegeln konnte. Er ging hinüber zu dem Servierwagen, auf dem die Flaschen standen, und machte sich einen großen Plymouth-Gin mit einem Spritzer Bitter. »Was trinkst du?« fragte er.
»Danke, ich habe noch, Frank«, antwortete ich.
»Willst du nicht lieber was Richtiges trinken?«
»Ich versuche, mich bei den harten Sachen ein bißchen zurückzuhalten, Frank«, sagte ich.
»Die Flasche muß schon seit Jahren auf dem Wagen stehen. Ist das Zeug überhaupt noch genießbar?« Er nahm die Flasche, aus der ich mich bedient hatte, studierte interessiert das Etikett und sah mich fragend an. »Wermut? Das paßt gar nicht zu dir, Bernard.«

»Schmeckt mir aber«, sagte ich.
Er setzte sich mir gegenüber. Sein Gesicht hatte die Kriegsbemalung, die man in dieser Jahreszeit bei leidenschaftlichen Skiläufern häufig sieht: die Haut dunkel gebräunt, außer in der unmittelbaren Umgebung der Augen, die die Skibrille bedeckt hatte. Frank verstand es, das Leben zu genießen. Nach seiner Frau fragte ich nicht. Sie hielt sich in letzter Zeit meist in dem Haus auf, das sie in England besaßen. Sie hatte Berlin nie gemocht, und wie man hörte, hatte es Krach zwischen den beiden gegeben, als Frank die Einladung annahm, über sein Pensionsalter hinaus auf dem Posten zu bleiben.
Er habe den Bericht in der Badewanne gelesen, erzählte er mir. Wir wußten, daß der Bericht in London in aller Eile zusammengeflickt worden war, und auch, daß trotz der Länge nichts drinstand. Er blätterte ihn noch einmal schnell durch und sagte dann: »Will Dicky, daß ich jemanden drauf ansetze?«
»Er gibt sich die größte Mühe, es nicht zu sagen«, entgegnete ich.
»Ich bin bereit, alles zu tun für die armen Kerle, die da in der Tinte stecken«, sagte er. »Aber hier sind wir in Berlin. Ich weiß von niemandem hier, der in dieses Scheiß-Frankfurt an der Oder gehen und denen irgendwie helfen könnte.«
»Es ärgert sie, daß sie in London herumsitzen und nichts tun können«, sagte ich.
»Meinen sie denn, daß mir das Spaß macht?« fragte Frank. Einen kurzen Augenblick lang sah und hörte man ihm an, wie anstrengend sein Job war. Ich nehme an, daß ziemlich häufig Agenten unserer Seite hochgingen, aber London war nur dann interessiert und beunruhigt, wenn es im sowjetischen Funkverkehr gemeldet und der auch noch abgehört wurde. »Das Militär hat Wind davon gekriegt«, sagte Frank. »Jetzt brennen sie darauf, selbst ihr Glück zu versuchen.«
Er muß bemerkt haben, daß ich erbleichte und die Zähne zusammenbiß, oder was ich sonst noch mache, wenn ich so erschrecke, daß ich am liebsten laut losschreien würde. »Das Militär?« fragte ich, mich an meinem Glas fest- und meine Stimme unter Kontrolle haltend.

»Der Brigadier erinnerte mich an unsere Militärmission beim russischen Hauptquartier. Die können sich heute ziemlich frei bewegen.«
»Und was hat der Brigadier noch gesagt?«
»Er erwähnte das Benehmen dieser Schweine von der GRU, die unsere Leute in Bunde ertragen müssen. Wenn man die bei den Franzosen in Baden-Baden und bei den Amis mitzählt, sind es rund fünfzig Mann von der sowjetischen Militärmission. Jeder einzelne ein GRU-Agent, viele wissenschaftlich ausgebildet. Sie tragen Lederjacken über ihrer Uniform und schmieren Dreck auf ihre Nummernschilder, damit man sie nicht dabei erkennt, wenn sie überall die Nase reinstecken und alles fotografieren, was sie interessiert.« Er grinste. »Warum sollen wir nicht mal Gleiches mit Gleichem vergelten, sagte der Brigadier.«
»Du hast doch aber deinem alten Kameraden nichts von Bizet erzählt?«
»Ich bin doch nicht senil, Bernard«, erwiderte er.
»Die Vorstellung, wie da ein eifriger junger Subalterner in Frankfurt an der Oder herumschnüffelt, ist der reinste Alptraum«, sagte ich.
»Ich hätte gar nicht davon anfangen sollen.«
»Aber hast du nicht gesagt, daß sie Wind gekriegt haben?« fragte ich.
»Habe ich das? Ich hätte sagen sollen, daß die Militärs wissen, daß wir irgendwelchen Ärger haben.« Er sah mich an und fügte hinzu: »Die hören nämlich auch den Funkverkehr ab.«
»Ja, aber nur den der russischen Armee.«
»An der Grenze schon. Aber hier in Berlin, mitten in der DDR, hören sie sich alles mögliche an. Zum Beispiel den Funkverkehr der GRU und des KGB. Die wissen eben auch gerne, was los ist. Da kann ich schlecht was dagegen haben, Bernard. Auf einem Vorposten wie diesem hier muß das Militär selber die Fühler ausstrecken.«
»Vielleicht nehme ich nun doch was Stärkeres«, sagte ich, aber in diesem Augenblick rief uns Franks deutsches Hausmädchen zum Essen.
Ich versuchte, mir meine Sorgen über die Eröffnungen, die

Frank womöglich seinen Kameraden beim Heer gemacht hatte, aus dem Kopf zu schlagen. Wir saßen in dem großen Speisezimmer der Villa, nur Frank und ich allein am Ende einer langen, polierten Tafel. Irgendjemand hatte eine Flasche wirklich guten Rotweins in eine Karaffe gefüllt, die leere Flasche stand auf der Anrichte. Ich wußte, das war eine Ehre. Frank servierte seine besten Weine nur Leuten, die entweder wichtig genug waren, sie zu verdienen, oder Kenner und sie zu schätzen wußten. Er ließ mich probieren, während die Quiche serviert wurde. Die Portionen waren ziemlich klein. Ich glaube, die Köchin teilte einfach das für Frank vorgesehene Essen zwischen uns auf. Frank schien nichts zu merken. Er wollte den neuesten Londoner Klatsch hören, und ich erzählte ihm, daß der Deputy langsam, aber sicher das ganze Department nach seinen Vorstellungen umkrempelte. Was mich anging, so war mir das ganz recht. Es war höchste Zeit, daß der faulen Bande in London mal jemand auf die Sprünge half. Frank stimmte mir zu, wenn auch ohne sonderliche Begeisterung.

»Ich bin zu alt dafür, Bernard. Ich kann Veränderungen nur um der Veränderung willen nicht gut finden. Ich war zusammen mit deinem Vater beim Department, 1943 war das. In der Grundausbildung war Sir Henry Clevemore dabei – ›Pickel‹ nannten wir den, ein Riese von einem Kerl. Bei einer Angriffsübung fiel er in einen Abwassergraben. Wir mußten ihn zu viert herausziehen.« Er trank einen Schluck Wein und fügte nach einer nachdenklichen Pause hinzu: »Meine Frau sagt, daß ich dem Department mein Leben gegeben habe und einen großen Teil von ihrem Leben dazu.« Die Erklärung kam von Herzen und verriet zugleich Stolz und Bedauern.

Während des ganzen Essens – Cottage pie (ein Auflauf aus Hackfleisch und Kartoffelbrei), Bread and butter pudding (ein einfacher Kuchen) und Cheddar – war von nichts anderem mehr die Rede. Wie lange er hier auch schon lebte und wie gut er sich auch eingelebt haben mochte, seiner Küche merkte man immer noch an, daß Frank einmal auf einer britischen Public School war. Ich hörte ihm aber gerne zu, vor allem wenn es um meinen Vater ging. Er wußte das natürlich, und alle Geschichten, die er von ihm erzählte, zeigten meinen Vater in so glorreichem Licht, daß er nur mir zuliebe diese Beleuchtung arrangiert haben konnte. »Dein Vater saß tagelang in irgendeiner schmutzigen Wohnung nur mit diesem Deutschen als Gesellschaft; wie dein Vater sagte, stritten sie sich auch noch die meiste Zeit. Sie warteten auf Nachricht über den geplanten Anschlag auf Hitler. Als der Anschlag mißglückt war, kam dann plötzlich dieser Gestapo-Beamte. Dein Vater wollte schon aus dem Fenster springen, aber der Mann war der Bruder von seinem Kumpel... Aber wahrscheinlich erzähle ich das ganz falsch«, sagte Frank mit einem Lächeln. »Und überhaupt war das wahrscheinlich eine von den Räuberpistolen deines Vaters. Aber jedesmal, wenn ihn jemand überreden konnte, diese Geschichte zu erzählen, habe ich, wie übrigens alle, die ihm zuhörten, einfach Tränen lachen müssen.« Frank nahm sich noch Wein und aß ein Stück Käse. »Keiner von uns anderen war natürlich je in Nazi-Deutschland gewesen. Wir hingen an seinen Lippen. Bestimmt hat er uns oft ganz schön auf den Arm genommen.«

»Vor kurzem hat jemand so eine Andeutung gemacht, daß das Department mir irgendwas anhängen könnte wegen meines Vaters«, sagte ich, so beiläufig ich konnte.

»Um dich unter Druck zu setzen?«

»Irgendwas in der Richtung. Kann das sein, Frank? Hat mein Vater irgendwas gemacht...«

»Das ist doch nicht dein Ernst, Bernard?«

»Ich will's wirklich wissen.«

»Dann schlage ich vor, du bittest die Person um Aufklärung, der du diese bizarre Idee verdankst.«

Ich wechselte das Thema. »Und Fiona?« fragte ich wie zufällig. Er sah sofort auf. Ich nehme an, er wußte, wie sehr sie mir noch immer fehlte. »Fiona hält sich bedeckt.«

»Aber sie ist doch noch in Ost-Berlin?«

»Und wie. Blüht und gedeiht, wie ich höre. Warum?«

»Reine Neugier.«

»Vergiß sie, Bernard. Vorbei ist vorbei. Du hast mir sehr leid getan, aber jetzt wird's Zeit, die Vergangenheit zu vergessen.

Erzähl mir von eurem neuen Haus. Freuen sich die Kinder über den Garten?«
Über häuslichen Kleinkram plaudernd, gingen wir ins Wohnzimmer zurück, wohin uns das Mädchen den Kaffee brachte. Ich sagte: »Weißt du noch, wann wir das letzte Mal zusammen in diesem Zimmer waren?«
Er sah mich an, überlegte einen Augenblick und erwiderte dann: »Das war doch an dem Abend, als du mich gebeten hast, Bret Rensselaer aus der Patsche zu helfen. Ist es wirklich schon so lange her? Drei Jahre?«
»Du warst gerade dabei, deine Duke-Ellington-Platten einzupacken. Sie waren überall auf dem Fußboden hier verstreut.«
»Ja, damals dachte ich, ich lasse mich pensionieren und kehre nach England zurück.« Er sah sich um. »Mein ganzes Leben hat sich seitdem verändert. Inzwischen wäre ich längst pensioniert und würde in England Rosen züchten.«
»Und das als Sir Frank Harrington«, sagte ich. »Tut mir wirklich leid, wie die Sache damals ausgegangen ist.« Man war allgemein der Meinung, daß das Debakel, das ich mit meiner Einmischung ausgelöst hatte, den armen Frank den Adelstitel gekostet hatte, der ihm damals schon so gut wie versprochen war. Der Londoner Zentrale war zwar durch meine Warnung und Franks unautorisierte Maßnahme eine schwere Demütigung erspart geblieben, aber verziehen hatten sie das bis auf den heutigen Tag keinem von uns beiden. Wir hatten auf eigene Faust gehandelt und auch noch recht gehabt, und das war in den Augen der Mandarine des Außenministeriums eine unverzeihliche Sünde.
»Es muß schon fast drei Jahre her sein«, sagte er, wobei er seinen Tabaksbeutel öffnete und seine Pfeife mit dem würzigen Sobranie-Tabak stopfte, den er seit jeher bevorzugte. O Gott, er hatte tatsächlich vor, das Ding zu rauchen! »Natürlich war ich damals enttäuscht, aber inzwischen bin ich drüber weg.«
»Bret hat wahrscheinlich das Schlimmste abgekriegt.«
»Wahrscheinlich«, sagte Frank und zündete seine Pfeife an.
»Als ich das letzte Mal was von ihm hörte, mußte sich Tag und Nacht eine Schwester um ihn kümmern, und man gab ihm nicht mehr lange«, sagte ich. »Er lebt nicht mehr, oder?«

Frank nahm sich Zeit, seine Pfeife anzurauchen, ehe er erwiderte: »Bret hat lange ausgehalten, aber schließlich mußte er trotzdem gehen.« Er lächelte auf seine abwesende Art und begann, zufrieden an seiner Pfeife zu ziehen. Ich rückte von ihm ab. An Franks Pfeife habe ich mich nie gewöhnen können. Er sagte: »Das ist streng vertraulich. Vielleicht hätte ich's dir nicht sagen sollen. Ich habe es auch hintenrum erfahren. Das Department hat sich bedeckt gehalten.«

»Armer Bret. An dem Abend, als ich hier aus Berlin abflog, schwor ein ganzes Zimmer voller Weißkittel, daß er das Wochenende nicht überleben wird.«

»Sein Bruder kam mit irgendeinem verdammten amerikanischen General im Schlepptau. Bret wurde in eine Maschine der U.S. Air Force verfrachtet und ausgeflogen. Wie ich hörte, hat man ihn in Washington in das Krankenhaus gelegt, wo amerikanische Präsidenten behandelt werden. Er war dann lange in allen möglichen Krankenhäusern. Du weißt ja, wie die Amerikaner sind. Und dann ging er zur Erholung auf die Virgin Islands in das Haus, das er da hatte. Ich bekam eine Postkarte von ihm: ›Schade, daß Du nicht hier bist.‹ Ein Bild mit Palmen am Strand. Berlin war damals tief verschneit, und meine Zentralheizung streikte. Ich fragte mich, ob er sich wünschte, ich hätte diese Kugel abgekriegt, die ihn aus dem Verkehr zog. Ich weiß nicht. Und nun werde ich's wahrscheinlich nie erfahren.«

Ich sagte nichts.

Frank widmete sich seiner Pfeife. Er hatte ein kleines, stählernes Spezialgerät, mit dem er im Tabak herumstocherte. Wie ein schottischer Schiffsingenieur den Kessel seines alten, heißgeliebten Trampdampfers pflegte er die verdammte Pfeife. Und so ganz nebenbei gewann er auch noch Zeit, sich zu überlegen, was er sagen sollte. »Offiziell bin ich natürlich nie verständigt worden. Ich fand es komisch, wie Bret immer so angestrengt sein Engländertum herauskehrte. Und dann wird er verletzt und kommt nach Amerika.« Wieder eine Pause. »Wie ich schon sagte, offiziell ist Bret nie gestorben. Seine Spuren haben sich einfach verloren.«

»Wie bei den alten Soldaten«, sagte ich.

»Was? Ach so, ja, ich verstehe schon, was du meinst.«

Dann wandte sich die Unterhaltung anderen Themen zu. Ich erkundigte mich nach Franks Sohn, der Pilot war bei den British Airways, bis er vor kurzem zu einer der kleineren inländischen Gesellschaften gegangen war. Er flog nun zwar kleinere Flugzeuge auf kürzeren Strecken, aber dafür war er fast jeden Abend zu Hause bei seiner Frau, und mehr Geld verdiente er auch. Früher war Franks Sohn des öfteren in Berlin vorbeigekommen, dazu hatte er jetzt jedoch keine Gelegenheit mehr, und Frank gab zu, daß er sich manchmal einsam fühlte.

Ich sah mich um. Das Haus wirkte liebevoll gepflegt, aber für einen Mann allein war es einfach zu groß, um wohnlich zu sein. Mir fiel ein, daß Frank mir vor vielen Jahren einmal gesagt hatte, die Ehe sei nichts für »Leute, die in unserer Branche arbeiten – Geheimnisse, in die sie nicht eingeweiht werden, können Frauen nicht vertragen«. Ich hatte seitdem oft Gelegenheit gehabt, darüber nachzudenken.

Frank fragte nach gemeinsamen Freunden in Washington, D. C., und nachdem wir uns über ein paar von ihnen unterhalten hatten, fragte ich: »Erinnerst du dich an Jim Prettyman?«

»Prettyman? Nein«, sagte Frank bestimmt. Dann fragte er, ob zwischen mir und Gloria alles in Ordnung sei. Ich sagte ja, weil meine in letzter Zeit ständig zunehmende Angst, zu abhängig von ihr zu werden, mir selbst so kindisch vorkam, daß ich nicht darüber reden wollte.

»Denkst du nicht daran, noch einmal zu heiraten?« fragte Frank.

»Vor dem Gesetz bin ich ja noch mit Fiona verheiratet.«

»Ach ja, stimmt ja.«

»Ich habe so ein unangenehmes Gefühl, daß sie noch einmal versuchen wird, das Sorgerecht für die Kinder zu kriegen.« Davon hatte ich eigentlich nichts sagen wollen, aber, verdammt, wes Herz voll ist...

»Das will ich nicht hoffen, Bernard.«

»Ich bekam kürzlich ein förmliches Schreiben von meinem Schwiegervater. Er beansprucht das Recht, die Kinder regelmäßig zu sehen.«

Frank nahm die Pfeife aus dem Mund. »Und du glaubst, daß er mit Fiona in Verbindung steht?«

»Ausschließen kann ich das nicht. Er ist ein falsches Aas.«
»Problemen muß man sich stellen, Bernard. Was meint Gloria denn dazu?«
»Ich habe ihr noch nichts davon gesagt.«
»Du bist ein Esel, Bernard. Du mußt endlich aufhören, sie wie ein Kind zu behandeln. Der weibliche Standpunkt, verstehst du?«
»Du hast recht«, sagte ich.
»Natürlich. Hör auf, vor dich hin zu brüten. Rede mit ihr. Sie muß doch inzwischen die Kinder ganz gut kennen.«
»Ich glaube, ich gehe jetzt besser«, sagte ich. »War schön, Frank. Wie in der guten alten Zeit.«
»Schön, daß du zum Essen geblieben bist. Nur schade, daß ich nicht wußte, daß du kommst, ich hätte dir gern was Anständigeres vorgesetzt.«
»Laß man, es war wie zu Hause«, sagte ich.
»Hast du einen Wagen?« fragte er.
»Ja, danke.«
»Wenn du nur nicht gleich am Flughafen immer einen Mietwagen nehmen würdest. Unter dem Sicherheitsaspekt...«
»Ich nehme an, du hast recht«, gab ich zu.
Seine Pfeife war in vollem Gange, Frank mußte wegen der dichten Rauchwolken die Augen zukneifen. »Wohnst du bei Frau Hennig?« Er nannte sie immer Frau Hennig. Ich glaube, er mochte sie nicht besonders, aber was er für oder wider sie empfand, verbarg er genauso sorgfältig wie fast alle seine Gefühle.
»Ja«, sagte ich. Aus den Augenwinkeln sah ich mit finsterer Miene Tarrant ins Zimmer gleiten. Franks alter Diener trat immer auf wie der Geist von Hamlets Vater. Ich möchte wetten, daß er auch stets an der Tür lauschte. Wie hätte er sonst jeweils genau im richtigen – oder manchmal auch genau im falschen – Moment eintreten können?
Als Frank sich ihm zuwandte, sagte Tarrant: »Colonel Hampshire hat angerufen und läßt sagen, daß das Hauptquartier das Turnier gewonnen hat.«
Ich sah Frank fragend an, der die Pfeife aus dem Mund nahm, mir ein Lächeln schenkte und sagte: »Bridge.«

Ich hatte Frank also von irgendeinem verdammten Endspiel eines Bridgeturniers in der Offiziersmesse ferngehalten. Das Essen, das wir uns geteilt hatten, war demnach vermutlich Tarrants Essen. Aber der Schein konnte auch trügen. Tarrants dicke Augenbrauen waren stets so drohend heruntergezogen, wie bei einem Stier, der zum Angriff überging. Vielleicht war er gar nicht hungrig und futterneidisch, sondern schlichtweg betrunken.

»Danke, Tarrant. Sie können zu Bett gehen. Ich werde Mr. Samson selbst hinausbegleiten.«

»Sehr wohl, Sir.«

»Geh noch nicht«, sagte Frank zu mir. »Laß uns eine Flasche Port aufmachen und den angebrochenen Abend würdig beenden.«

Ich wußte Franks Portwein zu schätzen, aber diesmal schlug ich die Einladung aus. »Ich muß noch bei Lisl reinschauen, ehe sie schlafen geht«, sagte ich mit einem Blick auf die Uhr.

»Und wann ist das?«

»Ziemlich spät«, gab ich zu.

»Hast du gehört, daß sie zumacht?«

»Das Hotel? Nur die nackte Tatsache. Werner hat mir eine seiner kryptischen Nachrichten zukommen lassen, aber nicht mehr als das.«

»Es wird ihr zuviel«, sagte Frank. »Und die verdammten Angestellten kommen nur noch zur Arbeit, wenn sie zufällig gerade mal Lust dazu haben.«

»Du sprichst doch wohl nicht von Klara?« Klara war Lisl Hennigs Haushälterin seit grauer Vorzeit.

»Nein, natürlich nicht Klara. Aber Klara ist inzwischen ja auch schon steinalt. Beide sind sehr alte Damen, die in irgendein anständiges Altersheim gehören und nicht mehr versuchen sollten, sich mit den Problemen eines alten und heruntergekommenen Hotels herumzuschlagen.«

»Was wird Lisl machen?«

»Wenn sie auf das hört, was ihr alle raten, wird sie das Hotel verkaufen.«

»Sie hat eine Hypothek aufgenommen«, sagte ich.

Er stocherte in seiner Pfeife. »So wie ich die Mentalität von

Bankiers kenne, wird ihr die Bank nicht mehr als die Hälfte des Marktwerts gegeben haben.«

»Ich nehme an, du hast recht.«

»Jedenfalls hätte sie genug, um ihre letzten Jahre bequem verbringen zu können«, sagte Frank.

»Ich kann mir einfach nicht vorstellen, daß ich in Berlin ankomme und nicht bei Lisl absteigen kann«, sagte ich in kindischer Selbstsucht. Mein Vater hatte schon in diesem Haus im Quartier gelegen, und später waren meine Mutter und ich auch eingezogen. Ich hatte während meiner ganzen Kindheit und Schulzeit dort gewohnt. Jedes Zimmer, jedes Möbelstück, jedes Stückchen abgetretener Teppich erinnerte mich an jene Jahre. Ich nehme an, aus diesem Grunde war es mir auch ganz recht gewesen, daß bei Lisl nie was renoviert wurde. Das Haus war für mich so etwas wie ein privates Museum meiner Vergangenheit, und die Aussicht, es zu verlieren, erfüllte mich mit Schrecken. Es kam mir so vor, als sollte mir die Erinnerung an meinen Vater entrissen werden.

»Ein Gläschen noch?« fragte Frank. Er legte ehrerbietig seine Pfeife in dem Aschenbecher ab und ging zu dem Getränkeservierwagen. »Ich mache die Flasche sowieso auf.«

»Also gut. Ja, gern«, antwortete ich und setzte mich wieder, während Frank mir ein Glas von dem braunen Wein eingoß. Ich sagte: »Als ich das letzte Mal bei Lisl wohnte, waren nur drei Zimmer belegt.«

»Das ist noch nicht mal das Schlimmste«, sagte Frank. »Der Arzt meint, daß die Anstrengung auf jeden Fall zuviel für sie ist. Zu Werner hat er gesagt, daß sie höchstens noch sechs Monate zu leben hat, wenn sie sich nicht zur Ruhe setzt.«

»Arme Lisl.«

»Ja, arme Lisl«, sagte Frank und reichte mir das bis zum Rand gefüllte Glas. Es klang ein bißchen sarkastisch; für gewöhnlich nannte er sie ja Frau Hennig.

»Ich weiß, du konntest sie nie leiden«, sagte ich.

»Ach komm, Bernard, das ist doch nicht wahr.« Er nahm seine Pfeife wieder zur Hand und setzte sie in Gang.

»Wirklich nicht?«

»Ich habe gesagt, daß sie ein Nazi war«, sagte er in gemessenem Ton und lächelte, als gefiele ihm seine Heuchelei.
»Das ist doch Unsinn.« Lisl war für mich eine zweite Mutter. Selbst wenn Frank mir wie ein zweiter Vater war, gab ihm das kein Recht zu derartigen Verallgemeinerungen über sie.
»Die Hennigs sind während der Nazizeit hochgekommen«, sagte Frank. »Ihr Mann war in der Partei, und eine Menge von den Leuten, mit denen sie verkehrte, hatten Scheiße am Stekken.«
»Zum Beispiel?«
»Sei doch nicht so bockig, Bernard. Lisl und ihre Freunde waren begeisterte Anhänger von Hitler bis zu dem Augenblick, als die Rote Fahne auf dem Brandenburger Tor gehißt wurde.« Er nippte an seinem Glas. »Und danach hat sie nur gelernt, ihre politischen Ansichten für sich zu behalten.«
»Vielleicht«, sagte ich widerstrebend. Es stimmte, Lisl war die erste, wenn es darum ging, dem Sozialismus irgendwelche Fehlschläge nachzuweisen.
»Und dann dieser Lothar Koch... Aber du weißt ja, was ich von dem halte.«
Frank war überzeugt, daß Lothar Koch, ein alter Freund von Lisl, eine dunkle Nazi-Vergangenheit hatte. Einer von Franks deutschen Spezis behauptete, Koch sei bei der Gestapo gewesen, aber es gab viele Leute, über die solche Gerüchte kursierten, und Frank selbst hatte das schon einigen Männern nachgesagt. Manchmal hatte ich das Gefühl, daß sich Frank mehr Gedanken über die Nazis machte als über die Russen. Aber das hatte er mit vielen von denen, die schon lange dabei waren, gemeinsam.
»Lothar Koch war nichts weiter als ein kleiner Angestellter«, sagte ich. Ich trank mein Glas aus und stand auf. »Und du bist nichts weiter als ein unverbesserlicher Romantiker, das ist dein Problem. Du hoffst immer noch, daß eines Tages Martin Bormann dabei überrascht wird, wie er in einer Wellblechhütte im Regenwald zusammen mit Hitler dessen Memoiren aufschreibt.«
Noch immer seine Pfeife paffend, erhob sich Frank und bedachte mich mit jenem Lächeln, das sagte: Na schön, du wirst schon

noch sehen. Als wir an der Tür waren, sagte er: »Ich werde den Erhalt von Dickys Memorandum über Fernschreiber bestätigen, und irgendwann morgen, gegen Abend, können wir uns noch mal treffen, dann sage ich dir die Antwort, die du ihm mündlich geben kannst. Paßt dir das?«
»Sehr gut sogar. Einen Tag zur Stadtbesichtigung kann ich gut gebrauchen.«
Er nickte wissend und nicht sonderlich beifällig. Einige von meinen Berliner Bekannten schätzte Frank überhaupt nicht.
»Habe ich's mir doch gedacht«, sagte er.

Es war ungefähr halb zwei, als ich Lisl Hennigs kleines Hotel erreichte. Wie verabredet hatte Klara mir die Tür aufgelassen. Behutsam stieg ich unter einem Gewölbe voller bröckelnder, vergilbter und von Spinnen eingewebter Putten die breite Treppe ins Hochparterre hinauf. Eine kleine Lampe auf einem Tischchen neben der Bar gab den verschmierten Barockspiegeln an den Wänden im Salon eben genug Licht, die schon zum Frühstück gedeckten Tische verschwommen zu reflektieren.
Die Speisekammer neben der Hintertreppe war als Schlafzimmer für Lisl eingerichtet worden, als wegen ihrer Arthritis der Weg in das Obergeschoß für sie zur Qual wurde. Unter der geschlossenen Tür war ein Lichtstreifen sichtbar, und man hörte ein merkwürdiges, unterbrochen brummendes Geräusch. Ich klopfte leise.
»Komm herein, Bernd«, rief sie. Ihre Stimme klang, entgegen allem, was Frank erzählt hatte, überhaupt nicht schwach. Sie saß im Bett und sah so hellwach aus wie immer, einen Haufen Kissen im Rücken und die rot- und grüngemusterte Bettdecke mit Zeitungen übersät. Zeitungslektüre war Lisls Leidenschaft. Pergamentlampenschirme färbten das Licht golden und verwandelten ihr wirres Haar in einen Heiligenschein. Sie hielt eine kleine Kunststoffschachtel in der Hand und schob und zog daran herum. »Sieh mal, Bernd, sieh dir das bloß mal an!«
Von neuem machte sie sich an der kleinen Schachtel zu schaffen. Hinter mir erklang, von einem metallischen Rasseln gefolgt, ein lautes Brummen. Ich muß erschrocken zusammengefahren sein.

Lisl lachte. »Sieh dir das an, Bernd. Aber paß auf! Ist es nicht wunderbar?« Sie kicherte entzückt.
Ich sprang zur Seite, als ein kleiner olivgrüner Jeep über den Teppich dahergefahren kam, aber er ging in die Kurve und raste geradewegs auf den Kamin zu, bis er gegen dessen Gitter knallte – worauf er kehrtmachte und, mit schwankender Antenne, weiter durchs Zimmer fuhr.
Obwohl sie mit der Fernsteuerung des Spielzeugs noch nicht ganz zurechtkam, strahlte Lisl vor Entzücken. »Hast du schon jemals so was gesehen, Bernd?«
»Nein«, antwortete ich, um sie nicht zu enttäuschen. Man merkte eben doch, daß die alte Dame den Finger nicht mehr wie früher am Puls der Zeit hatte – trotz der Zeitungen.
»Für den Jungen von Klaras Neffen«, sagte sie, ohne zu erklären, weshalb sie während der frühen Morgenstunden damit spielte. Sie legte das Kontrollgerät neben ein Glas Wein, das auf ihrem Nachttisch stand, wo auch ein altes Koffergrammophon und ein Stapel 78er Schellackplatten ihren Platz hatten. »Gib mir einen Kuß, Bernd«, befahl sie.
Ich befreite den kleinen Jeep aus einer Teppichfalte und umarmte und küßte Lisl dann herzlich. Sie roch nach starkem, würzigem Schnupftabak, durchdringend, denn etwas davon hatte sie auch auf ihre Bettjacke verschüttet. Die Vorstellung, diese verrückte Frau zu verlieren, war schrecklich. Sie war mir nicht weniger lieb als meine Mutter.
»Wie bist du denn reingekommen?« fragte sie plötzlich und sah mich streng an. Ich trat einen Schritt zurück und suchte verzweifelt eine passende Antwort. Sie setzte die Brille auf, um mich besser sehen zu können. »Wie bist du reingekommen?«
»Ich...«
»Hat dieses elende Mädchen wieder die Tür nicht abgeschlossen?« sagte sie zornig. »Wie oft soll ich ihr das denn noch sagen... Eines Tages werden sie uns alle im Bett ermorden.« Sie schlug klatschend mit gespreizten Fingern auf die über ihre Bettdecke verstreuten Zeitungen. »Liest sie denn keine Zeitungen? Heutzutage wird doch schon für mickrige zehn Mark gemordet... Die ganze Stadt wimmelt von Verbrechern,

Rauschgifthändlern, Rauschgiftsüchtigen, Perversen... Man sieht diese Leute doch am hellichten Tag auf dem Ku'damm auf und ab stolzieren! Wie kann sie da die Haustür weit offenlassen! Ich hatte ihr befohlen, auf dich zu warten. Dieses dumme Mädchen!«

Das dumme Mädchen war fast genauso alt wie Lisl und mußte morgen früh schon vor Tau und Tag wieder auf den Beinen sein, um das Frühstück anzurichten und zu servieren. Klara hatte ein bißchen Nachtruhe bitter nötig, aber auf eine Diskussion ließ ich mich lieber nicht ein. Es war besser, Lisl nicht durch Widerspruch zu reizen.

»Wo warst du denn?«

»Ich bin zum Essen bei Frank geblieben.«

»Frank Harrington, diese hinterlistige Schlange.«

»Was hat er dir denn getan?«

»Natürlich, als Engländer mußt du ihn ja wohl verteidigen.«

»Ich verteidige ihn ja gar nicht, ich weiß nur nicht, was er dir getan hat.«

»Er ist honigsüß, wenn er was von einem will, aber er denkt nur an sich selbst. Er ist ein Schwein!«

»Was hat Frank denn gemacht?« fragte ich.

»Willst du was zu trinken?«

»Nein danke, Lisl.«

Beruhigt nahm sie einen Schluck von ihrem Sherry, oder was es sonst war, und sagte: »Meine Doppelsuite im ersten Stock habe ich erst vor ein oder zwei Jahren mit einem neuen Badezimmer ausstatten lassen. Wunderbare Räume. Es gibt keine schöneren in Berlin.«

»Aber Frank hat doch diese große Villa, Lisl!«

Sie winkte ab. »Für Sir Clevemore. Er hat vor langer Zeit hier gewohnt, als dein Vater noch da war. Damals war er noch kein ›Sir‹, ich bin überzeugt, er würde gerne wieder herkommen.«

»Sir Henry?«

»Clevemore.«

»Ja, ich weiß.«

»Frank hat ihm eine Suite im Kempinski reserviert. Denk doch nur mal an die Kosten. Bei mir wäre er viel lieber gewesen. Das weiß ich genau.«

»Wann soll denn das gewesen sein?«
»Vor ein, zwei Monaten, länger nicht.«
»Du mußt dich irren. Sir Henry ist seit sechs Monaten krank. Und in Berlin ist er schon seit ungefähr fünf Jahren nicht mehr gewesen.«
»Klara hat ihn im Kempinski gesehen. Sie hat eine Freundin, die da arbeitet.«
»Sie muß sich getäuscht haben. Ich sage dir doch, Sir Henry ist krank.«
»Sei doch nicht so starrköpfig, Bernd. Klara hat mit ihm gesprochen. Er erkannte sie wieder. Ich war so wütend. Ich wollte Frank Harrington deswegen anrufen, aber Klara hat mich schließlich doch davon abgebracht.«
»Klara hat sich geirrt«, erwiderte ich. Ich wollte ihr nichts davon erzählen, daß Klara schon bei früheren Gelegenheiten solche Geschichten erfunden hatte, nur um ihre selbstherrliche Chefin damit zu ärgern.
»Eine wunderschöne Suite«, sagte Lisl. »Und seitdem ich dieses Badezimmer habe einbauen lassen, erst recht: mit thermostatischem Regler für die Wassertemperaturen, Spiegelwänden, Bidet. Da ist alles dran, sage ich dir.«
»Also Sir Henry war es jedenfalls nicht«, sagte ich. »Mach dir deswegen keine Sorgen mehr. Wenn er in Berlin gewesen wäre, wüßte ich's.«
»Warum solltest du so was denn erfahren?« Sie grinste von Ohr zu Ohr, entzückt, mich bei einem Widerspruch ertappt zu haben, denn ihr gegenüber behauptete ich stets, daß ich für einen pharmazeutischen Betrieb arbeitete.
»Na ja, ich hör' so manches«, antwortete ich nicht sehr überzeugend.
»Gute Nacht, Bernd«, sagte sie, noch immer lächelnd. Ich küßte sie noch einmal und machte mich auf den Weg in mein Schlafzimmer. Als ich den Fuß auf die erste Treppenstufe setzte, ertönte hinter mir wie der Schall der Posaune des Jüngsten Gerichts der blecherne Sound einer Dixielandkapelle, die sich an dem Chorus »I'm forever blowing bubbles« versuchte. Kein Wunder, daß Lisls Hotel nicht überbelegt war.

Ich wohnte wieder in der Dachkammer. Schon als Junge hatte ich in dieser engen Mansarde geschlafen, deren Fenster auf den Hinterhof hinausging. Zu dieser Jahreszeit war es eisig da oben. Die Wirkung der Zentralheizung schien seit einigen Jahren mit zunehmender Höhe des Stockwerks nachzulassen, der riesige Heizkörper war kaum lauwarm. Doch die fürsorgliche Klara hatte mir eine Wärmflasche ins Bett gelegt, und so schlüpfte ich zufrieden zwischen die gestärkten Laken.

Vielleicht hätte ich nach dem Abendessen weniger von Franks starkem Kaffee trinken sollen. Jedenfalls konnte ich stundenlang nicht einschlafen. Ich mußte an Fiona denken, die vermutlich nur ein paar Straßen weiter ebenfalls im Bett lag. Ich sah sie ganz deutlich vor mir. War sie allein, oder lag sie mit jemand anderem in dem Bett? Eine Flut von Erinnerungen stürmte auf mich ein. Entschlossen zwang ich mich, an etwas anderes zu denken. Was würde aus Lisl werden und aus ihrem alten Haus, wenn sie es verkaufte? Das Grundstück in dieser Gegend von Charlottenburg, ganz nahe beim Kurfürstendamm, war bestimmt eine Menge Geld wert. Jeder Spekulant würde damit machen, was Spekulanten überall mit solchen Grundstücken machen: den Mietern und den Tante-Emma-Läden und den altmodischen kleinen Restaurants kündigen, alles niederwalzen und häßliche Bürogebäude aus Beton und Glas auf den wertvollen Boden setzen, die dem Eigentümer hohe Mieteinnahmen und dem Staat hohe Steuern versprachen. Eine deprimierende Aussicht. Und ich dachte an Klaras kühne Behauptung, den Director-General im Kempinski gesehen zu haben. Die Geschichte war hochgradig unwahrscheinlich aus einer ganzen Reihe von Gründen. Erstens war der D. G. krank, und das schon seit Monaten. Zweitens haßte er Auslandsreisen. Die einzige offizielle Überseereise, die er je unternommen hatte (abgesehen von einer gelegentlichen Konferenz in Washington, D. C.), ging in den Fernen Osten. Soweit ich mich erinnern konnte, war der D. G. seit mindestens fünf Jahren nicht mehr in Berlin gewesen. Und drittens hätte er in Berlin nicht in einem der großen Hotels gewohnt. Er hätte Franks Gastfreundschaft angenommen – oder, wenn sich's um einen offiziellen Besuch handelte, diejeni-

ge des kommandierenden Generals der britischen Streitkräfte, des britischen Stadtkommandanten. Vollkommen unglaubwürdig war aber schließlich Klaras Behauptung, daß der D. G. sie erkannt habe. Der D. G. konnte sich nicht einmal an den Namen seines eigenen Labrador-Hundes erinnern, wenn ihm sein getreuer Adjutant Morgan nicht soufflierte.
Ich versuchte einzuschlafen, aber es ging nicht. Es gab zuviel, das mich wach hielt. Auffällig war zum Beispiel, wie prompt Frank geleugnet hatte, Jim Prettyman zu kennen. Er hatte sich nicht geräuspert, nicht gezögert und auch nicht gefragt, warum ich den Namen erwähnte. Nur ein plattes Nein – und dann Themawechsel. Normalerweise litt Frank nicht an einem derartigen Mangel an Neugier. Eigentlich verhielt sich kein Mensch normalerweise so.

6

»Wenn Willi auf mich gehört hätte, hätte er die verdammte Maschine gar nicht erst hier aufgestellt«, sagte Werner und hob den Blick von seiner riesigen Portion Rindfleisch, um die beiden weißbekittelten Chirurgen zu mustern, die mit Schraubenziehern in den Eingeweiden einer alten, offensichtlich durch einen Tritt zum Schweigen gebrachten Jukebox herumstocherten. Willi Leuschner, der Wirt, beobachtete die Operation mit der gequälten Miene eines mitleidenden Verwandten. Anscheinend hatte irgendein nächtlicher Popmusikliebhaber seinen Wünschen per Fuß Ausdruck verliehen.

Wir saßen in einer der Nischen am Fenster. Als Jungen waren wir überzeugt gewesen, daß den Leuten auf den Fensterplätzen größere Portionen serviert würden, um Passanten hereinzulokken. Ich weiß noch immer nicht, ob das den Tatsachen entspricht oder nicht, aber wir wollten beide auf keinen Fall ein Risiko eingehen.

»Musikkritikern ist nicht zu trauen«, meinte ich. »Das hätte ihm schon Toscanini sagen können.«

»Ich wette, diese Jukebox ist nicht versichert«, sagte Werner. Er war der Typ, der die Zufälle des Lebens zunächst mal in Hinsicht auf Gestehungskosten, Prozente, Verzinsung, Risiko, Versicherung bewertet.

»Sie war billig«, erklärte ich, »und Willi dachte, sie würde mehr Teenager anziehen.«

»An diesen abgebrannten Halbstarken wird er sich sicher dumm und dämlich verdienen!« sagte Werner. Er kam sich sehr ironisch vor. »Er sollte lieber froh sein, wenn sie draußenbleiben, anstatt ihnen auch noch hinterherzulaufen.«

Obwohl wir von Kindesbeinen an Freunde waren, konnte Werner mich noch immer verblüffen. Häufig hatte ich ihn erklären hören, daß Jugendkriminalität nur eine Folge war von zuviel Fernsehen, alleinerziehenden Eltern, Arbeitslosigkeit oder dem übermäßigen Genuß von Süßigkeiten. War Werners neue reaktionäre Einstellung jungen Leuten gegenüber etwa ein Zeichen dafür, daß er langsam alt wurde – so wie ich es schon seit einer Ewigkeit war?
Werner verdiente sein Geld mit Wechselbürgschaften. Das heißt, er finanzierte Exporte aus Osteuropa in den Westen mit harten Währungen, die er borgte, wo er sie kriegen konnte. Er mußte hohe Zinsen zahlen und lebte von kleinen Gewinnspannen. Das Geschäft war hart, aber Werner hatte offensichtlich eine glückliche Hand im Umgang mit den unglücklichen Zufällen und günstigen Gelegenheiten dieses seltsamen Randgebiets der Finanzwelt. Wie viele seiner Konkurrenten hatte er mit dem Bankgeschäft keinerlei Erfahrung, und seine berufliche Vorbildung erschöpfte sich in dem Erwerb der Fähigkeit, mit einem japanischen Taschenrechner umzugehen.
»Ich dachte, du magst junge Leute, Werner«, sagte ich.
Er sah mich mit gerunzelten Brauen an. Sonst beschimpfte er mich immer als intolerant und engstirnig, aber in unserer Stammkneipe waren wir beide lieber unter unsresgleichen, wie die meisten Berliner auch. Man brauchte gar nicht weit die Potsdamer Straße entlangzugehen, bis man zu der Überzeugung kam, daß die Einführung der allgemeinen Wehrpflicht vielleicht doch keine schlechte Idee war.
Heute war Werner irgendwie verändert. Es war nicht der neue Bart – ein schöner Vollbart, mit dem er bald aussehen würde wie ein wohlhabender wilhelminischer Brauereikönig oder wie ein Geschäftsfreund von Sir Basil Zaharoff. Es war auch nicht nur, daß er wieder stark zugenommen hatte; nach jeder seiner Schlankheitskuren nahm er stark zu. Auch daß er so viel zu früh zu unserer Verabredung erschienen war, gab nicht den Ausschlag. Aber er war ungewöhnlich unruhig. Während wir auf das Essen warteten, hatte er dauernd mit dem Pfefferstreuer und dem Salzstreuer gespielt, sich an den Ohrläppchen gezogen und

an die Nase gefaßt und aus dem Fenster gesehen, als sei er in Gedanken ganz woanders. Ich fragte mich, ob er schon an seine nächste Verabredung dachte, denn irgendwas anderes schien er noch vorzuhaben – so, wie er da saß, in einem maßgeschneiderten Anzug und seidenen Hemd, war er jedenfalls nicht angezogen für diese Art von Lokal.

Wir saßen bei Leuschner. Dieses Café in der Nähe des Potsdamer Platzes war in seiner Glanzzeit ziemlich bekannt und Treffpunkt berühmter Leute gewesen. Inzwischen lag diese Glanzzeit schon recht lange zurück, das Lokal war schäbig und fast leer. Kein Wunder angesichts der Tatsache, daß der Potsdamer Platz, einst der verkehrsreichste Europas, jetzt, zwischen Mauer und Stacheldrahtverhau, nur noch für die Bewacher der Staatsgrenze der DDR zugänglich war, die ihre scharfen Hunde im märkischen Sand spazierenführten und dabei darauf achteten, daß ihre Mitbürger auf der anderen Seite des Potsdamer Platzes blieben, wo sie hingehörten. Seitdem sich das städtische Leben aus der toten Zone an der politischen Westseite der Sektorengrenze (die dort der geographischen Südseite entsprach) zurückgezogen hatte, war das Café Leuschner zu einem Lokal verkommen, wo man aufpassen mußte, zu wem man was sagte, und wo die Polizei regelmäßige Personenkontrollen durchführte.

Einst standen Luxushotels in dieser Gegend am Anhalter Bahnhof, der in den dreißiger Jahren der größte der Welt war. Damals kamen täglich hundertfünfundvierzig Züge dort an, davon zweiundachtzig Fernzüge der Luxusklasse, mit Bar, Speisewagen und Schlafwagen. Durch einen speziell für diesen Zweck gebauten Tunnel geleiteten mit riesigen Koffern aus Krokodil- und Schweinsleder beladene Gepäckträger und Pagen in Livree die angekommenen Gäste unter der Straße und dem brausenden Verkehr hindurch, direkt in das feudale Hotelfoyer des berühmten Excelsior nebenan. Dort wohnte man in bequemer Nachbarschaft zum Gesandtschaftsviertel am Tiergarten, zu den vornehmen Geschäften an der Leipziger Straße, unweit der Straße Unter den Linden und des Herzens der Hauptstadt. Tagsüber beherrschte hier der Verkehr die Szenerie, und das Nachtleben hörte erst mit dem kostenlosen Frühstück für jeden noch wachen Nachtvogel auf.

Nun war vom Anhalter Bahnhof nur mehr ein Teil der Stirnwand der Schalterhalle erhalten. Im Sommer war das Gelände hinter dieser Wand von dickem Unkraut und Gebüsch überwuchert, und während unserer Schulzeit hatten Werner und ich uns oft dort zwischen den im Dickicht verborgenen Stellwerken, Lokomotivschuppen, ausgeweideten, verrosteten Schlafwagen und anderen Ruinen des Eisenbahnzeitalters herumgetrieben. Seit Kriegsende ist auf den Gleisen der Südbahn hinter dem ehemaligen Bahnhofsgelände ein regelrechter Urwald entstanden.
Was auf der Nordseite des Anhalter Bahnhofs stehen geblieben war, machte nicht mehr viel her. Man hätte die ramponierten Fassaden, die da noch vereinzelt aufragten, für Filmkulissen halten können, wenn sie nicht so authentisch schmutzig gewesen wären. Dort, wo einst das Zentrum Europas war, war jetzt nichts mehr. Wer nun unterwegs in die Kochstraße oder zum Checkpoint Charlie am ehemaligen Anhalter Bahnhof vorbeifuhr, machte, daß er weiterkam.
Dennoch hat erstaunlicherweise das Café Leuschner bis heute dort ausgehalten. Willi Leuschner mochte mit der Aufstellung der Jukebox einen bedauerlichen Fehler gemacht haben, aber er zapfte ein gutes Bier, und seine österreichische Frau servierte noch immer einmal in der Woche den besten Tafelspitz in der Stadt. Und zu dem zartgekochten Rindfleisch gab es bei ihr kleine Kartoffelklöße, der Kohl war in Bratenfett gegart und mit Kümmel gewürzt.
Als Werner sich den letzten Bissen seiner gigantischen Portion Rindfleisch mit viel zuviel geriebenem Meerrettich in den Mund geschoben hatte, fand ich es an der Zeit, das Thema anzuschneiden, das ich mit Werner besprechen wollte. Ich sagte: »Jedenfalls sieht Lisl hervorragend aus.«
»Du hast sie nur für fünf Minuten gesehen«, sagte Werner und wischte mit einem Stück Brot den Rest des Meerrettichs von seinem Teller. Ihm trieb das Zeug nicht wie mir die Tränen in die Augen.
»Sie schlief noch, als ich heute morgen ging, und ich wollte sie nicht stören«, sagte ich. Ich versuchte es noch einmal mit dem

Meerrettich, den liegen zu lassen ich schon beschlossen hatte. Wieder fand ich schon das kleine bißchen, das ich an der Gabel hatte, sehr, sehr scharf.

»Sie ist eine dumme alte Frau«, sagte Werner in einem Ausbruch von ungewohnter Bitterkeit. Daran konnte man erkennen, wie frustriert er war. »Tausendmal hat der Arzt ihr gesagt, daß sie abnehmen und sich schonen soll. Statt dessen trinkt sie, raucht, regt sich auf, streitet herum. Es ist absurd.« Vielleicht war der Ton, in dem er das hervorstieß, nicht so sehr erbittert als traurig.

»Und du sagst, sie hat einen Schlaganfall gehabt?«

»Die Leute im Krankenhaus sagen, daß die Untersuchungsergebnisse nicht ganz eindeutig sind.« Er steckte sich das letzte Stück Brot in den Mund. »Aber wie dem auch sei, jedenfalls muß sie sich unbedingt zur Ruhe setzen.«

»Aber wer wird sich um den Verkauf des Hauses kümmern?« Mir wurde plötzlich klar, wieviel Arbeit das machen würde. Verhandlungen mit Grundstücksmaklern und Banken, mit Rechtsanwälten und Steuerberatern, dazu zig Formulare und der kleinliche bürokratische Papierkrieg – alles, was eine einfache Transaktion zu einem Alptraum macht. »Das Beste wäre, wenn man Lisl überzeugen könnte, wegzufahren, bis alles erledigt ist. Vielleicht können wir ihr ein Quartier in Baden-Baden besorgen. Sie hat immer gesagt, daß sie gerne mal in Baden Urlaub machen würde.«

Er sah mich an und bedachte mich mit einem schiefen, kleinen Lächeln. »Und wer von uns beiden wird Lisl das alles beibringen?« fragte er.

In dem Augenblick kam Willi Leuschner an den Tisch, um abzuräumen. »Was wollt ihr zwei denn als nächstes?« fragte er. »Brotkuchen?« Willi war in meinem Alter, doch sein Kopf war schon kahl, und der große, an den Spitzen gekrümmte Schnurrbart, den er sich zum Ausgleich hatte stehenlassen, war altersgrau und vom Nikotin vergilbt.

Er duzte uns, weil wir drei zusammen zur Schule gegangen waren und einander besser kannten als unsere Frauen. Bei mir war es jedenfalls so. Und Willi wußte, daß Werner und ich uns an dem Brotkuchen nicht satt essen konnten. Frau Leuschner hatte das Rezept aus den Kriegsjahren durch die Hinzufügung von Eiern und Sahne zu einer Schöpfung ihrer besonderen Art von Haute Cuisine veredelt. Willi wartete denn auch gar nicht auf eine Antwort. Er wischte den Tisch ab und ging in die Küche, die Biergläser und Bestecke geschickt auf den Tellern balancierend. Willis Vater hatte noch über einen furchteinflößenden Maître d' und ein Dutzend befrackte Kellner geboten, denen weißjackige Lehrlinge assistierten. Für Willi und seinen Bruder arbeiteten zwei junge Leute aus der Kreuzberger Szene, die morgens meist mit glasigen Augen und zittrigen Händen antanzten.

»Ich weiß, was du denkst, Werner«, sagte ich, als Willi gegangen war.

»Was denke ich denn?« Er sah aus dem Fenster auf die fast leere Straße hinaus. Der gestern gefallene Schnee war geschmolzen, aber seitdem war die Temperatur stark gefallen, und dem niedrigen, grauen Himmel war anzusehen, daß es bald mehr Schnee geben würde.

»Du denkst, daß ich's mir ganz schön leichtmache. Ich komme hier hereingeschneit, sage, was für Lisl zu tun ist, und dann haue ich wieder ab und überlasse dir die Arbeit.«

»Wieso, Bernie?« sagte Werner. »Lisl ist mein Problem, nicht deins.«

»Sie hat nur uns«, sagte ich. »Was zu tun ist, werden wir zusammen machen. Ich werde mir Urlaub nehmen.« Werner nickte trübselig mit dem Kopf, also versuchte ich, energisch zu wirken: »Das Haus zu verkaufen dürfte nicht allzu schwierig sein. Aber wir müssen Lisl irgendwo anders unterbringen. Irgendwo, wo es ihr gefällt.«

»Ich bin Jude«, sagte Werner plötzlich. »Im Krieg geboren. Ich heiße Isaak wie mein Vater, aber dann haben sie mich Werner genannt, weil das arisch klang. Lisl hat meine Eltern versteckt. Sie hat nichts daran verdient, denn meine Eltern hatten kein Geld. Sie hat ihr Leben riskiert. Die Nazis haben Leute mit weniger Grund in die Lager geschickt. Ich weiß nicht, warum Lisl dieses Risiko eingegangen ist. Manchmal frage ich mich, ob

ich so wie sie Leuten helfen würde, die mir relativ fremd sind. Ich bin keineswegs sicher, das kann ich dir sagen. Aber Lisl hat sie versteckt, und als ich geboren wurde, hat sie mich auch versteckt. Und als meine Eltern starben, hat sie mich aufgezogen, als wäre ich ihr eigenes Kind. Verstehst du?«
»Wir machen's zusammen«, sagte ich.
»Was?«
»Das Haus verkaufen. Lisl in einem anständigen Altersheim unterbringen. Klara auch.«
»Spinnst du?« sagte Werner. »In tausend Jahren kriegst du sie nicht aus diesem Haus raus.«
Ich sah ihn an. Er hatte die unergründliche Miene aufgesetzt, die er sich schon als Schuljunge angeeignet hatte. »Also, was hast du vor? Sollen sie das Haus um sie herum abreißen?«
»Ich werde die Leitung des Hotels übernehmen«, sagte Werner. Er starrte mich herausfordernd an, als erwarte er heftigen Widerspruch oder aber höhnisches Gelächter.
»Die Leitung des Hotels übernehmen?« fragte ich verblüfft.
»Ich bin schließlich bei ihr aufgewachsen, nicht? Und habe früher sogar ihre Buchführung gemacht. Ich verstehe genug von dem Geschäft.«
»Sie wird dir nicht erlauben, irgendwas zu ändern«, sagte ich warnend.
»Ich werde alles tun, was ich für nötig halte«, entgegnete Werner ruhig. Sein Ton rief mir in Erinnerung, daß unter meinen Berliner Freunden Lisl nicht die einzige Person mit eisernem Willen war.
»Und denkst du, du kannst einen Gewinn erwirtschaften?« fragte ich.
»Es reicht, wenn der Laden sich trägt.«
»Und was ist mit dem Wechselbürgschaftsgeschäft?«
»Ich geb' es auf.«
»Ich glaube, das solltest du dir noch mal überlegen, Werner«, sagte ich beunruhigt. Mir waren gerade die möglichen Konsequenzen eines solchen Schrittes eingefallen.
»Ich habe mich schon entschieden.«
»Wo wirst du wohnen?«

Er lächelte angesichts meiner Bestürzung. Möglicherweise entschädigte ihn das, vielleicht hatte er sich schon darauf gefreut. »Ich nehme eines von den Zimmern im Obergeschoß, aus meiner Wohnung ziehe ich aus.«

»Und was ist mit Zena?« fragte ich. Ich konnte mir nicht vorstellen, daß Werners junge, eigensinnige und snobistische Frau sich mit einem Zimmer im Obergeschoß von Lisls Hotel abfinden würde, nicht einmal mit der Suite mit dem neuen Badezimmer, auf die Lisl so stolz war.

»Für Zena ist das schwer zu verstehen«, sagte Werner.

»Kann ich mir denken.«

»Zena sagt, daß sie Lisl nichts schuldet, und in gewisser Hinsicht hat sie da natürlich recht«, sagte er traurig.

»›...und verspreche dir die Treue in guten und in bösen Tagen...‹ Oder gilt das nicht mehr seit der Emanzipation?«

»Ich wünschte, du könntest Zena besser kennenlernen. Sie ist nicht egoistisch. Nicht so egoistisch, wie du denkst«, differenzierte er, als ihm klar wurde, was er da behauptete.

»Was wird Zena also machen?«

»Sie wird die Wohnung in Dahlem behalten. Ich meine, aufgeben können wir die ja nicht, selbst wenn wir wollten, wegen der vielen Möbel. Zu Lisl können wir die ja schlecht mitnehmen, oder?«

»Jedenfalls wird sich dein Leben ganz schön verändern, Werner.« Er gab sein Geschäft auf, seine luxuriöse Wohnung und allem Anschein nach auch seine Frau. Sie hatte ihn schon des öfteren verlassen. Zenas Treue war nicht von der Sorte, die Dichter in Sonetten besangen – eher in Limericks. Wahrscheinlich war sie mir deswegen so zuwider.

»Es gibt keine andere Möglichkeit, Bernie. Wenn ich Lisl nicht wenigstens diesen Gefallen täte, würde mir mein Gewissen keine ruhige Minute mehr lassen.«

Ich sah ihn an. Werner war ein guter Mensch. Vielleicht der einzig wirklich gute Mensch, den ich kannte. Was konnte ich also sagen außer: »Du hast recht. Es gibt keine andere Möglichkeit.«

»Vielleicht läuft es ja auch sehr gut.« Werner versuchte verzwei-

felt, das Beste daraus zu machen. »Wenn mehr Touristen kämen, könnte ich den Bankkredit zurückzahlen. Ich werde versuchen, mit ein paar Reisebüros ins Geschäft zu kommen.«
Er schien es ernst zu meinen. Als wüßte er nicht, daß Reiseveranstalter nur billige, trübselige Schuhkartons mit mindestens zweihundert Betten unter der Leitung von sechzehnjährigen Schulaussteigern wollten, die keine bekannte Sprache sprechen! Was soll ein Reisebüro mit einem kleinen, behaglichen, von Menschen geführten Hotel anfangen? »Sehr gute Idee, Werner«, erwiderte ich.
»Natürlich kann ich mein Geschäft nicht von heute auf morgen aufgeben«, sagte er. »Ein paar Sachen sind noch in der Abwicklung.«
»Wie oft fährst du noch rüber?« fragte ich. Werners Geschäfte führten ihn regelmäßig nach Ost-Berlin zu Verhandlungen mit den dortigen Behörden. Ich fragte ihn nicht, ob er noch immer unseren Leuten in Franks Büro Bericht erstattete. Je weniger ich davon wußte, desto besser.
»Nicht mehr so oft. Heute kann man die meisten Vorverhandlungen schon am Telefon erledigen.«
»Wird es also besser?«
»Besser nicht. Anders. Die haben inzwischen gelernt, ihr Image besser zu pflegen und nichts mehr zuzugeben, was die westliche Presse aufregen würde.« Das war ein hartes Urteil, um so mehr, als Werner auch in seinen spontanen Äußerungen über die DDR stets um Objektivität bemüht war.
»Wie geht's der Normannenstraße heute?«
»Blendend«, sagte Werner.
»Inwiefern?«
»Die Ostdeutschen sind heute Nummer eins auf der Moskauer Hitparade. Prag ist nicht mehr die Hochburg der sowjetischen Westspionage, und unsere Freunde in der Normannenstraße lachen sich ins Fäustchen.«
»Beim Stasi soll eine große Umorganisation im Gange sein.«
»Die alten Kämpfer werden einer nach dem anderen aus dem Verkehr gezogen. Auch die Verwaltung wird ausgedünnt. Die Organisation ist heute kleiner und besser.«

»Soso.«
»Natürlich werden alle Operationen vom KGB überwacht. Wenn irgendwas nicht richtig läuft, kriegt die Normannenstraße Moskaus Mißvergnügen zu spüren.«
»Hast du je wieder von diesem Erich Stinnes gehört?«
»Er ist jetzt Verbindungsmann zum KGB. Hat einen sehr einflußreichen Posten gekriegt.«
»Stinnes?«
»Der KGB expandiert. Denen ist der Etat nicht gekürzt worden. Und die Amerikaner operieren immer noch von ihren Botschaften aus, und natürlich stecken alle amerikanischen Botschaften vom Dach bis zum Keller voller Wanzen. Sie werden's nie lernen.«
»Hat meine Frau was zu tun mit dieser Umstrukturierung?« fragte ich.
»Ich dachte, davon reden wir«, sagte Werner. »Sie hat dir doch damals bei diesem ›Strukturbericht‹ geholfen, nicht?«
Ich antwortete nicht. Seit Ewigkeiten waren viele der Meinung, daß unsere Dienste unabhängig von den Botschaften und anderen diplomatischen Behörden organisiert sein sollten. Ich hatte eine Menge Zeit auf einen Bericht darüber verwendet, unter den Dicky Cruyer mit Vergnügen seinen Namen setzte. Viele Leute, darunter auch ich, hatten erwartet, daß Dicky Cruyer damit seine Karriereleiter weiter hinauffallen würde. Der Bericht war die beste derartige Arbeit, die ich je gemacht hatte, und ich war stolz darauf. Manche Leute waren der Meinung, daß nach diesem Bericht eine baldige Umstrukturierung unvermeidlich sei. Aber wir hatten die Rechnung ohne das Außenministerium gemacht. Es war schon schwierig genug, den D. G. dazu zu bringen, den Bericht überhaupt vorzulegen. Als die Mandarine im Außenministerium ihn endlich gelesen hatten, trampelten sie so heftig darauf herum, daß das ganze Gebäude wackelte. Der Secret Intelligence Service sollte ein Teil des Außenministeriums bleiben, und seine Vorschläge wurden nicht ernster genommen als die Beschwerde etwa einer afrikanischen Botschaft mittlerer Größe. Unsere Büros blieben in den Botschaften, und wenn deshalb jeder wußte, wo wir zu finden waren, dann war das eben

Pech! Es war deprimierend, daran zu denken. Und Fiona kannte die ganze Geschichte.
Wir saßen eine Zeitlang stumm da und blickten zum Fenster hinaus, wo der Verkehr vorüberdonnerte und ein paar Leute mit gegen die Kälte hochgezogenen Schultern auf eine Gelegenheit warteten, die Straße zu überqueren. »Da ist natürlich noch die Frage nach dem Testament«, sagte ich endlich. Ich nehme an, wir hatten beide die ganze Zeit an Lisl gedacht.
»Das Hotel?« fragte Werner.
»Wenn du Pech hast, arbeitest du dich zu Tode und mußt dann erleben, daß sie alles dem Hundeasyl vermacht hat.«
»Hundeasyl?« fragte Werner verblüfft. Natürlich war das ein typisch englischer Gedanke. Bei deutschen alten Damen kam es nicht so häufig vor, daß sie ihren gesamten Grundbesitz für das Wohlergehen ausgesetzter Hunde zur Verfügung stellten.
»Irgendeiner wohltätigen Stiftung«, sagte ich.
»Ich mache das doch nicht, weil ich das Haus erben will«, entgegnete Werner.
»Reg dich nicht auf«, sagte ich. »Ich meine nur, du solltest das klären, bevor du was unternimmst.«
»Sei doch nicht blöde, Bernie. Wie kann ich mich mit Lisl hinsetzen und ihr sagen, daß sie ein Testament zu meinen Gunsten machen soll?« Da plötzlich die Jukebox ein heiseres Röhren hören ließ, versuchte ich gar nicht erst zu antworten. Aber nach ein paar Probetakten schaltete der Mechaniker das Gerät aus und begann, die bunte Verkleidung wieder instandzusetzen.
»Sie hat doch keine anderen Verwandten, oder?«
»Es hat schon welche gegeben«, sagte Werner. »Eine ihrer Schwestern ist im Krieg gestorben. Von einer anderen weiß ich nur, daß sie Inge Winter hieß und in Frankreich lebte. Sie war älter als Lisl, hatte keine Kinder und ist inzwischen wahrscheinlich auch tot. Lisl sagt, ich hätte sie bei einem ihrer Besuche in Berlin kennengelernt, aber daran kann ich mich nicht erinnern. Sie hätte jedenfalls einen Anspruch auf das Haus. Lisl hat mir mal erzählt, daß ihr Vater es beiden Töchtern hinterlassen hat, daß aber nur Lisl dort wohnen wollte. Trotzdem gehört es zur

Hälfte dieser Inge Winter. Und abgesehen von der Schwester könnte es natürlich auch noch Verwandte von Lisls verstorbenem Mann Erich geben. Ich muß noch mal mit Lisl reden.«
»Wenn Lisl sagt, daß das Haus zur Hälfte ihrer Schwester gehört, kann es sein, daß auch die Schwester den Antrag auf den Bankkredit unterschreiben mußte.«
»Ich weiß«, sagte Werner und strich sich über den Schnurrbart. »Ich habe mich schon gefragt, ob die Schwester deswegen nach Berlin gekommen ist.«
»Du solltest dich bei der Bank erkundigen«, schlug ich vor.
»Ohne Lisls Einwilligung verrät die Bank mir nichts.« Er strich sich noch einmal über den Schnurrbart. »Er juckt«, erklärte er.
»Die Sache muß jedenfalls geklärt werden«, sagte ich. »Ich werde mit ihr reden.«
»Das wirst du nicht«, entgegnete Werner wie aus der Pistole geschossen. »Das würde alles verderben. Es muß so aussehen, als *wollte* ich ins Hotelfach einsteigen. Sie muß überzeugt sein, daß sie *mir* einen Gefallen tut. Das siehst du doch hoffentlich ein?«
Es dauerte eine ganze Weile, bis ich nickte. Aber Werner hatte recht. Er mußte einige schlaflose Nächte mit der Lösung dieses Problems verbracht haben. »Soll ich versuchen rauszukriegen, ob die Schwester noch lebt?« Ich machte dieses Angebot eher zur Beruhigung meines Gewissens als aus der Überzeugung, es würde irgend etwas dabei herauskommen.
Vielleicht verstand Werner meine Beweggründe. Jedenfalls sagte er: »Das wäre wirklich sinnvoll, Bernie. Wenn du diese Schwester aufspüren könntest, wäre das wichtigste Problem gelöst. Ich habe ihre letzte Adresse in Frankreich. Sie steht in dem grünen Adreßbuch in Lisls Büro. Ob sie da noch wohnt, weiß ich natürlich nicht.« Er sah zur Theke hinüber, wo Willi die verchromte Espressomaschine bedient hatte, und sagte: »Willi bringt den Kuchen.«
»Wird ja wohl auch Zeit.«
»Er wird sich ein bißchen zu uns setzen wollen«, sagte Werner warnend. »Bitte sag einstweilen nichts von dem Hotel. Ich ruf' dich an wegen der Adresse der Schwester.«

»Laß dir ein, zwei Tage Zeit zum Überlegen«, schlug ich vor. Willi kam mit dem Nachtisch und dem Kaffee auf uns zu. »Es ist schließlich 'ne schwerwiegende Entscheidung.«

»Ich hab's mir überlegt«, sagte Werner mit fester Stimme, in der nur ganz fern Trauer anklang. »Ich weiß, was ich zu tun habe.«

Frankreich, dachte ich. Warum muß ich solche blöden Versprechungen machen? Woher soll ich die Zeit nehmen, in Frankreich einer alten Frau nachzuspüren, die zweifellos schon lange tot und begraben ist? Als ob mir eine Lisl im Leben noch nicht genug wäre.

7

»Wir hätten einen Mikrowellenherd kaufen können«, sagte Gloria plötzlich und spontan.
»Ist es das, was du willst? Einen Mikrowellenherd?«
»Mit dem Geld, das uns dieser verdammte Flug kostet«, erklärte sie in bitterem Ton.
»Ach so«, sagte ich. »Natürlich.« Sie machte im Kopf eine Liste. Das tat sie gelegentlich. Und je länger die Liste, desto erbitterter wurde ihr Haß auf die Luftfahrtgesellschaft und deren Leitung. Zum Glück der Direktoren der Luftfahrtgesellschaft saß auf dem Flug von London nach Nizza keiner neben ihr. Dort saß ich. »Der reine Betrug«, sagte sie.
»Das weiß doch jeder«, sagte ich. »Trink also den guten, warmen *café*, pack den homogenisierten *fromage* aus, und genieße die *ambiance.*«
Die Plexiglasfenster waren zerkratzt, so daß die dicken, grauen Wolken draußen schraffiert aussahen. Gloria antwortete nicht und aß auch nicht, was auf dem winzigen Kunststofftablett vor ihr aufgebaut war. Sie holte ihren Nagellack aus der großen Handtasche, die sie überall mitschleppte, und begann, sich mit ihren Fingernägeln zu beschäftigen. Das war immer ein schlechtes Zeichen.
Ich nehme an, ich hätte ihr von vornherein sagen sollen, daß wir diese Reise machten, weil ich versprochen hatte, Lisl Hennigs Schwester aufzuspüren. Ich hätte wissen können, daß Gloria wütend sein würde, wenn die Wahrheit ans Licht kam, und daß ich sie ihr eher früher als später sowieso würde sagen müssen. Rückblickend weiß ich nicht, weshalb ich mich entschloß, ausgerechnet in der Abflughalle mit der Wahrheit herauszurük-

ken. Gloria war bitter enttäuscht, als sie erfuhr, daß es sich bei der bevorstehenden Reise nicht – wie ich sie hatte glauben lassen – um ein »heißes Liebeswochenende« handelte. Sie beschimpfte mich, und zwar so laut, daß die Leute, die neben uns saßen, ihre Kinder außer Hörweite brachten.

In solchen Augenblicken versuchte ich stets, das Wesen meines Verhältnisses zu Gloria zu ergründen. Meine Altersgenossen, verheiratete Männer in den Vierzigern, hielten mit ihren Analysen meiner Romanze mit dieser zweiundzwanzigjährigen Schönheit nicht hinter dem Berg. Manchmal in Form von ernsthaften »Gesprächen«, manchmal mit Anekdoten über irgendwelche angeblichen Freunde, manchmal nur mit schmutzigen Witzen. Merkwürdigerweise fand ich die neidvollen Bemerkungen am beleidigendsten. Ich wünschte, die Leute würden versuchen zu verstehen, daß solche Beziehungen komplex sind, und daß meine zu Gloria noch komplexer war als die meisten anderen.

Jetzt im Flugzeug, wo ich nichts zu arbeiten und außer dem *Flight Magazine* nichts zu lesen hatte, dachte ich angestrengt darüber nach. Ich versuchte, diese Beziehung zu Gloria mit der zu vergleichen, die ich mit Fiona hatte, meiner Frau, die bald vierzig werden würde. Sie hatte immer gesagt, daß sie sich vor ihrem vierzigsten Geburtstag fürchtete. Diese »Furcht« war anfangs ein Spaß gewesen, und ich hatte ihr jedesmal versprochen, daß wir diesen Tag in ganz großem Stil feiern würden. Aber jetzt würde sie ihn ohne mich feiern, in Ost-Berlin, mit russischem Sekt und wohl auch Kaviar. Fiona liebte Kaviar.

Wäre ich mit Fiona bis Heathrow gekommen, ohne daß sie gemerkt hätte, daß wir uns nicht auf verrückte, romantische Abwege begaben? Nein. Aber das lag daran, daß man meine Frau Fiona mit romantischen Eskapaden nur in sehr, sehr beschränktem Maße reizen konnte. Moment mal! Stimmte das? Der wahre Grund, weshalb ich Fiona niemals vorgeschwindelt hätte, daß wir beide uns unbedingt mal ein paar schöne Tage im Süden machen müßten, war, daß sie mir nie geglaubt hätte, eine plötzliche Einladung, mit nach Nizza zu fliegen, sei eine romantische Eskapade. Meine Frau Fiona kannte mich zu gut. Das war der Grund.

In Nizza jedoch schien die Sonne, und es bedurfte keiner besonderen Ereignisse, Glorias gewöhnlich gute Laune wiederherzustellen. Was sich abspielte, als ich einen Leihwagen nahm, war völlig ausreichend. Gloria hatte mich im Büro fließend deutsch sprechen und diktieren hören, auch mein mäßiges Russisch war ihr vertraut, und so war sie auf mein stockendes Französisch nicht gefaßt.

Es lief von Anfang an schief. Die wunderschön frisierte junge Französin hinter der Theke der Autoverleihfirma war verständlicherweise etwas irritiert, als ich versuchte, in die private Unterhaltung, die sie mit ihrer Kollegin führte, meine Autowünsche einzuflechten. Sie ließ mich die Irritation spüren. Sie sprach schnell und mit starkem provenzalischem Akzent, so daß ich ihr nicht folgen konnte.

Als ich mich endlich hilfesuchend an Gloria wandte und sie bat, die heruntergeratterten Hinweise, wo wir das Auto finden würden, zu übersetzen, war Gloria außer sich vor Freude. »Nix compri, was?« rief sie lachend und klatschte in die Hände.

Trotz Glorias unkooperativem Verhalten entdeckten wir das Auto schließlich. Es war ein kleiner weißer Renault-Kombiwagen, der schon viele Wintertage auf dem Parkplatz der Autoverleihfirma verbracht haben mußte, denn er sprang nicht leicht an. Aber als wir dann auf der Autobahn nach Westen fuhren, war die Welt wieder in Ordnung. Gloria lachte und überzeugte mich irgendwann davon, daß alles sehr amüsant gewesen sei.

Bis zur Ausfahrt nach Antibes waren wir nur ein paar Minuten unterwegs. Um Glorias Amüsement nicht schon wieder neue Nahrung zu geben, hielt ich für den Kassierer an der Ausfahrt eine Handvoll Wechselgeld bereit. Nun schlängelten wir uns durch das Landstraßengewirr Richtung Grasse, Gloria immer mit der Nase auf der Landkarte.

Wenn man einmal die Autobahn verläßt, entdeckt man ein ganz anderes Frankreich. Hier in dieser hügeligen, abgelegenen Gegend findet man von dem protzigen Reichtum der Côte d'Azur keine Spur. Anstatt der Rolls-Royces, Cadillacs und Ferraris holperten hier buntbemalte Citroën-Lieferwagen und antiquierte Ladas über die ausgefahrenen Straßen, in deren Schlaglöchern vom Winterdauerregen ockerfarbene Pfützen standen. Die ganze Gegend wirkte seltsam unfertig. Halbfertige Neubauten, oft nur das graue Betonskelett mit den Drahtgittern, standen neben halb verfallenen alten Bauernhäusern. Leitern, angeschlagene Bidets und ausrangierte Badewannen begrenzten die Olivenhaine. Sandhaufen, von den Regenstürmen ausgewaschen, lagen neben Ziegeln, verzinkten Blechplatten und halb aufgebauten Gerüsten. Wo der Bauer entdeckt hat, daß nichts lohnender ist als der Anbau von Ferienwohnungen, läßt der Dreck der Großstädte nicht lange auf sich warten.

Doch »Le Mas des Vignes Blanches« war keines dieser Zweithäuser. Es stand auf einem südwärts gelegenen Hügelvorsprung, und einst hatte der glückliche Besitzer von diesem Haus aus sicher den Ausblick auf seine Weinberge genossen. Jetzt waren die Hügel von den Auswüchsen der zunehmenden Besiedlung entstellt, einer Krankheit, die nur noch bösartiger wirkte durch den blaßblauen Meereshorizont über der nächsten Hügelkette.

Eine Buchsbaumhecke umgab das Haus, doch das hölzerne weiße Gartentor war offen, und so fuhr ich in die kiesbestreute Einfahrt. Das Hauptgebäude war sicherlich mindestens hundert Jahre alt. Es war in provenzalischem Stil errichtet, zweigeschossig mit geschlossenen Fensterläden, von Weinreben umsponnen, mit Palmen, deren Wedel im Wind schlugen, neben der Haustür und einem üppig wuchernden Kaktus, der bedrohlich aussah wie eine riesige Meereskrake.

Hinter dem Haus bemerkte ich einen mit Katzenköpfen gepflasterten Hof, der für diese Gegend ungewöhnlich blank geschrubbt war. Aus der Garage ragten die Hecks eines großen Mercedes und eines blaßblauen BMW hervor. Dahinter lag ein großer Garten mit säuberlich beschnittenen und an die Wände spalierten Obstbäumen. Der Rasen fiel mir besonders auf. In dieser Gegend, wo die Sonne unerbittlich vom Himmel sticht, beweist ein gepflegter Rasen die ungewöhnliche gärtnerische Leidenschaft, die fremde Herkunft oder den Reichtum des Besitzers.

Auf der geschützten kleinen Terrasse vor dem Haus standen verschiedene Gartenmöbel: Liegestühle und an einem großen Tisch mit gläserner Platte moderne, verwegen gebogene Metallsessel. Doch obwohl die Sonne schien, war der Tag nicht unbedingt dazu geschaffen, im Freien zu sitzen. Der Wind wehte unablässig, und seine Stöße beugten sogar die Kronen der Pinien an den Hängen ringsum. Gloria schlug den Mantelkragen hoch, während wir vor der Haustür darauf warteten, daß jemand unser Klingeln erhörte.
Die Frau, die uns öffnete, war etwa vierzig Jahre alt. Sie war anziehend auf die einfache und ehrliche Weise, die man als Städter auf dem Lande zu finden hofft, eine kräftige, starkknochige Frau mit lebhaften, intelligenten Augen. Sie hielt es offensichtlich nicht für nötig zu verbergen, daß ihr Haar schon grau wurde. »Frau Winter?« sagte ich.
»Mein Name ist Winter«, sagte sie. »Aber ich bin Ingrid.« Sie bat uns herein und fügte ihrer Erklärung noch hinzu: »Daß mein Vorname mit dem gleichen Buchstaben anfängt wie der meiner Mutter, führt gelegentlich zu Verwechslungen.« Nachdem sie unser billiges Mietauto gemustert hatte, sah sie Gloria neugierig an. Sicherlich versuchte sie die Natur unseres Verhältnisses zu erraten. »Sie wollen meine Mutter sprechen. Sie sind doch Mr. Samson?« Sie sprach ausgezeichnet englisch, und der minimale Akzent klang eher deutsch als französisch. Sie trug ein altmodisch geschnittenes, langes Kleid mit hohem Spitzenkragen und Spitzenmanschetten, grün mit einem Jugendstil-Blumenmuster. Es war nicht leicht zu sagen, ob sie damit hoffnungslos altmodisch oder nach der neuesten Insider-Mode gekleidet war.
»Ganz recht«, sagte ich. Ich hatte geschrieben, ich sei ein alter Freund von Lisl, Schriftsteller, und recherchierte für ein Buch, das von dem Berlin der Vorkriegszeit handeln sollte. Da ich ohnedies gerade in der Gegend sei, hatte ich weiter geschrieben, hoffte ich, einen kurzen Besuch machen zu dürfen, um von jenen Jahren in Berlin mit ihr zu plaudern. Eine Antwort auf meinen Brief hatte ich nicht erhalten. Sie hatten vielleicht gehofft, ich würde nicht kommen.

»Bitte geben Sie mir Ihre Mäntel. Es ist so kalt heute. Normalerweise kann man um diese Jahreszeit schon auf der Terrasse essen«, sagte sie. Ihre Nägel waren kurz geschnitten und gepflegt, aber den geröteten Händen war die Hausarbeit anzusehen. Sie trug eine teuer aussehende Armbanduhr und verschiedene Ringe, aber keinen Ehering.

Ich murmelte ein paar Banalitäten über die ständige Verschlechterung des Klimas, während sie uns genauer ins Visier nahm. Da hatte Lisl also eine Nichte. Sie sah Lisl nicht im geringsten ähnlich, aber ich erinnerte mich an ein Foto von Lisls Mutter in einem Kleid mit Puffärmeln, einen wagenradgroßen Hut auf dem Kopf. Sie war eine ähnlich stark gebaute Frau. »Wie geht es Ihrer Mutter?« fragte ich, während Gloria vor einem Spiegel im Entree ihr Aussehen prüfte und ihr Haar zurechtzupfte.

»Mal so, mal so, Mr. Samson. Heute hat sie einen ihrer besseren Tage. Ich muß Sie aber bitten, nicht lange zu bleiben. Sie ermüdet leicht.«

»Natürlich.«

Wir betraten ein großes Wohnzimmer. Mehrere Heizkörper hielten es warm, trotz der großen Fenster, aus denen man in den Vorgarten hinaussah. Der Fußboden war mit den roten Kacheln gefliest, die man in der Gegend häufig verwendet. Wie zufällig lagen hier und da gemusterte Teppiche. Ein großes Gemälde beherrschte den Raum. Eine Schlacht, wie man sie im achtzehnten Jahrhundert malte: im Vordergrund hoch zu Roß in glänzenden Uniformen säbelschwingende Offiziere, im rauchverschleierten Hintergrund das unkenntliche Fußvolk, das sich gegenseitig niedermetzelte. Unter dem Bild standen zwei weiße Sofas und ein paar dazu passende Sessel. In einem jener häßlichen hohen Stühle, aus denen auch Leute mit steifen Gliedern noch aufstehen können, saß eine alte Frau in einem einfachen schwarzen Kleid.

»Guten Tag, Mr. Samson«, sagte sie auf englisch, nachdem ihre Tochter uns vorgestellt hatte, und sah sich Gloria genau an, ehe sie ihr zunickte. Lisls Schwester hatte auf den ersten Blick nichts mit Lisl gemein. Sie wirkte sehr zart und zerbrechlich, die Haut wie fleckiges vergilbtes Pergament, das dünne weiße Haar so sorgfältig arrangiert, als sei sie uns zu Ehren noch heute morgen beim Friseur gewesen. Ich betrachtete sie mit Interesse. Sie war sogar noch älter als Lisl, weiß der Himmel, wie alt. Aber diese Frau hatte sich mit dem Alter abgefunden. Sie hatte sich weder die Haare färben lassen noch ihr Gesicht geschminkt oder, wie es Lisl tat, wenn sie Besuch erwartete, falsche Augenwimpern aufgeklebt. Trotz der Unterschiede war jedoch die Familienähnlichkeit unverkennbar. Sie hatte das gleiche eigenwillige Kinn wie ihre Schwester, die gleichen großen Augen und den gleichen Mund, der einen so gewinnend anlächeln wie vernichtend anfauchen konnte.

»Sie sind also ein Freund meiner Schwester?« Die Wörter waren englisch, die Aussprache amerikanisch, aber der Konstruktion der Sätze war anzuhören, daß sie in deutscher Sprache dachte. Ich rückte ein wenig näher, um sie nicht bitten zu müssen, lauter zu sprechen.

»Ich kenne sie schon seit langem«, sagte ich. »Noch vor ein paar Wochen bin ich bei ihr gewesen.«

»Geht es ihr gut?« Sie blickte zu ihrer Tochter und sagte: »Bringst du den Tee?« Die jüngere Frau lächelte gehorsam und verließ das Zimmer.

Ich überlegte kurz, wie ich ihr am besten Lisls Gesundheitszustand beschreiben sollte. Ich wollte sie nicht ängstigen. »Sie könnte einen sehr leichten Schlaganfall gehabt haben«, sagte ich vorsichtig. »Sehr leicht. Die Ärzte im Krankenhaus sind sich nicht einmal sicher, ob es überhaupt einer war.«

»Und deshalb sind Sie hier?« Jetzt fielen mir ihre Augen auf. Katzenaugen. Grün und tief und leuchtend. Ich konnte mich nicht erinnern, jemals einem Menschen mit solchen Augen begegnet zu sein.

Diese alte Frau war jedenfalls jemand, der nicht lange um den heißen Brei herumredete. »Nein«, sagte ich. »Aber sie wird das Hotel aufgeben müssen. Der Arzt sagt, sie muß sich schonen.«

»Natürlich. Jeder sagt ihr das früher oder später. Sie hat sich schon immer zuviel zugemutet.«

»Das Haus gehörte Ihrem Vater, nicht wahr?« sagte ich.

»Ja. Ich verbinde viele wunderschöne Erinnerungen damit.«

»Es ist ein herrlicher alter Bau«, sagte ich. »Ich wünschte, ich hätte es zur Zeit Ihres Vaters gekannt. Aber die steile Treppe ins Hochparterre ist jetzt für Lisl zu beschwerlich. Sie muß irgendwo hinziehen, wo alle Räume im Erdgeschoß liegen.«
»So. Und wer kümmert sich um sie?«
»Haben Sie je von Werner Volkmann gehört?«
»Dem Juden?«
»Dem Jungen, den Lisl aufgezogen hat.«
»Diese jüdische Familie, die sie im Obergeschoß versteckt hatte. Ja, meine Schwester war vollkommen verrückt. Ich habe bis 1945 in Berlin gelebt. Selbst mich hat sie nicht ins Vertrauen gezogen. Können Sie sich vorstellen, daß sie so etwas sogar vor ihrer eigenen Schwester geheimgehalten hat? Ich habe sie während der Zeit oft besucht, das Haus gehörte ja zum Teil mir.«
»Wirklich erstaunlich«, bestätigte ich pflichtschuldig.
»Dieser Judenjunge, den sie großgezogen hat, kümmert sich also um sie.« Sie nickte.
»Inzwischen ist er kein Junge mehr«, sagte ich.
»Vermutlich nicht. Also, was hat er davon?«
»Nichts«, sagte ich. »Er hat das Gefühl, daß er's Lisl schuldig ist.«
»Er rechnet damit, das Haus zu erben, ist es das?« Mit einem bösartigen kleinen Kichern sah sie Gloria an. Gloria saß in einem geschnitzten hölzernen Stuhl. Unter dem Blick der Alten rutschte sie unbehaglich auf die andere Seite.
»Davon ist mir nichts bekannt«, sagte ich abwehrend. Ich hätte mir die Reise hierher also sparen können. Hat die bösartige Alte mich in voller Absicht in die Enge und zu dieser Antwort getrieben? fragte ich mich. Ich dachte noch darüber nach, als die Tochter wieder ins Zimmer kam mit Tee und einer *tarte aux pommes*.
»Den hat Ingrid gebacken«, sagte die alte Frau, als sie bemerkte, wie ich den flachen Kuchen ansah, auf dem dünne, appetitlich gebräunte Apfelschnitzel fächerartig ausgelegt waren.
»Sieht wunderbar aus«, sagte ich, ohne hinzuzufügen, daß nach dem »leichten Imbiß« während des Fluges fast alles Eßbare wunderbar ausgesehen hätte. Auch Gloria äußerte murmelnd Bewunderung, und die Tochter schnitt uns große Stücke ab.

Während wir Kuchen und Tee genossen, fragte ich die alte Frau nach dem Leben in Berlin vor dem Krieg. Sie hatte ein ausgezeichnetes Gedächtnis und antwortete ausführlich auf alle meine Fragen, aber sie sagte nur, was Deutsche, die das Dritte Reich in Deutschland erlebt haben, neugierigen Fremden, zumal Ausländern, auf derartige Fragen gewöhnlich antworten.
Nach einer dreiviertel Stunde merkte ich, daß sie müde wurde. Ich machte Anstalten, mich zu verabschieden. Die alte Frau wollte uns nicht gehen lassen, aber die Tochter stimmte mir mit einer kaum merklichen Kopfbewegung zu und sagte: »Sie müssen aber fort, Mama, sie haben noch verschiedenes zu erledigen.« Auch die Tochter, schien es, wußte ihren Willen durchzusetzen.
»Sind Sie hier auf der Durchreise?« fragte Ingrid höflich, während sie uns unsere Mäntel reichte.
»Wir haben ein Zimmer in dem großen Hotel an der Straße gerade vor Valbonne«, antwortete ich.
»Das soll ein sehr gutes Hotel sein«, meinte sie.
»Ich werde heute abend aufschreiben, was ich von Ihrer Mutter erfahren habe«, sagte ich. »Wenn mir dabei noch zusätzliche Fragen einfallen, darf ich Sie anrufen?«
»Mutter hat wenig Besuch«, sagte sie. Einladend klang das nicht gerade.

Das Hotel war nicht das Flitterwochennest, das ich Gloria beschrieben hatte. Es stand am Ende einer von Schlaglöchern übersäten, gewundenen Straße, und hinter dem Haus lag ein verlassener Steinbruch. Die Karrenräder, die dekorativ die Einfahrt zum Parkplatz flankierten, waren nicht, wie man auf den ersten Blick vermutete, Überbleibsel der ländlichen Vergangenheit, sondern aus Kunststoff gegossen. Auf dem Hof vor dem Hotel standen einige echte alte Weinfässer, und in diesen führten ein paar Rhododendren und Kamelien tapfer den Kampf ums Dasein. Das Hotel war rosa verputzt und mit glänzenden Kunststoffschindeln gedeckt.
Am Ende des Parkplatzes stand ein Schuppen, in dem ein paar hinfällige Kraftfahrzeuge nicht mehr näher bestimmbarer Ge-

stalt und Fabrikation ungestört vor sich hin rosteten. Wir parkten neben einem neuen Peugeot-Kombiwagen und einem Lieferwagen, der mit Reklamesprüchen für einen Metzgerladen in Valbonne beschriftet war. Ein großes Schild machte darauf aufmerksam, daß man hier auf eigene Gefahr parkte, und ein anderes wies den Weg zu einem leeren Swimmingpool, den man in einem schreienden Himmelblau zu streichen angefangen hatte.

Drinnen jedoch sah es besser aus: der Speisesaal sauber und ziemlich vornehm, die Tische mit gestärktem Leinen gedeckt, Gläser und Bestecke poliert. Und in der Bar gab es einen Kamin, in dem dicke Holzkloben brannten.

Gloria ging gleich nach oben, um zu baden und sich umzuziehen, ich aber ging in die Bar, wärmte mir die Hände an dem Feuer und versuchte den Armagnac, den der Mann hinter der Bar als besonders gut anpries. Gloria hatte für Alkohol nichts übrig. Ihr war Orangensaft lieber oder Joghurt, sogar Seven-up. Auch da machte sich der Altersunterschied zwischen uns bemerkbar, nehme ich an. Da ich mit dem Urteil des Barkeepers übereinstimmte, nahm ich einen zweiten Armagnac mit auf unser Zimmer, wo Gloria eben aus der Badewanne stieg. »Das Wasser ist heiß«, rief sie fröhlich. Splitternackt durchquerte sie das Zimmer und sagte: »Nimm eine Dusche, Liebling. Du wirst sehen, wie das deine Lebensgeister weckt.«

»Meine Lebensgeister sind schon geweckt«, sagte ich und folgte ihr mit den Blicken.

Während der Fahrt von Le Mas des Vignes Blanches zum Hotel hatte sie kein Wort gesagt und mich meinen Gedanken überlassen. Als ich nun aber fragte: »Also, was hältst du von ihr?«, sagte Gloria wie aus der Pistole geschossen: »Das alte Aas.«

»Wenn man schon in der ersten Runde k. o. geschlagen werden muß, ist es wenigstens tröstlich zu wissen, daß ein Weltmeister einen aufs Kreuz gelegt hat«, sagte ich.

»Sie hat dich in die Falle gelockt.«

»Und mit bewundernswerter Geschicklichkeit«, sagte ich. »Sie ahnte schon, weshalb wir da waren, ehe ich noch den Mund aufmachte. Schnell und gewieft. Das mußt du zugeben.«

»Ein schlaues altes Aas«, sagte Gloria.
»Willst du dir nicht was anziehen?«
»Wieso?«
»Du lenkst mich ab.«
Sie küßte mich. »Du riechst nach Alkohol«, sagte sie. Ich nahm sie in die Arme. »Es tut gut, das zu hören, Liebling. Ich dachte schon, ich beherrsche die Kunst der Ablenkung nicht mehr.« Ich streichelte sie. »Nein, nicht doch. Es gibt doch gleich Essen. Laß das, die Zeit reicht nicht, wir müssen gleich runter zum Essen.«
»Jetzt ist es schon zu spät«, sagte ich. Und so war es auch.
Nachher, als wir still nebeneinander saßen, sagte sie: »Was bist du, Bernard?«
»Wie meinst du das?«
»Bist du Engländer oder Deutscher oder gar nichts? Ich bin gar nichts. Ich dachte früher immer, ich wäre Engländerin, aber das war ein Irrtum.«
»Ich dachte immer, daß ich Deutscher wäre«, sagte ich. »Wenigstens dachte ich immer, daß mich meine deutschen Freunde für einen Berliner hielten, was sogar noch besser war. Und dann eines Abends spielte ich Karten mit Lisl und einem alten Mann namens Koch, und da kam heraus, daß sie mich für einen Engländer hielten und nie für was anderes gehalten hatten. Ich war ganz schön verletzt.«
»Aber du wolltest beides haben, Liebling. Bei deinen englischen Freunden wolltest du Engländer sein, und deine deutschen Freunde sollten dich auch für einen von ihnen halten.«
»Wahrscheinlich.«
»Meine Eltern sind Ungarn, aber ich bin nie in Ungarn gewesen. Ich bin in England aufgewachsen und habe mich immer für hundertprozentig englisch gehalten. Ich war ein Superpatriot. Ich lernte all diese herrlichen Shakespeare-Reden über England auswendig und duldete kein schlechtes Wort gegen die Königin, und Leute, die bei der Nationalhymne nicht aufstanden, sah ich schief an. Und dann sagte mir eines Tages ein Mädchen in der Schule die Wahrheit über mich selbst.«
»Welche Wahrheit?«

»Ihr Ungarn, sagte sie. Die anderen Mädchen hörten sie, ich wußte, daß ich das nicht auf mir sitzen lassen konnte. Ich sagte: Ich bin in England geboren. Na und? sagte sie. Und wenn du in einer Apfelsinenkiste geboren worden wärst, wärst du dann eine Apfelsine? Die anderen Mädchen lachten. Ich habe die ganze Nacht geheult.«

»Arme Kleine.«

»Ich bin nichts. Aber das macht nichts. Inzwischen habe ich mich daran gewöhnt.«

»Auf uns Nichtse also«, sagte ich, das Glas mit dem letzten Rest des Armagnacs erhebend, ehe ich es leerte.

»Wir werden nichts mehr zu essen kriegen, wenn du dich nicht beeilst«, sagte sie. »Geh unter die Dusche.«

8

Es gab natürlich kein Frühstückszimmer. Diese Sorte französischer Hotels haben nie eins. Und im Gegensatz zu Gloria esse ich nicht gern im Bett. So saß sie im Bett, ein Tablett auf den Knien, und ich, auf einem Stuhl daneben, trank eben meine zweite Tasse Kaffee, als das Telefon klingelte.

Ich wußte, daß es die Damen Winter waren. Niemand anders wußte, wo ich zu erreichen war. In Mißachtung der Bestimmungen hatte ich nicht mal bei meiner Dienststelle eine Kontaktnummer hinterlassen. Wenn man ausländische Kontaktnummern hinterließ, konnte es einem passieren, daß man gefragt wurde, wo man gewesen sei und warum.

»Hier spricht Ingrid Winter. Meine Mutter fühlt sich heute viel kräftiger und läßt fragen, ob Sie nicht Lust hätten, zum Mittagessen zu kommen?«

»Danke. Ich habe Lust«, sagte ich. Gloria, die mitgehört hatte, wedelte heftig mit dem Zeigefinger für den Fall, daß mir das Kopfschütteln nicht aufgefallen war. »Aber Miss Kent hat eine Verabredung in Cannes. Sie könnte mich vorbeibringen und später abholen, wenn Sie mir sagen wollen, wann es Ihnen paßt?«

»Zwischen elf und drei«, sagte die jüngere Frau Winter, ohne zu zögern. Die Familie Winter schien auf alles eine Antwort parat zu haben.

Gloria setzte mich fünf Minuten vor der Zeit am Gartentor ab. Das war nie schlecht, wenn man zu Deutschen ging. »Pünktlich auf die Minute«, sagte Ingrid Winter beifällig, als sie mir die Tür öffnete. Wir wechselten die gleichen Höflichkeitsfloskeln wie am Tage zuvor, während sie meinen Mantel nahm, aber heute

schien sie umgänglicher. »Lassen Sie mich schnell die Tür zumachen. Dieser gelbe Staub dringt überall ein, wenn der Wind vom Süden kommt. Der Scirocco. Kaum zu glauben, daß der Sand von der Sahara bis hierher kommt, nicht?«
»Kaum zu glauben«, bestätigte ich.
Sie schloß meinen Regenmantel in einen Schrank, auf den große orange Blüten gemalt waren. »Meine Mutter ist eine sehr alte Dame, Mr. Samson.«
Ich sagte, ja natürlich sei sie das, und Ingrid Winter sah mich an, als wollte sie mir damit etwas Besonderes sagen. Sie wirkte fast besorgt. Dann wiederholte sie: »Eine sehr alte Dame.« Nach einer kleinen Pause setzte sie hinzu: »Kommen Sie!«
Damit machte sie kehrt und ging voran, nicht in das Wohnzimmer, sondern einen gefliesten Korridor entlang, in dem Kupferstiche alter deutscher Städte hingen, zu einem Raum an der Rückseite des Hauses. Natürlich war hier nicht immer ihr Schlafzimmer gewesen. Wie Lisl hatte sie ein Zimmer im Parterre für sich herrichten lassen. Wenige Menschen in Inge Winters Alter wollten Treppen steigen, bevor sie ins Bett gingen.
Sie lag nicht im Bett. Sie trug eine Art graues Wollkleid, das den Kitteln ähnlich sah, in die arme Patienten staatlicher Krankenhäuser gekleidet werden, und saß, einen schweren Kaschmirschal um die Schultern gelegt, in einem großen eckigen Sessel. »Nehmen Sie Platz«, sagte sie. »Möchten Sie irgend etwas trinken?«
»Nein, danke«, sagte ich. Jetzt verstand ich Ingrids Ängste. Das hier war kein Schlafzimmer, es war ein Reliquienschrein. Das Verblüffende waren jedoch nicht so sehr die vielen Andenken und Erinnerungsbilder, mit denen sich Inge Winter umgeben hatte – das findet man bei vielen alten Leuten –, sondern die Auswahl. Ein großer Tisch an der Wand war vollgestellt mit gerahmten Fotos, wie bei alternden Schauspielern, die sich auf diese Weise der immerwährenden Zuneigung ihrer Kollegen versichern wollen. Nur waren das hier keine Filmstars.
Eine beherrschende Stellung nahm in seinem silbernen Rahmen ein großes Porträt Adolf Hitlers ein. Ich hatte solche Fotos schon anderswo gesehen. Es war eins der von Hoffmann aufgenom-

menen offiziellen Führerbilder, mit denen Hitler alte Kämpfer und neue Freunde bedachte. Dieses Exemplar war aber nicht nur wie andere dieser Art mit dem hastig abgekürzten Namenszug autorisiert. Es war ausdrücklich und eigenhändig Herrn und Frau Winter gewidmet. Übrigens war es nicht das einzige Bild Hitlers in der Versammlung. Ein glänzendes Pressefoto zeigte ein gutaussehendes Paar in mittleren Jahren mit Hitler und einem großen Hund auf einer Terrasse, schneebedeckte Berggipfel im Hintergrund. Wahrscheinlich Berchtesgaden, der Berghof. Vorkriegszeit, Hitler war noch in Zivil. Er trug einen hellen Anzug und machte, mit ausgestreckter Hand, Miene, den Hund zu streicheln. In der Frau, die wirklich eine Schönheit war, mit langem, glänzendem Haar und in einem damals topmodischen Kleid, erkannte ich jetzt Inge Winter. Der Mann – vermutlich Herr Winter –, dem der dunkle Nadelstreifenanzug etwas zu eng war, war mit halb geöffnetem Mund erwischt worden und sah dementsprechend verdutzt und leicht lächerlich aus. Aber das war vielleicht kein zu hoher Preis für die Ehre, in vertrautem Gespräch mit dem Führer verewigt zu werden. Ich konnte mich nicht losreißen von diesen Erinnerungsfotos. Da waren gewidmete Bilder, die Joseph Goebbels mit Frau und allen ihren Kindern zeigten. In schwarzer Uniform und mit ausdruckslosem Gesicht grüßte Heinrich Himmler. Sorgfältig retuschiert lächelte Hermann Göring. Fritz Esser – der später mit Göring in Nürnberg vor Gericht stehen sollte – empfahl sich mit zackigem Namenszug. Die Winters hatten also mit den Spitzen der nationalsozialistischen Bewegung verkehrt. Und Lisl, Frau Winters Schwester?

»Die meisten Leute heutzutage trinken«, sagte die alte Frau. »Es nimmt viel zu sehr überhand.« Ohne meine Antwort abzuwarten, nahm sie eins der Bilder vom Tisch und wandte sich, das Foto in der Hand, an ihre Tochter und sagte: »Laß uns allein, Ingrid. Ruf uns, wenn das Essen fertig ist.«

»Ja, Mama.«

Da Frau Winter ihrer Tochter diese Anweisung in deutscher Sprache gegeben hatte, fuhr ich automatisch in der gleichen Sprache fort, als ich nun sagte, wie sehr ich es zu schätzen wüßte, daß sie mich noch einmal habe empfangen wollen.

Das Gesicht der alten Frau hellte sich auf in einer Weise, die ich nicht für möglich gehalten hätte. »Aber Sie sprechen ja perfekt deutsch... sind Sie etwa Deutscher?«
»Ich halte mich schon dafür. Aber meine deutschen Freunde scheinen ihre Zweifel zu haben.«
»Sie müssen Berliner sein.« Sie hielt noch immer das Foto in der Hand, schien es aber vergessen zu haben.
»Ich bin in Berlin aufgewachsen.«
»Wenn ich Sie reden höre, ist es, als würde ich Champagner trinken. Wenn sich meine Tochter nur nicht diesen schrecklichen bayerischen Dialekt angewöhnt hätte! Warum haben Sie gestern nicht deutsch geredet? Jedenfalls freue ich mich, daß meine Tochter mich gedrängt hat, Sie noch mal einzuladen.«
»Ihre Tochter hat Sie gedrängt?«
»Sie findet, ich hätte in der Sache mit dem Haus entgegenkommender sein sollen, nicht so preußisch«, sagte sie grinsend. »Sie findet, ich sollte Lisl erlauben, es diesem Juden zu vermachen, wenn es das ist, was sie will. Die arme Lisl war immer der Einfaltspinsel in der Familie. Deshalb hat sie ja auch diesen Klavierspieler geheiratet.« Es war eine Erleichterung, sie deutsch sprechen zu hören, denn Frau Winters Englisch war nicht viel besser als mein Französisch.
Sie sah mich an. Offenbar erwartete sie eine Antwort auf das Angebot ihrer Tochter. »Das ist aber sehr großzügig«, sagte ich.
»Mir kann es egal sein. Wenn ich sterbe, gehört sowieso alles Ingrid. Sie kann ebensogut jetzt schon entscheiden.«
»Lisl hat Geld auf das Haus aufgenommen, glaube ich.«
Sie ging darauf nicht ein. »Ingrid sagt, die Erbschaft würde mehr Ärger machen, als sie wert ist. Vielleicht hat sie recht. Sie kennt sich in diesen Sachen besser aus als ich...«
»Es werden natürlich Steuern zu bezahlen sein...«
»Und Ingrid sagt, wir fahren besser, wenn wir uns die Mühe mit den Formularen und Steuererklärungen sparen. Wo soll ich auch hier jemanden auftreiben, der sich mit der deutschen Steuer auskennt?«
Ich antwortete nicht. Wenn man in Betracht zog, wie viele reiche Deutsche eine Villa an der Côte d'Azur hatten, dazu die Flotten

deutscher Yachten, die in den französischen Häfen lagen, dann war das meines Erachtens kein unüberwindliches Problem.
»Aber ich habe noch Sachen in dem Haus«, sagte sie, »persönliches Eigentum.«
»Ich kann mir nicht vorstellen, daß es deswegen irgendwelche Schwierigkeiten geben sollte«, sagte ich.
»Die Ormoulu-Uhr. Meine Mutter wollte unbedingt, daß ich die kriege. Erinnern Sie sich, die noch gesehen zu haben?«
»Ja«, sagte ich. Das Ding war unvergeßlich: absolut scheußlich und über und über besetzt mit Engeln, Drachen, Pferden und weiß der Himmel was noch allem. Und selbst wenn man sie wirklich übersehen sollte, ihre hallenden Schläge konnten einen die ganze Nacht wach halten. Aber trotzdem sah ich da eine Schwierigkeit: Lisl hatte oft und oft beteuert, wie sehr sie an diesem scheußlichen Gegenstand hing.
»Außerdem noch ein paar Kleinigkeiten. Fotos meiner Eltern, ein kleines Kissen, das ich bestickt habe, als ich noch klein war, und ein paar Andenken, Briefe und andere Papiere, die meinem verstorbenen Mann gehörten. Ich werde Ingrid nach Berlin schicken, sie soll diese Sachen holen. Es wäre tragisch, wenn sie weggeworfen würden.«
»Es wird ja nichts über den Zaun gebrochen«, sagte ich. Ich hatte Angst, sie könnte Lisl anrufen, ehe Werner mit ihr geredet hatte. In dem Fall war mit einem furchtbaren Krach zu rechnen.
»Es handelt sich um persönliche Papiere«, sagte sie. »Sachen, die für niemanden außer mir von Interesse sind.« Sie nickte. »Ingrid wird sie mir holen. Dann kann Lisl das Haus haben.« Sie blickte auf ihre Hände hinab und merkte, daß sie das Foto in der Hand hielt. Sie reichte es mir. »Meine Hochzeit«, verkündete sie.
Ich betrachtete das Bild. Die Winters hatten in großem Stil geheiratet. Sie stand auf den Stufen eines imposanten Gebäudes in einem prächtigen Brautkleid mit langer Schleppe, die von Knaben in weißen Anzügen gehalten wurde. Der Bräutigam an ihrer Seite trug die Ausgehuniform irgendeines deutschen Regiments, Kameraden rechts und links kreuzten die Klingen über dem Brautpaar. Weiter außen, die Stufen hinan, waren die Gäste aufgebaut: ein gutaussehender Marineoffizier, diverse hoch-

rangige Braunhemden und SS-Offiziere, reich dekorierte Parteifunktionäre und andere Uniformträger obskurer Nazi-Organisationen.
»Sehen Sie Lisl dort?« fragte sie mit schelmischem Lächeln.
»Nein.«
»Sie steht bei dem Zivilisten.« Jetzt sah ich die beiden ohne Mühe. Wirklich war Lisls Begleiter der einzige Mann, der keine Uniform trug. »Armer Erich«, sagte sie und lachte spöttisch. Dieser seltsame Scherz über Lisls klavierspielenden Ehemann mochte damals durchaus seine Wirkung getan haben. Aber der alten Frau schien nicht bewußt zu sein, daß die Geschichte Erich Hennig recht gegeben hatte. Ich schob das Foto zurück in die enge Lücke, die ihm zustand.
»Nur private Papiere«, wiederholte sie. »Sachen, die für niemanden außer mir von Interesse sind.«
Pünktlich um ein Uhr rief uns die Tochter zum Essen, das in einem kleinen Eßzimmer mit Blick auf den Hof serviert wurde. Die alte Frau ging zu Fuß, ohne Hilfe, und redete während der Mahlzeit weiter angeregt über Berlin.
»Ich kenne Berlin überhaupt nicht«, sagte Ingrid, »aber für meine Mutter ist es die Stadt schlechthin.«
Das genügte schon, um die nächste Geschichte über die glücklichen Vorkriegsjahre in der Hauptstadt auszulösen. Die alte Frau erzählte mit solcher Begeisterung, daß sie gar nicht zu merken schien, daß ihre Zuhörer die Leute, von denen sie redete, nicht kannten. Sie spickte die Anekdoten mit Bemerkungen wie »Ihr wißt doch noch, dieses Zeug, das Fritz immer trank«, oder »Der Tisch, an dem Pauli und ich immer saßen in der Königin am Ku'damm«. Einmal unterbrach sie ihren Bericht über einen rauschenden Ball im Jahre 1938 und fragte Ingrid: »Wie hieß doch noch das Haus, wo dieser Göring diesen wundervollen Ball gab?«
»Haus der Flieger«, antwortete Ingrid. Ich muß sehr verblüfft ausgesehen haben, denn sie fügte hinzu: »Inzwischen kenne ich Mamas Geschichten sehr gut, Herr Samson.«
Nach dem Essen versiegte der Redefluß der alten Dame. Ingrid sagte: »Meine Mutter wird müde sein. Ich glaube, sie sollte jetzt ein wenig schlafen.«

»Natürlich. Kann ich irgendwie helfen?«
»Sie läßt sich nicht gerne helfen. Ich glaube, sie schafft es auch so.« Ich blieb also sitzen, während Ingrid die Mutter ins Schlafzimmer begleitete. Es war noch ungefähr eine Viertelstunde vor der mit Gloria verabredeten Zeit, und so lud Ingrid mich ein, sie in die Küche zu begleiten und dort noch eine Tasse Kaffee mit ihr zu trinken.
Ingrid Winter wurde mir immer sympathischer. Meine Bemerkung, daß ich es großzügig von ihr fände, auf ihren Anteil am Haus zu verzichten, wehrte sie mit einer Handbewegung ab. »Wenn Mama stirbt, und wenn Tante Lisl stirbt«, sagte sie – und mir fiel auf, daß sie den Tod nicht mit einem der gebräuchlichen Euphemismen umschrieb –, »was soll ich dann mit einem Haus in Berlin?«
»Sie leben lieber in Frankreich?« fragte ich.
Sie sah mich einen Augenblick an, ehe sie antwortete: »Mama liebt das Klima.« Was ihr persönlich gefiel oder nicht gefiel, kam nicht zur Sprache.
»Wie die meisten Leute«, sagte ich.
Sie antwortete nicht. Sie schenkte mir Kaffee nach und sagte: »Sie dürfen nicht ernst nehmen, was Mama redet.«
»Sie ist doch eine fabelhafte Frau für ihr Alter.«
»Das mag schon sein, aber sie ist bösartig. Alte Leute machen gerne Unfug. In dieser Hinsicht sind sie wie Kinder.«
»Ich verstehe«, sagte ich und hoffte, daß sie das näher erklären würde.
»Sie lügt.« Da diese Eröffnung mich nicht zu beeindrucken schien, wurde sie deutlicher. »Sie tut so, als glaubte sie, was man ihr erzählt, aber sie hat einen glasklaren Verstand. Sie weiß ganz genau, daß Sie kein Schriftsteller sind.« Sie wartete.
»Ach, wirklich?« sagte ich in gelangweiltem Ton und nippte an meinem Kaffee.
»Sie wußte schon, ehe Sie hier ankamen, wer Sie wirklich sind. Sie hat vor langer Zeit Ihren Vater gekannt. Vor dem Krieg, sagt sie. Sie hat mir erzählt, daß Ihr Vater ein englischer Spion war. Sie sagt, daß Sie wahrscheinlich auch einer sind.«
»Sie ist eine sehr alte Frau.«

»Mama sagt, daß Ihr Vater ihren Mann umgebracht hat.«
»Das hat sie gesagt?«
»Genau mit diesen Worten. ›Der Vater dieses Mannes hat meinen lieben Mann umgebracht‹, hat sie gesagt, und daß ich mich vor Ihnen in acht nehmen soll.«
»Ich weiß Ihre Offenheit zu schätzen, Frau Winter, aber ich habe wirklich keine Ahnung, wovon Ihre Frau Mutter da redet. Mein Vater war Offizier der britischen Armee, aber nicht bei einer kämpfenden Einheit. Nach dem Krieg war er in Berlin stationiert, und in der Zeit könnte sie dort seine Bekanntschaft gemacht haben. Vor dem Krieg war er Handlungsreisender. Ich halte es für sehr unwahrscheinlich, daß sie ihn schon vor dem Krieg gekannt hat.«
Ingrid Winter zuckte mit den Achseln. Sie würde sich niemals für die Zuverlässigkeit der Behauptungen ihrer Mutter verbürgen.
Eine Hupe ertönte, und ich stand auf. Als Ingrid Winter mir meinen Mantel reichte, sprachen wir wieder über das launische Wetter. Beim Abschied fragte ich mich, warum wohl ihre Mutter gesagt hatte, mein Vater habe ihren »lieben Mann« getötet, anstatt: »Der Vater dieses Mannes hat deinen Vater getötet«. Ich wußte nicht viel von Inge Winters Mann außer dem wenigen, das ich von Lisl gehört hatte: daß Paul Winter Beamter an einem Berliner Ministerium gewesen und kurz nach dem Krieg irgendwo in Süddeutschland gestorben war. Nun, nachdem ich Ingrid kennengelernt hatte, von deren Existenz Lisl keine Ahnung zu haben schien, konnte ich nur sagen, daß mir noch sehr viel an der Familie Winter rätselhaft war, nicht zuletzt die Frage, was mein Vater mit ihr zu tun gehabt haben mochte.

9

Den letzten Abend unseres hektischen provenzalischen Wochenendes verbrachten wir bei einem »Onkel« von Gloria, der in der Gegend wohnte. Tatsächlich war der Mann kein Blutsverwandter, aber er war ein alter Freund ihrer ungarischen Eltern, und Ungarn im Exil sind eine große Familie aus lauter verrückten, kongenialen und anstrengenden Persönlichkeiten, die, egal, wie zurückgezogen sie leben, immer erstaunlich gut über die Aktivitäten ihrer »Verwandten« informiert sind.

Er nannte sie Zu. So wurde sie von allen ihren ungarischen Freunden genannt. Zu war die Kurzform von Zsuzsa, ihrem Taufnamen. Glorias ungarischer Onkel lebte in einer halbverfallenen Hütte, die einsam an einem Hang stand, zwischen Weinreben und einer verlassenen Ölmühle. Neben der Hütte lag ein kleiner Küchengarten, wo jetzt Nacktschnecken die letzten Blätter des Wintergemüses vom vergangenen Jahr abfraßen, und vor der Tür, am Rande eines Abwassergrabens, stand ein zerbeulter 2 CV, von dessen Scheinwerfern einer fehlte.

Vorgestellt wurde mir Glorias Onkel als »Dodo«, und nach dem kräftigen Händedruck zu urteilen, mit dem er mich willkommen hieß, war ihm der Spitzname nur recht. Auf den ersten Blick schien dieser Mann um die sechzig zu sein, ein kleiner, dicker und temperamentvoller Typ, den jeder Regisseur sofort für die Rolle des liebenswerten ungarischen Exilanten engagieren würde. Er hatte volles, schneeweißes Haar, das er glatt zurückgebürstet trug, und einen großen struppigen Schnurrbart von eher grauer Farbe. Sein Gesicht war rot, vielleicht weil er offensichtlich gern trank, denn die ganze Behausung war voller leerer und voller Flaschen, und er schien schon recht angeheitert,

als wir kamen. In welchem Maße der genossene Alkohol seine sprachlichen Fähigkeiten steigerte, weiß ich nicht, jedenfalls war sein Englisch ausgezeichnet und außer der ohne Ansehen der Person gebrauchten Anrede »Darling« auch nicht von irgendwelchen exotischen Eigentümlichkeiten geprägt.
Er trug eine alte, braune Cordhose, die hier und da schon bis auf das Futter abgeschabt war, und einen zottigen roten Rollkragenpullover, der ihm fast bis auf die Knie reichte. Seine Stiefel hatten Reißverschlüsse an den Innenseiten der Schäfte und zehn Zentimeter hohe Absätze. Er reichte uns gefüllte Weingläser und führte uns zu einem langen, durchgesessenen Sofa vor dem flackernden Kaminfeuer und redete ohne Atempause.
Sein Haus stand ungefähr dreißig Kilometer weit entfernt von Le Mas des Vignes Blanches, wo die Winters wohnten, aber Dodo schien über sie gut Bescheid zu wissen. Inge Winter war bei den Einheimischen als die »Hitler-Frau« bekannt, da ein geschwätziger Klempner dort einmal ein Rohr repariert und anschließend der ganzen Nachbarschaft von dem Hitler-Foto der alten Frau erzählt hatte.
Als Dodo hörte, daß wir seine geheimnisvollen Nachbarn besucht hatten, gab er sogleich ein paar witzige Anekdoten über Inges Schwiegervater zum besten, die er in seiner Wiener Zeit aufgeschnappt hatte. Der alte Harald Winter war ein reicher Geschäftsmann gewesen, der viel von sich reden zu machen wußte: mit seinem Rennwagen, seinem Jähzorn, seiner unversöhnlichen Rachsucht, den Damen der besten Gesellschaft, die ihm in seiner Loge in der Oper Gesellschaft leisteten, den Unsummen, die er für den Schmuck ausgab, mit dem er die Damen seiner Wahl schmückte, dem lächerlichen Duell, zu dem er den alten Professor Schneider forderte, den Gynäkologen, der seine Frau von ihrem zweiten Sohn entbunden hatte.
»In meines Vaters Zeit war Harry Winter das Stadtgespräch in Wien. Und noch heute erzählen die älteren Leute Geschichten von ihm. Das meiste ist wahrscheinlich mehr oder weniger erfunden. Aber er hatte eine sehr schöne Geliebte. Das kann ich bezeugen, denn die habe ich selbst oft gesehen. 1942 studierte ich Chemie in Wien, und meine Tante, bei der ich wohnte, schnei-

derte für sie. Die Zeiten waren nicht die besten für Harrys Geliebte. Es war ja schon Krieg, die Nazis herrschten in Österreich, und sie war Jüdin. Sie war Ungarin und plauderte gern mit meiner Tante in ihrer Muttersprache. Eines Tages kam sie nicht zur Anprobe. Später hörten wir, daß sie in ein Lager abtransportiert worden war. Bei der Gestapo war nicht einmal mit Geld was zu machen.« Nach dieser Feststellung schnaufte er und ging in die Küche, um irgend etwas umzurühren. Als er zurückkam, warf er ein großes Holzscheit auf das Feuer im Kamin. Das Holz war feucht und zischte in der Glut.

Dodos Hütte war in keinster Weise mit dem geschmackvoll ordentlichen Winterschen Haus zu vergleichen. Bei den Winters herrschte ein spartanischer Luxus, Dodos Rumpelkammer befand sich in einem Zustand pittoresker Verwahrlosung. Die Südwand bestand zur Hälfte aus gläsernen Schiebetüren, durch die man auf eine jetzt im Dämmerlicht liegende Terrasse hinausblickte, wo die gleiche Unordnung herrschte wie im Wohnzimmer. Dodo hatte auf seine alten Tage zu malen angefangen. Der einzige andere größere Raum des Hauses lag nach Norden, und den benützte Dodo als Atelier. Er zeigte es uns. Verschiedene unfertige Bilder lehnten an den Wänden. Landschaften in der Manier des späten van Gogh, gar nicht übel. Die meisten zeigten Ansichten des gleichen Motivs, das Tal vor seiner Haustür zu verschiedenen Tageszeiten zwischen Morgengrauen und Abenddämmerung. Angeblich hatte er eine Galerie in Cannes, die seine Bilder verkaufte. Es war vermutlich nicht allzu schwer, diese farbenprächtigen Pasticcios an Touristen, die an der Côte d'Azur Urlaub machten, zu verkaufen.

Als wir von unserem Besichtigungsrundgang an den Kamin zurückkehrten, qualmte dort das feuchte Holz, das Dodo aufs Feuer geworfen hatte, und die Rauchschwaden schwärzten die Wände noch ein wenig mehr und trieben uns Tränen in die Augen. Gloria deckte den Tisch, der sich praktischerweise gleich neben der Küchentür befand. Hinter dem Tisch an der Wand stand ein hoher, alter, geschnitzter Kleiderschrank. Dodo hatte die Türen herausgenommen, rohe Regalbretter eingezogen und seine Bibliothek hineingestellt: Philosophie, Geschichte, Chemie, Kunst, Lexika, Kriminalromane, Biographien – alles ohne erkennbare Ordnung nebeneinandergepfercht, jedes Buch abgegriffen, fleckig, verbogen oder ausgefranst. Als wir uns zu Tisch setzten, zog er für mich einen Ohrensessel heran und hielt plötzlich die Armlehne in der Hand. Unter schallendem Gelächter steckte er sie wieder an ihren Platz, mit einer Geschicklichkeit, die offenbar in langer Übung erworben war. Er lachte häufig und ließ dabei goldene Backenzähne sehen, die nur wenig gelber waren als sein übriges Gebiß.

Ich wußte natürlich, daß wir hier waren, weil Gloria mich Onkel Dodo vorführen wollte, und wieviel Wert sie darauf legte, daß ich einen guten Eindruck machte. Und so wollte auch ich einen guten Eindruck machen. In loco parentis beäugte er mich prüfend und stellte mir jene beiläufigen Fragen, wie sie Eltern den Freiern ihrer geliebten Tochter vorlegen. Aber bald wurde ihm die Rolle lästig, und er unterwies uns in den Regeln der Kunst: »Tizian liebte Rot und Blau. Seht euch irgendeins von seinen Gemälden an, und ihr werdet sehen, daß ich recht habe. Deshalb hat er immer rothaarige Frauen gemalt. Phantastische Frauen. Der Alte verstand was von Frauen, was?« Er lachte herzhaft und nahm einen schnellen Schluck aus seinem Glas. »Und seht euch seine späten Bilder an... mal abgesehen von der *Assunta* und diesem Zeug... Seht euch die wahren Tizians an: Die sind mit den Fingern gemalt. Er war der erste Impressionist, anders kann man das nicht sagen. Ich sag' dir, Darling, Tizian war ein Gigant.«

Zu Glorias Interesse an einer britischen akademischen Bildung bemerkte er: »In Oxford oder Cambridge kannst du nichts Wissenswertes lernen. Aber ich bin froh, daß du wenigstens nicht Romanistik studieren willst. Letztes Jahr hatte ich einen jungen Mann hier, der in Romanistik promoviert hatte, ich glaube in Oxford... oder war es Cambridge? Jedenfalls konnte der arme Kerl keine Speisekarte lesen, Darling! Was sind *quenelles?* fragte er mich. Bodenlos unwissend. Und dann dieser Akzent! Die einzigen Menschen, die einen Engländer, der französisch spricht, verstehen, sind Leute, die in England Französisch gelernt haben.«

Über das Glücksspiel: »Wenn man mit zwei Würfeln spielt, ändern sich natürlich die Chancen. Und da gibt es Leute, die auf die Zwei genauso setzen wie auf die Sechs.«
»Und warum sollten sie nicht?« fragte Gloria.
Er drehte sich zum Feuer und versetzte, mit den Händen auf die Lehnen seines Stuhles gestützt, dem frischen Holzscheit einen Fußtritt, daß die Funken stoben.
»Nie! Mit zwei Würfeln! Denk nur mal dran, auf wie viele verschiedene Weisen du mit zwei Würfeln sechs werfen kannst: zwei Dreien, eine Vier und eine Zwei, eine Zwei und eine Vier, fünf und eins – oder umgekehrt, eins und fünf. Das sind fünf verschiedene Möglichkeiten. Aber es gibt nur eine Chance, eine Zwei zu werfen: Beide Würfel müssen genau richtig fallen. Das gleiche mit einer Zwölf.«
Während er Gloria das erklärte, sah er mich plötzlich an, als sei ihm gerade wieder eingefallen, daß er ja die Ernsthaftigkeit meiner Absichten zu prüfen hatte. Falls er zu einem Ergebnis kam, ließ er sich jedoch nichts anmerken. Er konnte seine Gefühle erstaunlich gut verbergen, wenn er wollte.
Und so ging es den ganzen Abend lang weiter. Mit donnerndem Motor raste er durch Kunst und Wissenschaft, Gastronomie und Astronomie, antike griechische Architektur und moderne Politik, um dann und wann eine Vollbremsung zu machen und mich mit diesem durchbohrenden Blick zu bedenken, wenn ihm wieder einfiel, daß ich der Mann war, der allnächtlich mit dem Töchterchen seines alten Freundes ins Bett ging.
Während einer dieser abrupten Pausen in der Unterhaltung hielt er mir plötzlich die Faust unter die Nase. Ich starrte ihn an und rührte mich nicht. Klick! Er hatte ein Springmesser in der Hand, und als nun die verborgene Klinge aus dem Griff sprang, stach mir die Spitze fast ins Auge.
»Dodo!« schrie Gloria entsetzt.
Langsam zog er das Messer zurück und ließ die Klinge wieder einschnappen. »Haha. Ich wollte nur mal sehen, wie gut seine Nerven sind«, sagte er und schien enttäuscht, daß ich mir meinen Schreck nicht hatte anmerken lassen.
»Ich finde das nicht witzig«, sagte Gloria.

Gloria hatte zwei Flaschen Cognac aus dem Duty-Free-Shop am Flughafen mitgebracht, und Dodo hatte die erste schon geöffnet, ehe wir ganz bei der Tür herein waren. Ich hielt mich an den lokalen Rosé, der leicht und erfrischend war, aber Dodo sprach auch während des Essens – schwarze Oliven, Hühnerfrikassee mit Gemüse, Ziegenkäse, Äpfel und Apfelsinen – dem Cognac so eifrig zu, daß er, als wir fertig waren, bereits die zweite Flasche entkorkte. Als wir auf den Patio vor seiner Hütte hinaustraten, um die Aussicht zu genießen, redete er so laut, daß man ihn bis Nizza hören konnte. Der Himmel war klar, und alle Sterne des Universums schienen über seinem Haus versammelt, aber es war verdammt kalt. Onkel Dodos Überschwenglichkeit tat das keinen Abbruch.

»Es ist kalt«, sagte ich. »Verdammt kalt.«

»Hundertfünfzig Jahre alt«, antwortete er und wischte sich Cognac vom Kinn. »Und die Wände sind einen Meter dick, Darling.«

Gloria lachte. »Sollten wir vielleicht reingehen?« fragte sie. Ich nehme an, sie war an ihn gewöhnt.

Er hantelte sich an der Brüstung entlang, als er ins Zimmer zurückging. Trotzdem rannte er gegen das Fliegengitter und stieß sich den Kopf an der Kante der geöffneten Schiebetür.

Gloria ließ sich von seinen lautstarken Versicherungen, daß das keineswegs notwendig sei, nicht davon abhalten, in die Küche zu gehen und abzuwaschen. In dem Bemühen zu beweisen, was für ein gutherziger und harmloser Knabe ich sei, versuchte ich, ihr zu folgen, doch er hielt mich am Ärmel zurück.

»Laß sie nur machen, Darling«, sagte er unwirsch. »Zu macht immer, was sie will. Ich kenne sie schließlich schon lange.« Er goß mir Wein und sich selbst Cognac nach. »Wunderbares Mädchen.«

»Ja, das ist sie«, sagte ich.

»Du hast Glück. Weißt du das?« Seine Stimme war weich, doch seine Augen waren hart. Ich war jeden Augenblick auf einen Angriff gefaßt, und er wußte das, es schien ihn auch nicht wenig zu amüsieren.

»Doch, das weiß ich.«

Er wurde plötzlich still. Er starrte durch die Glastüren auf die Lichter in den Hügeln. Orange Lichter, blaue Lichter und hier und da Autoscheinwerfer, die plötzlich aufleuchteten und ebenso plötzlich wieder verschwanden, wie Glühwürmchen in einer Sommernacht. Die schöne Aussicht schien unversehens einen tiefen Wandel seiner Stimmung zu bewirken. Vielleicht ist das so bei Leuten, die den größten Teil ihrer Zeit damit verbringen, ein und dieselbe Landschaft zu studieren, ihre Farben, Strukturen, Veränderungen. Jedenfalls war seine Stimme nüchtern, als er sagte: »Genieße jede Minute. Denn du wirst sie verlieren.«

»So?« Ich schaffte es, meine Stimme nicht überschnappen zu lassen.

Er nippte an seinem Cognac und lächelte traurig. »Natürlich betet sie dich an. Das sieht ein Blinder mit dem Krückstock. Ich habe es gesehen in dem Augenblick, als ihr hier hereinkamt. Sie hat nur Augen für dich. Aber sie ist noch ein Kind. Ich meine, sie hat ihr ganzes Leben noch vor sich. Und wie alt bist du? Über vierzig, nicht?«

»Ja«, sagte ich.

»Sie will unbedingt studieren. Und davon wirst auch du sie nicht abbringen. Sie wird also auf die Universität gehen. Und da wird sie geistreiche und hochbegabte Leute in ihrem Alter kennenlernen, und weil sie alle miteinander an der Universität studieren, werden sie schließlich alle miteinander den gleichen schauerlichen Geschmack und die gleichen noch nicht durchgebackenen Meinungen haben. Wir sind doch Fossilien, Relikte einer versunkenen Welt, der Welt der Dinosaurier.« Er leerte sein Glas und goß sich neu ein.

Er konnte ganz schön gehässig sein. Ich merkte, daß er mich verletzen wollte. Und da er so freundlich tat dabei, war es auch nicht leicht, ihm Kontra zu geben.

Ich sagte: »Ja, schönen Dank, Dodo. Aber so, wie ich es sehe, bist du zwar unbestreitbar ein alter Tyrannosaurus, ich dagegen bin eine junge, dynamische, geistreiche und hochbegabte Persönlichkeit im besten Mannesalter und Gloria ein unreifer Teenager.«

Er lachte laut genug, mir das Trommelfell platzen zu lassen, und

hielt sich an meiner Schulter fest, um nicht vor Lachen vom Stuhl zu fallen.
»Zu, Darling!« schrie er. »Wo hast du nur diesen Verrückten her?«
Sie kam aus der Küche, sich die Hände an einem Geschirrtuch trocknend, auf dem man die Mona Lisa eine dicke Zigarre rauchen sah. »Machst du irgendeine Diät, Dodo?« fragte sie. »Wie kannst du bloß drei Dutzend Eier essen?«
Für einen Augenblick schien er sprachlos, aber dann sagte er stammelnd, die Eier seien hervorragend, er kriege sie von einem Bauern in der Nähe, der sie aber nur in größeren Mengen abgebe. »Nimm dir ein paar mit«, sagte er.
»Ich mach' mir nicht soviel aus Eiern«, sagte Gloria. »Sie sind auch für dich nicht gut.«
»Unsinn, Darling, vollkommener Unsinn. Ein frischgelegtes, weichgekochtes Ei ist so ziemlich das leichtest verdauliche Protein, das es gibt. Ich liebe Eier, und man kann sie auf so viele köstliche Arten zubereiten.«
»Na, so frisch gelegt werden aber die letzten von den drei Dutzend nicht mehr sein«, sagte Gloria mit entwaffnender weiblicher Logik. Sie lächelte. »Ich glaube, wir müssen jetzt gehen, Dodo.«
»Bleibt doch noch einen Augenblick, Darling«, bat er. »Ich habe in letzter Zeit so selten Besuch, und du hast mir überhaupt noch nichts von deinen Eltern erzählt und den anderen Londoner Freunden.«
Also blieben wir noch ein bißchen, und Gloria erzählte von der zahnärztlichen Praxis ihres Vaters und dem Engagement ihrer Mutter bei allerlei wohltätigen Stiftungen. Dodo hörte höflich zu mit zunehmend gläsernem Blick.
Pünktlich um 10.25 Uhr – ich sah auf die Uhr – rappelte sich Dodo zu seiner vollen Höhe auf, trank auf die Gesundheit von »Zu und ihrem Verrückten«, wankte und stürzte krachend der Länge nach zu Boden. Das Glas zerbrach, und da ein Rest Cognac in den Kamin spritzte, loderte für einen Augenblick dort eine blaue Flamme aus der Asche.
Gloria sah mich an, als erwarte sie von mir, daß ich ihn wieder-

belebe, aber ich zuckte nur mit den Achseln. Er stöhnte und bewegte sich hinreichend, um sie zu überzeugen, daß er noch lebte. Schließlich fing er volltönend an zu schnarchen. Glorias Versuche, ihn zu wecken, blieben ohne Erfolg.

»Ich hätte ihm diesen Cognac nicht mitbringen sollen«, sagte Gloria. »Er hat's mit der Leber.«

»Das überrascht mich nicht«, sagte ich.

»Wir müssen versuchen, ihn ins Bett zu bringen«, sagte sie. »Beide zusammen könnten wir es schon schaffen.«

»Ich finde, er liegt da vor dem Kamin ganz bequem«, sagte ich.

»Du herzloses Schwein«, sagte Gloria. Also zog ich ihm die Stiefel aus, trug ihn in seine Schlafkammer und warf ihn aufs Bett. In seiner Schlafkammer wartete noch eine Überraschung. Er hatte außer dem Bett noch einen Tisch hier stehen. Dieser Tisch war vollgepackt mit Farbpigmentdosen, einem Meßlöffel, einer Flasche Essig, einer Flasche Leinöl. Dann waren da noch ein Krug mit einem Musselinsieb und unter dem Tisch die Schalen von etwa einem Dutzend Eiern. An der Wand lehnte eine Holztafel mit noch frischem Kreidegipsgrund; eine andere war gegen den Tisch gelehnt und zeigte ein halbfertiges Gemälde.

»Was zum Teufel ist das?« fragte ich, das angefangene Bild betrachtend. Es war ganz anders als alles, was wir im Atelier gesehen hatten: eine Prozession von Männern und Frauen, die nicht nur kostümiert waren wie Florentiner des 15. Jahrhunderts, sondern auch im Stil der alten Renaissance-Meister gemalt. Die Zeichnung war übrigens präzise ausgeführt, befremdend waren nur die Farben. »Komische Farben«, sagte ich.

»Aber das ist doch nur die Untermalung«, sagte Gloria. »Wenn die nachher durch die Lasuren scheint, gibt sie den Farben den tiefen satten Ton.«

»Du scheinst ja genau Bescheid zu wissen.«

»Ich habe Onkel Dodo schließlich oft genug besucht, als ich Au-pair-Mädchen in Nizza war. Manchmal habe ich auch geholfen. Er ist ein liebenswerter Mensch. Weißt du überhaupt, was das hier ist?«

»Ich nehme an, Eitempera. Aber warum diese komischen Formate?« Beide Tafeln waren sehr niedrige, breite Querformate.

»Renaissance-Hochzeitstruhen.«
»Was?« fragte ich.
»Er malt Fälschungen. Ein Händler in München setzt sie ab.«
»Und fallen die Käufer auf die Fälschungen herein?«
»Sie werden mit Expertisen von international anerkannten Autoritäten ausgestattet. Eine ganze Menge von Onkel Dodos Fälschungen sind inzwischen in berühmten Museen.«
»Und man ist ihm noch nie draufgekommen?«
»Jetzt ist es ja noch nicht fertig. Es wird erst noch auf alt getrimmt.«
»Aber Museen?« Ich konnte es nicht glauben.
»Auch Museumsdirektoren sind keine Heiligen, Bernard.«
»Wieder eine Illusion weniger«, sagte ich. »Dodo ist also reich?«
»Nein, diese Dinger machen eine Menge Arbeit, und die Händler bezahlen nicht allzu gut. Die Konkurrenz auf diesem Markt ist groß.«
»Also warum ...?«
»Macht er es?« vollendete sie meine Frage. »Die Täuschung, der Betrug macht ihm Spaß. Er kann ganz schön grausam sein. Wenn du ihn länger kennst, wirst du verstehen, was ich meine.«
Der alte Mann auf dem Bett stöhnte und schien aufzuwachen, drehte sich dann aber auf die Seite und schlief schwer atmend weiter. Gloria beugte sich über ihn und streichelte ihm zärtlich den Kopf. »Das große Geschäft machen die Händler. Armer Dodo.«
»Du wußtest also von Anfang an Bescheid? Das mit den vielen Eiern in der Küche, das war nur, um ihn aufzuziehen?«
Sie nickte. »Dodo ist bekannt wie ein bunter Hund. Er behauptet, die wunderbare Hochzeitstruhentafel gemalt zu haben, die der ›Schule Ucellos‹ zugeschrieben wird und inzwischen im Louvre hängt. Letztes Jahr zu Weihnachten hat er Farbpostkarten mit Abbildungen dieses Werkes an alle seine Freunde verschickt. Ich hatte schon Angst, er bringt sich noch ins Gefängnis damit, aber vielleicht würde ihm sogar das noch wie ein guter Witz vorkommen. Die Ungarn haben alle einen komischen Sinn für Humor.«
»Das habe ich mir auch schon gedacht«, sagte ich.

»Er versteht was von Chemie. Und es macht ihm Spaß, die Pigmente nach alten Rezepten herzustellen, das Holz und die anderen Materialien auf alt zu trimmen. Er ist wirklich ein Fuchs.«
Wieder bewegte sich der alte Mann und faßte sich an den Kopf, an die Stelle, wo er beim Sturz aufgeschlagen war. »O Gott«, murmelte er.
»Es ist alles in Ordnung«, sagte ich beruhigend.
»Er kann dich nicht hören. Er spricht im Schlaf«, sagte Gloria. »Machst du übrigens auch manchmal.«
»Natürlich«, erwiderte ich spöttisch.
»Letzte Woche hast du mich damit geweckt. Verrückte Sachen hast du gerufen.« Sie legte mütterlich den Arm um meine Schultern.
»Was für Sachen?«
»Sie bringen ihn um. Sie bringen ihn um.«
»Ich rede nie im Schlaf«, sagte ich.
»Wie du meinst«, entgegnete Gloria. Aber sie hatte recht. Drei Nächte hintereinander war ich aus einem Alptraum über Jim Prettyman erwacht. »Sie bringen Jim um!« Das hatte ich gerufen. Ich erinnerte mich nur zu gut. Ich schrie mir die Seele aus dem Leib in jenem Traum, aber von den Vorübergehenden nahm niemand die geringste Notiz von mir.
»Sieh dir die Fotos an«, sagte Gloria und strich ein paar alte Abzüge glatt, die zusammengerollt unter allem möglichen anderen Zeug auf einem Abstelltisch lagen. »War er nicht ein gutaussehender Mann in seiner Jugend, ein richtiger Schwerenöter?«
Dodo posierte mit einem halben Dutzend anderer schlanker, athletischer Jünglinge mit einem älteren Mann, dessen Gesicht mir wohlbekannt war. Drei von ihnen saßen in Korbsesseln vor einem Gartenhäuschen. Und einer in der ersten Reihe hatte den Fuß auf ein Brett gesetzt, auf dem »Die Preußen« stand.
»Wahrscheinlich ein Tennisturnier«, erklärte Gloria. »Er war ein hervorragender Tennisspieler.«
»Irgend so was, ja«, sagte ich, obwohl ich genau wußte, daß es nichts Derartiges war. Der ältere Mann war ein seit Ewigkeiten

von Berlin aus operierender Agent namens John Koby, genannt »der Lange« – ein Zeitgenosse meines Vaters –, und seine »Preußen« waren Agenten, die in der SBZ Nachrichten für ihn sammelten. Dodo war also einmal Geheimagent gewesen.

»Hat Dodo irgendwann mal für deinen Vater gearbeitet?« fragte ich sie.

»In Ungarn?« Ich nickte. »Nachrichtendienstlich?« Daß sie um den heißen Brei herumredete, konnte man ihr wirklich nicht nachsagen. »Nicht, daß ich wüßte.« Sie nahm mir das Foto aus der Hand. »Ist das ein Team?«

»Das ist der Amerikaner, der lange Koby«, sagte ich.

Sie betrachtete das Foto jetzt mit neuem Interesse. »Er ist viel älter als die anderen. Er lebt noch, nicht wahr?«

»Er wohnt in Berlin. Ich treffe ihn dort manchmal. Mein Vater verabscheute den Langen. Aber der Lange war in Ordnung.«

»Wieso?«

»Er verabscheute all diese Amerikaner, die für den Langen arbeiteten. Er sagte immer: ›Deutschamerikaner sind amerikanische Deutsche.‹ Er hatte schwere Vorurteile gegen sie.«

»Ich habe dich noch nie deinen Vater kritisieren hören«, bemerkte Gloria.

»Vielleicht hatte er seine Gründe«, sagte ich abwehrend. »Gehen wir.«

»Bist du sicher, daß mit Dodo alles in Ordnung ist?«

»Dodo fehlt nichts«, sagte ich.

»Du magst ihn doch, nicht?«

»Ja«, sagte ich.

Bei dieser ersten Begegnung mochte ich ihn wirklich. Ich muß verrückt gewesen sein.

10

»Ich finde, es ist alles sehr gut gelaufen«, sagte Dicky Cruyer mit einem Anflug von bescheidenem Stolz. Er trug Erläuterungstafeln, die er jetzt zu Boden setzte und gegen ein Bein seines schönen Rosenholztisches lehnte.

Ich war auf dem Weg in sein Zimmer noch damit beschäftigt, die Notizen zu entziffern, die ich mir während der üblichen Dienstagvormittagszankerei, mit gegenseitigen Kundgebungen der Entrüstung und Empörung, gemacht hatte. Dicky hatte also nicht meine ungeteilte Aufmerksamkeit, und so etwas entging ihm nie. Ich blickte auf und brummte etwas.

»Ich habe gesagt«, wiederholte Dicky langsam, nachdem er mich mit einem gutmütigen Lächeln bedacht hatte, »daß meines Erachtens alles sehr gut gelaufen ist.« Ich muß verblüfft ausgesehen haben. »Ich meine, die Abteilungsbesprechung.« Er klopfte an das Messingbarometer, das seit einiger Zeit das Zubehör seines Arbeitsplatzes vervollständigte. Oder vielleicht klopfte er auch nach der Temperatur oder der Tageszeit in New York City, was weiß ich.

»O ja«, sagte ich, »wirklich sehr gut.«

Aber warum hätte diese Besprechung auch nicht zu seiner Zufriedenheit verlaufen sollen? Was Dicky Cruyer, mein unmittelbarer Vorgesetzter, eine »Abteilungsbesprechung« nannte, fand jeden Dienstagvormittag in einem der Konferenzräume statt. Einst hielten wir diese Besprechungen in Dickys Büro ab, aber seitdem war das Reich des Leiters der Deutschland-Abteilung erheblich gewachsen. Wir brauchten jetzt einen größeren Raum, da Dicky inzwischen an den Dienstagvormittagen die Vorträge probte, die er den hohen Tieren im Außenministerium zu halten gedachte. Normalerweise war das ein Wirrwarr von in letzter Minute zusammengestückelten Schreibtischinventionen, aber heute hatte Dicky Satellitenfotos dazugenommen und hübsche, bunte graphische Darstellungen, die er in unserer neuen »Kunstabteilung« hatte anfertigen lassen. Ein »Vorführer« bediente den Lichtbildprojektor, Dicky deutete mit einem ausziehbaren Zeigestock auf der Leinwand herum und hielt dabei im verdunkelten Zimmer Ausschau, ob sich auch niemand eine Zigarette angesteckt hatte.

Die dienstäglichen Besprechungen gaben Dicky auch die Gelegenheit, seinen Untergebenen Arbeiten zuzuteilen, Streitigkeiten zwischen ihnen zu schlichten und langsam an den Monatsbericht zu denken – der nächste mußte Freitag früh auf dem Tisch des Director-General sein. Das heißt, Dicky brachte mich dazu, langsam daran zu denken, weil ich ihn jedesmal schreiben mußte.

»Es geht einfach darum, sie zu motivieren«, sagte Dicky, an seinem Rosenholztisch sitzend und eine Papierklammer geradebiegend. »Ich möchte, daß alle das Gefühl haben...«

»Zu einem Team zu gehören«, ergänzte ich.

»Ganz recht«, sagte er. Als ihm dann im nachhinein auffiel, daß mein Ton möglicherweise sarkastisch gewesen sein könnte, runzelte er die Stirn. »Was den Teamgeist angeht, hast du noch eine Menge zu lernen, Bernard«, sagte er.

»Ich weiß«, erwiderte ich. »Ich glaube, in der Schule, die ich besucht habe, hat man auf Teamwork nicht genug Wert gelegt.«

»Diese lausige Schule in Berlin«, sagte er. »Ich habe nie verstanden, warum dein Vater dich auf eine deutsche Schule geschickt hat. Es muß doch eine Schule für die Söhne britischer Offiziere gegeben haben, oder nicht?«

»Er war der Meinung, da würde ich jedenfalls ein anständiges Deutsch lernen.«

»Na, das hast du ja auch«, gab Dicky zu. »Aber du mußt der einzige Engländer an dieser Schule gewesen sein. Und damit bist du ein Einzelgänger geworden, Bernard.«

»Kann schon sein.«

»Und darauf bist du auch noch stolz, wie ich sehr wohl weiß.

Aber ein Einzelgänger ist immer ein Außenseiter, Bernard. Ich wünschte, ich könnte dir das begreiflich machen.«

»Ich brauche deine Notizen.«

»Welche Notizen?«

»Für den Bericht an den D. G.«

»Diesmal habe ich so gut wie keine Notizen gemacht, Bernard«, sagte er stolz. »Ich kriege allmählich Übung in diesen Dienstagvormittagsansprachen. Ich improvisiere das meiste.«

Himmel hilf! dachte ich. Ich hätte doch lieber zuhören sollen.

»Ein paar Stichworte wären schon etwas«, sagte ich.

»Schreib einfach, was ich gesagt habe.«

»Aber es ist eine Frage der Gewichtung, Dicky.«

Er warf die wieder zurechtgebogene Büroklammer in seinen großen Kristallaschenbecher und sah mich scharf an. »Eine Frage der Gewichtung« war Dickys Umschreibung, jedesmal wenn er nicht zugeben wollte, daß er absolut nichts verstanden hatte.

Eilig fügte ich hinzu: »Die Sache ist so technisch.«

Das besänftigte Dicky ein wenig. Er war gerne »technisch«. Bis vor kurzem waren Dickys Vorträge weiter nichts als eine einfache Nacherzählung der alltäglichen Arbeit des Büros gewesen. Dann hatte er aber beschlossen, daß die Zukunft der fortgeschrittenen Technik gehörte, und seitdem hatte er sich zu einem kleinen Experten – und riesigen Langweiler – entwickelt, der sich in Themen wie »Fotointerpretation von Nachrichten aus unbemannten Raumfahrzeugen« erging und »Radarsensoren, die monochrome, farbige, verfärbte und infrarote Bilder liefern«.

»Ich dachte, ich hätte alles sehr sorgfältig erklärt«, sagte Dicky.

»Hast du allerdings«, erwiderte ich und beugte mich weit genug vor, um durch die auf Pappe gezogenen Abbildungen zu blättern, die er hergezeigt hatte, in der Hoffnung, sie in irgendeiner Weise erhellend beschriftet zu finden. Beschriftet waren sie, wenn auch nicht durchweg erhellend: »SLRR seitlich gerichteter Aufklärungsradar«, hieß es unter dem ersten Bild, und ein sauber gezeichneter roter Pfeil zeigte an, wo oben war. Unter dem nächsten Bild las ich: »IRLS infrarotes Zeilenabtastfoto mit verschiedenen radiometrischen Temperaturangaben für das Zielgebiet zur Mittagszeit. Beachte die vom Personal bewohnten Gebäude und Transportfahrzeuge in der unteren rechten Ecke des Lichtbildes. Vergleiche mit der Aufnahme desselben Zielgebiets um Mitternacht.«

»Nimm das Material nicht mit«, ermahnte mich Dicky. »Ich brauche diese Bilder morgen, und ich habe den Leuten von der Gemeinsamen Luftaufklärung versprochen, daß sie sie ohne Fingerabdrücke und Eselsohren zurückkriegen.«

»Nein, ich werde sie nicht mitnehmen«, versprach ich und stellte die Bildtafeln wieder gegen das Bein von Dickys schönem Tisch. Dieses Zeug ging einfach über meinen Horizont. Ich fragte mich, wer wohl von Dickys Angestellten, die heute morgen dabeigewesen waren, gut genug zugehört hatte, um mir eine verständliche Zusammenfassung des Vortrags geben zu können. Aber mir fiel niemand ein, der Dicky während der Dienstagsbesprechungen seine ungeteilte Aufmerksamkeit schenkte. Unser eifrigster Streber, Charlie Billingsly, war inzwischen in Hongkong, und Harry Strang mit seinem fabelhaften Gedächtnis hatte es heute so einzurichten gewußt, daß er schon fünf Minuten nach Beginn von Dickys Vortrag durch einen wichtigen Anruf aus der Abteilungsbesprechung herausgerufen wurde. Ich sagte: »Aber früher warst du doch so entschieden gegen all dieses Zeug von der GLA und das Satellitenmaterial.«

»Wir müssen mit der Zeit gehen, Bernard.« Dicky blickte auf den Terminkalender, den ihm seine Sekretärin aufgeschlagen hatte. »Ach übrigens«, sagte er beiläufig. Zu beiläufig. »Du redest doch immer von diesem Prettyman...«

»Ich rede nicht immer von ihm«, sagte ich. »Ein einziges Mal habe ich ihn erwähnt. Du hast gesagt, du kannst dich nicht an ihn erinnern.«

»Also meinetwegen«, sagte Dicky. »Jedenfalls fällt uns seit kurzem seine Frau auf die Nerven. Als Morgan neulich im Außenministerium war, hat sie ihn in die Enge getrieben. Quatscht von einer Pension und lauter solchem Zeug.«

»Seine Witwe«, sagte ich.

»In der Tat! Witwe. Hab' ich doch gesagt.«
»Du hast Frau gesagt!«
»Frau. Witwe. Ist doch scheißegal.«
»Jim Prettyman ist das nicht egal«, sagte ich. »Für ihn ist das 'ne Frage von Leben und Tod.«
»Ich will jedenfalls nicht, daß jemand sie ermutigt.«
»Ermutigt, was zu tun?«
»Ich wünschte, du wärst nicht so begriffsstutzig«, sagte Dicky. »Sie soll unsere leitenden Beamten nicht belästigen. Geschähe ihr recht, wenn Morgan eine offizielle Beschwerde gegen sie einreichte.«
»Die hat eine ganze Menge Einfluß da drüben. Ich würde Morgan raten, es sich nicht mit ihr zu verderben. Er könnte dabei selber auf den Arsch fallen.«
Dicky befeuchtete seine dünnen Lippen und nickte. »Ja. Allerdings. Du hast recht. Morgan weiß das. Das Beste wird sein, wir machen die Schotten dicht und ignorieren sie einfach.«
»Jim Prettyman war einer von uns«, sagte ich. »Er hat eine Etage tiefer gearbeitet.«
»Das ist schon lange her. Und niemand hat ihm gesagt, daß er nach Washington, D. C., gehen und sich ausgerechnet da niederlassen soll. Was für ein Loch! Wußtest du, daß diese Stadt so ziemlich die schlimmste Verbrecherstatistik von ganz Nordamerika hat?«
Dicky hatte offensichtlich seine Schularbeiten gemacht.
Ich sagte: »Das ist also nicht offiziell ... diese Anweisung, Prettymans Witwe nicht zu ermutigen?«
Er sah mich an und dann aus dem Fenster. »Nicht offiziell«, sagte er dann betont vorsichtig. »Nur ein guter Rat, dessen Befolgung jemanden vor einer Menge Ärger und Kummer bewahren könnte.«
»Das ist alles, was ich wissen wollte«, sagte ich. »Sollen wir uns jetzt den Titel für den Bericht an den D. G. überlegen?«
»In Ordnung«, sagte Dicky. Er sah mich an und nickte noch einmal. Ich fragte mich, ob er wußte, daß Cindy Matthews – die ehemalige Mrs. Prettyman – mich heute abend zum Essen eingeladen hatte.

»Und übrigens, Dicky«, sagte ich. »Dieser Löwe macht sich wirklich prima auf dem Boden hier.«

Mrs. Cindy Matthews, wie sie sich jetzt nannte, leistete sich einigen Komfort. Sie hatte neue italienische Möbel, alten französischen Wein, eine Schweizer Geschirrspülmaschine und eine von diesen japanischen HiFi-Anlagen, mit denen als Bedienungsanleitung ein dickes Lehrbuch geliefert wird. Natürlich hatten die Prettymans keine Kinder finanzieren müssen, und ich nehme an, daß sie wegen des rapiden Anstiegs der Londoner Immobilienpreise mit dem Haus, das sie in Edgeware hatten, einen schönen Profit machten. Jetzt wohnte Cindy in einem winzigen Haus in einer Seitenstraße der King's Road, die für ihre Punks, Pubs und exotischen Boutiquen bekannt ist. Das ganze Haus bestand aus vier kleinen Räumen übereinander, deren unterster – Küche und Eßzimmer – im Souterrain lag. Aber es war die Sorte Haus, das von Immobilienmaklern als »Schmuckstück« bezeichnet wird und um das sich frisch geschiedene Werbefachleute reißen.
Auf dem Eßtisch standen Kerzen und rosa Rosen und mehr Weingläser, als ich zählen konnte, und das Besteck war aus massivem Silber. Durch das Fenster zur Straße sahen wir die Waden der Leute, die am Haus vorbeigingen und ihrerseits sehen konnten, was wir aßen. Und vielleicht war dies der Grund, weshalb uns eine Mahlzeit von der Sorte serviert wurde, die man in den Seiten der Frauenzeitschriften gewöhnlich von oben fotografiert sieht. Drei papierdünne Scheibchen Avocado am Ufer einer winzigen Pfütze von Tomatensoße im dynamischen Kontrast zu einem Scheibchen Kiwi. Das war die Vorspeise. Als Hauptgericht folgten drei dünne Scheibchen Entenbrust, garniert mit einem Schnitzel Mango und einem Salatblatt. Eine dünne Scheibe von Cindys köstlicher, selbstgemachter Schokoladenroulade schloß die Mahlzeit ab. Ich aß eine Menge Brot und Käse.
Cindy war eine kleine, blasse junge Frau mit spitzer Nase und wie ein Amorbogen gezeichnetem Mund. Sie kleidete sich streng, was sowohl zu ihrem kurzen Haarschnitt wie auch zu

ihrer Position als leitende Angestellte paßte: einfache braune Wolle, einfach geschnitten. Sie war immer eine energische Frau gewesen, und die Vorbereitungen zu dieser Abendgesellschaft in ihrem Haus hatten ihre rastlose Unruhe offensichtlich nicht befriedigt. Jetzt war sie dauernd um den Tisch unterwegs, fragte jeden, ob er noch Champagner, Chablis oder Perrier wollte, Vollkornbrot oder weiße Brötchen, sah nach, daß auch ja jeder eine Serviette hatte. Als sie sich endlich setzte, meinte ich, einen allgemeinen Seufzer der Erleichterung zu hören.

Der Abend war sorgfältig geplant. Cindy überließ nie etwas dem Zufall. Die Portionen waren genau kalkuliert, die Kochzeiten synchronisiert, der Weißwein war gekühlt, der Rotwein eben richtig temperiert. Die Brötchen waren warm, die Butter war weich, die Gäste wurden jeweils zum passenden Zeitpunkt animiert, sich an einer Unterhaltung zu beteiligen, deren Inhalt jeder im voraus kannte. Es war nicht eins von den Abendessen, an denen man keinen Satz zu Ende reden kann, weil einem jeder ins Wort fallen will, an denen die Gäste zu lange bleiben, zu viel trinken, und, wenn sie sich endlich vor der Haustür voneinander verabschieden, ihre Adressen austauschen. Es war langweilig.

Möglicherweise hatte Cindy bei ihrer Planung sogar berücksichtigt, daß an diesem Abend Gloria zum Mathematikunterricht ging (den sie nahm, um sich auf die Universität vorzubereiten), jedenfalls hatte sie mich auf diese Weise allein.

Der Ton der Unterhaltung war von Anfang an sehr gesetzt, wie meistens, wenn Sir Giles Streeply-Cox als Ehrengast dabeisaß. Sir Giles war ein muskulöser alter Herr mit buschigen weißen Koteletten, wie sie die Physiognomien der Dickensschen Helden schmückten, und der dazu passenden blühenden Gesichtsfarbe. »Creepy Pox« (wie man ihn hinter seinem Rücken nannte, schleichende Pest) war zu seiner Zeit eine Geißel des Außenministeriums gewesen. Minister und Gesandte hatten vor ihm gebebt. Seit seiner Pensionierung lebte er in Suffolk und züchtete Rosen, während seine Frau Bilderrahmen für die Aquarellmaler der Gegend machte. Doch der Alte saß noch immer in genügend Ausschüssen, um sein Fahrgeld und die Spesen ersetzt zu kriegen, wenn er mal nach London kam.

Es war das erste Mal, daß ich dem gefürchteten Creepy Pox persönlich begegnete, aber an diesem Abend war er die Liebenswürdigkeit selbst. Cindy wußte genau, wie er zu nehmen war. Sie ließ ihn die Rolle des bezaubernden großen alten Mannes von Whitehall spielen. Er spielte sie mit Bravour, aber das Ungeheuer, das hinter dem Lächeln und den selbstkritischen Nebenbemerkungen lauerte, war nicht zu verkennen. Lady Streeply-Cox sagte wenig. Sie gehörte einer Generation an, die man noch gelehrt hatte, in der Unterhaltung weder das Essen noch die Tischordnung zu erwähnen, und war offensichtlich der Meinung, vom Beruf ihres Mannes zu reden sei genauso schlimm, wie das Fernsehprogramm zu diskutieren. Also saß sie da und lächelte über die Witze ihres Mannes, hatte mithin nicht viel zu tun.

Zwei Leute vom diplomatischen Corps waren anwesend. Harry Baxter, ein Mann in mittleren Jahren, zweiter Sekretär unserer Botschaft in Bern, mit seiner Frau Pat. Pat trug eine schwere goldene Halskette, hatte sich das Haar rosa getönt und erzählte alte Witze – die Pointen in Schwyzerdütsch – über Bankiers mit unaussprechbaren Namen.

Als Cindy Baxter fragte, was es letztens Aufregendes in Bern gegeben hätte, antwortete der alte Streeply-Cox für ihn: Die einzige aufregende Sache, die Diplomaten in Bern passiert, sei, sagte er, das Käsefondue-Essen, und zwar, wenn sie ihre Brotrinden dabei verlieren. Worüber dann das Ehepaar Streeply-Cox schallend lachte.

Ein junges Paar war auch da. Simon, ein schüchterner Junge Anfang Zwanzig, hatte an einer Privatschule in Bayern Englisch unterrichtet. Es war keine angenehme Erfahrung für ihn gewesen. »Man braucht diese gemeinen kleinen deutschen Bengels nur zu sehen, um zu begreifen, warum die Deutschen schon so viele Kriege angefangen haben. Und wenn man die Lehrer sieht, versteht man auch, weshalb sie diese Kriege immer verlieren.« Nun schrieb Simon Theaterkritiken für eine Zeitschrift, die gratis verteilt wurde, und hatte sich einen Namen als Kenner und Perfektionist gemacht, indem er alles, worüber er schrieb, verriß. Seine Begleiterin war ein stilles Mädchen mit verschmiertem Lippenstift. Sie trug ein Herrenjackett aus Tweed, das ihr einige Nummern zu groß war. Während des Essens lächelten die beiden sich unentwegt an, und kurz nach dem Essen gingen sie.

Wir anderen gingen nach oben und tranken Kaffee – oder was sonst gewünscht wurde – in einem Zimmer, wo eine kunstvolle, mit Gas betriebene Kaminfeuerattrappe laut zischte. Creepy hatte eine halbe Tasse koffeinfreien Kaffee und ein Schokominzplätzchen, seine Gemahlin kippte zwei große Cognacs, und dann fuhr sie ihn nach Hause.

Das Paar aus Bern blieb noch etwa eine halbe Stunde länger. Da Cindy mir angedeutet hatte, daß sie gerne noch ein paar Worte mit mir geredet hätte, blieb ich. »Was hältst du von ihm?« fragte sie, als alle anderen weg waren.

»Der alte Creepy? Ein richtiger Witzbold«, sagte ich.

»Unterschätze ihn nicht«, sagte sie. »Er weiß noch immer, wo es langgeht.«

Ich hatte das Gefühl, sie hatte Creepy eingeladen, um mir vorzuführen, welche Verbindungen sie hatte, welcher Art der Einfluß war, den sie im Außenministerium geltend machen konnte, wenn es darauf ankam. »Du wolltest mit mir reden?«

»Ja, Bernard.«

»Gib mir noch was zu trinken«, sagte ich.

Sie holte die Flasche Scotch vom Abstelltisch und stellte sie vor mich hin auf ein Exemplar der Zeitschrift *Nouvelle Cuisine*. Auf dem Umschlag sah ich angekündigt: »Eine gelungene Schokoladenroulade in zehn leichten Schritten«. Sie goß mir keinen Whisky ein, sondern ging zum Kamin und fing an, irgend etwas, das auf dem Sims stand, hin und her zu rücken. »Seitdem der arme Jim ermordet worden ist...«, begann sie, ohne sich umzudrehen.

Ich nehme an, ich erriet, was sie sagen wollte – um die Wahrheit zu sagen, ich fürchtete mich davor –, denn ich versuchte sofort abzulenken. »Ist ermordet das richtige Wort?« fragte ich.

Sie drehte sich zornig zu mir um. »Zwei Mann lauern ihm auf und schießen ihn tot. Sechs Kugeln. Wie nennst denn du das? Ist das nicht eine verdammt bizarre Art, Selbstmord zu begehen?«

»Doch. Rede weiter.« Ich warf etwas Eis in mein Glas und goß reichlich Whisky dazu.
»Ich habe wegen der Beerdigung gefragt. Ich habe gesagt, ich wollte daran teilnehmen und habe das Fahrgeld dafür verlangt.«
»Und?«
»Alles längst gelaufen. Verbrannt!« Sie stieß dieses Wort mit einem Abscheu hervor, als bezeichne es etwas Obszönes – was sie vermutlich auch dachte. »Verbrannt«, wiederholte sie. »Und mich als seine Frau haben sie nicht mal gefragt!« Sie klang verbittert. Da sie katholisch war, fühlte sie sich doppelt beleidigt.
»Ach, übrigens hat er dir was hinterlassen.«
Sie gab mir einen Pappkarton. Ich öffnete ihn und fand darin einen kleinen Stapel Papiere über mesopotamische Grabinschriften, darunter auch welche, an denen Fiona gearbeitet hatte. Ich erkannte ihre Handschrift. »Für mich?« fragte ich. »In Jims Testament?«
»Es gibt kein Testament; nur einen Brief, den er bei seinem Anwalt hinterlegt hat. Was nach seinem Tod erledigt werden muß. Ist von einem Zeugen unterschrieben. Gilt als testamentarische Verfügung, habe ich mir sagen lassen.«
»Und du bist ganz sicher, daß ich diese Papiere haben sollte? Daran war ich doch nie interessiert.«
»Vielleicht solltest du sie Fiona schicken«, antwortete sie. »Ich will sie jedenfalls nicht haben. Ich habe auch ohne diese Rätsel der Vorzeit genug, worüber ich mir den Kopf zerbrechen muß.«
Ich nickte. Sie hatte Jims Hobby schon immer mit sarkastischen Bemerkungen bedacht. Ich vermutlich auch.
»Ich habe versucht, etwas mehr zu erfahren über die Sachen, mit denen Jim kurz vor seinem Tod beschäftigt war.« Sie ließ eine bedeutungsschwere Pause folgen.
»Erzähl's mir«, sagte ich nach einer Weile. Ich wußte, daß sie es mir auch unaufgefordert erzählt hätte.
»Ich fing bei dem Geld an«, sagte sie. Das Außenministerium verwaltet unseren Etat. Das war durchaus ein Aspekt unserer Arbeit, in den sie sich Einblick verschafft haben konnte.
»Geld?« fragte ich.

»Das Geld, das angeblich verschwunden ist. Das Geld, wegen dem sie dich nach Washington geschickt haben.«

»Nur damit sich keine Mißverständnisse einschleichen, Cindy: Ich bin nicht nach Washington geschickt worden, um Jim irgend etwas zu fragen. Diesen kleinen Nebenjob hat man mir erst aufgehalst, als ich schon dort war.«

Sie schien nicht überzeugt. »Vielleicht. Vielleicht auch nicht«, sagte sie. »Wenn wir der ganzen Sache auf den Grund gegangen sind, wirst du womöglich entdecken, daß alles von langer Hand arrangiert war.«

»Daß was von langer Hand arrangiert war?«

»Daß du zur rechten Zeit in Washington bist, um diesen ›kleinen Nebenjob‹ zu übernehmen.«

»Nein. Cindy...«

»Heilige Muttergottes! Wirst du endlich zuhören, Bernard, und mich nicht dauernd unterbrechen? Dieser Fonds, den Jim angelegt hatte. Da ist eine Menge Geld von ein paar Banken in Gibraltar und Österreich gewaschen worden. Es wurde mehrmals hin und her überwiesen, so daß die Spuren verdammt schwer zu verfolgen sind. Zuletzt scheint es aber auf einem Konto in Deutschland gelandet zu sein. All diese Kontobewegungen und Investitionen fanden ein halbes Jahr, bevor deine Frau überlief, statt.«

»Na und?«

»Bevor!«

»Ich habe dich gehört.«

»Verstehst du denn nicht?«

»Was?«

»Angenommen, ich sage dir, daß deine Frau Fiona diesen Fonds angelegt hat? Angenommen, ich sage, es handelt sich dabei um einen KGB-Schmiergelder-Fonds?«

»Einen KGB-was?« sagte ich, lauter als ich wollte. »Und Jim war zeichnungsberechtigt? Du hast mir erzählt, daß Jim zeichnungsberechtigt war.«

Sie lächelte wissend. »Genau. Das war doch der Witz. Nimm mal an, daß Fiona die Finanzierung eines KGB-Agentennetzes einrichtete – und dazu Geld und Leute vom SIS verwendete... das wäre doch eine elegante Lösung, findest du nicht?«

»Ehrlich gesagt, nein«, erwiderte ich. So leicht würde ich es ihr nicht machen. Wenn sie mir unbedingt diese verrückte Hypothese aufschwatzen wollte, sollte sie sich schon ein bißchen mehr anstrengen, sie zu untermauern.

»Die Finanzierung eines Agentennetzes ist die schwierigste und gefährlichste Aufgabe bei jeder geheimdienstlichen Operation, das brauche ich dir doch wohl nicht zu erklären, Bernard.«

»Ja, ich erinnere mich, das schon mal irgendwo gelesen zu haben«, sagte ich. Aber mit Sarkasmus war sie nicht zum Schweigen zu bringen.

»Sei nicht blöd, Bernard. Ich weiß doch, wie das alles läuft.«

Ich trank meinen Whisky und hielt den Mund.

»Ich muß eine Zigarette haben«, sagte sie. »Ich versuche, mir das Rauchen abzugewöhnen, aber jetzt brauche ich eine.«

Sie nahm ein unangebrochenes Päckchen Zigaretten aus einer Messingschale auf dem Bücherregal und ließ sich Zeit mit dem Anzünden. Ihre Hände zitterten, was das aufflammende Streichholz noch betonte, aber daran konnte auch die Gier nach der Zigarette schuld sein. Ich beobachtete sie interessiert. Die Leute im Außenministerium wußten Sachen, die wir erst erfuhren, wenn es schon zu spät war. Sie sagte: »Wenn Fiona ein geheimes Konto einrichtete und unter strengster Geheimhaltung von unseren Leuten verwalten ließ, wäre das doch die beste und geheimste Weise, feindliche Agenten mit dem nötigen Geld zu versorgen, nicht wahr?« Die Zigarette schien sie tatsächlich zu beruhigen.

»Aber wenn du dahintergekommen bist, was ist dann mit der Geheimhaltung?«

Sie hatte auch darauf eine Antwort. »Das war mir nur möglich, weil Fiona übergelaufen ist. Dadurch ist alles in Unordnung geraten.«

»Und du behauptest, daß Jim nach Washington gegangen ist, weil Fiona übergelaufen ist? Daß Jim ein KGB-Agent war?«

»Vielleicht.« Das war der unsicherste Punkt ihrer Theorie. Ich sah das an ihrem Gesicht. »Ich denke dauernd darüber nach. Ich weiß es einfach nicht.«

»Nicht Jim. Gerade Jim nicht. Und selbst wenn du recht hättest, warum sollte er sich nachher ausgerechnet nach Amerika absetzen, in die Hochburg des Kapitalismus?«

»Ich sagte ja, vielleicht. Wahrscheinlicher ist, daß Fiona jedem weisgemacht hat, mit dem Fonds sei alles in Ordnung. Wie hätten sie auch ahnen sollen, daß das Geld für den KGB war?«
»Aber das Geld ist verschwunden«, entgegnete ich.
»Sie können das Konto nicht finden«, sagte sie. »Das ganze verdammte Konto ist verschwunden. Und niemand scheint zu wissen, wieviel genau auf diesem Konto liegen soll. In einer von den Schätzungen ist von vier Millionen Pfund die Rede. Niemand im Außenministerium oder im Department wird zugeben, irgendwas davon zu wissen. Der Kassierer weiß, daß das Geld fehlt, aber das ist auch schon alles.«
»Das heißt nur, daß er nicht das richtige Stück Papier mit der richtigen Unterschrift vorliegen hat. Denn das ist, was ein Kassierer meint, wenn er sagt, daß ihm Geld fehlt.«
»Es geht aber um wirkliches Geld, Bernard, und irgend jemand hat sich's unter den Nagel gerissen.«
Ich schüttelte den Kopf. Das war alles zu hoch für mich. »Hast du deine Informationen von ›unserem Mann in Bern‹?« fragte ich, als mir jetzt die Baxters einfielen.
»Die beiden sind alte Freunde von mir. Er ist zwar gut unterrichtet, aber das hier ist eine Nummer zu groß für ihn.«
»Aber in den Akten des Department muß doch irgend jemand als Inhaber dieses Kontos genannt sein.«
»Ja, Jim.«
»Und wer noch?«
Sie zuckte mit den Achseln. »Wir wissen nicht mal, wo das Konto ist«, sagte sie und blies Rauch durch die gespitzten Lippen. »Ich werde nicht nachgeben, bis ich dahintergekommen bin, Bernard.«
»Was wirst du machen?«
»Was würdest du denn vorschlagen?«
»Der Deputy ist neuerdings sehr unternehmungslustig«, regte ich an. »Vielleicht findest du mal eine Gelegenheit, dich mit ihm zu unterhalten.«
»Wie können wir sicher sein, daß es nicht so weit raufgeht?«
Einen Augenblick lang konnte ich ihr nicht folgen. Doch dann fiel der Groschen. »Du meinst, er arbeitet für den KGB? Der Deputy? Sir Percy Babcock?«

»Du brauchst nicht so zu schreien, Bernard. Ja, der Deputy. Du liest doch Zeitung. Du weißt doch, was läuft.«
»Wenn ich weiß, was läuft, dann jedenfalls nicht, weil ich Zeitung lese«, sagte ich.
»Heutzutage ist niemand über den Verdacht erhaben.«
»Willst du deswegen mit Fünf reden?« Ich überlegte mir schon, ob es besser wäre, sich aus dem Fenster zu stürzen oder einen Krankenwagen zu rufen.
Sie war entsetzt über diese Unterstellung. »MI5? Das Außenministerium? Aber nein, niemals, unter keinen Umständen. Die hätten doch von unserer Hauptkasse keine Ahnung. Und ich arbeite für das Außenministerium. Wenn ich mit der Geschichte zum MI5 ginge, könnte ich gleich fristlos kündigen, Bernard.«
»Also was kannst du sonst tun? Du denkst doch hoffentlich nicht daran, im Kabinett vorzusprechen?«
»Willst du damit sagen, daß du mir nicht helfen wirst?«
Das war es also. Ich trank ein bißchen von meinem Whisky, holte tief Luft und sagte: »Was soll ich denn tun, Cindy?«
»Wir müssen die Akten durchgehen, bis wir die Anweisungen finden, die zur Einrichtung dieses Kontos führten.«
»Aber hast du das denn nicht schon versucht?« fragte ich.
»Noch nicht im Datenzentrum«, sagte sie.
»Im Yellow Submarine! Um Himmels willen, Cindy, das kann doch nicht dein Ernst sein! Außerdem kommst du da gar nicht rein.« Ich hätte mir die Zunge abbeißen können.
»Ich nicht«, sagte sie. »Aber du, Bernard. Du gehst doch da ein und aus.«
Ich war ihr blindlings in die Falle gegangen. Ich nahm schnell einen großen Schluck Whisky und sagte: »Cindy...«
Aber Cindy ließ sich nicht unterbrechen. »In den Computer braucht man doch nur ein Stichwort eingeben. So funktionieren die Dinger doch, oder? Bevor ich also Hunderte von Akten durchwühle, füttern wir den Computer einfach mit einer nackten Tatsache, und schon haben wir alles, was wir wissen wollen.«
»Und welche nackte Tatsache wäre das?«
»Jim. Jim war ein Treuhänder oder Zeichnungsbevollmächtig-

ter oder so was. Steck ihn in den Computer, und der wird ausspucken, was wir brauchen.«

Wenigstens wußte ich nun, weshalb ich eingeladen war. Und Creepy war da, um mir zu demonstrieren, daß Cindy ganz oben auch ihre Freunde hatte, für alle Fälle. »Aber warte mal, Cindy«, sagte ich, als mir schrecklich klar wurde, worauf ich mich da einließ.

Sie redete weiter: »Wir müssen herauskriegen, wer noch Zugang zu dem Konto hatte, ehe sie den auch umlegen.«

Mir kam der Gedanke, daß Jims Tod sie vielleicht um einen Teil ihres Verstandes gebracht haben könnte. »Du glaubst also, Jim ist erschossen worden, weil er für dieses Konto zeichnungsberechtigt war?«

»Ja. Das ist genau das, was ich glaube, Bernard«, sagte sie.

Ich sah ihr zu, wie sie sich eine Zigarette anzündete. »Ich will sehen, was ich herauskriegen kann«, versprach ich. »Vielleicht gibt es ja auch noch einen anderen Weg.«

»Das Datenzentrum ist unsere einzige Chance«, entgegnete Cindy.

»Wir riskieren beide, gefeuert zu werden, Cindy. Meinst du, daß die Sache das wert ist?« fragte ich. Nach Dickys Warnung wollte ich hören, was sie davon hielt.

Aber sie war wie besessen. »Irgendwas an der Sache ist faul, oberfaul«, sagte sie. »Alles, was mit diesem verdammten Konto zu tun hat, ist so vollkommen aus den Akten gelöscht. Ich habe schon eine Menge sehr empfindliches Material in der Hand gehabt, Bernard, aber von einer derartig tief vergrabenen Kiste habe ich noch nie gehört. Es gibt einfach keinerlei Belege. Und niemand weiß irgendwas davon.«

»Weiß nichts oder will nichts sagen? Vielleicht haben einfach nur sehr wenig Leute den Zugang dazu.«

»Irgend jemand hat verdammt viel Angst. Irgend jemand im Department meine ich. Irgend jemand hat so verdammt viel Angst, daß sie Jim umgebracht haben.«

»Das wissen wir so genau nicht.«

»Ich schon«, sagte sie. »Und mir wird niemand den Mund stopfen.«

»Cindy«, sagte ich und zögerte, mit der Sprache herauszurükken. »Nimm's mir nicht übel. Aber ich muß dich etwas fragen. Und ich brauche eine ehrliche Antwort.«

»Schieß los, Bernard.«

»Du machst das doch nicht alles, um an Jims Pension heranzukommen, oder?«

Sie lächelte eins ihrer schönsten Mona-Lisa-Lächeln. »Die haben sie mir schon bewilligt«, sagte sie.

»Wirklich?«

»Sie zahlen mir die volle Pension, und dieser Amerikanerin, die sagt, daß Jim sie in Mexiko geheiratet hat, zahlen sie genauso viel.«

»Sie geben also zu, daß Jim noch für das Department gearbeitet hat?« fragte ich verblüfft.

»Nichts geben sie zu. Ich sollte nur unterschreiben, daß ich endgültig und vollkommen abgefunden worden bin, und zukünftig die Schnauze halten.«

»Das ist ungewöhnlich«, räumte ich ein.

»Ungewöhnlich?« Sie lachte. »Verrückt ist das! So was hat es noch nie gegeben. Sie haben nicht gezögert, niemanden bestätigen lassen, nicht überprüft, was ich behauptete. Okay! haben sie gesagt. Einfach so.«

»Wer hat die Genehmigung gegeben?«

Ein verächtliches kleines Lachen. »Das weiß niemand. Sie haben gesagt, es stehe so in der Personalakte.«

»Wie kann das in der Personalakte stehen?« fragte ich. Zwei Pensionen an zwei Witwen zu zahlen, die mit einem Mann verheiratet waren, der schon seit zwei Jahren nicht mehr beim Department angestellt war – so etwas stand in keiner Personalakte.

»Gute Frage«, sagte sie. »Irgend jemand hat verdammt viel Angst.«

»Ja«, sagte ich. Sie hatte recht. Der Jemand war ich.

11

Donnerstag war kein guter Tag. Ich mußte ins »Yellow Submarine« hinunter, ins U-Boot. Das Datenzentrum war so ziemlich der einzige Bereich des Außenministeriums, wo Cindy Matthews nicht mit der beiläufigen Erklärung, daß sie nur die Keksdose für den Nachmittagstee des Ministers holen wolle, an den Sicherheitsbeamten vorbeischlendern konnte. Hier waren die Leute pingelig: uniformierte Wächter mit aufgesetzter Mütze, Gesichtskontrolle am Eingang im Erdgeschoß, weitere Kontrollen auf der Etage der Software-Bibliothek und Video auf der dritten und untersten Etage, wo die Geheimnisse wirklich hinter Schloß und Riegel gehalten wurden.
Nach dem Überlaufen meiner Frau dauerte es mehrere Wochen, genaugenommen fast drei Monate, ehe man mich wieder ins U-Boot hinunterschickte. Ich glaubte schon, daß ich zum Sicherheitsrisiko geworden war und den Laden nie wieder von innen sehen sollte, aber dann blieb Dicky eines Tages mit einer Kopfgrippe zu Hause, und irgendwas wurde dringend gebraucht von da unten, und da ich im Büro der einzige war, der mit den Geräten umgehen konnte, wurde ich hinuntergeschickt. Von dem Tag an war alles wieder normal, soweit ich das beurteilen konnte. Natürlich, mit Sicherheit weiß man im Department nie etwas. Es gibt da keinen Michelin-Führer, der in jedem Frühjahr neu erscheint, so daß man nachlesen kann, was die Inspektoren von einem halten.
So konnte ich also von Glück sagen, daß ich da vor der Tastatur saß, der Maschine meinen Namen, Rang und Arbeitsplatz nannte und darauf wartete, daß sie mich nach meiner geheimen Schlüsselnummer fragte. Denn das hieß, daß ich noch zu denen

gehörte, die das Vertrauen der Nation genossen. Nachdem dann die Maschine meine Nummer bestätigt hatte, saß ich ein paar Stunden auf einem von diesen unbequemen kleinen Bürostühlen vor dem Bildschirm herum und ließ meterweise blaßgrünen, streng geheimen Papierkram für Dicky ausdrucken. Als ich endlich alles hatte, was er wollte, blieb ich einen Augenblick lang unentschlossen vor dem Bildschirm sitzen. Ich wußte, daß ich aufstehen und schnurstracks ins Büro zurückgehen sollte. Aber ich konnte der Versuchung, die Maschinerie wenigstens einmal zu testen, schließlich doch nicht widerstehen. Nur, damit ich Cindy sagen könnte, ich hätte wenigstens versucht, ihr zu helfen. Und um meine eigene Neugier zu befriedigen.

Ich tippte also ein: PRETTYMAN, JAMES.

Die Maschine gurgelte, ehe sie mir ein »Menu« vorlegte, aus dem ich BIOG wählte. Nach weiterem sanftem Geklapper im Innern des Apparats erschien der Anfang der zwanzig Seiten langen dienstlichen Biographie Jim Prettymans auf dem Bildschirm. Ich ließ sie schnell durchlaufen und sah, daß sie mit einer Zusammenfassung von Prettymans letztem Bericht endete. Das hier war die Standardpersonalakte von Beamten, in der der unmittelbare Vorgesetzte »Urteilskraft, politischen Verstand, analytische Fähigkeit und Umsicht« des Angestellten würdigt. Ob Prettyman aber aus dem Department ausgeschieden oder noch dafür tätig war, fand ich nicht erwähnt. Als ich zusätzliche Informationen von der Maschine verlangte, gab sie mir das Wort: REVISE.

Also versuchte ich's mit PRETTYMAN J BIOG REVISE und bekam als Antwort REFER FILE FO FX MI 123/456, ein Dateiname, den ich ziemlich ungewöhnlich fand. Als ich die Datei aufrufen wollte, hieß es nur: ACCESS DENIED ENTER ARCTIC NUMBER.

Na schön. Aber wie sollte ich der Maschine die arktische Nummer geben, wenn ich keine Ahnung hatte, was eine arktische Nummer sein sollte? Ich sah auf die Uhr. Bis zu meiner Verabredung mit Dicky hatte ich noch eine Menge Zeit. Dicky war in den letzten Tagen sehr guter Laune gewesen. Die Bizet-Krise schien vorüber. Tatsachen waren zwar noch nicht bekannt, aber Dicky hatte erklärt, daß der Stasi unsere Leute wegen mangelnder Beweise demnächst entlassen würde, und er hatte dem Department gegenüber natürlich auch durchblicken lassen, daß das alles ihm zu verdanken sei. Das war zwar das reinste Märchen, aber wenn Dicky gute Neuigkeiten brauchte, zögerte er nie, sie zu erfinden. Als ich ihn einmal deswegen zur Rede stellte, sagte er, das sei die einzige Methode, sich den Alten vom Leibe zu halten.

Heute mittag aß Dicky mit seinem alten Freund und ehemaligen Kollegen Henry Tiptree, der einen bequemen Schreibtischposten im Außenministerium gegen eine Anstellung bei einer kleinen Handelsbank in der City eingetauscht hatte. An dem Essen nahm auch Morgan teil. Morgan war zwar des D. G.s Ausputzer und Mädchen für alles, aber seitdem der D. G. sich nur noch selten sehen ließ, hatte Morgan nichts mehr zu tun, außer Anfragen an das Büro des Deputy zu leiten und Rauch an die Decken der besseren Restaurants in der City zu blasen. Ich vermutete, daß Morgan und Dicky sich in aller Vorsicht nach ihren Chancen erkundigten, eins von den sechsstelligen Gehältern zu beziehen, die, wie ich dauernd in *The Economist* las, in der City gezahlt wurden. Auf jeden Fall war nicht zu erwarten, daß Tiptree, Morgan und Dicky die Würdigung ihrer Havannas und des alten Portweins vor frühestens drei Uhr beenden würden, weshalb ich mir denn auch ein Stullenpaket mit ins U-Boot genommen hatte.

Ich versuchte es also weiter. Ich tippte die Firma ein, für die Prettyman in Washington gearbeitet hatte: TRANSFER LOAD, dann PERIMETER SECURITY GUARANTEE TRUST.

Die Maschine schnurrte zufrieden, und dann füllte sich der Bildschirm. Alles war da: Die Adresse des Stammhauses, Gesellschaftsvermögen, Aktienpreise und die Namen des Präsidenten sowie des Vizepräsidenten der PSGT. Das war nicht, was ich wollte, also fragte ich weiter nach PRETTYMAN bei PSGT. Rülpsen. Dann der Hinweis REFER FILE FO FX MI 123/456.

Ich begab mich also zurück zu REGISTRY ONE und gab diesen Dateinamen ein. Auf dem Bildschirm erschien die gleiche Botschaft, die meine erste Anfrage abgewiesen hatte: ACCESS DENIED ENTER ARCTIC NUMBER. Kein Zugang ohne arktische

Nummer. Das reinste Karussell war das. Wäre ich nicht auf der Suche nach einer bestimmten Information gewesen, hätte ich die hartnäckige Weigerung nicht unbedingt verdächtig gefunden. Aber die doppelte Ablehnung wäre gar nicht gekommen, wenn ich nicht ausgerechnet Fragen nach Jim Prettyman gestellt hätte. Ich versuchte es nun von einer anderen Seite. Die Datenbank speicherte die Akten aller gegenwärtigen und ehemaligen Mitarbeiter des Department. Ich fragte also nach SAMSON, FIONA, meiner Frau, und drückte die UPDATE-Taste, die mir den neuesten Stand hätte geben sollen.

Diesmal war es keine Überraschung mehr, als wieder dieser verdammte falsche Name auftauchte, der keiner bei uns üblichen Dateibezeichnung glich: REFER FILE FO FX MI 123/456. Und natürlich wurde meine Anforderung dieser Datei auch diesmal mit der Gegenfrage nach der ARCTIC NUMBER erwidert. Was immer also diese arktische Nummer war, sie war jedenfalls der Schlüssel zu Auskünften über Jim Prettyman, seine amerikanischen Arbeitgeber – die sehr wahrscheinlich nur die Fassade für irgendeine illegale Sache lieferten – und über die Tätigkeit meiner Frau während der letzten Wochen, ehe sie sich zur anderen Seite absetzte.

Ich erhob mich und machte einen kurzen Rundgang durch die Räume. Die dritte Etage war besonders deprimierend. An der einen Längswand des schlauchartigen Raumes lagen in dunklen Metallregalen Spulen und große Diskettenpackungen und überhaupt Computersoftware in jeder bis dato entwickelten Gestalt. An der gegenüberliegenden Längswand waren die Arbeitsplätze mit ihren Terminals aufgereiht, ein paar Schreibtische und weiche Sessel für die höheren Angestellten standen an einer Schmalseite des Raums, und hinter der vierten, einer Glaswand, sah man auf Karren die Papierstapel anfahren, die die Maschinen mit schreckenerregender Gier verschlangen.

Ich vertrat mir die Füße und zerbrach mir den Kopf. Ich trank sogar etwas von dem Gebräu, das laut der Beschriftung auf dem Getränkeautomat Kaffee sein sollte. Ich suchte die Toilette auf. Seit vielen Monaten war dort an der Wand in einer sauberen Handschrift die Frage zu lesen: »Gibt es intelligentes Leben im

Datenzentrum?« Jetzt sah ich, daß jemand darunter gekritzelt hatte: »Ja, aber ich bin nur zu Besuch hier.« Das Geschreibsel war jedenfalls die einzige Spur echten menschlichen Lebens hier unten, denn die in der Datenbank fest angestellten Kollegen wurden binnen kurzem genauso roboterhaft wie die Maschinen, die sie pflegten und bedienten. Ich ging zurück an meinen Terminal.

Ich setzte meine Forschungen dort noch ungefähr eine Stunde lang fort, aber vergeblich. Die verdammte Maschine schlug mich jedesmal. Früher lag alles in der Registratur, und wenn auch die Akten staubig waren und man seine eigene Seife und sein eigenes Handtuch mitbringen mußte, wenigstens gab es da immer jemanden, der einem, wenn man nicht finden konnte, was man suchte, das unterste Regal zeigte, in das man die fehlende Akte gestellt hatte, weil sie zu schwer war, oder das oberste Regal, in das man sie gestellt hatte, weil ohnedies nie jemand nach ihr fragte, oder die Tür, unter die sie vorübergehend geklemmt worden war, weil jemand den Keil gestohlen hatte, der normalerweise verhinderte, daß sie zufiel. Mir war die Registratur lieber als das Datenzentrum.

»Wo hast du heute mittag gegessen?« fragte Gloria in dem heiteren, beiläufigen Ton, auf den sie verfällt, wenn Mißtrauen sich breitmacht in ihrer Seele. An diesem Abend fuhr sie nicht wie jeden Donnerstag zu ihren Eltern, da diese zu einem Zahnärztekongreß nach Madrid verreist waren.

»Im Yellow Submarine«, sagte ich. Wir waren zu Hause und wollten gerade essen. Ich sah mir noch eben die Sieben-Uhr-Nachrichten im Channel Four an. Heftige Stürme »verheerten die Küste« und verursachten das »Chaos«, das freundlicherweise das Wetter immer anrichtet, wenn die Kamerateams keine echten Nachrichten im Kasten haben. Wie um mir zu zeigen, daß die Meldung stimmte, klapperten die Fensterscheiben, und der Wind pfiff laut durch die kleinen Bäume unseres winzigen Gartens.

Auf dem Weg ins Eßzimmer stellte Gloria zwei Gläser gekühlten Weißweins auf den Anrichtetisch. Sie bemühte sich, mir den

Schnaps abzugewöhnen. »Ach, im U-Boot?« sagte sie mit einem leichten Lächeln und einem Ton, aus dem unmißverständlich dieses boshafte, einseitige Vergnügen sprach, für das die Deutschen das Wort Schadenfreude haben. »Wie entsetzlich!« Sie lachte.

»Gummi-Sandwiches aus dem Dinky Deli«, fügte ich hinzu, um ihr Vergnügen zu vervollkommnen.

»Aber du warst erst kurz vor vier zurück«, rief sie. Ich konnte sehen, wie sie im Eßzimmer den Tisch deckte. Sie tat es mit der gleichen Sorgfalt, die sie auf alles andere auch verwendete. Messer, Gabeln, Löffel wurden an den Platzdeckchen ausgerichtet. Servierlöffel bewachten Salz, Pfeffer und Senf. Die Servietten wurden gefaltet und mit mathematischer Akkuratesse in Position gebracht. Zufrieden mit dem Tisch kam sie dann zurück zu mir, setzte sich auf eine Armlehne des Sofas und nahm einen kleinen Schluck aus ihrem Weinglas.

»Ich hatte eine Verabredung um vier... mit Dicky.« Ich schaltete das Fernsehgerät ab. In diesen Abendsendungen wurden sowieso nur altbekannte Ereignisse wiedergekäut. Vermutlich müssen die Nachrichten gestreckt werden, damit die vorgesehene Zeitspanne ausgefüllt ist.

»Den ganzen Nachmittag warst du unten? Was hast du denn da bloß getrieben?«

»Ich habe ein bißchen in den Akten gekramt. So was mache ich gelegentlich.«

»Jim Prettyman?«

Sie kannte mich zu gut. »In der Richtung«, gab ich zu.

»Hast du was gefunden?«

»Immer wieder dasselbe. Hast du jemals von einem arktischen Code gehört?«

»Das nicht, aber im vergangenen Jahr sind ein Dutzend neue Codestufen eingeführt worden. Und ein paar neue Datenbanknamen der höchsten Stufe kommen neuerdings jeden Monat dazu.«

»Bei mir hieß es immer: Zugang verweigert, ganz gleich, wie ich es probierte.«

»Du meinst, du hast versucht, auf verschiedenen Wegen an ein und dieselben Daten ranzukommen?«

»Eine gute Stunde habe ich damit vertan.«
»Ich wünschte, du hättest mir was davon gesagt, Liebster«, sagte sie mitleidig.
»Wieso?«
»Ich kenne mich doch mit diesen Maschinen aus. Ich habe einen ganzen Monat da unten zugebracht, bis du mich erlöst hast, das weißt du doch.«
»Ich habe mit diesen Maschinen gearbeitet, schon...« Fast hätte ich gesagt, ehe sie geboren wurde, aber den Altersunterschied zwischen uns wollte ich nicht unbedingt noch betonen, und so beendete ich den Satz ziemlich lahm: »... vor Jahren.«
»Dann solltest du Bescheid wissen über den Schnüffelschutz«, sagte sie.
»Was zum Teufel ist denn das nun wieder?«
»Wenn du eine richtige Ausbildung gemacht hättest, anstatt einfach aufs Geratewohl loszutippen, würdest du nicht solchen Blödsinn machen.«
»Wovon redest du?« sagte ich.
»Jedesmal, wenn du den Zugang verweigert kriegst, speichert die Maschine das ebenso wie deine Nummer und deinen Namen.«
»Wirklich?« fragte ich, während sie auf den Flur hinausging und nach oben rief, wo Billy und Sally unter Doris' Aufsicht mit ihren Schularbeiten hätten beschäftigt sein sollen.
»Essen, Kinder! Bist du soweit, Doris?«
Dann kam sie ins Zimmer zurück. »Und das ist noch nicht alles. Jede Datei, zu der dir der Zugang verweigert wird, wird ebenfalls gespeichert. Wenn die Datensicherheitsbeauftragten demnächst ihr Analyseprogramm durchlaufen lassen, können sie genau sehen, wo du unbefugt rein wolltest.«
»Davon hatte ich keine Ahnung.«
»Offensichtlich nicht, Liebster.« Ein Küchenwecker klingelte, und mit einem ungarischen Fluch, den ich jetzt schon wiedererkannte, wenn ich ihn hörte, ging sie in die Küche, das Essen zu holen.
Ich folgte ihr, und während sie die leuchtend bunt emaillierten Töpfe vom Herd auf den Servierwagen setzte, fragte ich: »Du

weißt nicht zufällig, wie häufig sie diese Sicherheitsprüfung machen, was?«
»Mach dich nützlich«, sagte sie und überließ mir den Servierwagen. Ich schob den Wagen in das Eßzimmer. »Löschen kannst du es nicht. Falls du das gehofft haben solltest, muß ich dich leider enttäuschen.«
Sally und Billy kamen herunter, ihre Schulbücher unter dem Arm. Billy war vierzehn und in letzter Zeit sehr gewachsen. Er trug eine Drahtspange auf den Zähnen. Die Spange muß lästig gewesen sein, aber er beklagte sich nie darüber. Er war ein Stoiker. Sally, ein paar Jahre jünger, war noch sehr kindlich und litt sehr unter dem Verlust der Mutter. Das heißt, beiden Kindern fehlte natürlich die Mutter. Sie sprachen aber nie davon und verbargen ihre Trauer sogar vor mir, so daß ich nicht einmal versuchen konnte, sie zu trösten.
Gloria hatte es sich zur Gewohnheit gemacht, sich allabendlich nach dem Essen die Hausaufgaben der Kinder anzusehen. Sie konnte fabelhaft mit ihnen umgehen. Manchmal schien es mir, daß die Kinder in dieser fröhlichen halben Stunde mehr von ihr lernten als während des ganzen Tages in der Schule. Und mit diesen Lektionen hatte Gloria außerdem das Vertrauen der Kinder gewonnen, was ebenso wichtig war. Dennoch fragte ich mich manchmal, ob mir die Kinder das Glück, das ich bei Gloria gefunden hatte, nicht übelnahmen. Ich hatte den Verdacht, sie wollten, daß ich meinen pflichtgemäßen Anteil an ihrem Kummer tragen sollte.
»Sind die Hände gewaschen?«
»Ja, Tante Gloria«, riefen beide einstimmig und wiesen die gewaschenen Hände vor. Auch Doris hob die Hände und lächelte schüchtern. Das stille, inzwischen schlanke Mädchen – früher war sie sehr pummelig – aus einem kleinen Dorf in Devon war schon lange bei den Kindern. Sie brachte beide zur Schule, machte das Mittagessen für Sally (Billy hatte länger Unterricht und aß in der Schule), ging einkaufen und versengte beim Bügeln meine Hemden. Sie war ungefähr in Glorias Alter, und ich fragte mich manchmal, was sie wirklich von der Lebensgemeinschaft hielt, die wir beide gegründet hatten. Aber es bestan-

den kaum Chancen, daß sie mir ihre Gedanken je anvertrauen würde. In meiner Gegenwart war Doris ein stilles Wasser, während ich sie mit den Kindern oft fröhlich lärmend schreien und herumtollen hörte.

»Billy kann den Servierwagen« (gemeint war die eingebaute Warmhalteplatte) »einstecken«, sagte Gloria. Ich setzte mich. Doris fummelte an ihrem Besteck herum. Seit sie auf Schokolade verzichtete, schien sie ständig an Entzugserscheinungen zu leiden.

Der Servierwagen mit dem eingebauten Speisenwärmer – wie die bunt emaillierten Kasserollen und gestreiften Topflappen – war Glorias Idee. Sie versprach sich eine revolutionäre Verbesserung unserer Lebensqualität davon, erst recht, wenn wir einmal größere Partys geben würden.

»Chipolata-Würstchen!« sagte ich. »Und Onkel-Ben-Reis! Mein Leibgericht!«

Gloria sagte nichts. Das war jetzt schon das dritte Mal binnen einer Woche, daß diese verdammten Schweinswürstchen auf den Tisch kamen. Wenn ich was Anständiges zum Mittagessen gehabt hätte, dann hätte ich die sarkastische Bemerkung vielleicht für mich behalten.

Gloria sah mich nicht an, sie teilte das Essen aus. »Der Reis ist ein bißchen angebrannt«, sagte sie zu den Kindern. »Aber wenn ihr euch von oben nehmt, geht es schon.«

Sie gab jedem von uns ein Paar Würstchen. Die Flamme war zu hoch gewesen, und so waren die Würstchen schwarz und verschrumpelt. Der Spinat, den es dazu gab, war wässerig.

Nachdem sie serviert hatte, setzte sie sich und nahm einen ungewöhnlich großen Schluck aus ihrem Glas, ehe sie zu essen begann.

»Entschuldige bitte«, sagte ich in der Hoffnung, ihr verletztes Schweigen zu brechen.

In einer unnatürlich hohen Stimmlage sagte sie: »Ich kann nicht besonders gut kochen, Bernard. Das hast du vorher gewußt. Ich habe dir nie was vorgemacht.« Die Kinder sahen zu Doris, und Doris sah auf ihren Teller.

»Aber es ist doch lecker«, erwiderte ich.

»Sei nicht so verdammt herablassend!« sagte sie laut und zornig. »Es ist einfach scheußlich. Glaubst du, ich weiß nicht, daß es vollkommen ungenießbar ist?«

Die Kinder betrachteten sie mit dem leidenschaftslosen Interesse, das Kinder Ereignissen zuwenden, die sie noch nicht einordnen können. »Nicht weinen, Tante Gloria«, sagte Sally. »Du kannst mein Würstchen haben, es ist fast überhaupt nicht verbrannt.«

Gloria sprang auf und stürmte aus dem Zimmer. Die Kinder sahen mich fragend an.

»Eßt weiter, Kinder«, sagte ich. »Ich muß nach Tante Gloria sehen.«

»Gib ihr einen dicken Kuß, Papa«, riet Sally. »Das wird sie bestimmt beruhigen.«

Doris nahm Billy den Senf weg und sagte: »Senf ist nichts für Kinder.«

Manche Tage mit Gloria waren idyllisch. Und nicht nur die Tage. Wochenlang lebten wir in solcher Harmonie und Seligkeit, daß ich mein Glück kaum fassen konnte. Aber dann gab es Krach. Und wenn irgendwas den Frieden einmal gestört hatte, folgte ein Streit dem anderen wie Hammerschläge. In letzter Zeit war das immer häufiger vorgekommen, und ich wußte, daß die Schuld an diesen Streitigkeiten gewöhnlich ich trug.

»Mach das Licht nicht an«, sagte sie leise. Als ich ins Schlafzimmer kam, war ich auf eine flammende Anklagerede gefaßt. Statt dessen fand ich Gloria ganz unpassend schuldbewußt vor. Das einzige Licht kam von den Ziffern der Radiouhr auf dem Nachttisch, aber es reichte aus, mir zu zeigen, daß sie weinte. »Es geht einfach nicht, Bernard«, sagte sie. Sie lag quer über das Bett ausgestreckt, die Ecke eines gestickten Taschentuchs zwischen den Zähnen, als versuchte sie, ihren ganzen Mut zusammenzunehmen, um es zu essen. »Ich kann mich anstrengen, wie ich will, ich schaffe es einfach nicht.«

»Es ist meine Schuld«, entgegnete ich und beugte mich über sie und küßte sie.

Sie wandte mir das Gesicht zu, aber ihr Ausdruck blieb unverändert traurig. »Niemand ist schuld«, erwiderte sie. »Du gibst dir auch Mühe. Ich weiß es.«

Ich setzte mich auf die Bettkante und berührte ihren nackten Arm. »Zusammenleben ist nicht einfach«, sagte ich. »Man braucht Zeit, sich aneinander zu gewöhnen.«
Eine kleine Weile schwiegen wir gemeinsam. Ich war versucht, ihr vorzuschlagen, Doris an einem Kochlehrgang teilnehmen zu lassen. Aber ein Mann, der mit zwei Frauen unter einem Dach lebt, sollte sich hüten, auch nur ein Stäubchen aufzuwirbeln, das womöglich das delikate Gleichgewicht der Kräfte stören könnte.
»Es ist wegen deiner Frau«, sagte Gloria plötzlich.
»Fiona? Was willst du damit sagen?«
»Sie war die Richtige für dich.«
»Rede doch keinen Unsinn.«
»Sie war schön und klug.« Gloria putzte sich die Nase. »Als du mit Fiona zusammen warst, war immer alles perfekt. Ich weiß es.«
Einen Augenblick lang sagte ich nichts. Diese Bewunderung für Fiona konnte ich von jedem ertragen, außer von Gloria. Ich wollte von Gloria nicht hören, daß ich mit Fiona einen guten Griff getan hatte. Gloria sollte sagen, daß Fiona Glück hatte, mich zu kriegen. »Wir hatten mehr Angestellte«, sagte ich.
»Sie war ja auch reich«, entgegnete Gloria, und von neuem stiegen ihr die Tränen in die Augen.
»So, wie wir leben, sind wir trotzdem besser dran.«
Sie schien mich nicht zu hören. Als sie dann sprach, schien ihre Stimme aus großer Ferne zu kommen. »Als ich dich zum erstenmal sah, wollte ich dich unbedingt haben, Bernard.« Sie schniefte. »Ich dachte, ich würde dich so glücklich machen können. Wie ich deine Frau beneidet habe!«
»Ich wußte gar nicht, daß du meiner Frau jemals begegnet bist.«
»Natürlich habe ich sie im Haus gesehen. Jeder bewunderte sie. Man sagte, sie sei eine der klügsten Frauen, die je für das Department gearbeitet haben. Manche waren überzeugt, daß sie der erste weibliche D. G. werden würde.«
»Die Leute haben sich eben geirrt.«
»Ja, und ich habe mich auch geirrt«, sagte Gloria. »Und das in jeder Hinsicht. Du wirst niemals glücklich mit mir werden, Bernard. Du bist einfach zu anspruchsvoll.«

»Anspruchsvoll? Was willst du denn damit sagen?« Zu spät bemerkte ich, daß das das Stichwort war, auf das ich hätte erklären sollen, wie glücklich ich mit ihr war.
»Ganz recht. Werde nur ärgerlich.«
»Ich werde gar nicht ärgerlich«, sagte ich sehr ruhig.
»Nur gut, daß ich nach Cambridge gehe.«
Sie war entschlossen, sich ihr Selbstmitleid nicht nehmen zu lassen. Es gab nichts mehr zu sagen für mich. Ich küßte sie, aber sie erwiderte den Kuß nicht. Sie wollte nicht getröstet werden.
»Vielleicht könnte Doris ein bißchen mehr helfen«, sagte ich sehr vorsichtig.
Gloria sah mich mit einem bitteren Lächeln an. »Doris hat gekündigt«, sagte sie.
»Doris? Das kann doch nicht wahr sein!«
»Sie sagt, es ist ihr zu langweilig hier draußen.«
»O Gott!« sagte ich. »Natürlich ist es das. Weiß sie denn nicht, daß wir deshalb rausgezogen sind?«
»Sie hatte in der Innenstadt ihre Freunde, ging in die Disco.«
»Doris hatte Freunde?«
»Sei kein Aas.«
»Sie kann doch mit der Bahn in die Stadt fahren.«
»Einmal in der Woche. Sie hat nicht viel Abwechslung. Sie ist noch jung.«
»Wir sind alle noch jung«, sagte ich. »Glaubst du, ich würde nicht auch gerne mit Doris' Freunden durch die Discos ziehen?«
»Mit deinen blöden Witzen richtest du gar nichts aus«, sagte Gloria hartnäckig. »Für uns wird es das reinste Chaos, wenn sie geht. Es wird nicht leicht sein, jemanden zu finden, der so gut mit den Kindern zurechtkommt wie sie.« Draußen rauschte der Regen in den Apfelbaum und prasselte gegen die Scheiben, und der Wind fegte um den Schornstein und pfiff durch die Fernsehantenne. »Ich werde sehen, was die Stellenvermittlung zu bieten hat, aber in dieser Gegend werden wir vermutlich mehr zahlen müssen. Die Frau in der Vermittlung hat gesagt, daß die Löhne hier durchweg höher liegen als in der Stadt.«
»Natürlich hat sie das gesagt«, sagte ich.
Dann klingelte das Telefon auf meinem Nachttisch. Ich ging um

das Bett herum und nahm den Hörer ab. Es war Werner. »Ich muß dich sehen«, sagte er. Er klang erregt, jedenfalls so erregt, wie der phlegmatische Werner zu klingen imstande war.
»Wo bist du denn?« fragte ich.
»Ich bin in London. In einem kleinen Apartment an der Ebury Street, in der Nähe der Victoria Station.«
»Verstehe ich nicht.«
»Ich bin nach Gatwick geflogen.«
»Was ist denn passiert?«
»Wir müssen uns sprechen.«
»Wir haben ein Gästezimmer. Hast du einen Wagen?«
»Komm lieber her, Bernard.«
»Zur Victoria Station? Da bin ich mindestens eine halbe Stunde unterwegs. Wahrscheinlich länger.« Die Vorstellung, noch mal nach London hineinfahren zu müssen, fand ich entsetzlich.
»Es ist ernst«, sagte Werner.
Ich legte die Hand über die Sprechmuschel. »Es ist Werner«, erklärte ich. »Er sagt, er muß mich sehen. Er würde das nicht sagen, wenn es nicht wirklich dringend wäre.«
Gloria zuckte nur mit den Achseln und schloß die Augen.

12

Der Wandel, den manche von den kleinen Hotels in der Ebury Street durchgemacht hatten, seitdem ich zuletzt in der Gegend war, überraschte mich. Die Gegend war früher eine Art Niemandsland, wo die mit Rucksäcken beladenen Horden vom Busbahnhof den feinen Leuten von Belgravia begegneten. In einem merkwürdigen und typisch englischen Nebeneinander bot die Ebury Street teure kleine Boutiquen und schicke Restaurants, gleichzeitig billige Schlafgelegenheiten für den preisbewußten Reisenden. Aber der Fortschritt ist unaufhaltsam, und so hatte Werner dort eine kleine, aber luxuriös eingerichtete Suite gefunden (»all major credit cards accepted«) mit Zimmerservice rund um die Uhr und garantierter Sicherheit, Gummibäumen in der Eingangshalle und Dom Pérignon im Kühlschrank.

»Hast du schon gegessen?« fragte Werner, als er mir die Tür öffnete.

»Nicht direkt.«

»Gut. Ich habe uns einen Tisch bestellt. Es ist gleich hier um die Ecke. In dem Magazin, das sie im Flugzeug verteilen, war eine begeisterte Kritik darüber.«

»Toll«, sagte ich.

»Nein, wirklich«, sagte Werner, »ich glaube, es könnte gut sein.« Er sah auf seine Uhr. Er *war* aufgeregt, ich kannte die Anzeichen. »In dem Magazin stand, daß die frische Lachs-Mousse dort sehr gut ist«, sagte er, als sei er davon nicht ganz überzeugt.

»Wie hast du dieses Hotel gefunden, Werner?« Er war mein bester Freund, aber ich habe Werner nie so verstanden, wie ich

Leute verstehe, die ich lange kenne. Er war nicht nur verschlossen. Er verbarg seine wahren Gefühle, indem er andere vortäuschte. Wenn er glücklich war, sah er traurig aus. Wenn er einen Witz erzählte, schaute er dabei finster, als sei ihm das Lachen verhaßt. Siegte er, sah er aus wie ein Verlierer. War das ein jüdischer Charakterzug? Meinte er, er müsse seine wahren Gefühle vor einer feindlichen Welt verbergen?

»Das hier ist ein Apartment, ein Apartment mit Service, kein Hotel«, berichtigte er mich. Natürlich haben die Reichen mehr Wörter als unsereins, denn ihnen stehen mehr Güter und Dienstleistungen zur Verfügung. »Ein Mann, mit dem ich bei Kleinwort Benson geschäftlich zu tun habe, hat mir angeboten, es zu benützen. Er braucht es selbst nur, wenn er gerade in London ist, und im Augenblick ist er nicht hier. Champagner? Whisky oder sonst etwas?«

»Ein Glas Wein«, sagte ich.

Werner betrat die winzige Küche, eine von Neonröhren beleuchtete fensterlose Nische, deren Einrichtung eher dazu animierte, den »Service« in Anspruch zu nehmen, als selbst zu kochen. Werner nahm eine Flasche Wein aus dem Kühlschrank, einen Meursault. Die Flasche war voll, aber bereits entkorkt, so als hätte Werner geahnt, was ich trinken wollte, und seine Vorbereitungen getroffen. Er goß mir ein Waterford-Glas reichlich voll und stellte die Flasche wieder zurück. Der Kühlmotor begann zu schnurren, und die im Innern vibrierenden Flaschen klirrten diskret.

»Auf die Zukunft, Werner«, sagte ich, ehe ich trank.

Er lächelte nüchtern und nahm seine Brieftasche von einem Abstelltisch. Ehe er sie in die Tasche steckte, sah er nach, ob seine Kreditkarten noch alle da waren. Ein Meursault: Das war ein Luxus, den ich in ganz besonderem Maße genoß. Werner hätte ihn den ganzen Tag lang saufen können, wenn er gewollt hätte.

Die meisten Leute sausen auf einer Art finanzieller Berg-und-Tal-Bahn durchs Leben, die für sie entscheidet, ob sie sparen müssen oder prassen können. Werner nicht. Er hatte immer genug. Er entschied, was er wollte – ob's nun ein kleines Lokal

um die Ecke war, wo es eine ausgezeichnete Lachs-Mousse gab, oder ein prächtiges neues Auto –, steckte die Hand in die Tasche und kaufte es. Werners Bedürfnisse waren allerdings bescheiden. Er sehnte sich nicht nach einer Yacht oder einem Privatflugzeug, er hielt sich keine Geliebten, spielte nicht und schmiß auch kaum extravagante Partys. Werner hatte einfach mehr Geld, als er brauchte. Ich beneidete ihn um seine lässige, großzügige Lebensart. Wenn ich mit ihm zusammen war, kam ich mir immer vor wie ein pfennigfuchsender Lohnsklave; vermutlich weil ich genau das bin.
Ich nahm meinen Wein und setzte mich in einen der weichen Ledersessel, um mir anzuhören, was so Schreckliches passiert war, daß er hatte nach London fliegen und meine Feierabendruhe stören müssen. Ich sah mich um. Das war also ein Apartment. Ja, jetzt bemerkte ich den Unterschied zu einem gewöhnlichen Hotelzimmer: Es sah bewohnt aus. Vom CD-Player spielte Glenn Gould mit ungewöhnlich sanftem Anschlag Bach, und an den Wänden hingen zwei scheußliche moderne Gemälde anstatt der geschmackvollen Lithographien, mit denen Innenarchitekten Hotelzimmer dekorieren.
Es war ein Absteigequartier fern der Heimat. Das sah man schon an den Büchern. Lange überholte Restaurantführer, Straßenkarten, Museumskataloge standen neben jenen Büchern, die zum Zeitvertreib gelesen werden, wenn des Tages Arbeit getan ist: eselsohrige Kriminalromane von der Sorte, die man wieder und wieder lesen kann, ohne je zu merken, daß man sie schon kennt, sehr dünne Romane von dünnen Damen, die Literaturpreise gewinnen, sehr dicke von dicken Damen, deren Namen in keinem Feuilleton genannt werden. Und ein ganzes Regal voll Biographien von Mutter Teresa über Barbra Streisand bis Sir Olivier. Ein langer, langer Weg nach Hause.
Werner hatte mir mit Mineralwasser zugeprostet. Er trank es aus einem geschliffenen Kristallglas mit Eis und einer Zitronenscheibe, als wollte er es für was Stärkeres ausgeben. Seufzend ließ auch er sich in einem der Sessel nieder. Der jetzt sorgfältig gestutzte schwarze Bart stand ihm gut. Er sah nicht im mindesten wie ein Hippie oder Kunsterzieher damit aus, eher nach

etwas Seriöserem – aber nur bis zum Hals. Gekleidet war er lässig, ein schwarzer, langärmeliger Wollpullover, eine dazu passende Hose, ein offenes, in Regenbogenfarben gestreiftes Seidenhemd. Er saß entspannt da. Nur sein Blick war besorgt.
»Es ist wegen Zena.« Er beugte sich vor, um einen Untersetzer aus dem Regal zu nehmen, auf den er dann mein Glas stellte. Zenas Mann hatte gelernt, die Möbelpolitur zu schonen, er konnte als stubenreines Exemplar seiner Gattung gelten.
O nein, dachte ich. Nicht schon wieder einen Abend lang über diese Frau reden! Nicht mal seinem besten Freund durfte Werner das zumuten! »Was ist denn mit Zena?« fragte ich, wobei ich versuchte, einen warmen, mitfühlenden Ton in meine Stimme zu legen.
»Genaugenommen wegen dieses verdammten Frank Harrington«, sagte Werner erbittert. »Ich weiß, daß du irgendwie an Frank hängst, Bernie, aber laß dir gesagt sein, er ist ein Schwein, wirklich.« Er beobachtete mich, um festzustellen, ob ich stellvertretend für Frank beleidigt war, und kniff sich die Nase, was er oft tat, wenn er Kummer hatte.
»Frank?« Frank Harrington war ein außerordentlich erfolgreicher Schürzenjäger. Und als Werner nun beider Namen zusammen nannte, fiel mir natürlich sofort ein, daß Frank und Zena vor einigen Jahren eine stürmische Affäre hatten. Wie ein gutbürgerlicher Wüstling des vergangenen Jahrhunderts hatte Frank seiner Geliebten sogar eine Wohnung eingerichtet, um sie dort ungestört besuchen zu können. Nach einer Weile – zumindest hat man es mir so erzählt – war es Zena zu langweilig geworden, da herumzusitzen und auf Frank zu warten. Zena war überhaupt nicht der Typ der unterwürfigen Geliebten des vergangenen Jahrhunderts. Seitdem hatte Zena sich höchstwahrscheinlich noch mit ein paar anderen Männern abgegeben, aber jedesmal kehrte sie zu dem armen alten Werner zurück. Er war der einzige, der es auf die Dauer mit ihr aushielt. »Frank und Zena?«
»Nicht so«, erwiderte Werner hastig. »Er läßt sie für das Department arbeiten. Und das ist gefährlich, Bernie. Verdammt gefährlich. Sie hat so was doch noch nie gemacht.«

»Erzähl mir die Geschichte lieber von Anfang an«, sagte ich.
»Zena hat Verwandte im Osten, die sie gelegentlich besucht. Du weißt...«
»Ja, hast du mir erzählt.« Ich griff nach dem Schälchen gerösteter Salzmandeln, fand aber unter Salz und leeren Häutchen nur noch ein paar zerbrochene Stücke. Vermutlich hatte Werner die Schale geleert, während er hier auf mich wartete und sich Sorgen machte.
»Sie ist letzte Woche nach drüben gefahren.« Womit Werner natürlich die andere Seite der Mauer meinte. »Und jetzt erfahre ich, daß dieser verdammte Frank sie gebeten hat, dort jemand für ihn zu besuchen.«
»Einen von unseren Leuten?« fragte ich vorsichtig.
»Natürlich. Wen sonst kennt denn Frank da?«
»Du hast vermutlich recht«, sagte ich zurückhaltend.
»Frankfurt an der Oder«, sagte Werner. »Du weißt ja wohl, worum sich's da handelt, oder?« Obwohl er die Stimme nicht hob, ließ er keinen Zweifel an seinem Zorn. Er war verdammt zornig, und irgendwie schien er mich für mitverantwortlich zu halten an einer Entwicklung, von der ich nichts wußte und auch weiterhin lieber nichts gewußt hätte.
»Das ist doch Spekulation«, sagte ich und war gespannt, ob er nein sagen würde.
»Warum mußte er Zena fragen?« Sein Gesicht verzerrte sich, als er sich wütend und sorgenvoll jetzt in die Unterlippe biß. »Er hat für solche Aufgaben doch seine eigenen Leute.«
»Ja«, gab ich zu.
»Es ist Bizet. Er versucht, wieder eine Kontaktkette aufzubauen.«
»Ihr wird schon nichts passieren, Werner«, sagte ich. Ich hatte Verständnis für Werners Zorn, aber ich hatte praktische Erfahrung mit diesen Operationen. Aus der Sicht des Agenten schien es manchmal sehr vernünftig, harmlose Reisende wie Zena in diese heikle Lage zu bringen. Man sagt ihnen nichts, also wissen sie auch nichts. Meistens kommen sie ungeschoren davon.
Meine anscheinende Gleichgültigkeit gegenüber den Schwierigkeiten, in denen Zena steckte, machte ihn noch zorniger, aber wie

gewöhnlich lächelte er. Er lehnte sich in das Sofa zurück und streichelte das Telefon wie eine Schoßkatze. Von unten drang das Dröhnen der Motoren der Überlandbusse ins Zimmer, die dort in die enge Seitenstraße einbiegen mußten, die zum Busbahnhof führte. »Du mußt was für mich tun«, sagte er.

»Und was soll ich tun?«

»Hol sie da raus«, sagte er. Seine Finger trommelten auf das Telefon. Dann nahm er plötzlich den Hörer ab und bestellte, ohne zu fragen, was ich essen wollte, eine Mahlzeit aus dem Restaurant um die Ecke auf sein Zimmer: zwei Portionen der gepriesenen Lachs-Mousse und zwei Filetsteaks – eins davon gut durchgebraten –, und was immer es an Beilagen dazu gäbe. Dann legte er auf und sah mich an. »Es wird spät«, erklärte er, »wahrscheinlich schließt die Küche bald.«

Ich sagte: »Du willst sie doch nicht wirklich durch das Department rausholen lassen, oder? Nach dem, was du mir erzählt hast, weist doch nichts darauf hin, daß ihr unmittelbar Gefahr droht. Ich nehme an, Frank wird sie gebeten haben, ein paar Anrufe zu machen oder an eine Tür zu klopfen. Wenn ich jetzt ins Büro stürme und eine großangelegte Rettungsoperation fordere, werden die denken, ich spinne. Und wirklich, Werner, wir könnten sie damit in viel ernstere Schwierigkeiten bringen, als sie jetzt hat.« Ich ersparte mir einen Hinweis darauf, daß weder Dicky noch sonst jemand, der im Büro was zu sagen hatte, auch nur erwägen würde, eine von Frank angezettelte Operation zu beenden, nur weil ich das verlangte. Allem Anschein nach durfte Frank in eigener Verantwortung handeln, und das bedeutete, sein Wort war allen Befehl.

»Wie kann er wagen, Zena zu bitten, ihm zu helfen?« War das der wahre Brennpunkt von Werners Zorn: Frank Harrington? Die beiden hatten einander noch nie über den Weg getraut. Schon bevor er Werner die Frau ausspannte, hatte Frank dafür gesorgt, daß Werner von der Berliner Einsatzgruppe nicht mehr beschäftigt wurde. Und so konnte man jetzt Werner nicht mehr davon überzeugen, daß Frank war, was er war: ein sehr fähiger und erfahrener Dienststellenleiter und der Archetyp eines englischen Gentleman, der nicht nur das Interesse abenteuerlustiger junger

Frauen zu wecken wußte, sondern ihnen auch oft selbst in die Falle ging.
Und ich konnte Werner auch schlecht erklären, daß seine Frau inzwischen gelernt haben sollte, Frank aus dem Weg zu gehen. Also sagte ich nur: »Wann erwartest du sie zurück?«
»Montag.« Er strich sich den Bart. Glenn Gould nahm die Finger von den Tasten, aber nach ein paar klickenden Geräuschen aus der Apparatur begann Art Tatum zu spielen. Werner liebte das Klavier. Früher spielte er selbst auf so ziemlich jeder wilden Party in Berlin. Wenn ich ihn jetzt ansah, fiel's mir schwer zu glauben, daß wir die Sachen, an die ich mich erinnerte, wirklich alle gemacht hatten.
»Es wird ihr schon nichts passieren«, sagte ich.
Sichtlich nicht überzeugt nickte er, ohne zu antworten, und betrachtete sein Glas Mineralwasser eine Zeitlang mißtrauisch, ehe er einen Schluck daraus trank. Dann sah er mich an, zuckte leicht mit den Achseln, lächelte und erhob sich, um die Weinflasche aus dem Kühlschrank zu holen und mein leeres Glas nachzufüllen.
Ich beobachtete ihn aufmerksam. Da war noch etwas, irgendein anderer Aspekt an dieser Geschichte, aber ich fragte nicht danach. Sein Zorn hatte den Höchststand erreicht. Es war besser, wenn er sich erst einmal abreagierte.
Es klopfte an der Tür, ein uniformierter Angestellter des Apartmenthauses und ein Restaurantkellner traten auf wie zwei erfahrene Varietékünstler und stellten im Handumdrehen zwei Klappstühle und einen Klapptisch samt zugehörigem Geschirr auf. Zu den Steaks gab es Spinat. Die beiden Portionen Lachs-Mousse, die der Kellner uns unbedingt zeigen wollte, lagen unter den schweren Silberglocken, die man immer dann braucht, wenn man verhindern will, daß mikroskopisch kleine Mengen an Nahrung sich verflüchtigen.
Erst als die beiden gegangen waren und wir an dem Tisch Platz genommen hatten, um die Mousse zu essen, kam Werner wieder auf Zena zu sprechen. »Ich liebe sie, Bernie. Ich kann nicht anders.«
»Ich weiß, Werner.« Die Lachs-Mousse versank in einer Pfütze

hellgrüner Sauce; eine rosa, leicht abgeschrägte Scheibe, auf der Gemüsestückchen versammelt waren wie Schiffbrüchige in Erwartung des Rettungsbootes. Ich aß es schnell auf.

»Und so mache ich mir eben Sorgen«, sagte Werner und zuckte resignierend mit den Achseln. Er tat mir leid. Ich konnte mir nur schwer vorstellen, in Zena verliebt zu sein. Den Wunsch, ihr den Hals umzudrehen oder zur Fremdenlegion zu gehen, um ihr zu entrinnen, hätte ich dagegen leicht nachempfinden können. »Sie ist die einzige Frau für mich«, sagte Werner, als bäte er um Nachsicht.

Ich denke manchmal, daß er sie liebte, weil sie unfähig war, irgend jemanden zu lieben. Ein Freund erklärte mir einmal, daß er sich das Studium der Reptilien zur Lebensaufgabe gemacht habe, weil ihn deren vollkommene Unfähigkeit, Zuneigung zu erwidern, fasziniere. Ich glaube, Werners Beziehung zu Zena war genauso. Zena schien weder für Lebende noch für Tote auch nur das Geringste zu empfinden. Für sie waren alle Leute gleich, und sie verfuhr mit ihnen auf eine Weise, die sie selbst »nur gerecht« nannte, die manche ihrer Kritiker dagegen als »faschistisch« bezeichneten.

Aber es hatte keinen Zweck, mit Werner über Zena zu reden. Werner fand keinen Fehler an ihr. Ich weiß noch, wie Werner Mädchen aus unserer Klasse anschwärmte. Seine Liebe kannte keine Grenzen, er verehrte sie. Gewöhnlich fanden die Mädchen das lächerlich, und meist erlosch dann nach einer Weile Werners Flamme. Ich hatte erwartet, daß es mit Zena ähnlich ablaufen würde. Aber Zena wußte Werners Liebe zu schätzen und es so einzurichten, daß sie bald mit ihm machen konnte, was sie wollte.

Werner pickte an der Fisch-Mousse herum. Das Zeug war trocken und vollkommen fade, nur die Sahnekressesauce schmeckte nach etwas. Sie war versalzen. »Eingefroren und im Mikrowellenherd aufgewärmt«, sagte der kenntnisreiche Werner. Er stieß den Teller mit der hochgepriesenen Lachs-Mousse beiseite und wandte sich dem Steak zu. »Dir scheint die Mousse ja geschmeckt zu haben«, sagte er in anklagendem Ton.

»Ich fand sie köstlich«, sagte ich. »Aber ich habe das Gefühl, daß

das, was ich hier esse, das gut durchgebratene Steak ist, das du bestellt hast.« Schweigend reichte er mir den Teller mit dem noch unberührten blutigen Steak und nahm in Empfang, was von dem gut durchgebratenen noch übrig war. »Entschuldige bitte, Werner.«
»Du ißt eben alles«, sagte er. »So warst du schon auf der Schule.«
»Dir wird das blutige wahrscheinlich nicht schmecken«, sagte ich und hielt ihm den Teller wieder hin.
Er nahm es nicht an. »Du hast recht«, sagte er.
Um das Thema zu wechseln, fragte ich: »Wie läuft das Hotel?«
»Ganz gut«, sagte er scharf. Dann setzte er hinzu: »Habe ich dir schon erzählt, daß diese verdammt Ingrid Winter unbedingt nach Berlin kommen will?«
»Sie wollte ein paar Sachen abholen«, sagte ich so unbestimmt wie möglich.
»Sie will helfen«, sagte Werner, als sei das die schlimmste denkbare Drohung.
»Sag ihr einfach, daß du keine Hilfe brauchst.« Das schien doch nicht problematisch zu sein.
»Ich kann sie nicht davon abhalten zu kommen. Sie ist Lisls Nichte...«
»... und sie hat Ansprüche auf das Haus. Ja, sei lieber nett zu ihr, sonst macht sie dir am Ende noch einen Strich durch die Rechnung.«
»Meinetwegen soll sie kommen, solange sie nicht stört«, sagte er drohend. Werner war entschieden schlechter Laune.
Ich beschloß, es zu riskieren. Er würde sich heute wohl nicht mehr abreagieren. »Willst du mir nicht erzählen, weshalb du dir wirklich Sorgen machst um Zena?« fragte ich also so beiläufig wie möglich.
»Was willst du damit sagen?«
»Du machst dir nicht darüber Sorgen, was ihr passieren könnte, wenn sie in Frankfurt an der Oder an der falschen Tür klopft, Werner. Nicht Zena! Die redet sich aus noch viel brenzligeren Situationen heraus.«
Er sah mich an mit dieser ausdruckslosen Miene, die ich nur zu gut kannte, und kaute noch ein Stück Fleisch, ehe er etwas sagte.

»Ich hätte dir zum Fleisch Rotwein geben sollen«, sagte er. »Ich habe welchen besorgt für dich.«
»Vergiß den Wein. Um was geht's wirklich?«
Er tupfte sich die Lippen mit der Serviette ab und sagte: »Zenas Onkel hat eine wunderbare Sammlung sehr alter Bücher, Kruzifixe, Ikonen und dergleichen...« Er sah mich an. Ich erwiderte seinen Blick und sagte nichts. Werner fuhr fort: »Vielleicht kauft er die Sachen... ich weiß es nicht genau.«
»Und vielleicht ist er nicht ihr Onkel«, vermutete ich.
»Doch, ich glaube, er ist... Na ja, vielleicht ist er auch nur ein sehr guter alter Freund. Ja, also manchmal kauft er solche Sachen von Polen, die auf Arbeitssuche in die DDR kommen. Viele Bibeln aus dem siebzehnten Jahrhundert. Er ist eine Art Spezialist für frühchristliche Kunst.«
»Und Zena schmuggelt seine Sachen in den Westen, wo dann diese eleganten Läden in München sie weiterveräußern an Zahnmediziner, die ihre Schlösser damit möblieren.«
Werner hörte nicht zu. »Zena versteht nicht, wie sie arbeiten«, sagte er düster.
»Wie wer arbeitet?«
»Der Stasi. Wenn sie die Leute besucht, wie es ihr Frank aufgetragen hat, werden sie ihr einfach von einer Adresse zur anderen folgen. Zena wird es nicht merken. Und dann werden sie die ganze Gesellschaft verhaften und sie anklagen, Kunstschätze des Staates ins Ausland zu verschieben.«
»Kunstschätze des Volkes«, verbesserte ich. »Ja, die ungenehmigte Ausfuhr von Antiquitäten wird nicht gern gesehen in der DDR.« Ich tat so, als ginge es schlimmstenfalls um einen geringfügigen Verstoß gegen Ausfuhrbestimmungen. »Aber davon wird Frank vermutlich keine Ahnung gehabt haben.«
Ohne zu antworten, erhob sich Werner und ging in die winzige Kochnische. Mit der bereits halb geleerten Flasche Meursault und einem Glas für sich selbst kehrte er zurück. Er goß mir ein, dann sich selbst und stellte endlich die Flasche auf einen in der Mitte des Tisches bereitgelegten Untersatz. Als er den ersten Schluck nahm, zog er ein Gesicht wie ein Kind, dem man eine bittere Medizin gegeben hat. Werner verstand eine Menge von

Wein, doch wenn er welchen trank, tat er so, als schmecke er nur den Saft saurer Trauben. »Angenommen, Frank wußte alles über Zenas Interesse an alten Büchern«, sagte er langsam und bedächtig. »Frank ist doch schließlich der Leiter eines geheimen Nachrichtendienstes, habe ich recht?«
»Ja«, sagte ich, den Sarkasmus ignorierend.
»Und nun nimm mal an, Frank hat einen Grund zu glauben, daß der Stasi seine Bizet-Leute in Ruhe läßt, wenn er ihm die arme Zena ausliefert. Vielleicht lassen sie die Gefangenen sogar raus?«
Ich sagte nichts. Ich nippte an meinem Glas und versuchte, meine Gedanken zu verbergen. Dann ist das verdammt gut für Frank, dachte ich. Aber es klang alles höchst unwahrscheinlich. Ich hatte den Verdacht, daß Frank Zena noch zu gern hatte, als daß er sie so kaltblütig hätte in die Pfanne hauen können. Aber falls er wirklich irgendeinen bizarren Handel angebahnt hatte, bei dem zwei oder drei von unseren Leuten freikamen, wenn wir einen Ring billiger Gauner auffliegen ließen, die Antiquitäten, Bücher und was weiß ich noch alles, Sachen, die vielleicht sogar irgendwo geklaut waren, in den Westen verschoben, dann war das sehr gut für Frank. Nach einem solchen Handel würde ich mir alle Finger abschlecken. Deshalb sagte ich nichts.
»Vergiß nicht, daß es um Zena geht«, sagte Werner.
Nein, das vergesse ich nicht. Das macht einen Tauschhandel wie diesen noch zu einer Wohltat für die Allgemeinheit. »Nein«, sagte ich, »gerade daran denke ich.«
»Ein verfluchter Judas ist er«, sagte Werner. Er trank noch einen Schluck Wein, der ihm aber auch nicht besser zu schmecken schien als der erste.
»Hast du irgendeinen Grund, das zu glauben?« fragte ich.
»Ich hab's im Urin«, sagte Werner mit einer Stimme, die ich nicht wiedererkannte.
»Frank würde so etwas nicht tun«, sagte ich, mehr, um Werner zu beruhigen, als weil ich selbst ganz davon überzeugt gewesen wäre. Frank mochte Zena, aber Frank konnte auch skrupellos sein. Ich wußte das, und Werner wußte es auch. Und wenn sie nur einen Funken Verstand hatte, dann wußte das auch die unselige Zena.

»Doch, würde er«, sagte Werner scharf. »Das ist genau eine von den Sachen, die er jederzeit machen würde, eine von den Sachen, für die die Engländer berüchtigt sind. Das weißt du.«
»Das perfide Albion, was?«
Er schien die Bemerkung nicht komisch zu finden. Er antwortete nicht, würdigte mich nicht mal eines Blickes. Er saß einfach da, das Gesicht starr, die Augen feucht und die großen Hände so fest ineinander verkrampft, daß das Blut aus den Knöcheln wich.
Ich hatte ihn noch nie in einem solchen Zustand gesehen. Ob es nun die Sorge um Zena oder der glühende Haß auf Frank war, es machte ihn fertig. Ich beobachtete, wie er sich zornig die Lippen zerbiß, und bekam Angst um ihn. Ich hatte schon einige Menschen gesehen, die so unter Druck standen; und ich hatte erlebt, wie plötzlich etwas in ihnen zerbrach. »Ich werde sehen, was sich machen läßt«, sagte ich, aber es war zu spät für solche Angebote.
Durch zusammengebissene Zähne sagte Werner: »Gleich morgen früh gehe ich ins Büro. Ich werde den D. G. finden und ihn zwingen, irgend etwas zu tun. Zwingen werde ich ihn!«
»Das würde ich dir nicht raten, Werner«, sagte ich besorgt. »Nein, Werner, wirklich nicht.« Die Vorstellung, wie der schwarzbärtige Werner am Eingang der Londoner Zentrale Spektakel machen und der gestrenge Feldwebel Gaskell sich bemühen würde, ihn zur Räson zu bringen, und die Fragen, die ich daraufhin unweigerlich zu beantworten hätte – das wollte ich mir gar nicht weiter ausmalen. Ich goß den Rest des Meursault in mein Glas. Der Wein war warm. Werner hatte vergessen, die Flasche wieder in den Kühlschrank zu stellen. Alles in allem, Donnerstag war kein guter Tag.

13

Ich habe einen leichten Schlaf. Den braucht man in meiner Branche. Aber nicht das tiefe Dröhnen des Motorrads weckte mich – die ganze Nacht rattern welche am Haus vorbei –, sondern das plötzliche Verstummen des Motors. Als das Gartentor ins Schloß fiel, war ich hellwach. Ich hörte Schritte – Stiefel mit hohen Absätzen auf dem gepflasterten Weg zur Haustür – und war schon aus dem Bett, als die Klingel Gloria weckte.

»Halb vier!« hörte ich Gloria schläfrig sagen, als ich das Schlafzimmer verließ. Sie schien überrascht. Sie hatte noch viel zu lernen hinsichtlich der Anforderungen, die das Department an seine Mitarbeiter auf dem mittleren Niveau stellte. Ich lief, zwei Stufen auf einmal nehmend, die Treppe hinab, um dem Besucher zu öffnen, ehe er mit seinem Klingeln Doris und die Kinder weckte. Doch ich war noch nicht unten, als dessen Geduld schon erschöpft war, diesmal klingelte er nachdrücklicher und darauf gleich noch mal.

»Okay, okay, okay!« sagte ich ärgerlich.

»'tschuldigung, Chef, ich dachte, Sie hätten's nich' gehört!«

Der Besucher war ein dünner junger Mann, der von oben bis unten in glänzendes schwarzes Leder gekleidet war wie eine Erscheinung aus einem bösen Traum.

»Mr. Samson?« Er hielt einen glänzenden schwarzen Helm im Arm und trug eine abgewetzte Ledertasche um den Hals.

»Ja?«

»Können Sie sich irgendwie identifizieren, Sir?« fragte er, ohne zu sagen, wie ich mich ausweisen sollte. Das war zwar vorschriftsmäßig, aber die Boten, die ich gewohnt war, drückten sich meist etwas ungezwungener aus.

Der Mann war offenbar neu. »Reicht das?« fragte ich und brachte hinter der halbgeöffneten Tür die Neun-Millimeter-Mauser zum Vorschein.
Er grinste. »Ja, das reicht.« Er öffnete die Tasche und entnahm ihr einen der großen braunen Umschläge, deren sich das Department zum Versand schlechter Nachrichten bedient.
»Samson, B.«, sagte ich zu seiner Beruhigung. »Irgendwas Mündliches?«
»Sie sollen den Brief sofort öffnen. Das ist alles.«
»Warum nicht?« sagte ich. »Ich werde jetzt sowieso irgend'ne Einschlaflektüre brauchen.«
»Gute Nacht, Chef, entschuldigen Sie die Störung.«
»Das nächste Mal klingeln Sie nicht«, sagte ich. »Atmen Sie nur schwer durch den Briefschlitz.«
»Was war das, Liebster?« fragte Gloria, langsam die Treppe herabschreitend, als träte sie in einem Busby-Berkeley-Musical auf. Sie war nicht völlig wach. Mit dem zerzausten Blondhaar und in dem weiten, wuscheligen weißen Bademantel von Descamps, den ich ihr zu Weihnachten geschenkt hatte, sah sie wunderbar aus.
»Ein Bote.« Ich riß den großen braunen Umschlag auf. Er enthielt ein Ticket für einen Flug nach Los Angeles International ab London Heathrow um neun Uhr früh, in weniger als sechs Stunden – sowie ein Briefchen, auf amtliches Papier getippt und mit den üblichen Gummistempeln beglaubigt:

> Lieber Bernard,
> Du wirst bei Ankunft abgeholt. Entschuldige die Hetze, aber das Büro in Washington arbeitet fünf Stunden länger als das hiesige, und irgendjemand dort hat mit dem Deputy ausgemacht, daß diesen Auftrag Du und kein anderer kriegen sollst – mit Bedauern also,
> Dein Harry (N. D. O. A.)

Ich erkannte die krakelige Handschrift. Der arme alte Harry Strang mußte also immer noch Nachtdienst in der Operationsabteilung machen. Ich nehme an, daß er auch sich selbst bedauerte, denn er hatte ein Postskriptum unter die Maschinenschrift gekritzelt: »Den Seinen gibt's der Herr im Schlaf.« Ich nehme an, daß für jemanden, der die ganze Nacht im Büro Wache schieben und sich den Regen draußen anhören mußte, die Vorstellung einer plötzlichen Abkommandierung ins sonnige Kalifornien ihre Reize hatte.

Nicht für mich. Jedenfalls nicht, bis mir Werners Drohung wieder einfiel, heute früh im Büro zu erscheinen und dem D. G. auf den Leib zu rücken.

»Sie können dich nicht zwingen«, sagte Gloria, die die Nachricht über meine Schulter mitgelesen hatte.

»Natürlich nicht«, erwiderte ich, »ich kann jederzeit stempeln gehen.«

»Da steht nicht mal, wie lange du weg sein wirst«, sagte sie in einem Ton, bei dem man sich fragte, wie wohl sie auf einen derart unmißverständlichen Befehl reagiert hätte.

»Es tut mir leid«, sagte ich.

»Du hast versprochen, dich um die Garagentür zu kümmern.«

»Die braucht nur ein neues Scharnier«, sagte ich. »Ich kenne einen Laden in der Nähe der Waterloo Station. Nächste Woche gehe ich da mal vorbei.«

»Ich packe dir deinen Koffer.« Sie warf einen Blick auf die Uhr, die auf dem Kaminsims stand. »Es lohnt sich ja nicht, noch mal ins Bett zu gehen.«

»Ich habe gesagt, daß es mir leid tut«, erinnerte ich sie.

»Dabei haben wir nur an den Wochenenden mal ein bißchen Zeit füreinander«, sagte sie. »Warum konnte diese Reise nicht bis Montag warten?«

»Ich werde versuchen, Billy irgendwas Aufregendes zum Geburtstag mitzubringen.«

»Bring dich selbst wieder mit«, sagte Gloria und küßte mich zärtlich. »Ich mach' mir Sorgen... wenn sie dich so plötzlich irgendwohin schicken mit diesem verdammten ›Instruktionen bei Ankunft‹-Stempel, mache ich mir Sorgen um dich.«

»Es wird nichts Gefährliches sein«, entgegnete ich. »Ich werde bestimmt das ganze Wochenende über an irgendeinem Swimmingpool herumsitzen.«

»Sie haben ausdrücklich dich verlangt, Bernard«, sagte sie.

Ich nickte. Die Tatsache hatte nichts Schmeichelhaftes, aber sie war nicht zu leugnen. Nicht wegen meiner gesellschaftlichen Kontakte oder wegen meiner Gelehrsamkeit hatten sie ausdrücklich mich angefordert. »Ich werde mir Schwimmflügel umbinden und im Nichtschwimmerbereich bleiben«, versprach ich.

»Was wirst du tun, wenn du ankommst?«

»Es hieß ›Instruktionen bei Ankunft‹, Liebes, das heißt, sie wissen es selber noch nicht.«

»Aber wie wirst du sie überhaupt erkennen?«

»So läuft das nicht, Liebling. Sie werden ein Foto von mir haben. Ich werde sie erst erkennen, wenn sie sich vorstellen.«

»Und wie wirst du wissen, daß du's mit den richtigen Leuten zu tun hast?«

»Er wird mir mein Foto zeigen.«

»Das ist ja alles sehr sorgfältig geplant«, sagte sie in beifälligem Ton. Es gefiel ihr, wenn alles sorgfältig geplant war.

»Steht alles im Kleingedruckten.«

»Aber immer dieselbe Fluglinie, Bernard? Aus Sicherheitsgründen sollten sie doch ab und zu wechseln, oder?«

»Sie werden schon ihre Gründe haben«, sagte ich. »Wie wär's, wenn du mir eine Tasse Kaffee machst, während ich packe?«

»Es ist alles gewaschen. Deine Hemden hängen auf Bügeln im Kleiderschrank, fang also nicht an herumzuschreien, wenn du die Kommode leer findest.«

»Wegen der Hemden werde ich nicht herumschreien«, versprach ich und gab ihr einen Kuß. »Und wenn ich's tue, reiß einfach noch mehr Knöpfe ab.«

»Ich liebe dich, Bernard.« Sie legte die Arme um mich und drückte sich an mich. »Ich will dich für immer und ewig.«

»Dann soll es auch so sein«, sagte ich mit der gedankenlosen Tollkühnheit, die mich immer dann überfällt, wenn man mich so früh morgens aus dem Schlaf reißt.

Einen Augenblick lang drückte sie mich, daß mir fast der Atem wegblieb, dann flüsterte sie mir ins Ohr: »Und ich liebe die Kinder, Bernard. Mach dir ihretwegen keine Sorgen.«

Den Kindern fehlte natürlich die eigene Mutter, und ich wußte, wie sehr sich Gloria bemühte, sie ihnen zu ersetzen. Es war nicht leicht für sie. Die Aussicht auf Cambridge, wo nichts als harte Arbeit von ihr gefordert wurde, muß mitunter verlockend gewesen sein.

In der ersten Klasse war fast jeder Platz besetzt. Hellwache junge Männer mit gutgeschnittenen Anzügen und großen goldenen Armbanduhren blätterten in Papieren, die aus schweinsledernen Aktentaschen kamen, oder tippten auf winzige Taschencomputer mit ausklappbaren Bildschirmen. Viele von ihnen lehnten den angebotenen Champagner ab und ließen nicht einmal, während das Essen serviert wurde, von der Arbeit: lasen Berichte, hakten Listen ab und markierten, was ihnen wichtig vorkam, mit verschiedenfarbigen Leuchtstiften.

Mein Nachbar war von der gleichen Art, aber erheblich weniger hingebungsvoll. Er hieß Edwin Woosnam – »ein walisischer Name, obwohl ich nie im Leben in Wales gewesen bin, ob Sie's glauben oder nicht« –, war übergewichtig, hatte dicke Augenbrauen, dünne Lippen und eine Nase, wie sie für Laienaufführungen von »Julius Caesar« dem Hauptdarsteller angeklebt wird. Mein Plan, ein wenig von dem verlorenen Schlaf nachzuholen, scheiterte an der Freundlichkeit dieses Nachbarn.

Er war, erzählte er mir, der Seniorpartner einer »Entwicklungsgesellschaft« in Glasgow. Seine Firma baute acht Hotels zu je sechshundert Zimmern in verschiedenen Städten rund um die Welt, und er erzählte mir alles darüber. »Ein Swimmingpool im Freien, das ist wichtig. Die Hotelbesitzer brauchen in der Reklamebroschüre ein Bild, das so aussieht, als sei das Wetter das ganze Jahr über warm genug zum Baden im Freien.« Mit einem amüsierten kleinen Lachen nahm er einen Schluck Champagner. »Oben drauf muß ein Penthouse, unten drunter ein Freizeit-Center, und natürlich jedes Zimmer mit eigenem Bad. Wichtig ist nur, daß das Grundstück billig ist – und groß, wirklich groß –, sobald dann das Hotel gebaut ist, kann man damit rechnen, daß Läden und Wohnanlagen folgen. Und dann steigt automatisch der Wert der ganzen Gegend. Mit einer solchen Investition kann kaum was schiefgehen. Das ist wie Geld auf der Bank. Solange nur die einheimischen Arbeitskräfte billig sind, spielt's eigentlich keine Rolle, wo Sie Ihr Hotel hinstellen, die Hälfte dieser blöden Touristen weiß doch sowieso nie, in welchem Land sie eigentlich sind.«

Aber im übrigen war Mr. Woosnam ein angenehmer Reisegefährte mit einem unerschöpflichen Vorrat an Geschichten. »... Die Griechen lassen sich nichts sagen. Ich zeigte diesem Polier – Popopopulis oder so, Sie wissen ja, wie diese Namen sind –, ich zeigte ihm also den Terminplan und sagte, daß demnach der achte Stock längst fertig sein sollte. Und was macht der Mann? Wird wütend. Aber wie! Und so droht er mit den Fäusten, schreit, rennt aus der Tür und fällt acht Stockwerke bis in den Keller. Tot, natürlich. Wir hatten furchtbare Mühe, zu dieser Jahreszeit einen neuen Polier zu kriegen. Einen Monat später wäre alles halb so schlimm gewesen.« Er nahm einen Schluck aus seinem Glas und lachte. »Manche Leute können einfach nicht hören. Sie werden vermutlich auch in Ihrem Geschäft die Erfahrung schon gemacht haben«, sagte Woosnam und fuhr fort, ohne meine Zustimmung abzuwarten. »Lacht doch einer von unseren Architekten auf der Baustelle in Bombay über die aus Bambusrohren zusammengebundenen Baugerüste der Inder! Ich hab' ihm schon erzählt, wie dumm er aus der Wäsche schauen würde, wenn er ein Stahlgerüst aufbaut und es sich in der Hitze in Null Komma nichts verdreht, wie ein Korkenzieher, und sein schönes Projekt gestorben ist. Diese Knaben kommen direkt von der Hochschule und glauben, sie wissen schon alles. Das ist das Problem heutzutage. Da fällt mir noch eine Geschichte ein ...«

Und so ging es weiter. Er war zwar sehr unterhaltsam, aber bei seiner Leutseligkeit war an Schlaf nicht zu denken.

»Sind Sie viel unterwegs?« fragte er, als ich eben etwas eingenickt war.

»Nein«, sagte ich.

»Ich fliege dauernd in der Weltgeschichte herum. Über den Atlantik zu fliegen ist für Sie natürlich aufregend. Mich langweilt es nur noch.« Er beobachtete, wie ich reagierte.

»Ja.« Ich versuchte, aufgeregt auszusehen.

»Und in welcher Branche sind Sie? Nein, sagen Sie's nicht. Ich habe einen guten Blick für so was, Beruferaten ist meine Stärke. Versicherung?«

»Chemikalien.« Ich sage das meistens; es ist vage und außerdem habe ich mir über die pharmazeutische Industrie irgendwann mal das eine und andere angelesen für den Fall, daß jemand wirklich näher auf meinen Bluff eingeht.

»Na schön«, sagte er. Einen Irrtum gab er nicht gern zu. »Aber kein Vertreter. Für die Verkaufsbranche sind Sie nicht aufdringlich genug.«

»Nein, nicht im Verkauf«, räumte ich ein.

»Würden Sie bitte auf meine Aktentasche aufpassen, während ich eben mal zur Toilette gehe? Wenn sie erst das Essen bringen, springt plötzlich jeder auf und muß mal. Das ist immer so.«

Die Spielzeugmahlzeit kam und ging. Die sorgfältig modulierte Stimme unseres Kapitäns deklamierte die Namen von fern unter den Wolken verborgen liegenden Orten. Die große Aluminiumröhre dröhnte weiter mit ihrer Last ungewaschener, rotäugiger Reisender, inzwischen vom Alkohol betäubt und von Verdauungsstörungen gequält. Unaufhörlich rasten Stewardessen mit zollfreien Kinkerlitzchen durch, wobei sie jedesmal den Blick abwandten, wenn sie an plärrenden Säuglingen und genervten Müttern vorbeikamen. Über den Lautsprecher kamen weitere Namen immer noch unsichtbarer Städte. Die Kabine wurde verdunkelt. Auf blassen Bildschirmen posierten die verschwommenen Geister winziger, unkenntlicher Schauspieler, deren schrille Stimmen einem aus Kunststoffröhren ins innere Ohr drangen. Wir verfolgten im Wettlauf mit der Sonne einen niemals endenden Tag. Vom rotglühenden Brandeisen der Sonne gemartert, geblendet von den weißen Wolken, ließen nun auch die standhaftesten Reisenden den Kopf hängen und suchten in unruhigem Schlummer ihr Elend zu vergessen.

»Hier spricht der Kapitän...«

Wir landeten in Los Angeles. Jetzt kam noch das Schlimmste, die Zoll- und Paßkontrolle durch die Einwanderungsbehörden der Vereinigten Staaten von Amerika. Über eine Stunde lang stand ich in der Schlange und stieß mein Gepäck mit dem Fuß zentimeterweise vorwärts. Aber endlich ließ man mich widerwillig einreisen in die USA.

»Hallo! Mr. Samson? Hatten Sie einen angenehmen Flug?« Einen Kaugummi im Mund, sonnengebräunt, dreißig Jahre alt schätzungsweise, geduldige Augen, Latexhosen, einen halbaufgegessenen Hamburger und eine halbgelesene Taschenbuchausgabe von »Krieg und Frieden«: alles, was man braucht, wenn man jemanden von LAX abholen will. Wir gingen durch das Gedränge vor dem Ankunftsgebäude und in das Gewühl von Privatwagen, Taxis und Autobussen, auf die man in dieser weitläufigen Stadt ohne Stadtbahn angewiesen ist.
»Buddy Breukink«, stellte der Mann sich vor. Er schnippte einen Finger in Richtung des verbeulten Metallkoffers, den ich mir vom Gepäckkarussell an Land gezogen hatte. »Haben Sie weiter kein Gepäck?« Wenn ich das noch oft hören muß, dachte ich, fange ich noch an, mich unterprivilegiert zu fühlen.
»Allerdings«, sagte ich. Er nahm meine Reisetasche und den Blechkoffer. Ich wußte nicht, ob ich ihm die Sachen nicht höflich wieder aus der Hand reißen sollte. Es war unmöglich, zu entscheiden, ob er einfach ein Fahrer war, den man geschickt hatte, mich abzuholen, oder eine Führungskraft, die meine Rechnungen bezahlen und mir Befehle geben würde. Die US von A sind so. Er marschierte los, und ich folgte ihm. Er hatte sich nicht den vorgeschriebenen Formalitäten unterzogen, aber ich bestand auch nicht darauf. Er sah nicht aus wie der Typ, der regelmäßig die Vorschriften studiert.
»Hungrig? Wir müssen ungefähr eine Stunde weit fahren.« Er hatte ein verschmitztes Lächeln, mit dem er aussah, als wisse er etwas, das die übrige Welt nicht wußte. Es war bestimmt nicht persönlich gemeint.
»Ich werde es überleben«, versprach ich. Mein Blutzucker war noch nicht so niedrig, daß ich einen Flughafen-Hamburger gewollt hätte.
»Der Buggy ist auf der anderen Straßenseite.«
Er war ein Cafeteria-Cowboy: ein hochgewachsener schlanker Typ mit einer Unmenge guter großer Zähne, engsitzenden braunen Hosen und kurzärmeligem weißem Hemd sowie einem großen braunen Stetson mit einem Hutband aus bunten Federn. Passend zu diesem Kostüm war der Wagen, in den Buddy

Breukink kletterte, ein Jeep, ein fabrikneuer Wrangler mit Stoffdach, ausgerüstet mit Telefon, einem Kennzeichen mit seinen Initialen – BB GUN – und Überrollbügel.
Er warf mein Gepäck und Tolstoi auf den Rücksitz, ehe er sehr sorgfältig den Stetson in einer Hutschachtel dort verstaute. Dann stieg er ein und drückte eine Menge Knöpfe, ein codiertes Signal, mit dem er sein Autotelefon wieder benutzbar machte. »Man muß aufpassen, daß von diesen Parkwächtern keiner stundenlange Ferngespräche mit seinen Leuten in Bogotá führt«, sagte er in einem Ton, als fände er es in Ordnung, wenn einer auf seine Kosten mal kurz in Mexico City anrief. Er lächelte vor sich hin und fegte ein halbes Dutzend Tonbandkassetten vom Beifahrersitz in eine Schachtel. Als er den Zündschlüssel drehte, begann der Rekorder »Pavarotti's Greatest Hits« zu spielen, oder genauer gesagt »Funiculi, Funicula«, aber fortissimo, so daß man um seine Trommelfelle fürchten mußte. »Das ist irgendwie klassisch«, erklärte Buddy fast entschuldigend.
Ungeduldig ließ er den Motor aufheulen. »Also los!« schrie er noch lauter als Pavarotti; und ehe ich noch meinen Gurt angelegt hatte, qualmten die Reifen versengt, und wir waren aus dem Parkplatz draußen und auf dem Highway.

Ich war in der Neuen Welt angelangt und fand sie ebenso verwirrend wie einst Kolumbus. In dieser Gegend hier war schon Frühling, die Luft war warm, und der Himmel hatte jenes helle Blau, das ein heftiges Ansteigen der Temperatur verheißt. Die lärmenden Straßen des Zentrums waren voller schwarzer, röhrender Porsches und weißer Rolls-Royce-Kabrioletts, dazwischen flitzten Jungen auf Rollschuhen hin und her, und die hübschen Mädchen stellten sich in Shorts und knappen Blusen zur Schau.
Die Rampe hinauf. Auf der Schnellstraße, die die ganze Stadt überbrückt, war von der Anarchie der Straßen unten nichts mehr zu bemerken. Von ein paar Jungen abgesehen, die in einem verbeulten Pick-up vorüberrasten, hielten sich die Leute diszipliniert an die gewählte Spur und fuhren mit mäßiger Ge-

schwindigkeit. Der Fahrtwind heulte durch die offenen Seiten des Jeeps und drohte, mich aus meinem Sitz zu blasen. Ich duckte mich tiefer hinter die Windschutzscheibe. Buddy drehte die Musik lauter, sah mich an und grinste.

»Funiculi«, sang Buddy unter ständigem Kauen, »Funicula.«

Ist man einmal von dem »International Airport«, seinem auf *mañana* eingestellten Personal und den störrischen Beamten weg, dann empfängt einen das südliche Kalifornien. Die warme Sonne, die San-Gabriel-Berge in der Ferne, der trockene Wind aus der Wüste, der bittere Duft des blühenden Gestrüpps, die grellroten Mohnblumen auf den saftig grünen Feldern, die noch nicht von der grausamen Hitze des Sommers verbrannt sind: All das ermuntert mich zu dieser Jahreszeit, für immer hier zu bleiben.

Von der Schnellstraße aus, die auf Stelzen über die Dächer hinläuft, überblickt man ganz Los Angeles vom Meer bis zum Gebirge. Ansammlungen von Hochhäusern in Century City und entlang des Broadway ragen aus einer Herde bescheidener kleiner Vororthäuser empor, die sich zwischen Swimmingpools und Palmen quetschen. Buddy blieb jedoch nicht lange auf der Stadtautobahn, wir fuhren wieder in die Stadt hinunter, durchquerten sie, um an der Küste auf dem Pacific Coast Highway nach Norden zu fahren, den Schildern folgend, die den Weg nach Santa Barbara und San Francisco weisen. Bei Malibu wurde der Verkehr spärlicher, und wir passierten eine schier endlose Kulisse von Strandhäusern in allen erdenklichen Formen und Farben. Bis wir auch an dem letzten Fischrestaurant vorbei waren und die Straße dem äußersten Rand des Kontinents folgte. Gegen die Felsen zu unserer Linken donnerten unablässig riesige grüne Brecher, die sich in weißen Schaum und einen Sprühnebel aus winzigen Wassertropfen verwandelten und dabei einen solchen Lärm machten, daß sie den Motor des Jeeps übertönten, und sogar die Musik.

Buddy nahm den Kaugummi aus dem Mund und schnippte ihn auf die Straße. »Man hat mir gesagt, daß Sie Fragen stellen würden«, vertraute er mir an.

»Nein«, sagte ich.

»Und man hat mir gesagt, ich sollte Ihnen nichts sagen.«
»Na, dann läuft doch alles wie geschmiert«, sagte ich.
Er nickte und wich einem riesigen Sattelschlepper aus, dessen Ladekasten für Budweiser Reklame machte, ehe er das Gaspedal bis zum Boden durchtrat und mir zeigte, was aus dem Jeep herauszuholen war.
Wir kamen an einer Stelle vorbei, wo sich sportliche Gestalten, an Hängegleitern baumelnd, von den hohen Klippen stürzten und über dem Highway und dem Stillen Ozean Achter flogen, ehe sie auf dem schmalen Strand landeten, der ihre einzige Überlebenschance war. Wir kamen an Ölbohrtürmen vorbei, deren Plattformen wie ankernde Flugzeugträger aus dem Dunst der Brandung ragten. Als wir endlich von der Küstenstraße herunter in einen engen »Sieben-Meilen-Cañon« hineinfuhren, waren wir bereits jenseits der Grenzen des Stadtkreises von Los Angeles in Ventura County. Ich wurde langsam hungrig.
Wir fuhren auf eine schmale Privatstraße voller Schlaglöcher. An der Ecke stand ein Pfahl, an den ein halbes Dutzend unterschiedlich verwitterter Schilder genagelt war. »Schuster Ranch«, »Greentops Pferdezucht – Besuch unerwünscht«, »Orgakov«, »D und M Bishop«, »Rattlesnake Computerlabor« und »Highacres«. Während der Jeep die staubige Straße in den Cañon hinaufkletterte, fragte ich mich, unter welcher dieser Adressen man wohl meinen Besuch erwartete. Aber nachdem wir an allen Briefkästen am Straßenrand vorbeigefahren waren, wurde klar, daß wir zu irgendeinem nicht ausgeschilderten Anwesen in Gipfelnähe unterwegs waren.
Wir waren etwa drei Meilen den Cañon hinaufgefahren und schon hoch genug, hin und wieder das Meer in der Tiefe liegen zu sehen, als wir ein Tor in einem hohen Maschendrahtzaun erreichten, der ein großes Gebiet einzufrieden schien, jedenfalls war nach beiden Seiten kein Ende davon abzusehen. Neben dem Tor hing ein Schild mit der Aufschrift: »La Buona Nuova. Privatbesitz. Warnung vor den Hunden.« Buddy hielt neben einem kleinen Kasten auf einem Metallrohr. Er drückte auf einen roten Knopf und sprach in den Kasten: »Hallo, hallo! Buddy hier, mit dem Besucher. Macht mal jemand auf?«

Zögernd, ruckartig und unter dem lauten Kreischen eines verborgenen Mechanismus öffneten sich langsam die Flügel des Tors. Eine blecherne Stimme aus dem Kasten sagte: »Wart noch, bis das Tor wieder einrastet, Buddy. Der Regen letzte Woche ist ihm anscheinend nicht gut bekommen.«
Wir fuhren also hinein, und Buddy wartete, bis das Tor wieder richtig zu war. Ich konnte nirgends ein Gebäude sehen, aber ich hatte das Gefühl, daß uns der Urheber dieser blechernen Stimme genau im Auge behielt. »Strecken Sie die Hände nicht aus dem Wagen«, riet Buddy. »In diesem äußeren Bezirk lassen sie die verdammten Hunde frei herumlaufen.«
Wir folgten weiter der unbefestigten Straße, immer bergan, eine Staubwolke hinter uns aufwirbelnd. Dann kam plötzlich hinter einem Felsvorsprung noch ein Maschendrahtzaun in Sicht. Die Straße führte zu einem Tor mit einer Art Schilderhaus. Hinter dem Tor standen drei Personen. Auf den ersten Blick sahen sie aus wie ein Mann mit zwei Kindern, aber beim Näherkommen erkannte ich einen riesigen Weißen mit zwei Mexikanern. Es waren Wachen. Über dem Gürtel des weißen Mannes wölbte sich ein dicker Bauch. Er trug einen breitkrempigen Stetson-Hut, gestärktes Khaki, langschäftige Stiefel und am Hemd ein goldenes Emblem in der Form eines Wappenschildes. In einer Hand hielt er ein kleines Sprechfunkgerät. Die Mexikaner trugen dunkelbraune Hemden, und einer von ihnen hatte eine Schrotflinte. Wie der Maschendrahtzaun sahen diese Leute frisch und gut gepflegt aus. Einer der Mexikaner öffnete das Tor, und der große Mann winkte uns durch.
Es war dann noch mindestens eine Meile zu fahren, bis wir eine Gruppe von niedrigen, rosa verputzten und mit roten Schindeln gedeckten Gebäuden kurz unterhalb des Berggipfels erreichten. Das Alter dieser Bauten war schwer zu bestimmen, aber sie waren in jenem Stil erbaut, den die Kalifornier als »spanisch« bezeichnen. Buddy fuhr an ein paar schlammbespritzten japanischen Pick-ups vorbei und parkte in einem kühlen, scheunenartigen Gebäude, wo schon ein Cadillac Seville und ein Lamborghini standen. Er setzte seinen Stetson auf, prüfte dessen Sitz im Rückspiegel und nahm dann mein Gepäck vom Rücksitz. Mein

Jackett über dem Arm – es war heiß hier oben, und ich schwitzte –, folgte ich ihm. Die Hauptgebäude waren zweistöckig und dem Meer zugewandt. An der Rückseite, nach Osten hin, lag ein großer, mit gemusterten Kacheln gepflasterter Hof und ein an die fünfundzwanzig Meter langer Swimmingpool. Das Wasser darin war blau und klar, nur hier und da kräuselte der Wind vom Meer die Oberfläche. Weit und breit war kein Mensch zu sehen, außer in diesem Swimmingpool, wo eine schlanke Frau mittleren Alters sich mit dem vorsichtigen Hundepaddeln über Wasser hielt, bei dem man nicht Gefahr läuft, sein Augen-Make-up zu verschmieren. Am Rande des Beckens, wo sie gesessen hatte, lagen ein großes rosa Badetuch, Flaschen mit Sonnenöl und anderen Kosmetika, eine Bürste, ein Kamm und ein Handspiegel herum. An dem Stuhl lehnte ein halbfertiges Aquarell, das blühende Bougainvillea zeigte. Ein großer Malkasten und ein Krug voller Pinsel standen daneben.

»Hallo, Buddy«, rief die Dame aus dem Wasser, ohne ihr Paddeln zu unterbrechen. »Wie ist der Verkehr? Hallo, Mr. Samson. Willkommen in La Buona Nuova.«

Ohne seinen Schritt zu verlangsamen, rief Buddy: »Wir sind auf dem Pacific Highway hergefahren, Mrs. O'Raffety, aber wenn Sie in die Stadt fahren, nehmen Sie besser den Weg durch den Cañon.« Er drehte den Kopf lange genug in ihre Richtung, um sie mit seinem verschmitzten Lächeln zu bedenken. Ich winkte ihr zu und sagte danke, mußte mich aber beeilen, um mit Buddy Schritt zu halten.

Er betrat über zwei Stufen einen schattigen Bogengang, in dem Stühle und Tische standen. Von einem der Tische war das Frühstücksgeschirr noch nicht abgeräumt: eine Thermoskaffeekanne, Fruchtsaft in einem Glaskrug und Geschirr, dem man seinen Preis ansah. Gloria hätten die Sachen gefallen. Buddy öffnete eine der drei Türen, die vom Haus auf den Bogengang hinausgingen, und führte mich in ein großes Gästezimmer. Es war eine Variation in Rosa und Weiß. Drei gerahmte Landschaftsbilder hingen an den Wänden, dilettantische Aquarelle, die mir sehr nach echten O'Raffetys aussahen.

»Mrs. O'Raffety ist meine Schwiegermutter«, erklärte Buddy

ungefragt. »Sie ist sechzig. Ihr gehört das alles hier.« Er stellte mein Gepäck ab, öffnete die Tür eines großen, grün und weiß gekachelten Badezimmers und sagte: »Hier wohnen Sie. Stellen Sie sich die Klimaanlage so ein, wie Sie's haben wollen.« Er wies auf die Schalttafel an der Wand. »Sie können vor dem Mittagessen noch eine Runde schwimmen. Badehosen sind im Schrank, und nebenan liegen haufenweise Badetücher.«

»Mittagessen? Ist's dafür nicht schon ein bißchen spät?« Der Nachmittag war schon fast vorbei.

»Wahrscheinlich, aber Mrs. O'Raffety ißt, wann's ihr paßt. Sie hat gesagt, sie würde heute mit dem Lunch auf Sie warten.«

»Das ist aber sehr liebenswürdig von ihr«, sagte ich.

Die großen, braungetönten Fenster gingen auf den Hof hinaus. Mrs. O'Raffety zog noch immer langsam ihre Längsbahnen im Swimmingpool. Als sie das Ende erreichte, wendete sie majestätisch wie die »Queen Elizabeth« bei der Einfahrt nach Southampton. Jetzt schwamm sie in meine Richtung, und ich konnte ihr Gesicht betrachten. Sie schwamm so angestrengt und konzentriert, daß man ihr, trotz der schlanken Figur und den Beverly-Hills-Schönheitskuren, jedes einzelne ihrer sechzig Jahre ansah.

»Ganz nett hier«, sagte ich, als mir einfiel, daß eine Bemerkung in der Art von mir erwartet wurde.

»Drei Millionen Dollar würde sie kriegen – vielleicht mehr –, wenn sie verkaufen wollte. Das Grundstück ist riesig.«

»Und wird sie verkaufen?« fragte ich, in der Hoffnung, mehr über meine geheimnisvolle Gastgeberin und den Grund, warum ich hier war, herauszufinden.

»Mrs. O'Raffety? Sie wird nie verkaufen. Sie hat genug Geld.«

»Wohnen Sie auch hier?« fragte ich, denn ich hätte gern gewußt, welche Rolle er in Mrs. O'Raffetys Haushalt spielte.

»Ich habe selbst ein schönes Haus: drei Schlafzimmer, Swimmingpool, Jacuzzi, alles. Wir sind auf dem Weg hier herauf vorbeigefahren. Wo die hohen Palmen standen.«

»Ach ja«, sagte ich, obwohl mir ein Haus unter hohen Palmen nicht aufgefallen war.

»Meine Ehe ist gescheitert«, sagte er. »Charly – das ist

Mrs. O'Raffetys Tochter – hat mich verlassen. Sie hat einen Filmschauspieler geheiratet, den wir bei einem Wohltätigkeitsbankett trafen. Er schien hier nie die richtigen Rollen zu kriegen, und so sind sie schließlich nach Florida gezogen. Sie haben ein wunderschönes Haus außerhalb von Palm Beach.« Das sagte er ohne Bitterkeit – überhaupt ohne emotionale Anteilnahme –, als spräche er von Leuten, die er nur aus den Klatschspalten der Boulevardzeitungen kannte.

»Aber Sie sind bei Mrs. O'Raffety geblieben?«

»Na, ich mußte ja wohl«, sagte Buddy. »Ich bin Mrs. O'Raffetys Anwalt. Ich kümmere mich um ihre Geschäfte.«

»Ach so, natürlich.«

»Also, gehen Sie schwimmen, Mr. Samson. Das Wasser ist ziemlich warm. Mrs. O'Raffety muß wegen ihrer Bandscheiben viel schwimmen, aber kaltes Wasser kann sie nicht ausstehen.« Er schaute aus dem Fenster und beobachtete sie. Sein starrer Gesichtsausdruck hätte bedeuten können, daß er sich Sorgen um sie machte.

»Und wer ist Mr. O'Raffety?« fragte ich.

»Wer ist Mr. O'Raffety?« Meine Frage verblüffte Buddy anscheinend.

»Ja. Wer ist Mr. O'Raffety? Wovon lebt er?«

Buddys Gesicht entspannte sich. »Ach, jetzt verstehe ich«, sagte er. »Wovon er lebt. Also, Shaun O'Raffety war Mrs. O'Raffetys Friseur. In L. A. ... tolles Geschäft am Rodeo Drive.« Buddy kratzte sich am Kinn. »Das war natürlich alles lange vor meiner Zeit. Hat auch nicht lange gehalten. Sie hat ihm Geld gegeben für eine Bar in Boston. Sie hat ihn schon seit zehn Jahren nicht mehr gesehen, aber ich muß ab und zu hinfahren und ihm aus der Patsche helfen.«

»Wieso?«

»Ach, Geldschwierigkeiten, Schwierigkeiten mit Frauen, mit der Steuer, mit Buchhaltern, manchmal mit den Bullen wegen irgendwelcher Schlägereien in seiner Bar. Der alte Shaun ist Ire. Eine ehrliche Haut im Grunde. Er läßt sich nur zu leicht mit den falschen Kunden, Freunden und Frauen ein.«

»Von Mrs. O'Raffety mal abgesehen«, sagte ich.

Für einen Augenblick glaubte ich, Buddy beleidigt zu haben, doch er faßte sich schnell wieder und sagte: »Ja, von Mrs. O'Raffety abgesehen.« Es fiel richtig auf, daß er dabei nicht lächelte.

»Da Sie Mrs. O'Raffetys Anwalt sind, Buddy, könnten Sie mir vielleicht erklären, weshalb ich hierher gebracht worden bin.« Er sah mich an, als wollte er mir helfen, als wollte er darauf wirklich eine Antwort finden. »Gesellschaftliche Ereignisse sind nicht grade mein Fall«, sagte Buddy. Er schwieg eine Weile, als bedauerte er, mir sein Verhältnis zu Mrs. O'Raffety erklärt zu haben. Endlich sagte er: »Mrs. O'Raffety hat eine Privatsekretärin, die die Einladungen für sie erledigt: Wochenendgäste, Cocktails, Dinnerpartys und dergleichen.«

»Aber, ganz unter uns, Buddy, ich kenne Mrs. O'Raffety überhaupt nicht.«

»Dann sind Sie vielleicht hier, um einen von Mrs. O'Raffetys Dauergästen zu besuchen. Kennen Sie zum Beispiel Mr. Rensselaer? Der wohnt in dem Haus mit der großen Bougainvillea.«

»Bret Rensselaer?«

»Genau.«

»Er ist tot.«

»Bestimmt nicht.«

Jeder wußte, daß Bret tot war. Wenn Frank Harrington sagte, daß er tot sei, dann war er tot. Frank hatte in solchen Dingen immer die zuverlässigsten Informationen. Bret starb an den Schußverletzungen, die er bei einem nun schon drei Jahre zurückliegenden Feuergefecht in Berlin erlitten hatte. Ich stand nur ein paar Meter weiter weg. Ich sah ihn fallen, hörte ihn schreien.

»Bret Rensselaer«, sagte ich langsam. »Ungefähr sechzig. Blondes Haar. Groß. Dünn.«

»Das ist er. Das Haar ist jetzt weiß, aber sonst stimmt alles. Er war lange krank. Sehr schwer. Verletzungen bei einem Autounfall irgendwo in Europa. Mrs. O'Raffety hat ihn hierher geholt. Sie hat dieses Gästehaus umbauen und einen schönen Raum mit all den Geräten einrichten lassen, die er für seine Heilgymnastik und so Sachen braucht. Er konnte ja kaum gehen, als er hier ankam. Die eine oder andere von seinen Therapeutinnen kommt jeden Tag, sogar sonntags.« Er bemerkte meinen Gesichtsaus-

druck und fragte: »Kennen Sie ihn vielleicht von Europa her?«
»Ich kannte ihn sehr gut«, sagte ich.
»Sieh mal einer an.« Buddy Breukink nickte. »Ja, er ist irgendwie entfernt verwandt mit Mrs. O'Raffety. Der alte Cy Rensselaer – der berühmte, nach dem das Auto benannt ist – war Mrs. O'Raffetys Großvater.«
»Ich verstehe.« Bret Rensselaer war also wirklich noch am Leben, und mich hatten sie diesen ganzen Weg hierher machen lassen, damit ich ihn sah. Warum?

14

Es war schon sehr spät, als wir zu Mittag aßen. Mrs. Helena O'Raffety aß nicht viel. Vielleicht hatte sie schon einige Mittagessen hinter sich. Mit der Gabel schubste sie ihre Salatblätter auf dem großen rosa Teller hin und her, wie Polizisten Betrunkene von den Parkbänken aufscheuchen.

»Ich bin eigentlich Europäerin«, sagte sie. Ich wußte schon, daß sie eigentlich und innerlich ganz anders war als ihre kalifornischen Freunde und Bekannten. »Als ich noch sehr jung war, habe ich immer gesagt, eines Tages würde ich mir eine kleine Wohnung in Berlin kaufen, aber als ich dann endlich mal hinkam, fand ich die Stadt furchtbar traurig. Und so schmutzig. Dieser Ruß in der Luft. Nach zehn Minuten auf der Straße sah ich aus wie ein Schornsteinfeger. Ich habe mir meinen Jugendtraum nie erfüllt.« Sie seufzte und entschloß sich, eine Scheibe geschälter Tomate aufzuspießen und auch zu essen.

»In Berlin kann es sehr kalt werden«, sagte ich. Auf dem blauen Spiegel des Schwimmbeckens neben uns sah ich die Sonne glitzern, in der salzigen Seebrise roch ich den Duft wilden Salbeis, und hoch am Himmel über uns kreisten Falken. Berlin war weit weg.

»Ach, wirklich?« fragte sie. Sehr lebhaft war ihr Interesse nicht. »Ich bin nur zweimal dort gewesen. Beide Male im Herbst. Ich mache immer im Herbst Urlaub. Da ist es noch warm, und die Hotels sind nicht mehr so voll.« Als wollte sie die Schlichtheit ihres blauen Baumwollkleids hervorheben, war sie mit Schmuck beladen: eine goldene Halskette, ein halbes Dutzend Ringe an den Fingern, eine goldene Armbanduhr, deren Zifferblatt mit Diamanten besetzt war. Jetzt machte sie sich an ihren Ringen zu schaffen, drehte einen nach dem andern, als seien sie ihr lästig, oder vielleicht wollte sie sich nur überzeugen, daß sie noch alle da waren.

In der Garage hinter dem Haus wurde plötzlich der Wrangler-Jeep gestartet. Nach der gemeinsamen Fahrt mit Buddy Breukink erkannte ich seinen Stil sofort. Einmal, zweimal, dreimal ließ er den Motor aufheulen. Mrs. O'Raffety sah mit gequälter Miene zum Himmel auf. Man brauchte nicht allzuviel Phantasie, um in so ziemlich allem, was Buddy tat, unterdrückte Wut zu erkennen.

»Sie haben sich über die Erziehung meines kleinen Enkels Peter gestritten.« Sie brauchte mir nicht zu sagen, von wem die Rede war. »Buddy hat da seine eigenen Vorstellungen, aber meine Tochter will, daß er im jüdischen Glauben erzogen wird.« Sie trank einen Schluck Eistee.

Ich war vollauf beschäftigt mit dem kunstvoll arrangierten Hummersalat, den man mir hingestellt hatte. Alle Gemüsesorten, die sich als Salat servieren lassen – vom Shiitakipilz bis zur Lotoswurzel –, waren zu einer dekorativen *jardinière* rings um ein halbes Dutzend junger Hummerschwänzchen in einer üppigen Mayonnaise drapiert. Auf einem rosa Extrateller lag eine heiße gebackene Kartoffel, mit saurer Sahne begossen und kleinen Stückchen knusprigem Bacon garniert. Die Salate in Kalifornien sind nicht für die schlanke Linie kreiert. Mrs. O'Raffety sah mich prüfend an. Sie wartete, bis ich nickte.

»Es geht hier nur um die weibliche Linie«, erklärte sie und versuchte ein Radieschen aufzuspießen, das aber davonrollte und entkam. »Meine Mutter war Jüdin, also bin ich Jüdin. Deshalb ist meine Tochter Jüdin und ihr Sohn auch. Buddy scheint das einfach nicht zu begreifen.«

»Vielleicht«, erlaubte ich mir zu vermuten, »war er nicht darauf gefaßt, daß eine Schwiegermutter mit irischem Familiennamen so viel jüdischen Familiensinn vererbt hat.«

Sie musterte mich mit dem strengen Gesichtsausdruck, der mir beim Schwimmen schon an ihr aufgefallen war. Ihre Augen waren von eisigem Blau. »Das kann schon sein«, sagte sie. »Verstehen Sie mich recht, ich sehe das nicht so eng. Wir essen zum Beispiel nicht koscher. Mit mexikanischen Küchenangestellten geht das gar nicht.«

»Und wo ist Ihr kleiner Enkel jetzt?«

»In Florida. Vorige Woche hat sich Buddy zum Lunch mit einem Privatdetektiv getroffen. Ich habe Angst, daß er einen Plan ausheckt, um das Kind wegzuholen.«

»Eine Entführung?«

»Buddy wird leicht emotional.«

»Aber er ist doch Rechtsanwalt.«

»Selbst Rechtsanwälte werden manchmal emotional«, sagte sie. Damit war das Thema für sie beendet, aber ich hatte nicht den Eindruck, daß sie Buddys Gefühle völlig verdammte. Als das Geräusch des sich entfernenden Motors verklang, kehrte sie zur Erörterung ihrer europäischen Wurzeln zurück. »Ich bin in Berlin geboren«, sagte sie. »Und ich habe noch heute Verwandte da. Vielleicht werde ich die eines Tages mal ausfindig machen. Allerdings sage ich mir auch: Wer braucht noch mehr Verwandte?« Sie spielte mit einem Päckchen Marlboro und einem goldenen Feuerzeug, als kämpfte sie gegen die Versuchung.

»Sie kamen als Kind hierher?«

Sie nickte. »Von der Sprache ist nichts hängengeblieben. Vor ein paar Jahren habe ich angefangen, Deutschunterricht zu nehmen, aber es war hoffnungslos. Allein diese unregelmäßigen Verben... Grauenhaft.« Sie lachte. »Noch Wein?«

»Danke.«

Sie nahm die Flasche aus dem Eiskübel. »Der ist vom Gut eines Freundes, ganz hier in der Nähe. Sein Chablis ist ausgezeichnet, der Rosé ist gut – wunderbare Farbe –, nur der Rote ist irgendwie enttäuschend. Da halte ich mich lieber an die französischen.« Sie goß den Rest aus der Flasche in mein Glas. Jeder Weißwein war für sie ein Chablis; in Kalifornien ist das anscheinend üblich.

»Und Sie, Mrs. O'Raffety?« fragte ich. Sie hatte mir nicht angeboten, sie mit dem Vornamen anzureden, und da sogar ihr Schwiegersohn sie Mrs. O'Raffety nannte, mußte es ihr gefallen. Vermutlich hatte sie das Recht, diesen Namen zu tragen, teuer genug bezahlt.

»Ich nehme immer nur ein halbes Glas. Chablis ist nicht gut für die Gelenke, wissen Sie, der Säuregehalt...«

»Das wußte ich nicht.«
Sie hatte sich an der Weinflasche aus dem Eiskübel die Finger naß gemacht. Sorgfältig trocknete sie diese jetzt an einem rosa Handtuch, ehe sie von neuem mit der Zigarettenschachtel zu spielen begann. »Mit Ihnen kann man gut reden«, sagte sie und betrachtete mich mit halb zugekniffenen Augen, als könnte sie in meiner Erscheinung eine Erklärung dafür finden. »Hat Ihnen das schon mal jemand gesagt? Gute Zuhörer sind gar nicht so häufig. Sie hören zu, zeigen aber keine Neugier. Ich nehme an, das ist das Geheimnis.«
»Vielleicht«, sagte ich.
»Sie können sich nicht vorstellen, wie aufgeregt Bret war, als er hörte, daß Sie kommen.«
»Ich freue mich darauf, ihn wiederzusehen.«
»Seine Heilgymnastin ist jetzt bei ihm. Er darf keine Sitzung verpassen. Fällt eine aus, wirft ihn das eine ganze Woche zurück. Der Arzt sagt das, und er hat recht. Ich weiß es. Mein ganzes Leben lang habe ich unter diesen verdammten Bandscheiben gelitten.« Sie berührte flüchtig ihren Rücken, als fiele ihr eben erst ein, daß sie Schmerzen hatte.
Als ich meinen Hummersalat aufgegessen hatte, erschien ungerufen ein Diener und räumte die Teller auf einen Abstelltisch, Mrs. O'Raffetys noch vollbeladenen ebenso wie meinen blitzblanken.
»Haben Sie etwas dagegen, wenn ich rauche, Mr. Samson?«
Der mexikanische Diener – ein muskulöser Mann mittleren Alters mit der straffen Haut und der undurchdringlichen Miene der Indianer – wartete auf ihre Befehle. Er strahlte nicht nur eine gewisse Würde aus, man spürte auch, daß er beträchtliche Kräfte zügelte – wie ein scharfer Hund, der auf den Befehl zum Angriff wartet.
Ich hätte Mrs. O'Raffety gerne gebeten, mich Bernard zu nennen, aber sie war eine Frau, die ein solches Angebot womöglich ablehnte.
»Sie sind in Ihrem eigenen Haus«, sagte ich.
»Und die Lungen sind auch meine. Ja, das sagt Buddy immer.«
Mit einem kehligen kleinen Lachen zog sie eine Zigarette aus der

Packung auf dem Tisch. Der Diener beugte sich vor und zündete sie ihr an. »Und jetzt, Mr. Samson: Frische Erdbeeren? Frische Himbeeren? Hausgemachten Blaubeerkuchen? Was gibt es noch, Luis?« Ich fand es immer schon etwas verwirrend, daß man in Kalifornien an der Speisenfolge nicht erkennen kann, welche Jahreszeit gerade ist. »Der Kuchen ist köstlich«, setzte sie hinzu, verlangte aber selbst keinen. Nachdem ich mich zu Blaubeerkuchen und Eis entschlossen und der schweigsame Luis sich auf den Weg gemacht hatte, mir das Gewünschte zu bringen, sagte Mrs. O'Raffety: »Sie werden ihn ziemlich verändert finden. Bret, meine ich, er ist nicht mehr der Mann, der er war.« Sie betrachtete die brennende Spitze ihrer Zigarette. »Natürlich wird er Ihnen erzählen wollen, wie zäh er ist. Männer sind so, das weiß ich. Aber ermutigen Sie ihn nicht zu irgendwelchen Dummheiten, kann ich mich darauf verlassen?«
»Zu was für Dummheiten könnte er denn aufgelegt sein?«
»Der Arzt füllt ihn mit Drogen ab bis hier.« Sie legte sich die flache Hand auf den Scheitel. »Und nachmittags muß er ruhen. Er ist noch keineswegs gesund.«
»Die Ärzte in Berlin haben nicht geglaubt, daß er mit dem Leben davonkommt«, sagte ich. »Er kann von Glück reden, daß Sie sich um ihn kümmern, Mrs. O'Raffety.«
»Was hätte ich denn sonst tun sollen? Die Krankenhausrechnungen wuchsen ins Unermeßliche, und Bret hatte irgendeine lausige britische Krankenkasse, die nicht einmal die Kosten für das Zimmer im Krankenhaus abdeckte.« Sie zog an der Zigarette. »Ich habe Buddy gesagt, er soll mehr Geld aus dieser Krankenkasse herausholen, aber Sie wissen ja, wie Versicherungen sind.«
»Sie waren also die gute Samariterin«, sagte ich.
»Er hatte doch sonst niemanden, der ihn aufgenommen hätte. Und ich bin verwandt mit ihm, wenn auch nur über mehrere Ecken. Wir sind nicht blutsverwandt. Mein Großvater heiratete Brets verwitwete Mutter. Sie hat dann auch die Namen ihrer Kinder in Rensselaer ändern lassen. Brets wirklicher Name ist Turner.«
»Er war verheiratet«, sagte ich.

»Kennen Sie seine Frau?« Sie streifte die Asche im Aschenbecher ab.
»Nein.«
»Ich habe mich mit ihr in Verbindung gesetzt. Ich schrieb ihr, daß Bret dem Tode nahe sei. Keine Antwort. Nicht mal vorgedruckte Genesungswünsche.« Mrs. O'Raffety inhalierte tief und blies dann den Rauch aus auf eine Weise, die ihre Verachtung demonstrierte. Für einen Augenblick erinnerte sie mich an Cindy Matthews. Beide waren Frauen, die wußten, was sie wollten.
»Vielleicht war sie umgezogen«, vermutete ich.
»Buddy hat jemanden darauf angesetzt. Ihren Unterhaltsscheck löst sie regelmäßig jeden Monat ein. Sie hat meinen Brief sehr wohl erhalten. Nimmt sein ganzes Geld und schert sich einen Dreck um ihn. Wie kann sich eine Frau nur so verhalten?« Sie trank von ihrem gekühlten Tee und wartete, während mir eine riesige Portion Blaubeerkuchen mit Eis und Schlagsahne hingestellt wurde. Dann sagte sie: »Bret und ich sind zusammen aufgewachsen. Ich war irrsinnig verliebt in ihn. Ich nehme an, ich habe immer damit gerechnet, daß wir heiraten würden. Dann zog er eines Tages in die Stadt, und ich hörte, daß er zur Marine gegangen war. Ich wartete auf ihn. Ich wartete und wartete. Doch als der Krieg zu Ende war, kam er nicht zurück.«
»Kam nicht zurück?«
»Nicht hierher. London, Berlin. Ich bekam Briefe und Postkarten von ihm. Manchmal sogar lange Briefe, aber nie stand das eine drin, was ich lesen wollte.«
Ich begann, meinen Kuchen zu essen.
»Sie haben sicherlich nicht damit gerechnet, daß Sie sich hier die Geständnisse einer alten Dame anhören müssen. Ich weiß auch gar nicht, warum ich überhaupt damit angefangen habe. Wahrscheinlich, weil Sie Bret von früher kennen. Die einzige andere gemeinsame Bekanntschaft von Bret und mir ist diese Schlampe, seine Frau.«
»Sie kennen sie also?« Vorher hatte sie so abstrakt von ihr gesprochen, als existiere sie nur als Verschwenderin von Brets Geld.

»Nikki? Natürlich kenne ich sie. Wie diese Ehe ausgehen würde, habe ich von Anfang an gewußt. Von dem Augenblick an, in dem sie mir erzählte, daß sie ihn heiraten würde. Manchmal denke ich, sie hat ihn sich nur geangelt, weil sie wußte, wie sehr sie mich damit treffen würde.«

»Ist sie aus der Gegend hier?«

»Nikki Foster? Ihre Leute hatten ein Schuhgeschäft in Santa Barbara. Wir sind zusammen zur Schule gegangen. Sie ist schon immer eine kleine Schlampe gewesen.«

»Wie lange hat die Ehe gedauert?«

»Acht elende lange Jahre haben sie zusammengelebt, denke ich. Mit Bret habe ich nie davon gesprochen, und er erwähnt nie auch nur ihren Namen.«

»Er hatte doch auch einen Bruder.«

»Sheldon.« Sie ließ ein rätselhaftes kleines Lachen hören. »Sind Sie ihm je begegnet?«

»Nein«, sagte ich.

»Großer Mann in Washington, D.C. Ein ganz großer Mann. Auf seine Art ganz nett, aber ständig unterwegs zu noch höheren Zielen. Wissen Sie, was ich meine?«

»Ich weiß, was Sie meinen.«

Sie senkte die Stimme. »Und keiner von ihnen scheint Geld zu haben. Was haben die bloß mit dem ganzen Rensselaer-Vermögen gemacht? Das wüßte ich gerne. Der alte Cy Rensselaer muß ein riesiges Vermögen hinterlassen haben. Soviel kann Bret doch diesem gräßlichen Weib gar nicht in den Rachen geschmissen haben. Aber wenn nicht, wo ist es dann?«

Ich weiß nicht, was ich erwartete, aber als ich Bret Rensselaer endlich zu Gesicht bekam, fand ich, daß er ziemlich mitgenommen aussah. Er war ungefähr sechzig Jahre alt, groß und schlank, trug eine weiße Baumwollhose, ein weißes T-Shirt und weiße Turnschuhe. Das Kostüm mochte in Kalifornien vielleicht die neueste Mode sein, aber er wirkte darin nur noch mehr wie ein Patient. Er lächelte. Dieses Lächeln bei fest geschlossenem Mund hatte er sich bewahrt, sein Haar auch.

Aber er war viel älter, als ich ihn in Erinnerung hatte. Die

Wangen waren eingefallen, das Gesicht runzlig. Für einen Teil der verlorenen Jugendlichkeit entschädigte ihn allerdings nun ein distinguiertes Aussehen, ähnlich dem, das einen alternden Filmstar zum Präsidenten der USA qualifizieren mag. Er war eben mit einigen leichten Übungen zur Kräftigung der Armmuskeln beschäftigt, als ich ins Zimmer trat. »Bernard«, rief er freundlich. Seine Übungen hatten ihn ein wenig außer Atem kommen lassen. »Tut mir leid, daß ich dich hab' warten lassen, aber die bestehen darauf, daß ich mein Programm durchziehe.« Er betonte meinen Namen immer auf der letzten Silbe, und als ich es jetzt wieder hörte, mußte ich an früher denken. Ich sah mich in seiner privaten Turnhalle um. Irgendjemand hatte in die Einrichtung eine Menge Geld investiert. Das Obergeschoß war herausgerissen worden, um den Raum höher zu machen. Eine Wand war von oben bis unten verglast, an der gegenüberliegenden waren polierte Holzstangen angebracht, die von einer Querwand zur anderen reichten. Der Boden war Parkett, und an Geräten gab es ein Übungsfahrrad, eine Rudermaschine und einen großen Stahlrahmen mit einem Sitz drin sowie Gewichten und Flaschenzügen – das Ganze sah wie ein Folterinstrument aus. Bret saß auf dem Sitz und drückte Hebel. »Zeit, daß ich Schluß mache«, sagte er.

Es war jener Augenblick am späten Nachmittag, in dem die Natur plötzlich innezuhalten scheint. Selbst hier oben am Berg war nicht der leiseste Windhauch, kein Blatt regte sich, kein Vogel flog. Die schon tief über dem Meer draußen stehende Sonne vergoldete alles, und die Luft war schwer und erstickend. In diesem Augenblick vergoldete die durch das große Fenster flach einfallende Spätnachmittagssonne auch Bret – und die Maschine, in der er gefangen saß –, so daß er aussah wie die Statue eines vergessenen heidnischen Gottes.

»Wie ich höre, trainieren sie dich für den Zehnkampf bei der nächsten Olympiade.«

Bret schien das alberne Kompliment zu gefallen. Er lächelte das scheue, flüchtige Lächeln, das er immer bei den hübschesten Mädchen an den Schreibmaschinen des Department eingesetzt hatte, und rieb sich das Gesicht. »Drei Stunden täglich, aber es

lohnt sich. Während der letzten beiden Monate habe ich endlich große Fortschritte gemacht«, sagte er. Er kletterte aus der Maschine und wischte sich mit einem Handtuch den Schweiß von der Stirn.
»Klingt hart.«
»Und wenn ein ehemaliger Stabsarzt der Marineinfanterie das Programm überwacht, ist es auch hart«, sagte Bret mit jenem masochistischen Stolz, dem alle Männer gelegentlich verfallen. »Ich bin sogar schon Ski gelaufen.«
»Nicht übel.«
»In Sun Valley. Nur ein Wochenende. Leichte Hänge. Keine Kunststücke.« Er schüttelte mir die Hand und hielt sie fest. Einen Augenblick standen wir nur da und sahen uns an. Allen Verstimmungen, die es zwischen uns gegeben hatte, zum Trotz hatte ich ihn gern, und ich nehme an, er wußte das. Als er vor drei Jahren in wirklich ernsten Schwierigkeiten gesteckt hatte, war er zu mir gekommen, und aus irgendeinem blöden Grund, den ich nicht herausfinden konnte, war ich darauf stolz. Aber Bret hatte einen großen Teil seines Lebens in der Gesellschaft der Reichen und Mächtigen zugebracht und sich den Panzer zugelegt, hinter den solche Leute ihre Gefühle in Sicherheit bringen. Er lächelte, meine Hand loslassend, und gab mir einen sanften Klaps auf den Arm. »Mein Gott! Ich freue mich wirklich, dich wiederzusehen, Bernard. Und wie gehen die Geschäfte?«
»Wir kommen zurecht, aber nur gerade eben.«
»Dicky hat nicht Europa gekriegt?«
»Nein.«
»Das ist sicherlich so auch das Beste. Er ist noch nicht reif für die Verantwortung. Wie geht es mit dem Deputy? Wie ich höre, tritt er jeden in den Hintern.« Er lud mich mit einer Handbewegung zum Sitzen ein, und ich folgte der Einladung.
»Wir sehen ihn in letzter Zeit viel häufiger«, gab ich zu.
»Das ist gut. Ein bereits geadelter Stellvertreter hat nicht mehr soviel Grund, sich anzustrengen«, sagte Bret. »Ich nehme an, er will zeigen, daß er pflichtbewußt ist.«
»Er hat die Erhebung in den Adelsstand nicht für seine Verdienste um das Department gekriegt«, bemerkte ich.

»Höre ich da den Schrei des wunden Herzens?« fragte Bret und lachte ein nüchternes, kleines Lachen, das seine Muskeln nicht anstrengte.
Ich hatte die Unerfahrenheit des Deputy gar nicht tadeln wollen, aber wenn man sich mit Bret unterhielt, sagte man immer mehr, als man wollte. Und sobald es um Adelstitel und ähnliche Ehrungen ging, bekam Bret einen gierigen Gesichtsausdruck. Ich staunte immer wieder darüber, daß gebildete und weltläufige Leute wie Bret, Dicky und Frank so scharf waren auf diese unpassenden und unpraktischen Auszeichnungen. Aber darauf beruht das ganze System; und zumindest kostet es den Steuerzahler nichts. »Der Deputy wird sich schon noch machen«, sagte ich. »Aber eine Menge Leute mögen keine neuen Ideen, egal, wer sie ihnen verkauft.«
»Frank Harrington zum Beispiel«, sagte Bret.
Natürlich hatte er den Nagel auf den Kopf getroffen. So kurz vor seiner Pensionierung würde Frank sich gegen jegliche Veränderung sperren.
»Ich höre so dies und das, Bernard. Sogar hier drüben erfahre ich, was ihr so anstellt. Der D. G. hält mich auf dem laufenden.«
»Der D. G.?«
»Nicht persönlich«, sagte Bret.
»Wir kriegen ihn in letzter Zeit kaum noch zu sehen«, sagte ich. »Es heißt allgemein, er sei krank und wolle sich vorzeitig pensionieren lassen.«
»Und räumt dem Deputy das Feld... Ja, diese Sachen habe ich hier auch gehört, aber ich würde den D. G. noch nicht abschreiben. Der alte Teufel hat viel zuviel Vergnügen daran, die Fäden in der Hand zu halten.«
»Ich sollte öfter hierherkommen und mich mit dir unterhalten, Bret«, sagte ich bewundernd.
»Vielleicht solltest du das, Bernard«, sagte er. »Manchmal sieht ein Zuschauer das Spiel klarer als die Spieler.«
»Aber welcher Spieler nimmt einen Rat von den Tribünen an?«
»Das ist der alte Bernard, den ich gekannt habe«, sagte er in einem Ton, der vielleicht sarkastisch war, vielleicht aber auch nicht. »Und die reizende Gloria? Läuft das noch?«

»Sie ist ein gutes Mädchen«, sagte ich so vage, daß er meine Unlust, darüber zu reden, bemerken hätte können.
»Wie ich höre, seid ihr zusammengezogen.«
Verdammter Schnüffler, dachte ich, ließ mir aber nichts anmerken. »Ich habe das Haus in der Stadt vermietet und eine Hypothek auf ein Häuschen in einem Vorort aufgenommen.«
»Mit Investitionen in Grundbesitz kann nichts schiefgehen«, sagte er.
»Wenn mein Schwiegervater zu spinnen anfängt, schon«, sagte ich. »Er hat die Bürgschaft für die alte Hypothek übernommen. Selbst die Bank weiß nicht, daß ich das Haus schon vermiete.«
»Mach dir deswegen keine Sorgen, Bernard. Vielleicht werden sie höhere Raten fordern, aber ich glaube nicht, daß sie dich in wirkliche Schwierigkeiten bringen werden.«
»Das Haus gehört zur Hälfte Fiona. Wenn ihr Vater für sie Anspruch auf diese Hälfte erhebt, kann ich mich auf einen verdammt unangenehmen Rechtsstreit gefaßt machen.«
»Warst du schon bei einem Anwalt?« fragte er.
»Nein, ich versuche, nicht an die Sache zu denken.«
Bret verzog mißbilligend das Gesicht. Leute wie Bret gingen schon zum Anwalt, bevor sie sich eine zweite Portion kohlehydratreicher Beilagen auf den Teller luden. »Das Department würde dir helfen«, sagte er in jenem autoritären Ton, in dem er seine Überlegungen vorzubringen pflegte.
»Es wird schon irgendwie gehen«, sagte ich. Tatsächlich fühlte ich mich etwas gestärkt durch seine Ermutigung, obwohl ich sehr gut wußte, was ich von dieser scheinbaren Autorität zu halten hatte.
»Meinst du nicht, daß Fiona vielleicht zurückkommt?« fragte er. Er zog einen Pullover über. Die Sonne war untergegangen, und es wurde kühl.
»Zurückkommen!« sagte ich. »Wie denn? Sie würde doch sofort vor Gericht gestellt.«
»Es sind schon seltsamere Geschichten passiert«, entgegnete Bret. »Wie lange ist sie jetzt weg?«
»Schon lange.«
»Warte trotzdem ab«, sagte Bret. »Du denkst doch nicht daran, dich wieder zu verheiraten?«

»Vorläufig nicht«, antwortete ich.
Er nickte. »Komm zu mir«, sagte er. »Wenn du irgendwelche Sorgen wegen deines Hauses hast, Ärger mit dem Schwiegervater oder sonstwas in der Art, wende dich vertrauensvoll an mich. Ruf hier an. Gib eine Nummer an, wo ich dich erreichen kann. Verstehst du?«
»Warum du, Bret? Ich meine, herzlichen Dank. Aber warum du?«
»Hast du je von unserem Unterstützungsfonds gehört?« fragte Bret, und ohne meine Verneinung abzuwarten, fuhr er fort. »Ich bin kürzlich zum Präsidenten dieses Fonds gemacht worden. Genaugenommen ist das nur ein Ehrentitel, aber ich habe doch die Chance, mit dem Geschäft in Berührung zu bleiben. Und der Fonds ist genau für solche Probleme wie deines da.«
»Unterstützungsfonds?«
»Für deine Probleme kannst du nichts, Bernard. Deine Frau ist zwar zum Feind übergelaufen, aber daran kann doch niemand dir die Schuld geben. Es ist ein Problem des Department, und das Department wird sich auch darum kümmern.« Er hob gerade lang genug den Blick von seinen Fingernägeln, um mir ernsthaft und aufrichtig in die Augen zu sehen.
Ich sagte: »Ich beneide dich um deinen Glauben an das Verständnis und die Fürsorglichkeit des Department, Bret. Vielleicht ist es dieser Glaube, der dich am Leben erhält.«
»Der Glaube versteht sich von selbst für uns Anglophile, Bernard.« Bret steckte beide Hände in die Hosentaschen und grinste. »Aber, um auf die Ursache deiner Schwierigkeiten zurückzukommen, was hörst du denn von Fiona?«
»Sie arbeitet für die andere Seite«, sagte ich stur. Er wußte, daß ich über all das nicht reden wollte, aber das schreckte ihn nicht ab. Ich hatte gehofft, von ihm zu erfahren, warum er sich so lange totgestellt hatte, aber er wollte sich mir offenbar nicht anvertrauen.
»Keine Mitteilungen? Nichts? Die Kinder müssen ihr doch fehlen.«
Ich sagte: »Sie wäre doch verrückt, wenn sie die Kinder zu sich holen würde. Es wäre schlecht für die Kinder, und außerdem

könnten ihre neuen Chefs die Kinder als Druckmittel benutzen, wenn sie mal aus der Reihe tanzt.«

»Wahrscheinlich vertraut man ihr, Bernard. Sie hat schließlich eine Menge aufgegeben: Kinder, Ehemann, Familie, Heim und Karriere. Sie hat alles aufgegeben. Ich nehme stark an, daß man ihr da drüben traut.« Er machte sich am Armaturenbrett des Übungsfahrrades zu schaffen. Das war typisch für Bret. Ständig mußte er an irgend etwas herumfummeln. Sich in alles einmischen, sagten seine Kritiker. Jetzt trat er das Pedal durch, und der Mechanismus krachte. »Aber viele Leute halten es nicht auf Dauer da drüben aus. Gib die Hoffnung noch nicht auf.«

»Meinetwegen. Aber ich nehme doch nicht an, daß du mich um die halbe Welt hierher bestellt hast, um über Fiona zu reden«, sagte ich.

Er blickte scharf auf. Vor Jahren hatte ich ihn verdächtigt, ein Verhältnis mit Fiona zu haben. Einer schien des anderen Gesellschaft auf eine Weise zu genießen, die mich neidisch machte. Inzwischen war ich nicht mehr eifersüchtig. Wir hatten sie beide verloren – aber mein Verdacht und Brets Wissen darum standen noch immer zwischen uns. »Na ja, doch, in gewisser Weise schon.« Großes Lächeln. »Ich hatte ein paar Papiere für London. Irgend jemand mußte sie abholen, und man hat dich geschickt, worüber ich mich sehr freue.«

»Spar dir diesen Quatsch«, sagte ich. »Ich bin inzwischen erwachsen. Wenn irgendwas zu sagen ist, dann sag's.«

»Was meinst du damit?«

»Was ich damit meine? Das kann ich dir schon sagen. Erstens: Harry Strang, dem man anscheinend die Spielregeln nicht erklärt hat, was immer hier gespielt wird, hat mir gesagt, daß ich auf ausdrücklichen Wunsch der Einsatzgruppe Washington angefordert wurde. Zweitens: Kaum bin ich hier und mache meinen Koffer auf, sehe ich, daß der sorgfältig durchsucht worden ist. Nicht hastig durchwühlt und ausgeleert, wie ein Dieb es getan hätte, oder systematisch und ordentlich, wie es Zollbeamte machen. Aber schön durchsucht.«

»Eine Sicherheitskontrolle am Flughafen«, sagte Bret scharf. »Du leidest unter Verfolgungswahn, Bernard.«

»Ich habe erwartet, daß du das sagen würdest, Bret. Aber was ist mit meinem Handgepäck? Was ist mit dem gesprächigen Mr. Woosnam oder wie immer er richtig heißt, der rein zufällig den Platz neben meinem hatte und so ungestört meine Tasche durchsuchen konnte, während ich auf die Toilette ging?«

»Das kannst du doch gar nicht wissen, Bernard.«

»Nicht wissen, daß es passiert ist, oder nicht wissen, daß das Department dahintersteckt?«

Bret lächelte. »Bernard, Bernard, Bernard«, sagte er, ungläubig den Kopf schüttelnd. Ich litt also an Verfolgungswahn. Die Sache mit dem Handgepäck war nur ein weiteres Beispiel für meine Dummheit. Es hatte keinen Zweck, das Thema weiter zu verfolgen. »Also, setz dich mal ganz ruhig hin und hör zu.«

Ich lehnte mich zurück.

»Vor Jahren – ehe Fiona uns sitzenließ – hat man mir einen Auftrag gegeben. Operation Köder nannte man das Unternehmen. Zweck der Übung war, gewisse Geldsummen um die Erde herum zu bewegen. Damals hat man mit solchen Finanzoperationen immer mich betraut. Denn es gab sonst in der Chefetage niemanden, der die erforderlichen Kenntnisse dafür gehabt hätte.«

»Zusammen mit Prettyman?«

»Richtig. Prettyman wurde mir überstellt zur Beaufsichtigung des Ablaufs im einzelnen.«

»Prettyman saß mit dir in dem Ausschuß für besondere Operationen.«

»Darauf würde ich nicht zuviel geben«, sagte Bret. »Das hat sich zwar in seiner Personalakte gut gemacht, aber aus der Sicht dieses Ausschusses war Prettyman nur ein aufgeputzter Buchhalter.«

»Er hat aber an die Hauptkasse berichtet«, sagte ich. »Er hat direkt an die Leute von der Zentralen Finanzierungsstelle berichtet, denn er war ihr Mann in diesem Ausschuß.«

»Ich sehe, daß du deine Schularbeiten gemacht hast, Bernard«, sagte Bret. Es verdroß ihn offensichtlich, daß ich so gut informiert war. »Ja, Prettyman berichtete direkt an die Hauptkasse, weil ich dieses Verfahren selbst vorgeschlagen hatte. Das ersparte mir die Mühe, alles gegenzuzeichnen und Routineanfragen zu beantworten zu einer Zeit, in der ich oft nicht in London war.«

»Operation Köder? Warum haben ich davon nie etwas gehört?«

»Warum auch? Fast niemand wußte etwas davon. Es waren nur ein paar Leute eingeweiht – der D. G., ich... Selbst Prettyman kannte nicht alle Details.«

Ich betrachtete seine großen Gebärden. »Prettyman unterschrieb die Schecks«, sagte ich.

»Ich weiß nicht, wer dir das erzählt hat. Es ist wahr, daß er die Schecks gegenzeichnete. Aber das war nur eine zusätzliche Sicherheitsvorkehrung des D. G. zur Überwachung der Ausgaben. Die Schecks zeigten nur den Betrag und das Datum, so daß Prettyman den Kassenstand im Auge behalten konnte, aber in alles übrige war er nicht eingeweiht, die Zahlungsempfänger und so weiter.«

»Und plötzlich wird Prettyman in die Codeabteilung versetzt. Fiona läuft über. Prettyman geht nach Washington. Hängt das alles zusammen auf eine Weise, die ich noch nicht begreife? Wozu war das alles?«

»Es ist immer noch am Laufen«, sagte Bret. »Es ist immer noch verdammt heiß.«

»Was ist am Laufen?«

Er zögerte und befeuchtete seine Lippen. »Es ist immer noch eine sehr heikle Geschichte, Bernard.«

»Okay.«

Weiteres Zögern, währenddessen Bret weiter an seinen Lippen nagte. »Botschaftsinfiltrierung.«

»Ich dachte, Ravenscroft hätte all dieses Botschaftszeugs mit über den Fluß genommen. Er hat doch ein Dutzend Leute da drüben. Was machen die denn den ganzen Tag lang?«

»Köder ist was ganz anderes. Ravenscroft weiß nichts davon.«

»Heißt das, daß Ravenscroft und seine Leute versetzt wurden, weil sie kompromittiert waren?«

Er zuckte mit den Achseln. »Kann ich nicht sagen. Botschaftsinfiltrierung ist ein Geschäft, bei dem man sich leicht kompromittieren kann. Das weißt du doch selbst. Ein Überlaufer geht, und die Sicherheitsvorkehrungen werden verschärft, und für einige

Zeit wird Ravenscroft das Leben ein bißchen schwerer gemacht.« Er sah mich an. »Aber Köder ist über Ravenscrofts Niveau. Da geht es um wirklich große Summen. Köder ist für die ganz großen Fische.«

»Von dir erfahre ich in fünf Minuten mehr, als ich im Büro herauskriege, wenn ich ein Jahr lang Fragen stelle.«

»Weil ich will, daß du aufhörst, Fragen zu stellen«, sagte Bret. Seine Stimme war jetzt fester und nicht mehr so freundlich. »Du stocherst da in Sachen herum, die dich nichts angehen, Bernard. Und du drohst die ganze Operation zu ruinieren.« Er war zornig, und seine zornigen Worte endeten mit einem Husten, so daß er sich auf die Brust klopfen und warten mußte, bis er wieder zu Atem kam.

»Ist das der Grund, weshalb ich hierher geschickt worden bin?«

»In gewissem Sinn«, sagte Bret. Er räusperte sich.

»Sag mir nur, ob ich die Sache soweit richtig verstehe«, sagte ich. »Ihr habt eine Menge Firmen und Bankkonten gegründet und angelegt für diese Köder-Geschichte, damit ihr Bargeld herumschicken könnt, ohne daß es bei der Hauptkasse irgendwo auftaucht, nicht?«

»Botschaften«, sagte Bret. »Osteuropäische Botschaften. Nicht viele Leute. Nicht einmal ich weiß alle Einzelheiten. So läuft das. Und so ist es auch sinnvoll. Denn wenn jemand in der Hauptkasse die Akten hätte, würde das alle unsere Quellen in Gefahr bringen.« Ich sah ihn an. »Große Fische, Bernard...«

»Und Prettyman wußte das alles?«

»Prettyman wußte nur, was er wissen mußte und natürlich was er erraten konnte.«

»Und wieviel war das?«

»Darauf kann nur Prettyman selbst dir die Antwort geben.«

»Und Prettyman ist tot.«

»Das stimmt«, sagte Bret. »Er ist tot.«

»Und du willst, daß ich mir die ganze Sache aus dem Kopf schlage?«

»Irgendein idiotischer Buchhalter hat seine Zahlen durcheinandergebracht. Panik. Und plötzlich meinte man, wenn Prettyman nach London zurückkäme, könnte er das Durcheinander vielleicht aufklären.«

»Und nun ist es auch ohne seine Hilfe aufgeklärt?«
»Ein Fehler in der Buchhaltung. So was kommt gelegentlich vor.«
»Okay, Bret. Kann ich jetzt gehen?«
»Trotz ist hier nicht am Platz«, warnte mich Bret. »Diese Geschichte geht dich einfach nichts an. Ich will nicht, daß du darin herumschnüffelst. Ich bitte dich, die Finger davon zu lassen, weil da Menschenleben auf dem Spiel stehen. Wenn du zu blöde bist, das einzusehen...«
»Was dann?«
»Das hier ist offiziell«, erwiderte er. »Es ist nicht nur meine persönliche Bitte an dich, sondern eine dienstliche Anordnung.«
»Also, so weit war ich auch schon«, sagte ich. »Mein Gepäck wurde nicht durchsucht, weil man hoffte, irgendwas zu finden. Dafür bin ich zu lange im Geschäft. Der aufgegebene Koffer wurde durchsucht, um mir klarzumachen, daß die himmlischen Heerscharen auf deiner Seite sind, stimmt's? War das deine Idee, Bret? Hast du die Londoner Zentrale gebeten, mich zu filzen? War es Harry Strang? Harry ist doch geeignet für so was. Zäh, tüchtig und erfahren genug, um eine solche Kleinigkeit zu arrangieren. Und außerdem kurz vor der Pensionierung, so daß er kaum in die Versuchung kommen kann, mir einen Tip zu geben. Stimmt's?«
»Du bist dir selbst dein schlimmster Feind, Bernard.«
»Nicht, solange du in der Nähe bist, Bret.«
»Überleg's dir gut. Überschlafe es. Aber vergiß dabei nicht, was auf dem Spiel steht.« Er wandte die Augen von mir ab und begann abermals, an seinem Übungsfahrrad herumzuspielen.
»Unschuldige Menschenleben, meinst du?« fragte ich sarkastisch. »Oder meine Stellung?«
»Beides, Bernard.« Jetzt war er stur. Die Maske des wohlmeinenden Ehrenpräsidenten des Unterstützungsfonds war gefallen. Der wahre Bret kam zum Vorschein und fixierte mich mit stählernem, verächtlichem Blick.
»Hast du Jim Prettyman auch so ein Ultimatum gestellt?« fragte ich. »War er auch selbst sein schlimmster Feind, bis du auftauchtest? Hat er deine ›dienstliche Anordnung‹ ignoriert, so daß du

ein paar Jungs von außerhalb kommen lassen mußtest, die ihn dann auf diesem Parkplatz umgepustet haben?«
Fast unmerklich schüttelte er den Kopf. Brets Gesichtsausdruck war jetzt verschlossen. Das Gold der Sonne war verblichen. Jetzt sah er nur noch alt, müde und runzlig aus. Er würde nie ins Department zurückkehren, da war ich mir sicher. Brets Zeit war vorüber. Seine Stimme war nur wenig lauter als ein Flüstern, als er nun sagte: »Ich glaube, du hast genug gesagt, Bernard. Mehr als genug sogar. Wir unterhalten uns morgen früh noch mal. Für morgen ist ein Flug nach London für dich reserviert.«
Ich antwortete nicht. Irgendwie tat er mir leid mit seinen täglichen Leibesübungen und seinem Bemühen, Kontakt zum Department zu halten, ja sogar noch mitzumischen. Mit dieser Illusion, daß irgendwann alles wieder so sein würde wie vorher, und der Hoffnung, daß die Chance auf einen Adelstitel auch für ihn noch nicht endgültig verloren sei.
Ich stand auf. Jetzt kannte ich Zuckerbrot und Peitsche. Mache ich, was Bret von mir verlangt, wird er mir sogar mit dieser Hypothek helfen. Stecke ich aber weiter meine Nase in Sachen, die mich nichts angehen, werde ich meinen Job los, vielleicht auf die Weise, auf die Jim Prettyman seinen losgeworden ist. Mit den Füßen zuerst.
Oder hatte ich Bret mißverstanden?

15

Da ich seit meiner Ankunft noch keine Zeit gehabt hatte, meine innere Uhr mit der Sonne zu synchronisieren, und mir außerdem tausend Gedanken durch den Kopf gingen, schlief ich in dieser Nacht miserabel. Das verdammte Haus war nie still, nicht einmal in den frühen Morgenstunden. Nicht nur brummten und jaulten dauernd irgendwelche Maschinen, ich hörte auch Leute an meinem offenen Fenster vorbeigehen und sich leise auf spanisch unterhalten, und obwohl ich nichts verstand, störte es mich doch. Ich schloß das Fenster. Aber jetzt hörte ich hinter dem Haus die Wachhunde durch das Unterholz streifen und gegen den hohen Maschendrahtzaun springen, der sie aus dem Inneren des Grundstücks ausschloß. Vielleicht spürten die Tiere das sich zusammenbrauende Gewitter, denn wenig später kam der erste Donnerschlag, der Wind stürmte, und gegen das Fenster und auf die Metallmöbel im Hof trommelte der Regen.

Das Gewitter zog schnell ab, wie die meisten Gewitter, die vom Stillen Ozean kommen, und um vier Uhr früh begann eine Anzahl bisher schlafender Maschinen laut zu brummen und zu dröhnen. An Schlaf war nicht zu denken. Ich stand auf und machte mich auf die Suche nach der Lärmquelle. In einem der eleganten Frotteebademäntel, die die aufmerksame Mrs. O'Raffety ihren Gästen zur Verfügung stellte, erforschte ich den geweißten Korridor hinter meinem Zimmer. Hier waren Türen zur Anrichte, zu Speisekammer, zur Küche und zu verschiedenen Abstellräumen. Die Lampen funktionierten nicht – vielleicht hatte das Gewitter eine Störung verursacht –, doch eine trübe Nachtbeleuchtung brannte, so daß ich mich zurechtfinden konnte.

Ich ging vorbei an dem Kesselraum, an den Sicherungskästen und den gestapelten Kartons, die in Flaschen das Mineralwasser enthielten, von dessen anregender Wirkung auf die Verdauung Mrs. O'Raffety so überzeugt war. Das Maschinengeräusch führte mich zu einer niedrigen hölzernen Tür neben der Küche. Inzwischen war ich auf meiner Runde durchs Haus wahrscheinlich hinter den Gästezimmern angelangt.
Der Schlüssel steckte. Ich öffnete die Tür und trat vorsichtig ein. Das Brummen war jetzt lauter. Auf wenigen ausgetretenen Stufen ging ich in einen niedrigen Keller hinab. An einer Wand befanden sich vier Schalttafeln, deren erleuchtete Zifferblätter sich in Pfützen auf dem Fußboden spiegelten. Ich befand mich in der Waschküche des Hauses, mit einer ganzen Batterie von Waschmaschinen und Wäschetrocknern. Auf einem der Trockner stand eine Bierdose, auf deren Deckel jemand eine Zigarette ausgedrückt hatte. Die Maschinen standen alle an der Wand, hinter der meiner Schätzung nach mein Zimmer lag. Ganz in der Nähe hörte ich jemanden husten und dann verärgert etwas rufen. Es war einer der Mexikaner. Am Ende der Maschinenbatterie entdeckte ich eine angelehnte Tür. Helles Licht fiel durch den Spalt. Ich stieß die Tür auf. Vier Männer saßen um einen Tisch und spielten Karten: drei Mexikaner und Buddy. Buddy trug seinen Stetson. Er hatte ihn tief in die Stirn gezogen. Auf dem Tisch lag Geld zwischen ein paar Bierdosen und einer Flasche Whisky. Eine Schrotflinte lehnte an der Wand. Das Maschinengeräusch war ohrenbetäubend hier drin, schien die Männer aber nicht zu stören.
»Hallo, hallo, Bernard, wußte ich doch, daß Sie es sind«, murmelte Buddy, ohne von seinen Karten aufzusehen. Die drei Mexikaner hatten die Köpfe gewendet und betrachteten mich nicht gerade feindselig, aber unverkennbar auch nicht als willkommenen Gast. Alle drei mochten Mitte Dreißig sein. Zähe Burschen mit kurzgeschorenem Haar und wettergegerbtem Gesicht. »Wollen Sie mitspielen?«
»Nein«, sagte ich. »Ich konnte nur nicht schlafen.«
»Ich würde hier zu dieser Zeit aber nicht in der Gegend herumgeistern«, sagte Buddy, während er die Karten in seiner Hand

umsteckte. »Die Leute von der Nachtschicht sind ganz wild darauf, irgendwas vor die Flinte zu kriegen.«

»Tatsächlich?« sagte ich.

Jetzt blickte er zum ersten Mal auf und betrachtete mich mit dem gleichen mißbilligenden Gesichtsausdruck, zu dem der Anblick seiner Karten ihn veranlaßt hatte. »Ja, Bernard, tatsächlich.« Er befeuchtete seine Lippen. »Im vorigen Monat hatten wir hier einen Einbruch. Irgendein junger Gauner hat es tatsächlich geschafft, an unseren kleinen Soldaten vorbei über den äußeren Zaun, an den Hunden vorbei, mit einem Rohrschneider durch den inneren Zaun bis in Mr. Rensselaers Büro zu kommen, wo er dann versucht hat, den Schreibtisch aufzustemmen. Na, was sagen Sie dazu? Mrs. O'Raffety hat die ganze Mannschaft gefeuert. Sie sagte, die hätten in der Nacht alle geschlafen, gesoffen oder gekifft oder sonstwas. Das stimmte zwar nicht, aber neue Besen kehren gut. Diese neuen Rekruten brennen darauf zu zeigen, wie gut sie aufpassen, verstehen Sie?«

»Ich wußte nicht, daß Mr. Rensselaer ein Büro hat«, sagte ich.

»Eine Art Wohnzimmer«, verbesserte sich Buddy und zuckte mit den Achseln. »Wollen Sie meine Karten sehen...«

»Nein«, sagte ich. »Lieber nicht.«

»Diese Brüder werden mich ausziehen bis aufs Hemd«, klagte Buddy gutgelaunt. Er goß sich einen Whisky ein und leerte das Glas mit einem Schluck.

»Was ist aus dem kleinen Gauner geworden?«

»Dem kleinen Gauner? Ach, dem, der reinkam. Genau weiß ich's nicht, aber mit Rohrschneidern wird der in nächster Zukunft nicht hantieren. Ein aufgeregter *soldado* mit einer Schrotflinte war ein bißchen zu nahe dran. Er hatte 'ne Menge Blut verloren, als wir endlich im Krankenhaus ankamen. Und dann gab's noch ein ewiges Hin und Her, ob der Kerl überhaupt versichert wäre und bei welcher Versicherung, ehe irgend jemand bereit war, sich ihn auch nur anzusehen.«

»Das dürfte eine schwierige Entscheidung für Sie gewesen sein«, sagte ich.

»Kein bißchen«, sagte Buddy. »Ich werd' auch in Zukunft dafür sorgen, daß Mrs. O'Raffety nicht plötzlich für jeden Versager, der hier raufkommt, um sie zu beklauen, die Krankenhausrechnung bezahlt. Wir hatten schon Ärger genug damit, das Blut aufzuwischen und alles zu reparieren, was der Kerl kaputtgemacht hatte. Also habe ich der Aufnahmeschwester erzählt, daß ich ihn blutend auf der Straße gefunden hätte, und ich hatte diese Jungs dabei, die das bestätigten.« Er nickte in Richtung der drei Mexikaner.

»Sie denken an alles, Buddy.«

Er sah auf und lächelte. »Wissen Sie was, Bernard? Dieser Spaßvogel war nicht bewaffnet, und das ist in dieser Gegend hier verdammt ungewöhnlich. Statt 'ner Kanone hatte er eine Kamera in der Tasche. Olympus, eine verdammt gute Kamera, ich muß sie noch irgendwo haben. Makrolinse und mit Schwarzweißfilm für lange Belichtungszeit geladen. Genau was einer braucht, der Dokumente fotografieren will. Das habe ich Mr. Rensselaer damals auch gesagt, aber der hat nur gelächelt und gesagt ›vielleicht‹.«

»Ich werde noch mal den Versuch machen einzuschlafen«, sagte ich.

»Wir wär's mit einem kleinen Scotch?«

»Nein, danke«, sagte ich. »Ich versuche, es mir abzugewöhnen.«

Ich ging also wieder ins Bett und legte mir ein Kissen aufs Ohr, um das Geräusch der Maschinen in der Waschküche zu dämpfen. Es wurde schon hell. Irgendwann muß ich dann aber doch eingeschlafen sein, denn schließlich weckte mich summend mein kleiner Reisewecker.

Das Wetter war während meines kurzen Schlafs überraschend winterlich geworden. Jedenfalls fand ich den Morgen so kalt, daß ich froh war, einen dicken Pullover eingepackt zu haben. Der Stille Ozean war graugrün geworden, dunkle Wolken streiften die Gipfel der Berge hinter dem Haus, und selbst das Wasser im Swimmingpool hatte Klarheit und Farbe verloren.

Die Zeit schlich dahin. Die Maschine nach London sollte erst am Abend starten. Es war zu kalt, im Freien zu sitzen, und spazierengehen konnte man nirgends, da jenseits der inneren Einzäunung die scharfen Hunde frei herumliefen. Ich nahm ein Bad in dem geheizten Schwimmbecken, das in der kalten Luft dampfte wie Suppe. Um zehn fing es wieder an zu regnen. Ich trank literweise Kaffee und las alte Nummern des *National Geographic Magazine*. Das Wohnzimmer war groß, schwarze Eichenbalken unterteilten die Decke, und ein in Modigliani-Manier verfertigtes Gemälde zeigte Mrs. O'Raffety in Lebensgröße in einem rosa Rüschenkleid. Mrs. O'Raffety in Person – in roter Hose und einem rosa Häkelpullover – war auch anwesend, ebenso Buddy und Bret. Geredet wurde kaum. Auf dem Schirm eines überdimensionalen Fernsehgeräts, das auf Rädern vor uns in Stellung gebracht worden war, lief ein Football-Spiel. Niemand sah zu, aber wir hatten eine gute Entschuldigung, nicht zu reden.

Wir saßen auf langen, mit Chintz bezogenen Sofas um einen niedrigen Eichentisch. Auf dem Tisch stand ein gigantisches Blumenarrangement in einer Schale, die mit dem goldenen Etikett eines Blumengeschäfts in Los Angeles geschmückt war. In dem geräumigen Kamin brannten ein paar starke Holzscheite in hellen Flammen, die der durch den Schornstein heulende Wind anfachte.

Mrs. O'Raffety und Bret verzichteten auf das Mittagessen. Buddy und ich aßen Hamburger und Caesar-Salat von Tabletts, die wir auf den Knien balancierten. Die Burger waren so gut wie immer, und in jedem steckte mindestens ein halbes Pfund Fleisch. Buddy allerdings schien heute keinen rechten Appetit darauf zu haben. Ihm sei nicht ganz wohl, er habe schlecht geschlafen, sagte er, aber von den Pommes frites ließ er nichts übrig.

Das Wetter wurde im Verlauf des Tages immer schlechter, schon mittags hingen hier oben die Wolken so niedrig, daß man draußen kaum noch etwas sah, und Mrs. O'Raffety ließ Buddy beim Flughafen anrufen, um sicherzugehen, daß die Flugzeuge auch starteten.

Während des restlichen Nachmittags unterhielt sich Mrs. O'Raffety mit ihrem Schwiegersohn über dies und das, höflich bemüht, mich an der Unterhaltung zu beteiligen, wann immer sich eine Gelegenheit dazu ergab. Bret wandte den Kopf hierhin

und dorthin, höfliches Interesse bekundend, ohne jedoch viel zur Unterhaltung beizutragen. Er sah an diesem Nachmittag älter und gebrechlicher aus als am Abend zuvor. Buddy hatte mir anvertraut, daß er schlechte Tage hatte, und dieser war offensichtlich ein solcher. Sein Gesicht war faltig und sorgenvoll. Auch das dunkelblaue Hemd mit offenem Kragen, die dunkle Hose und die blankgeputzten Lederschuhe, die er heute, des kälteren Wetters wegen, trug, betonten sein Alter.
Mrs. O'Raffety sagte: »Sind Sie sicher, daß Sie nicht noch ein paar Tage bleiben können, Mr. Samson? Es ist doch ein Jammer, daß Sie, wenn Sie schon einmal in Südkalifornien sind, gleich am Tag nach Ihrer Ankunft wieder abreisen müssen.«
»Vielleicht hat Mr. Samson Familie«, sagte Buddy.
»Ja«, erwiderte ich. »Zwei Kinder, einen Jungen und ein Mädchen.«
»Können sie schwimmen?« fragte Mrs. O'Raffety.
»Mehr oder weniger«, antwortete ich.
»Sie hätten sie mitbringen sollen«, sagte sie mit der gutmütigen Blindheit reicher Leute für finanzielle Hindernisse. »Sie hätten soviel Spaß haben können in unserem Swimmingpool.«
»Sie haben es wirklich sehr schön hier«, sagte ich.
Sie lächelte und schob die Ärmel ihres gehäkelten Pullovers zurück, als gelte es, irgendwas anzupacken. Sie machte das häufig, anscheinend ohne sich der Bewegung, der nie irgendwelche Taten folgten, bewußt zu sein. »Bret nannte das Anwesen hier oben immer ein ›Paradies ohne Gräten‹«, sagte sie traurig. Die Anspielung auf die Gegenwart, in der Bret so etwas nicht mehr sagte, war nicht zu überhören.
Bret gab sich wirklich Mühe zu lächeln, kam aber damit nicht weit.
»Wieso ohne Gräten?« fragte ich.
»Wie Fisch in einem Restaurant«, erklärte sie. »Noch die kleinste Kleinigkeit wird einem abgenommen. Einfach nur genießen.«
Bret sah mich an. Ich lächelte. Bret verzog das Gesicht. Bret sagte: »Um Himmels willen, Bernard, so nimm doch Vernunft an.« Seine Stimme war ruhig, doch der bittere Ton so deutlich, daß Mrs. O'Raffety ihn überrascht anstarrte.

»Wovon redest du eigentlich, Bret?« fragte sie.
Aber er schien sie gar nicht zu hören. Er starrte mich an und sah zorniger aus, als ich ihn je erlebt hatte. Und dann fauchte er mich an: »Du hirnrissiger Trottel! Denk doch mal nach! Denk doch mal nach!« Er erhob sich von seinem niedrigen Sitz und ging aus dem Zimmer.
Niemand sagte etwas. Brets Ausbruch hatte Mrs. O'Raffety in Verlegenheit gebracht, und Buddy hütete sich, Meinungen zu äußern, ehe er ihre kannte. So saßen sie beide da und betrachteten das Blumenarrangement auf dem Tisch, als hätten sie weder Brets letzte Worte gehört noch wahrgenommen, daß er danach das Zimmer verlassen hatte.
Mrs. O'Raffety schwieg lange. Endlich sagte sie: »Bret ist durch seine Gebrechlichkeit verbittert. Ich weiß noch, wie er auf der Schule war. Ein Löwe. Und zeitlebens ein so aktiver Mann... Es ist sehr schwer für ihn, sich mit seiner Krankheit abzufinden.«
»Wird er oft so zornig?« fragte ich.
»Nein«, sagte Buddy. »Ihr Besuch scheint ihn durcheinandergebracht zu haben.«
»Aber natürlich nicht«, sagte Mrs. O'Raffety, die wußte, was eine vollkommene Gastgeberin ihren Gästen schuldig ist. »Es ist nur, daß die Begegnung mit Mr. Samson Bret wahrscheinlich ein bißchen zu lebhaft an die Zeit erinnert hat, als er noch gesund und kräftig war.«
»An manchen Tagen geht's ihm richtig gut«, sagte Buddy. Er griff nach der Kaffeekanne, die auf einem Servierwagen heißgehalten wurde. »Noch eine Tasse?«
»Danke«, sagte ich.
»Wirklich«, sagte Buddy. »Und dann gibt es Tage, da sehe ich ihn am Swimmingpool stehen mit einem Gesichtsausdruck, als spielte er mit dem Gedanken, sich ins Wasser zu stürzen und nicht wieder an die Oberfläche zu kommen.«
»Buddy! Wie kannst du so etwas sagen!«
»Tut mir leid, Mrs. O'Raffety, aber es ist wahr.«
»Er muß sich selbst wieder finden«, sagte Mrs. O'Raffety.
»Genau«, sagte Buddy, hastig bemüht, die Besorgnis seiner

Brotgeberin zu beschwichtigen. »Er muß sich selbst wieder finden. Genau das meine ich.«

Wir fuhren auf der Küstenstraße zurück. Buddy war etwas unwohl, und so fuhr einer der Diener Buddys Jeep – Joey, einer von den Mexikanern, die in der vergangenen Nacht mit ihm Karten gespielt hatten. Joey starrte sorgenvoll in den dicken Nebel vor der Windschutzscheibe und murmelte, daß es viel vernünftiger gewesen wäre, durch den Cañon und landeinwärts auf der Schnellstraße zu fahren.
»Buddy sollte das selber machen«, klagte er wohl schon zum hundertsten Mal. »Ich mag dieses Wetter nicht.« Der Nebel rollte vom Meer über die Straße, die nur ab und zu zwischendurch zu erkennen war.
»Buddy fühlte sich nicht wohl«, sagte ich. Autoscheinwerfer huschten vorbei. Ein Dutzend Motorradfahrer in schwarzem Leder donnerten mit selbstmörderischer Sorglosigkeit in die weiße Nebelwand, die augenblicklich selbst das Geräusch ihrer Motoren verschluckte.
»Krank«, sagte Joey. »Sie meinen besoffen.«
Es regnete plötzlich heftiger. Die grauen Massen riesiger Lastwagen brachen aus dem Nebel, bekränzt mit kleinen orangefarbenen Lichtern, wie für eine nächtliche Regatta geschmückte Schiffe.
Da ich nichts sagte, fuhr Joey fort: »Mrs. O'Raffety weiß es noch nicht, aber sie wird's bald merken.«
»Was merken?«
»Daß er säuft. Der Kerl kippt eine Flasche Bourbon, als wäre nur Coca-Cola drin, ehrlich. Und das macht er, seitdem ihm seine Frau abgehauen ist.«
»Armer Buddy«, sagte ich.
»Der Hundesohn hat es nicht besser verdient.«
»Wirklich?« fragte ich.
Als Antwort auf meine ungestellte Frage sah Joey mich an und grinste. »Ich gehe nächste Woche weg. Mein Schwager in San Diego hat 'ne Arbeit für mich. Buddy kann sich seinen Job in den Arsch stecken.«

Ein paar Meilen vor Malibu brannte eine Reihe von roten Warnlichtern quer über die Straße. Ein halbes Dutzend schwere Lastwagen standen am Straßenrand. Ein Mann in braunem Hemd tauchte aus dem Nebel auf. Das Abzeichen auf seinem Ärmel identifizierte ihn: Los Angeles County Sheriff. Er hatte zwei Verkehrspolizisten in gelbem Regenzeug dabei; ein großer Mann und ein Mädchen. »Fahren Sie rüber«, sagte der Mann im braunen Hemd zu Joey und wies auf den Straßenrand.

»Was ist denn passiert?« Das Klatschen und Schlappen der Scheibenwischer schien plötzlich unnatürlich laut. »Ein Erdrutsch?«

»Hinter den weißen Cadillac.« Der Mann aus dem Büro des Sheriffs wies auf ein Stück offenes Gelände neben der Straße, wo schon mehrere Wagen standen und geduldig darauf warteten, daß die Straße wieder freigegeben würde. Vom Schirm seiner Mütze tropfte ihm der Regen ins Gesicht, das braune Hemd klebte ihm am Leibe. Zu langen Diskussionen war er offensichtlich nicht aufgelegt.

»Wir müssen einen Flug erreichen«, sagte Joey. »Ins Ausland.«

Der Polizist sah ihn ausdruckslos an. »Lassen Sie erst mal den Krankenwagen vorbei.« Er wischte sich mit der Handkante das Wasser aus dem Gesicht.

»Was ist denn passiert?«

Der Krankenwagen rollte langsam vorbei. Der Polizist sprach wie ein Schwimmer in kurzen, abgerissenen Sätzen. »Ein großer Lastwagen – Sattelschlepper – quergestellt. Unmöglich vorbeizukommen.«

»Irgendein anderer Weg, den wir nehmen können?«

»Klar, aber das wird eine Stunde länger dauern.« Der Polizist blinzelte in den Regen. »LAX, sagen Sie? Dahinten stehen ein paar Typen mit einem großen alten Lincoln. Sie haben gesagt, daß sie umdrehen und in die Stadt zurückfahren wollen. Vielleicht nehmen die Ihren Fahrgast mit.«

»Wo sind sie?«

»Na, auf der anderen Seite des Wracks. Vielleicht sind sie ja schon weg, aber ich könnt's versuchen.« Er schaltete sein Sprechfunkgerät ein. Durch das Prasseln und Piepen atmosphä-

rischer Störungen sagte der Polizist: »Ist der große dunkelblaue Lincoln noch da, Pete?«
Aus dem Apparat ertönte eine kaum verständliche Bestätigung. Der Polizist sagte: »Frag sie, ob sie jemanden mitnehmen können, der es eilig hat, nach LAX zu kommen.«

Meine Reisetasche in der Hand, suchte ich mir einen Weg an der Kolonne haltender Wagen entlang und an dem quer über die Straße verkanteten riesigen Lastwagen vorbei, der den Verkehr in beide Richtungen blockierte. Als ich den wartenden dunkelblauen Lincoln erreichte, war auch ich – trotz meines Regenmantels aus Kunststoff – pitschnaß.
Der Mann neben dem Fahrer stieg aus in den strömenden Regen und öffnete die hintere Tür für mich, und das macht einer nur, wenn er einen Job hat, den er unbedingt behalten will. Jetzt konnte ich den Mann auf dem Rücksitz sehen, einen untersetzten, breitschultrigen Mann mit Bauch. Er trug einen teuren dunkelblauen Anzug mit Weste – ein guter Hintergrund für die goldene Uhrkette – und ein Hemd mit goldener Kragenspange unterhalb des festgebundenen Knotens einer sehr konservativ gestreiften Krawatte. Der Stil paßte besser in die Wall Street als auf den Pacific Coast Highway. In Kalifornien waren Herrenanzüge um die gleiche Zeit wie Fischbeinkorsetts und Zylinderhüte aus der Mode gekommen.
»Bernie, steig ein«, sagte der gutgekleidete Herr auf dem Rücksitz. Seine Stimme war leise, sanft und anziehend, wie sein Auto.
Ich zögerte nur für einen Augenblick. Unter den Umständen, naß und aufgeschmissen, konnte ich mir kaum leisten, das Angebot auszuschlagen. Der Feine Harry wußte das. Er begrüßte mich mit einem Lächeln, in dem eine gewisse Selbstzufriedenheit lag und das außerdem eine Menge teuer restaurierter Zähne entblößte. Ich stieg also ein und setzte mich neben ihn, nicht gerade in Tuchfühlung, denn dazu bestand auf diesen weichen Lederpolstern, wo mindestens vier Personen bequem nebeneinander hätten sitzen können, Gott sei Dank kein Anlaß.
»Was soll das alles?« fragte ich. Ich war wütend über den einfachen Trick.

»Nimm Mr. Samsons Tasche«, sagte der Feine Harry zu dem Mann auf dem Vordersitz.
»Sie ist wertvoll«, protestierte ich.
»Wertvoll«, sagte Harry wegwerfend. »Was glaubst du denn, was mit ihr passiert? Meinst du, ich hätte irgendeinen Zwerg im Kofferraum versteckt, der sie auf der Fahrt zum Flughafen durchsucht?«
»Vielleicht«, sagte ich.
»Vielleicht!« Er lachte. »Habt ihr das gehört?« fragte er die Männer auf dem Vordersitz. »Dieser Kerl ist ein echter Profi. Von dem könntet ihr noch die eine oder andere Kleinigkeit lernen.« Und dann lachte er noch einmal, um sie daran zu erinnern, daß er nur Witze machte. »Also behalte in Gottes Namen deine Tasche auf dem Schoß, Bernie. Fahren wir los«, sagte er zu dem Fahrer, »der Mann soll doch sein Flugzeug nicht verpassen.«
»Du hast doch das alles nicht für mich getan?« fragte ich vorsichtig. Aber wie hätten sie mich sonst so mühelos schnappen können, wenn sie nicht auch den Unfall inszeniert hatten?
»Nicht mein Stil, Baby«, sagte der Feine Harry. Und, nach einer kleinen Pause: »Aber meine Chefin, die hat genau diesen Stil.«
Einer der beiden Männer auf dem Vordersitz lachte, leise genug, um nicht zu stören, aber laut genug, daß man ihn hörte.
»Chefin?« sagte ich.
»Ja, wir haben eine Chefin. Sag bloß, davon hast du noch nichts gewußt.« Er lachte.
»Eine Frau!«
Die manikürte Hand des Feinen Harry winkte ungeduldig ab. »Ihr in London wißt doch Bescheid. Es hat in unserem Monatsbericht für September letzten Jahres gestanden.«
»In London hat man Wetten darauf abgeschlossen, wer von euren Leuten in L. A. auf die Idee gekommen ist, sich Brigette zu nennen«, sagte ich.
»Du Schwein«, sagte Harry. Er kicherte.
Der Fahrer sagte: »Recht hat er! Die Hälfte dieser jungen Burschen im Büro tragen Ohrringe und Dauerwellen. Alle schwul!«

»Es war Brigettes Idee.« Harry war hartnäckig. »Ich habe ihr gesagt, daß ich dich kenne. Ich wollte einfach Bret anrufen und die Sache in aller Ruhe erledigen, aber sie hatte sich schon alles genau zurechtgelegt. Für den Lastwagen hätten wir sowieso Leihgebühr bezahlen müssen, da er schon bestellt war. Der Krankenwagen war übrigens auch ihre Idee – ganz nett, was? Es war alles schon in die Wege geleitet, also hat sie gesagt, machen wir's einfach so, wie sie's geplant hat. Da sieht man, wie die Zeiten sich geändert haben, was, Bernie?«
»Heißt sie wirklich so: Brigette?«
»Eine tüchtige kleine Dame«, sagte Harry respektvoll. »Wie sie das Büro leitet... ich meine, die Jungs spuren. Ehrlich, Bernie, das ist nicht mehr wie früher.«
»Und was ist denn nun der Zweck dieser Übung?« fragte ich, nachdem der obligatorische Meinungsaustausch über den ersten weiblichen Chef endlich abgeschlossen war.
»Es ist wegen Bret«, sagte der Feine Harry, »wegen Bret Rensselaer.« Zärtlich kratzte er seine Wange mit dem Nagel des kleinen Fingers, so daß ich seine gestärkten Leinenmanschetten und goldenen Manschettenknöpfe bewundern konnte. Sein Gesicht war so gelb, daß man japanisches Blut in seinen Adern hätte vermuten können, aber die sorgfältig manikürten Hände waren blaß. Harry sah immer aus wie aus dem Ei gepellt. Ein perfekter Haarschnitt, das Kinn glattrasiert und gepudert, ein dezentes After-shave – noch nie habe ich ihn anders erlebt. Vielleicht verrät es aber auch mehr über mich selbst – oder über die amerikanischen Gangsterfilme, die ich als Junge sah – als über ihn, wenn ich sage, daß mir seine makellose Erscheinung immer schon ein bißchen unheimlich war.
»Ach ja?« sagte ich.
»Es heißt, daß zwischen dir und Bret irgendeine private Vendetta ansteht.« Er war jetzt ganz ernst. Die Hände lose auf dem Bauch gefaltet, saß er da wie ein Buddha an seinem freien Tag.
»Und?«
»Private Streitigkeiten sind schlecht fürs Geschäft. Schlecht für Bret. Schlecht für dich. Schlecht für London. Schlecht für uns.«
»Wer seid ihr?«
»Stell dich nicht dumm, Baby. Du weißt genau, daß ich die Firma meine.«

»Und was zum Teufel hat meine Meinungsverschiedenheit mit Bret mit euch zu tun?«

Harry hob beschwörend die Hand. »Habe ich vielleicht die ganze Sache falsch angefaßt? Sollten wir nicht vielleicht lieber noch mal von vorn anfangen?«

»Ich werde kaum aussteigen und zu Fuß weitergehen.«

»Nein, natürlich nicht.« Er lehnte sich zurück und beobachtete mich bei halbgeschlossenen Augenlidern, während er sich die Geschichte neu zurechtlegte, um mir einen Anfang präsentieren zu können, der mich nicht gleich verärgern würde. Der Feine Harry hatte ein ausgesprochenes Talent für die Lösung derartiger Aufgaben. Jahrelang hatte er auf eigene Rechnung zwischen den Parteien gearbeitet, immer genötigt, beide Seiten zufriedenzustellen, ehe er seinen Lohn kassieren konnte.

Eine Zeitlang fuhren wir schweigend dahin. Ich stellte die Tasche auf den Boden zwischen meine Füße und sah aus dem Fenster in den Regen, der auf die an der Küste aneinandergereihten Millionärsvillen herunterprasselte. Zwischendurch erblickte man hier und da Wellenreiter in glänzenden schwarzen Gummianzügen auf ihren Brettern. Wer verrückt genug ist, die hohen Brandungswellen des Stillen Ozeans reiten zu wollen, läßt sich von schlechtem Wetter nicht abschrecken.

Dann lehnte auch ich mich zurück und sah von der Seite verstohlen den Feinen Harry an. Ich hatte gehört, daß er neuerdings bei der CIA fest angestellt sei. Manche behaupteten sogar, er sei nie was anderes gewesen als ein bezahltes Sprachrohr dieser Firma, aber ich bezweifelte das. Ich kannte ihn schon lange. Er verdiente sich sein Brot in jener Schattenwelt, wo mit geheimen Informationen gehandelt wird wie anderswo mit Speckseiten oder jungen Säuen. Er war mir immer etwas rätselhaft geblieben, denn er war Hawaiianer und hatte sich in Europa eingelebt, wie das wenigen Fremden gelingt. Seine Beherrschung der deutschen Sprache zum Beispiel strafte den Anschein der unangestrengten Lässigkeit, den er sich gerne gab, Lügen. Ein erwachsener Ausländer, der die Zeit und Energie investiert, die erforderlich sind, so gut Deutsch zu lernen wie Harry, muß schon mit ziemlicher Hingabe bei der Sache, verrückt oder irgendwie teutonisch versippt sein.

»Aber weshalb machst du dir Sorgen wegen unserer Meinungsverschiedenheit?« fragte ich. »Was interessiert dich Bret?«
»Sie mögen ihn«, sagte Harry.
»Brigette meinst du?«
»Ich meine Washington«, sagte er.
»Ist Bret den Jungens in Langley wirklich so wichtig?« fragte ich sehr beiläufig.
Wie eine verbrühte Katze sprang Harry vor meiner Unterstellung davon. »Versteh mich nicht falsch«, sagte er. »Bret ist kein Angestellter der CIA und ist das auch nie gewesen.« Er gab diese Erklärung mit altmodischer Förmlichkeit ab.
»Ja, ich weiß, das sagen alle«, sagte ich. Tatsächlich meinte ich mit »alle« den Feinen Harry. Wir hatten das alles vor Jahren schon mal durchgekaut.
Mit zur Schau getragener Geduld versicherte er mir: »Das sagen dir alle, weil es wahr ist.«
»Washington?«
»Also willst du bitte zuhören, Bernard? Bret ist nicht – ich wiederhole: nicht – Angestellter der Agency. Wir haben keine Ahnung von dem, was Bret für euch macht. Zum Teufel, ich wünschte, wir wüßten mehr.«
»Habt ihr letzten Monat jemand dort über den Zaun geschickt, Harry? War das einer von euren Leuten, der sich ein bißchen über Bret informieren sollte?«
Harry sah mich einen Augenblick lang an und sagte: »Irgend jemand hat sich da 'ne Schrotladung aufbrennen lassen, irgendein Einbrecher ist schwer verletzt worden, ja, davon habe ich auch gehört.«
Ein freundlicher Schnüffler von der Agency, der nur mal auf einen netten Plausch hatte vorbeischauen wollen? »Ganz unter uns«, sagte ich, »war das einer von euch?«
Aber Harry ließ sich nicht dazu überreden, so etwas einzugestehen. »Ich rede jetzt nicht von der Agency, ich rede vom Kapitol. Bret hat dort ein paar gute Freunde. Seine Familie hat noch immer großen Einfluß in der Hauptstadt. Und sie werden nicht tatenlos zusehen, wie man versucht, Brets Ehre in den Dreck zu ziehen.«

»Wer versucht, Brets Ehre in den Dreck zu ziehen? Harry, ich wünschte, ich wüßte, wovon du redest«, sagte ich. »Ich wußte nicht mal, daß er überhaupt noch lebt, ehe ich gestern hier ankam.«

»Ach, mach mir nichts vor, Bernie. Ob du ihn für tot oder lebendig gehalten hast, jedenfalls redest du schon seit einer ganzen Weile schlecht von Bret Rensselaer. Das kannst du nicht abstreiten.«

Plötzlich hatte ich Angst. Sie waren zu dritt. Hier an der Küste gab es ziemlich öde Gegenden, und die Wüste war auch ganz in der Nähe. Frecher, als mir zumute war, sagte ich also: »Komm, steck den Schlagring weg, Harry, das ist nicht deine Art.« Aber ich kannte Gerüchte aus alten Zeiten, die sagten, daß gerade das genau Harrys Art sei.

Er lächelte. »Ich habe schon gehört, daß du zunehmend an Verfolgungswahn leidest.«

»Kein Wunder, wenn einen drei Kerle auf offener Straße shanghaien und einen mit Mist vollquatschen.«

Er ignorierte die Bemerkung und sagte: »Dieser Woosnam zum Beispiel. Der alte Knabe ist ein vollkommen koscherer Geschäftsmann.«

»Was?«

»Bret hat gestern abend im Büro angerufen und uns gebeten, einen Mann zu überprüfen, der im Flugzeug neben dir saß. Der Mann ist vollkommen harmlos, Bernard. Ein kleiner Bauunternehmer, der mit Grundstücksspekulationen Glück gehabt hat. Das ist es, was ich mit deinem Verfolgungswahn meine.«

»Bret hat bei euch angefragt? Wegen Woosnam?« fragte ich.

»Ja doch. Er hat angerufen. Soweit ich gehört habe, war er fuchsteufelswild. Er wollte wissen, ob wir im Flugzeug jemand auf dich angesetzt haben, aber ich wußte, daß das nicht der Fall war. Wir wußten nicht mal, daß du kommst, ehe du gestern hier gelandet bist. Bret jedenfalls hat irgend jemand davon überzeugt, daß die Sache Dringlichkeitsstufe eins habe. Überprüft diesen Woosnam, und zwar schnell. Also haben sie einen Haufen Leute aus dem Bett geholt, und die durften sich dann die Nacht um die Ohren schlagen. Die waren ganz schön sauer, kann ich dir sagen. Noch dazu am Wochenende.«

»Und Woosnam war nicht von der Londoner Zentrale?«
»Jesus Christus. Selbst jetzt glaubst du mir noch nicht. Ich sehe es dir am Gesicht an.«
»Na und. Wen kümmert das schon«, sagte ich.
»Mich kümmert es. Bret kümmert es. Jeden, der dich mag. Wir machen uns Sorgen um deinen Zustand, Bernard Baby.«
Ich gab Harry mit einer Gebärde zu verstehen, daß das leidige Thema Woosnam für mich erledigt sei. Der Feine Harry nickte verständig und lehnte sich nach vorn, um auf einen Knopf zu drücken, der zwischen den Vordersitzen des Wagens und dem Fond eine Trennscheibe in Stellung brachte. Jetzt konnten uns Harrys Untergebene nicht mehr hören. Aber da wir in einer CIA-Limousine saßen, war anzunehmen, daß irgendwo in der Polsterung ein verstecktes Tonband lief, so daß auch Brigette und Gott weiß wer noch alles erfahren würden, was ich sagte. Oder litt ich schon wieder an Verfolgungswahn?
»Also, reden wir Tacheles, Bernie. Lassen wir jetzt den Quatsch, ja?«
»Welchen Quatsch soll ich lassen, Harry?«
Er ignorierte meine Frage. Er schaute aus dem Fenster, vermutlich um zu sehen, wie weit es noch bis zum Flughafen war, und kam endlich zur Sache. »Hör mal«, sagte er. »Große Herren in Washington hören, daß du versuchst, Bret irgendeinen Scheiß anzuhängen, den irgend jemand vor Jahren bei euch in London gebaut hat... Also gut, die fraglichen Herren reagieren gereizt. Sie reden mit deinen Leuten in der Londoner Zentrale. Sie sagen: Scheißt endlich oder geht vom Topf runter. Welche Anschuldigungen? fragen sie. Wo sind die Beweise? Sie wollen wissen, woran sie sind, Bernard. Denn es paßt ihnen nicht, daß der arme Bret sich deine verdammten Verdächtigungen gefallen lassen muß, ohne eine Chance zu kriegen, sich dagegen zu verteidigen.« Für einen Augenblick meinte ich, den wahren Charakter gesehen zu haben, den der Feine Harry hinter seiner lächelnden Charlie-Chan-Maske verbarg, einen Typ, dem man lieber nicht im Dunkeln begegnen würde.
»Wenn Bret das wirklich glaubt...«, begann ich.
»Halt die Luft an, Bernie.« Das liebenswürdige Lächeln war

wieder an seinem Platz. »Ich sage, daß man in Washington die Sache so aufgefaßt hat. Das kann natürlich ein bedauerliches Mißverständnis sein, aber so sah die Sache für die Herren in Washington aus, als sie deswegen bei der Londoner Zentrale anfragten.«

»Und was hat London gesagt?« fragte ich ehrlich interessiert.

»London hat genau gesagt, was man in Washington zu hören erwartete. Sie haben gesagt, das sei eine vollkommen private Veranstaltung von Bernie Samson, ohne irgendeine offizielle Ermächtigung. London sagte, man würde noch mal mit Bernard Samson reden und ihn ein bißchen beruhigen.«

»Und wie hat Washington das aufgenommen?«

»Washington war einverstanden. Die Herren haben weiter gesagt, falls ein bißchen Hilfe nötig wäre, diesen Briten auf Alleingang zu bändigen, wäre es ihnen ein Vergnügen, dafür zu sorgen, daß jemand ihm den Arm bricht, vielleicht an mehreren Stellen, nur um ihm klarzumachen, daß seine überschüssige Energie bei Wein, Weib und Gesang besser angebracht wäre.«

»Sozusagen«, sagte ich.

»Natürlich, sozusagen, Bernie.« Kein Lächeln jetzt, nur eine ausdruckslose Miene und ein kalter Blick, bis Harry sich abwandte, um die Neonreklamen der Fischrestaurants zu betrachten und die Parkplätze, auf denen sich die Wagen jener Leute drängten, die ihr Mittagessen gern bis zum Sonnenuntergang ausdehnen. Er berührte die beschlagene Scheibe und schien überrascht, als dort Wasser an ihr herabzutröpfeln begann. »Denn die großen Herren in Washington glauben nicht, was deine Leute ihnen erzählen«, sagte Harry zum Fenster hinaus. »Sie halten es nicht für wahrscheinlich, daß die in London wirklich so einen Spinner unter ihren Angestellten haben, der freiwillig nach Feierabend seine Nase in den Dreck steckt.«

»Nein?«

»Nein. Washington glaubt, daß der Mann auf Anweisung handelt. Sie fragen sich, ob vielleicht diese Arschgeigen in der Londoner Zentrale endlich doch damit anfangen wollen, ihre gezinkten Karten neu zu mischen, was ja schließlich schon lange fällig war.«

»Erzähl mir mehr davon«, sagte ich. »Darüber wüßte ich gern Bescheid.«
Er drehte den Kopf und zeigte mir breit lächelnd die Zähne. »Sie glauben bei uns, daß eure Spitzenleute sehr schlau sind, wenn's darum geht, die Leichen im Garten des Nachbarn zu vergraben.«
Jetzt fing ich an zu begreifen. »Die Londoner Zentrale will versuchen, Bret für ein paar von ihren Schlappen verantwortlich zu machen?«
»Jedenfalls wäre das 'ne denkbare Lösung.«
»Ist doch aber ein bißchen weit hergeholt, oder?«
Harry lächelte schmallippig und hielt den Mund. Wir wußten beide, daß das keineswegs weit hergeholt war. Wir wußten, daß das genau die Art und Weise war, in der unsere Meister mit ihren Schwierigkeiten umgingen. Im übrigen hatte ich auch keine Lust, mich abzustrampeln, um ihn davon zu überzeugen, daß die Londoner Zentrale so was nie tun würde. Die andere Lösung würde ja nur um so geradliniger den Zorn von Brets Verehrern in Washington auf mich lenken. Und ich bin von jeher gegen Gewalt gewesen, selbst wenn sie auf Worte beschränkt blieb.

16

Sonntag mittag. London-Heathrow. Gloria war nicht zu meinem Empfang erschienen. Das war keine herzerwärmende Heimkehr. Ein übermüdeter Zöllner wollte die Schachtel mit offiziellen Papieren, die Bret mir aufgeladen hatte, inspizieren. Ich war geneigt, ihn gewähren zu lassen, aber ich wartete trotzdem, bis der diensthabende Beamte vom Special Branch sein spätes Frühstück beendet hatte – Würstchen mit Rührei anscheinend, jedenfalls bemerkte ich Rührei auf seiner Krawatte – und sich meiner annehmen konnte mit der Erklärung, daß ich in das Vereinigte Königreich einreisen durfte, auch ohne die Schachtel von der Zollbehörde Ihrer Majestät untersuchen zu lassen.

Die unnötige Verzögerung war um so ärgerlicher, als ich davon überzeugt war, daß die Papiere in der Schachtel weder besonders wichtig noch geheim waren. Dieser Botengang war nur ein Vorwand gewesen, damit der liebenswerte Bret Rensselaer die Gelegenheit bekam, mich in die Mangel zu nehmen und zu besänftigen. Ob meine Begegnung mit dem Feinen Harry auch von unserem Department geplant war, wußte ich noch nicht. Einstweilen bezweifelte ich es aber. Es konnte kaum im Sinne meiner Chefs sein, daß ich glaubte, was mir Harry stecken wollte.

Als ich das Haus Nr. 13 in der Balaklava Road betrat, fand ich es dunkel und leer. Gloria hatte mir einen Zettel an das Backrohr geklebt, auf dem stand, daß ihre Mutter krank sei, weshalb sie habe hinfahren müssen. Das »müssen« war dreifach unterstrichen. Die Kinder, las ich weiter, seien im Zoo mit ein paar »sehr netten« Schulkameraden.

Es war nicht leicht für Gloria. Sie wußte, daß ich genau beobachtete, wie sie im Verhältnis mit meinen Kindern ihre Prioritäten setzte. Ihre Eltern waren von der Form unseres Zusammenlebens nicht eben begeistert. Und mir war sehr empfindlich bewußt, daß ihre Mutter nur drei Jahre älter war als ich. Was natürlich auch ihren Eltern bewußt war.
Das sonntägliche Mittagessen ist für einen Engländer meiner Generation noch eine Art heiliges Ritual. Man ißt zu Hause. Mit ein bißchen Glück regnet es, so daß man nicht im Garten arbeiten kann. Also überwacht man aufmerksam das offene Kaminfeuer, während man einen Aperitif seiner Wahl genießt. Sollte einen plötzlich ein geistiger Hunger überfallen, kann man die Sonntagszeitungen durchblättern, im voraus getröstet durch die Gewißheit, daß nichts Neues darin stehen wird. Zur vorgesehenen Zeit schneidet man dann im Kreise seiner gefällig zuschauenden Familie dünne Scheiben von einem großen Stück gebratenen Fleisches und verteilt nach Möglichkeit auch Kohl, gebackene Kartoffeln und Yorkshire-Pudding. Die Größe der Portionen hängt von Lust und Laune ab. Dasselbe macht man zuletzt auch mit dem Nachtisch, einem süßen, schwerverdaulichen Kuchen, zu dem es sowohl Eierschaum wie auch Sahne gibt. Dann döst man.
Egal, wie deutsch ich auf manche Leute wirkte, egal, wie sehr ich ausländisches Essen mochte, ausländische Heizungssysteme, ausländische Autos und andere ausländische Fahrgestelle, was den sonntäglichen Lunch anging, war ich entschieden englisch.
Aus diesem Grunde war ich gar nicht erfreut von der Aussicht, den kalten Schinken und Salat, die Gloria mir in den Eisschrank gestellt hatte, essen zu müssen. Ich nahm also den Wagen und fuhr nach Wimbledon, um bei Alfonso zu essen. Die Kinder nannten, seitdem wir gemeinsam eine Aufführung von Mozarts *Cosi fan tutte* besucht hatten, den Wirt dieses kleinen italienischen Restaurants Don Alfonso. Tatsächlich war Alfonso Spanier, und obwohl er sich nicht scheute, in Wimbledon angeblich italienisches Essen aufzutischen, war er doch nicht so dumm, sich an der britischen Küche zu versuchen. Erst recht nicht an einem sonntäglichen Lunch.

An diesem Sonntag war Alfonsos Restaurant voller lärmender Leute, die nicht wußten, daß das häusliche Mittagessen eine heilige englische Tradition ist. Es waren eine Menge Kinder da, und zwei mit Nachspeisen beladene Servierwagen harrten der großen Schlacht. Aus dem Lautsprecher schallte eine von vielen Nadeln zerkratzte Aufnahme einer Falsettstimme, die, heftig von Gitarren begleitet, *Volare* sang. Dies ungefähr alle halbe Stunde von neuem.

»Nehmen Sie die *aragosta fra Diavolo*«, riet Alfonso, nachdem er mir ein Glas Weißwein eingeschenkt und, die Flasche drehend, mir ein beeindruckendes Soave-Etikett offenbart hatte. »Trinken Sie! Trinken Sie! Auf Rechnung des Hauses, Mr. Samson.«

Man mußte schon sehr unaufmerksam sein, um Alfonso für einen Italiener zu halten, obwohl er sich während eines achtjährigen Aufenthalts in Rom allerlei römische Eigenarten – namentlich das muntere und skrupellose Geschäftsgebaren römischer Gastwirte – angeeignet hatte. Denn bei aller Munterkeit war er seine iberische Melancholie nie losgeworden. Ich kostete den Wein und studierte die Speisekarte. »Hummer, in Wein gedünstet mit Tomaten. Wirklich köstlich«, sagte Alfonso zur Begründung seiner Empfehlung.

»Hummer aus der Tiefkühltruhe?« fragte ich. Er beobachtete einen seiner jüngsten Kellner, der versuchte, gebackene Lasagne aus der Metallschüssel zu kratzen, in der sie aus dem Ofen kamen. Sie fiel ihm fast aus der Hand dabei. Es kostete Alfonso sichtlich große Überwindung, nicht quer durch das Lokal zu rennen, um sich der Sache selbst anzunehmen.

Der Ärger über die Ungeschicklichkeit des Kellners floß in die Antwort ein, die er mir gab: »Sie glauben doch nicht, daß ich die Viecher frisch aus dem Dorfteich von Wimbledon fische, oder? Natürlich sind sie aus der Tiefkühltruhe.«

»Ich mag gefrorenen Hummer nicht«, sagte ich. »Und ich mag nichts, was mir als *Diavolo* serviert wird.«

Alfonso schluckte. »Was ist Ihnen denn heute früh passiert? Mit dem linken Fuß zuerst aus dem Bett gestiegen?«

»Ich bin überhaupt nicht aus dem Bett gestiegen. Habe die ganze Nacht in einem verfluchten Flugzeug verbracht«, sagte ich. Wir sahen jetzt beide zu, wie der ungeschickte Kellner einen mit Pasta und Tomatensauce gefüllten Schöpflöffel quer über den ganzen Tisch auf den Teller eines der Gäste hinschweben ließ. Wie durch ein Wunder erreichte er sein Ziel, und niemand wurde bekleckert.

Alfonso atmete aus und sagte: »Okay, okay, okay, entschuldigen Sie die Frage. Trinken Sie noch einen Schluck Soave. Soll ich dem Koch sagen, daß Sie gerne einen köstlichen halben Hummer ohne Chili hätten, nur mit wenig zerlassener Butter?«

»Aber wonach schmeckt Hummer aus der Tiefkühltruhe ohne Chili?« fragte ich.

»O weh, o weh! Die entzückende Dame fehlt, das wird's sein. Sind Sie immer so, wenn Sie allein sind?«

»Ich bin ja gar nicht allein. Sie sind doch da und wollen mir was zu essen verkaufen.«

»Etwas sehr Leichtes«, sagte er. Er sagte das immer, selbst wenn er Schweinebraten und Klöße empfahl. Ich weiß das, denn er empfahl oft Schweinebraten und Klöße, und ich habe das schon oft gegessen. »Fisch«, sagte er jetzt. »Eine wunderschöne, nicht tiefgefrorene Seebarbe, mit Oliven gebacken. Grüner Salat. Und zuvor eine halbe Portion Risotto.«

»Okay.«

»Und eine Karaffe von diesem Soave?«

»Spinnen Sie, Al? Jeder weiß doch, daß die italienischen Gastwirte ihren Alkohol im Geräteschuppen hinter dem Haus selbst fabrizieren. Also bringen Sie mir meinetwegen Soave, aber bitte in einer noch zugekorkten Flasche.«

»Sie sind ein Zyniker, Mr. Samson«, sagte er.

»Und Verfolgungswahn habe ich obendrein«, sagte ich. »Das sagt jeder.«

Einsam verzehrte ich mein Mahl und beobachtete, wie meine Tischgenossen betrunken und immer lauter wurden. Der verbeulte gelbe Mini kam, als ich beim Kaffee war. Sie fand einen Parkplatz direkt vor dem Lokal. Sie parkte elegant und zügig, wenn auch eins der Räder dabei auf den Bürgersteig geriet.

Gloria betrat das Restaurant mit jenem fröhlichen Schwung, der die Auftritte von Profis des Showbiz auszeichnet. Ohne große

Gesten oder quer durch den Raum schreien zu müssen, schaffte sie es, daß jeder sich nach ihr umsah. Selbst betrunken hätte ich das nie geschafft. Vermutlich war das auch einer der Gründe, warum sie mir so gefiel. Sie war alles, was ich nicht sein konnte. Ein dicker Kuß und eine Umarmung. »Ich bin halb tot vor Hunger, Liebling«, sagte sie. »Wie war es in Kalifornien?« Noch ein Kuß. »Warst du schwimmen?« Alfonso nahm ihren Mantel und zog einen Stuhl für sie heran. Sie sagte: »Bin ich schon zu spät zum Essen, lieber Alfonso?«

»Wie könnte ich Sie denn hungrig fortschicken, schöne Dame?« Alfonso gab ihren Mantel einem Kellner und legte mit überraschender Geschwindigkeit ein Gedeck vom Nachbartisch für sie auf.

Kaum hatte sie einen Blick auf die Speisekarte geworfen, sagte Gloria: »Könnte ich dieses leckere Kalbslebergericht haben, das Sie mit Zwiebeln und Salbei machen? Und als Vorspeise marinierte Pilze?« So war sie. Kurzentschlossen in fast allen Angelegenheiten. Ich frage mich oft, ob sie sich ihre Antworten vielleicht vorher zurechtlegte. Oder waren ihr einfach nur die Konsequenzen dieser Entschlüsse egal, die sie so schnell traf?

»Perfekt!« sagte Al, als wenn nie zuvor jemand auf die glorreiche Idee gekommen wäre, gerade diese Bestellung aufzugeben. Und dann, als er noch einmal darüber nachdachte: »Absolut perfekt!« Er goß ihr Wein ein und hielt die Flasche ans Licht, als machte er sich Sorgen, daß nicht mehr genug drin sein könnte für uns.

»Wie geht's deiner Mutter?« fragte ich in dem Bemühen, die Temperatur ein bißchen zu senken.

»Sie wird's überleben.«

»Was war denn?« fragte ich.

»Die arme Mami zieht ihre theatralische ungarische Schau ab, weil sie meint, daß Papa ihrer müde wird.«

»Und stimmt das?«

»Ich nehme an. Lieber Gott. Ich weiß nicht. Die beiden sind schließlich seit fünfundzwanzig Jahren verheiratet. Es würde mich nicht wundern, wenn er sich langsam ein bißchen eingesperrt vorkäme. Ich habe hinreißende Patientinnen in seiner Praxis gesehen. Und alle schwärmen sie für ihn.«

»Dein Vater empfindet die Ehe als Gefängnis?«
»Das kann schon passieren. Die beiden haben nicht viele Gemeinsamkeiten.«
Ich war überrascht, daß sie so gleichgültig blieb. »Sie sind doch beide ungarische Flüchtlinge. Sie sind gemeinsam hierhergekommen, um ein neues Leben anzufangen.«
»Inzwischen sprechen sie beide ausgezeichnet Englisch, meine Schwestern sind im Internat, und ich bin ausgezogen. Es gibt nicht mehr viel, was sie zusammenhält.«
»Und da bezeichnen die Leute ausgerechnet mich als Zyniker.«
»Ich bin nicht zynisch. Ich stelle nur die Tatsachen fest.«
»Hast du deiner Mutter das so gesagt?«
»Na ja, ich hab's ein bißchen verpackt.«
»Ich will hoffen, daß du das sehr dick verpackt hast. Deine Mutter muß sterbensunglücklich sein. Und vielleicht läuft dein Vater in Wirklichkeit gar nicht anderen Frauen nach. Vielleicht fühlt er sich nicht mal gefangen.«
Sie nahm einen Schluck Wein, sah mir in die Augen und fing langsam an zu lächeln. »Du bist wirklich ein Romantiker, Bernard. Ein altmodischer Romantiker. Vielleicht habe ich mich deshalb so in dich verknallt.«
Sie lächelte noch immer. Sie hatte sich während meiner Abwesenheit eine neue Frisur zugelegt. Jetzt trug sie einen Pony, der ihr bis auf die Augenbrauen in die Stirn fiel. Sie war hinreißend schön. »Hübsch, deine neue Frisur«, sagte ich.
Sie berührte ihr Haar. »Gefällt sie dir wirklich?«
»Ja.« Ich konnte die Vorstellung, von ihr getrennt zu sein, und sei's auch nur für ein, zwei Tage, plötzlich nicht ertragen. Und sie wollte nach Cambridge ziehen, an die Universität, verdammt. Sie schickte mir einen Kuß über den Tisch.
»Ich liebe dich, Gloria«, sagte ich zu meiner eigenen Überraschung.
Sie lächelte und spielte verlegen mit ihrem Besteck. Sie schien etwas erregt, und ich fragte mich, ob sie sich nicht vielleicht wegen ihrer Mutter doch mehr Sorgen machte, als sie zugab.
»Ich habe Bret Rensselaer getroffen«, sagte ich. »Jeder hielt ihn für tot, aber er ist auf dem Wege der Besserung.«

»Du hast Bret Rensselaer getroffen?« Daß Bret noch lebte, überraschte sie nicht so sehr, wie es mich überrascht hatte, aber schließlich war es ja schon Jahre her, daß wir Bret abgeschrieben hatten.

»Er war nicht besonders guter Laune. Aber ein chronisches Leiden kann einem die Laune schon verderben.«

»Aber jetzt ist er auf dem Wege der Besserung?«

»Eine reiche alte Dame hat ihn bei sich aufgenommen. Sie sagt, er sei ihre alte Jugendliebe.«

»Wie süß«, sagte Gloria.

»Sie hat ein sehr nettes kleines Anwesen in Ventura County. Ich weiß nicht, wozu er überhaupt gesund werden will.«

»Das ist gemein, Liebster«, sagte sie. »Das verdirbt alles. Das ist nun wirklich kein bißchen romantisch.« Ihre marinierten Pilze wurden gebracht, und während sie zu essen begann, sagte sie: »Du hast wieder mal genau im richtigen Augenblick 'ne Fliege gemacht.«

»Ach ja?«

»Freitag morgen. Erst kommt dein alter Freund Werner Volkmann, mit verkniffenem Gesicht und zornfunkelndem Blick. Soviel ich verstanden habe, beschuldigt er Frank Harrington, seine Frau auf ein Himmelfahrtskommando nach Frankfurt an der Oder geschickt zu haben. Ich sage dir, der Mann war außer sich! Ich bin ihm aus dem Weg gegangen.«

»Und was ist passiert?«

Sie aß weiter und sagte: »Nach vielem Hin und Her, wobei Dicky über Kopfschmerzen klagte und sagte, er werde deswegen wohl zum Arzt gehen müssen, wurde entschieden, daß der Deputy mit Werner reden sollte.«

»Der Deputy?«

»Na, Werner wollte es niemand anderem als dem verdammten D. G. persönlich sagen. Dicky erzählte ihm, der D. G. sei wegen Krankheit beurlaubt, aber das kaufte ihm natürlich Mr. Volkmann nicht ab. Es lag auf der Hand, daß ein Gespräch mit Dicky den Mann nur noch wütender machen würde, und so bot schließlich der Deputy an, sich um die Sache zu kümmern.«

»Anständig von ihm«, sagte ich.

»Sir Percy ist schon in Ordnung. Er hat Mum, und er traut sich, auch mal 'ne Entscheidung zu fällen.«
»Und es gibt in der Londoner Zentrale nicht viele Leute, von denen man das sagen kann.«
»Das Gespräch mit dem Deputy hat Werner dann auch beruhigt. Richtig wütend war er nur, solange er dachte, daß sie ihn abwimmeln wollten.«
»Wenn Werner richtig wütend wird, ist er mit Vorsicht zu genießen.«
»Ich war ganz erschrocken. Dicky auch. Ich glaube, es ist dieser verdammte Bart. Jedenfalls ging Dicky ganz schön die Muffe. Er flüchtete in Morgans Büro und machte die Tür hinter sich zu, ohne zu merken, daß ich gerade auch drin war. Er sagte zu Morgan, all diese Außendienstagenten seien Trottel. Als er merkte, daß ich das mit angehört hatte, lächelte er, als sollte es ein Witz sein.«
»Was hat der Deputy zu Werner gesagt?«
»Das weiß niemand. Die beiden waren allein. Fast eine Stunde lang. Ich weiß nicht, ob das bedeutet, daß sie sich auf Anhieb prächtig verstanden haben oder daß sie sich gegenseitig an die Gurgel gesprungen sind, jedenfalls kam Volkmann mit einem seligen Lächeln wieder raus, also kann man wohl annehmen, daß der Deputy seine Sache gut gemacht hat.«
»Ich bin verdammt froh, daß ich nicht da war«, sagte ich.
»Wußtest du denn, daß er Krach schlagen wollte?«
»Kann sein, daß er so was angedeutet hat.«
»Du Aas.«
»Was habe ich denn nun schon wieder gemacht?«
»Du hättest ihn schon am Abend vorher beruhigen können. Aber nein, du läßt ihn ins Büro kommen und Krach schlagen. Ich nehme an, das hat dich amüsiert, was?« Sie sagte das ohne Bitterkeit. Ich hatte den Verdacht, daß es ihr Spaß machte, mich in der Rolle des ewigen Störenfrieds zu sehen.
»Vielleicht hätte ich ihn beruhigen können. Vielleicht nicht. Die Sache ist nicht so einfach, wie sie aussieht. Werner steht schon lange auf dem Kriegsfuß mit Frank Harrington. Er haßt ihn wie die Pest, und wenn die beiden sich wegen irgendeiner Sache in

die Haare kriegen, werde ich mich nicht dazwischenwerfen. Dabei würde ich womöglich gleich zwei gute Freunde verlieren, und ich habe nicht genug Freunde, um riskieren zu können, zwei der besten zu verlieren, nur um für Dicky, Morgan und die übrigen Bürohänger irgendwas glattzubügeln.«

»Du hast es ja auch glücklich geschafft, dich rauszuhalten. Ja, und gestern hat uns dann noch deine Freundin Lucinda besucht.«

»Cindy Prettyman?«

»Lucinda Matthews will sie neuerdings genannt werden. Darauf legt sie anscheinend großen Wert.«

»Kam sie ins Büro?«

»Nein, gestern war doch Samstag, sie kam in die Balaklava Road. Ich war gerade mit dem Wagen zurückgekommen und hatte wegen des kaputten Scharniers die Garagentür offengelassen. So ist sie einfach reingekommen, ohne zu klingeln. Ich war ganz schön sauer. Ich wollte so schnell wie möglich mit der Wäsche der Kinder fertig werden, damit mir Mrs. Palmer beim Bügeln helfen könnte.«

»Was wollte sie denn?«

»Das Übliche. Die angebliche Ermordung ihres Mannes, der KGB-Schmiergeldfonds und die Verschwörung dahinter. Du weißt schon.«

»Hat sie dir das alles erzählt?«

»Ich dachte, sie würde überhaupt nicht mehr aufhören. Endlich sagte ich, du würdest dich irgendwann in der nächsten Woche mit ihr treffen. Nicht im Büro, sagte sie, denn sie will nicht, daß man euch zusammen sieht. Wenn du mich fragst, Liebling, die Frau ist nicht mehr ganz dicht.«

»Ist irgendwas Neues passiert?«

»Sie sagte, daß ich dir sagen soll, daß sie seine neue Idee hat über das Geld. Und sie will die Schachtel mit Papieren wiederhaben, die sie dir gegeben hat. Sie glaubt, daß darin ein Hinweis versteckt sein könnte.«

»Viel Freude wird sie an dem Zeug nicht haben«, sagte ich. »Es sei denn, sie begeistert sich plötzlich für Archäologie.« Unwillkürlich seufzte ich tief. Ich fühlte mich einer neuerlichen Begegnung mit Cindy nicht gewachsen.

»Sie sagte, das würde dich interessieren. Sie hat erfahren, daß irgendwelche Summen transferiert werden. Sie haben Angst, sagt sie. Sie müssen gemerkt haben, daß jemand hinter ihnen her ist. Lauter solche Sachen. Total durchgedreht.«

»Cindy hat hart gearbeitet.«

Gloria war nicht gerade scharf darauf, sich dem Lob für Cindy anzuschließen. »Sie weiß nicht, wovon sie redet«, sagte sie. »Im Augenblick wird eine Menge heißes Geld von deutschen Banken und Firmenkonten abgezogen. Das ist wegen der neuen Gesetze, die demnächst in der Bundesrepublik in Kraft treten. Die EG hat verlangt, daß in Zukunft auch in Deutschland Banken und Gesellschaften ihre Gewinne offenlegen müssen. Vom nächsten Jahr an wird es deshalb auch in Deutschland nicht mehr so leicht sein, unbemerkt irgendwelche Gelder in Banken oder Gesellschaften zu begraben. Die Hauptkasse wird sich eben auf diese Veränderungen vorbereiten.«

»Ich dachte, deutsche Banken wären verpflichtet, den deutschen Finanzbehörden gegenüber alles offenzulegen. Ich wußte nicht, daß es in Deutschland auch heißes Geld gibt.«

Gloria schüttelte den Kopf. »Auskunftspflichtig sind sie den Behörden nur über das Geld ihrer Kunden. Ihr eigenes Geld und die dicken Gewinne, die sie damit machen, halten sie geheim. Du weißt doch, wie all diese verdammten Banken an der High Street sind. Und die deutschen Banken sind zehnmal schlimmer.«

»Woher weißt du denn das alles?«

»Mein Volkswirtschaftsunterricht. Die westdeutschen Geldmärkte sind mein Spezialthema.«

»Hast du Cindy das gesagt?«

»Die hält mich doch für dein blondes Dummchen. Die wollte doch mit mir gar nicht reden.« Glorias Kalbsleber wurde gebracht. Wirklich gut sah sie aus. Ich stibitzte ihr eine geröstete Kartoffel und ließ sie den Rest in Frieden essen.

»Wahrscheinlich muß ich irgendwann mit Cindy sprechen. Das schulde ich Jim«, sagte ich.

»Du sollst sie zu Hause anrufen und ein Treffen fürs Wochenende verabreden.« Gloria vergaß plötzlich ihre Leber und legte

Messer und Gabel weg. Sie sprach jetzt in verändertem Ton, ernst und besorgt. »Ich glaube wirklich, daß sie ein bißchen gestört ist, Bernard. Sie hatte ihren Wagen meilenweit vom Haus entfernt vor den Inkerman Villas geparkt. Ich sagte ihr, das Parken dort sei reserviert und ihr Wagen könnte womöglich abgeschleppt werden, aber sie hörte überhaupt nicht zu. Dauernd sah sie aus dem Fenster, als erwartete sie, da einen Verfolger zu sehen. Als sich sie fragte, was denn sei, sagte sie, sie bewundere nur die Aussicht. Sie hat einen richtig irren Blick, sage ich dir. Mir war ganz unheimlich in ihrer Gesellschaft.«
»Ich werde sie anrufen müssen«, sagte ich, während ich nach einer Entschuldigung suchte, es nicht zu tun. »Aber ich wünschte, sie würde mich in diese Geschichte nicht noch weiter reinziehen. Ich habe schon Bret verärgert, und ich frage mich, wozu eigentlich? Ich habe genug Arbeit und genug Feinde, auch ohne daß Cindy mir noch mehr von beidem verschafft.«
»Du hast gesagt, du wolltest der Sache auf den Grund gehen«, sagte Gloria.
»Aber ich habe einfach nicht die Zeit dazu. Die ganze Sache ist nur eins von den vielen kleinen Geheimnissen des Department, und wenn sie unbedingt wollen, daß sie geheim bleibt, dann soll sie eben geheim bleiben. Ich stolpere schließlich alle Nase lang über irgendwelche Rätsel. Ich brauche nicht noch mehr davon.«
»Bin ich dir auch ein Rätsel, mein armer Liebling?« Dabei langte sie über den Tisch und streichelte meine Hand.
»Du ganz besonders«, sagte ich.
»Glaubst du, daß mir Alfonso eine Tüte gibt, so daß ich den Rest der Leber mitnehmen kann für Muffin?« sagte sie und fuhr fort, ohne eine Antwort auf ihre Frage abzuwarten. »Deine Freundin Cindy wird so leicht nicht aufgeben.«
»Sie hat mehr freie Zeit als ich, und sie liebt das Engagement für eine gute Sache. Cindy hat sich schon immer gern für irgendwas engagiert: Tierschutz, weibliche Priester, Dieselabgase verursachen das Waldsterben. Cindy braucht das.«
»Ich finde sie nicht ganz normal«, sagte Gloria in jenem flachen, wie beiläufigen Tonfall, der andeutete, daß es ihr vollkommen egal war. Sie hatte abgeschaltet. Gloria konnte das. Ich hätte viel

dafür gegeben, diesen Trick zu beherrschen. Plötzlich hob sie den Arm und rief: »Kann ich bitte Kaffee haben, Alfonso?«

»Zweimal, bitte«, rief ich hinterher, aber er ließ sich nicht anmerken, daß er mich gehört hatte.

»Entschuldigung«, sagte sie. »Ich hatte vergessen, daß du's nicht gerne hast, wenn ich in deiner Gesellschaft selbst bestelle.«

»Willst du wirklich diese Leber in dein Taschentuch wickeln?«

»Muffin liebt Leber.« Sie verstaute das Päckchen gerade in ihrer Handtasche, als der Kaffee gebracht wurde.

»Ich sollte keinen Kaffee trinken«, sagte ich. »Ich muß unbedingt bald ins Bett.«

»Die Kinder kommen erst zum Abendbrot nach Hause. Vielleicht lege ich mich auch ein bißchen hin«, sagte sie arglos.

»Also, was hält uns dann noch hier?«

17

Im Büro erwartete mich viel Arbeit. Ganz oben auf dem Stapel lag eine dringliche Anfrage des Verteidigungsministeriums, in der Informationen über Semtex erbeten wurden, einen in der Tschechoslowakei hergestellten Sprengstoff, der über die DDR exportiert und neuerdings mit schönem Erfolg von Bombenbastlern in Nordirland verwendet wurde. Weiter unten vertrauliche Anfragen über die Leipziger Messe und – mit höchster Dringlichkeitsstufe – einige zusätzliche Fragen des Ministers, die rechtzeitig zur nächsten Fragestunde des Parlaments zu beantworten waren.

Es war eines der Naturgesetze, unter denen das Leben im Department seinen Lauf nahm, daß die Akten, die Dicky unbearbeitet auf seinem Schreibtisch liegen ließ, während er sich Sorgen um seine Karriere machte und sich so lange wie möglich um erforderliche Entscheidungen herumdrückte, stets irgendwann von der langen Bank mit Schwung mir zugeschoben wurden. Die Aufgabe, alles Liegengebliebene umgehend zu erledigen, wurde mir nicht gerade erleichtert durch die kryptischen Bemerkungen und Anweisungen für mich, die Dicky den Akten mit auf den Weg gab.

»Warmhalten, bis wir wissen, wer in den Ausschuß kommt«, riet Dicky da etwa. Oder: »Sag dem alten Ekel, er soll sich sauerkochen lassen, aber halte ihn bei Laune.« Oder: »So könnte das gehen, wenn sie die richtigen Leute einsetzen, aber paß auf, daß der Schuß nicht nach hinten losgeht.« Oder sein Standardsatz: »Versuche rauszukriegen, was sie wirklich wollen, vielleicht können wir ihnen auf halbem Wege entgegenkommen.«

Solchen geheimnisvollen Anweisungen also suchte ich zu folgen an jenem Dienstag, während Dicky sich irgendwohin verzogen hatte, was er immer tat, wenn Arbeit drohte. Und Dicky wollte wie gewöhnlich alles im Laufe eines Tages erledigt wissen.
Ich begegnete deshalb Frank Harringtons munterer Einladung zu einem schnellen Lunch mit stierem Blick. »Du machst dich nur kaputt, wenn du versuchst, diesen Haufen noch bis Dienstschluß durchzuackern«, sagte Frank und strich mit der Spitze des Zeigefingers über den Deckel einer dicken Akte, in der man die verschiedenen Typen osteuropäischer Einzelhandelsgeschäfte, die Zahlungen nur in westlichen Währungen annehmen, umfassend und erschöpfend dargestellt und analysiert fand. Die arme Seele, der diese Aufgabe zugefallen war, hatte Tabellen, Bilanzen, Prognosen et cetera von Rewex in Polen, Tuwex in der ČSSR, Korekom in Bulgarien auf das sorgfältigste Punkt für Punkt mit den entsprechenden Daten für die Intershops in der DDR verglichen.
Ohne die Akte vom Tisch zu nehmen, schlug Frank sie mit spitzen Fingern auf, bemüht, sich nicht schmutzig zu machen. »Würdest du mir glauben, wenn ich dir sage, daß ich diese Akte auf dem Schreibtisch des Alten sah an dem Tag, als ich die Stelle in Berlin bekam?«
»Aber natürlich«, sagte ich.
»Sie ist natürlich im Laufe der Jahre dicker geworden«, sagte Frank, der wahrscheinlich sein phänomenales Gedächtnis gelobt hören wollte. Er hängte den festgerollten Regenschirm bei der Krücke an der Schreibtischkante auf und konsultierte seine goldene Taschenuhr, wie um sich zu vergewissern, daß es schon Zeit zum Mittagessen sei. »Schieb den Kram mal beiseite, Bernard. Ich spendiere dir ein Guinness und 'ne Fleischpastete.« Die Vorstellung, daß Engländer sich kein besseres Mittagessen vorstellen können, als es in den Pubs zu haben ist, wird von den im Ausland lebenden Engländern gehegt und gepflegt, und so lächelte ich. Frank sah sehr geschniegelt aus. Er hatte eine Unterredung mit dem Deputy hinter sich, und daß er aus höheren Sphären in mein bescheidenes Büro trat, wurde noch betont durch seinen dreiteiligen grauen Kammgarnanzug, die

goldene Uhrkette, das breitgestreifte Hemd aus der Jermyn Street und die Eton-Krawatte; an Krawatten in den Farben seiner Schule schien er einen unerschöpflichen Vorrat zu besitzen. Meine Krawatte war einfarbig und aus Polyester, meine Uhr japanisch und aus Plastik. Ich war erschöpft, und Dickys Stimme dröhnte mir noch im Ohr. Ich hatte gerade dem Diktiergerät gelauscht und versucht, ein paar Notizen aus dem weitschweifigen Geschwafel herauszufiltern, das mir Dicky hinterlassen hatte mit der Bitte, »noch ein bißchen dran zu feilen«. Das konnte lange dauern. Dicky hatte kein Talent, seine Argumente in einen überzeugenden Zusammenhang zu bringen, und wo seine Darstellung ausnahmsweise mal logisch aufgebaut war, stimmten gewöhnlich die Fakten nicht. Ich schob also die Arbeit beiseite und sagte: »Wie wär's mit nächster Woche, Frank? Am Mittwoch bin ich in Berlin.«

Aber Frank ließ sich nicht abwimmeln. »Nur ein ganz schneller Lunch, Bernard.«

Ich blickte auf und sah ihn wartend in der Tür stehen, mit einem sehr gezwungenen Lächeln im Gesicht. Erst in diesem Augenblick begriff ich, wieviel solche Kleinigkeiten ihm bedeuteten. Ich wußte natürlich, daß Frank in mir immer den Sohnersatz gesehen hatte. Das hatten mir auch schon andere zu verstehen gegeben, gewöhnlich zu Zeiten, da ich Frank das Leben schwer machte. Frank selbst hatte sogar verschiedene Anspielungen auf eine nicht näher bestimmte Verantwortung gemacht, die er meinem Vater schuldig sei. Aber Frank nahm das zu ernst. Mehr als einmal hatte er, nur um mir aus der Patsche zu helfen, seine Karriere riskiert, und so fühlte ich mich ihm auf eine – um die Wahrheit zu sagen – ziemlich ungemütliche Weise verpflichtet. Die Beziehungen zwischen Vätern und Söhnen sind ja selten frei von Spannungen, und meiner Rolle entsprechend hatte ich wesentlich mehr von ihm genommen als ihm gegeben, und ich gebe zu, ich haßte es, irgend jemandem verpflichtet zu sein, selbst wenn es Frank war.

»Du hast recht, Frank. Zum Teufel damit!« Ich zog die Kassette aus dem Gerät und verschloß sie in meiner Schreibtischschublade. Vielleicht hätte ich sie lieber an den KGB schicken sollen, um

die Desorientierung des Gegners voranzutreiben. Frank half mir in den Mantel.
Während seiner Besuche in London hatte Frank immer einen Wagen mit Chauffeur. Dies war eines der kleinen Privilegien, die die Stelle in Berlin mit sich brachte. Wir suchten ein »kleines Weinlokal in der City« auf; da der Vorschlag von Frank Harrington kam, lag es natürlich nicht in der City, sondern südlich der Themse in jenem *borough* (oder »Bezirk«) von London, der rätselhafterweise nur einfach The Borough genannt wird. In einer Nebenstraße der Old Kent Road zwischen heruntergekommenen viktorianischen Häusern fanden wir das Lokal durch eine jener kleinen polierten Messingtafeln ausgeschildert, mit denen Rechtsanwälte und Zahnärzte auf ihre Geschäftsräume hinweisen. Ein langer, unterirdischer Korridor führte in einen düsteren Keller, der sich niedrig über dicken Pfeilern wölbte. Das Mauerwerk war flaschengrün gestrichen. Auf kleinen Schiefertafeln waren mit Kreide Namen und Jahrgänge der vornehmen Tropfen angeschrieben, die offen ausgeschenkt wurden. Eine lange Theke stand an der einen Wand des größten der »Räume« des Lokals, ringsum beleuchteten Punktstrahler kleine Tische, an denen schrille Geschäftsleute ihren kostbaren alten Rotwein oder Portwein tranken, teure Kleinigkeiten aus der kalten Küche knabberten und versuchten, auszusehen wie Tycoons, die sich gerade vor aufdringlichen Fernsehreportern in Sicherheit gebracht haben, um in aller Ruhe ein paar Multimillionen-Dollar-Abschlüsse zu tätigen.
»Gefällt's dir?« fragte Frank stolz.
»Fabelhaft, Frank.«
»Hübsches kleines Lokal, nicht? Und man riskiert hier nicht, unseren Leuten zu begegnen, das vor allem gefällt mir daran.«
Mit »unseren Leuten« meinte er die wichtigen Leute in Whitehall. Er hatte recht.
Ein alter Herr, der, wie sich's für einen Weinkeller gehört, ein weißes Hemd mit Fliege und eine lange Schürze trug, führte uns zu zwei schon gedeckten Plätzen an der Theke. Frank war hier augenscheinlich ein geschätzter Gast, und als ich sah, was er für eine Flasche Château Palmer 1966 berappte, verstand ich auch,

warum. Aber Franks ausgedehntes Studium der Weinkarte und das außergewöhnliche Resultat gehörte zu der väterlichen Rolle, die er vorführen mußte.

Mit dem vorschriftsmäßigen Zeremoniell wurde die Flasche entkorkt, der Korken berochen, der Wein ins Glas gegossen, das Glas gedreht, der Wein gekostet. Frank stülpte die Lippen auf, bleckte die Zähne und fällte nach einigem Sinnen sein Urteil: »Trinkbar.« Wir lachten.

Da ich Frank seit Jahren kannte, überraschte mich nicht, daß er zu diesem edlen Tropfen klaglos einen schon gelblichen Stilton, ein ausgetrocknetes Stück Fleischpastete und labbriges Weißbrot aß.

Ich ahnte, daß er mir etwas zu sagen hatte, aber ich leistete meinen Beitrag zum neuesten Büroklatsch und ließ ihm Zeit. Als er seine Fleischpastete verzehrt hatte – jeden Bissen dick mit scharfem englischem Senf bestrichen –, füllte er zum zweiten Mal unsere Gläser und sagte: »Diese verdammte Zena.« Er sagte das ganz ruhig, aber er meinte es ernst. »Ich könnte sie umbringen.«

Ich betrachtete ihn neugierig. In der Vergangenheit war er Zena gegenüber immer nachsichtig gewesen. Vernarrt in sie, so mußte man sagen. »Wie geht's ihr überhaupt?« fragte ich beiläufig zwischen zwei Bissen Fleischpastete. »Als ich zuletzt von ihr hörte, war sie gerade nach Frankfurt an der Oder gefahren. Werner machte sich Sorgen deshalb.«

Er sah mich an, als versuchte er zu ergründen, wieviel ich wußte, und sagte dann: »Sie fuhr auf dem Berlin-Warschau-Expreß hin und her.«

»Auf dem Paradies-Zug? Wozu?« fragte ich, obwohl ich mir die Antwort denken konnte.

»Schwarzmarktgeschäfte. Du bist doch selbst schon mit diesem Zug gefahren. Du weißt doch Bescheid.«

Ja, ich war selbst schon mit diesem Zug gefahren, und ich wußte Bescheid. Nach der Überquerung der polnischen Grenze verwandelte sich dieser Zug in einen orientalischen Basar. Schwarzhändler – und, gemäß den feinen Abstufungen innerhalb des sozialen Lebens im Ostblock, auch Händler des braunen und grauen Marktes – wanderten von Abteil zu Abteil und kauften und verkauften einfach alles, von schottischem Whisky bis zu Black & Decker-Bohrmaschinen. Überall laute polnische Stimmen, Hände, die mit Bündeln von Dollarnoten wedelten, geöffnete Koffer, die von Popmusik-Schallplatten und Marlboro-Stangen überquollen. Im »Paradies-Zug« gab es tausend Gelegenheiten, Geschäfte mit Kunstwerken und alten Handschriften zu machen. »Was hat Zena in dem Zug getrieben?« fragte ich.

»Sie wurde verhaftet, als sie zurückkam... auf dem Bahnhof Friedrichstraße. Es hat ganz den Anschein, als sei sie verpfiffen worden.«

»Wo ist sie jetzt?«

»Man hat sie entlassen.«

»Was hatte sie denn dabei?«

»Alte Stiche. Und eine Ikone und eine alte Bibel. Sie haben alles beschlagnahmt und sie laufenlassen.«

»Da hat sie aber Schwein gehabt«, sagte ich.

»Sie hat ihnen gesagt, sie würde sich gerne mit einer Quittung für nur einen der beschlagnahmten Gegenstände begnügen, und den Rest könnten sie sich teilen.«

»Dann hat sie erst recht Schwein gehabt. Wenn sie dieses Angebot dem falschen Mann macht, kriegt sie wegen versuchter Bestechung noch zehn Jahre Knast zusätzlich.«

Frank sah mich an und sagte: »Zenas Menschenkenntnis ist ausgezeichnet.«

Was sollte ich darauf erwidern? Ich trank einen Schluck von dem wunderbaren Château Palmer und nickte. Der Wein war jetzt zu vollem Leben erwacht, eine zauberhafte Mischung fast vergessener Düfte.

Franks Zorn, der ihn bei der Erinnerung an Zena gepackt hatte, legte sich langsam. »Blödes kleines Biest«, sagte er schon wieder mit einem zärtlichen Unterton. Er lächelte. »Wie wär's mit einem Nachtisch, Bernard? Ich glaube, der Apfelstreuselkuchen ist hier sehr gut.«

»Nein, danke, Frank. Einen Kaffee hätte ich gern.«

»Werner war in London. Am Freitag ist er im Büro aufgetaucht und ist allen mächtig auf die Nerven gegangen«, sagte Frank. »Ich war natürlich in Berlin. Als der Deputy mich endlich erreicht hat, wußte ich schon, daß Zena längst wieder sicher zu Hause war, und konnte ihn beruhigen. Damit stand ich natürlich gut da.«

»Ich war am Freitag nicht in London«, sagte ich. »Ich war in Kalifornien.«

»Also, ich nehme noch was Pikantes: *Angels on Horseback*. Die sind hier wirklich gut. Willst du nicht doch auch eine Nachspeise?« Da ich den Kopf schüttelte, rief er den Kellner und bestellte sich seine »Engel zu Pferde«. »Ich muß sagen, daß Sir Percy seine Sache verdammt gut macht«, sagte Frank.

Aber ich dachte nicht daran, mich von Frank ablenken zu lassen, auch wenn er sich über die Fähigkeiten und Unfähigkeiten des Deputy unterhalten wollte. »Wußtest du, daß Bret noch lebt? Ich bin in Kalifornien bei ihm gewesen.«

»Bret?« Er sah mir voll in die Augen. »Ja, der Alte hat es mir gesagt... vor ein paar Tagen.«

»Warst du überrascht?«

»Ich war stinksauer«, sagte Frank. »Der Alte hat mich mehr als einmal ausdrücklich behaupten hören, daß Bret tot sei, ohne mir je zu widersprechen oder mir die Wahrheit anzuvertrauen.«

»Warum?«

»Weiß der Himmel. Der Alte ist mitunter ziemlich kindisch. Er lachte einfach und sagte, Bret hätte schließlich etwas Ruhe verdient. Dabei hatte er selbst mir erzählt, daß Bret gestorben sei. Bei einem kleinen Abendessen im Kempinski. Wir waren bei der Gelegenheit nicht allein, es waren Leute mit am Tisch, die die Sache nichts anging. Ich konnte also nicht weiter nach Einzelheiten fragen. Wahrscheinlich hätte ich darauf zurückkommen sollen.«

»Aber weshalb hat er ihn für tot erklärt? Welchen Zweck haben sie damit verfolgt?«

»Du hast doch mit ihm gesprochen, nicht ich. Was sagt denn Bret selbst dazu?«

»Ich habe ihn nicht gefragt, weshalb er nicht tot ist«, sagte ich scharf.

Frank sah das Ganze als harmlose Finte. »Bret war ja wirklich kurz davor. Was macht das für einen Unterschied? Und vielleicht haben sie dann aus Sicherheitsgründen nicht verbreitet, daß er dem Tod noch mal von der Schippe gesprungen ist.«

»Aber irgendeinen besonderen Grund dafür kennst du nicht?«

»Nein, wirklich nicht, Bernard.« Er trank einen Schluck und konzentrierte seine Aufmerksamkeit auf die Farbe und sonstige Beschaffenheit des Weins.

Ich sagte: »Der Feine Harry hat mich rangenommen da drüben.« Frank zog eine Augenbraue hoch. »Er hat mir zu verstehen gegeben, daß, was Bret auch macht, alles von Washington gebilligt wird.«

»Na, der Feine Harry wird's schon wissen. Der hat jetzt einen ruhigen Job«, sagte Frank. »Die benutzen ihn zwar als Botenjungen, aber mit seinem Anfangsgehalt kannst du ein Dutzend Geiseln freikaufen.«

»Klingt genau wie mein Job«, sagte ich, »bis auf das Gehalt.«

»Weshalb hat der Feine Harry dich rangenommen?«

»Er sagt, ich stelle zu viele Fragen.«

»Das muß eine Verwechslung sein. Das klingt überhaupt nicht nach dir.« Franks Humor war immer schon bemüht. »Fragen über Bret?«

»Fiona ist in die Sache verwickelt. Irgendeine undurchsichtige Finanzaktion. Ein Haufen Geld ist dabei verschwunden. Prettyman war zeichnungsberechtigt... wahrscheinlich als Mittelsmann für die Hauptkasse.«

»Du erzählst doch hoffentlich nicht noch immer herum, daß Prettyman wegen dieser Sache umgelegt worden ist? Ich habe mir die Statistik der Tötungsdelikte für Washington angesehen – absolut haarsträubend, sage ich dir. Und ich weiß, daß der Deputy das FBI gebeten hat, Prettymans Fall besonders sorgfältig zu untersuchen. Es gibt nichts, was vermuten läßt, daß es sich dabei um was anderes handelt als um einen von diesen zufälligen Morden, die bei Überfällen da drüben an der Tagesordnung sind. Eine elende Geschichte, aber nichts, was eine weitere Untersuchung rechtfertigen würde.«

»Ich dachte, ich finde dabei etwas mehr über Fiona heraus.«

»Über Fiona wissen wir doch längst Bescheid.«
»Ihre Motive, ihre Komplizen und so weiter.«
»Ich kann mir vorstellen, daß das Department jeder Spur nachgegangen ist. Die haben doch noch monatelang jedem nachgeschnüffelt, der auch nur mal von ihr gehört hatte.«
»Dir auch?«
»Bei solchen Untersuchungen ist niemand über einen Verdacht erhaben, Bernard. Ich hätte gedacht, daß du das am besten weißt. Monatelang hat der Minister dem D. G. deswegen im Nacken gesessen. Ich glaube, das hat dem Alten auch endgültig den Rest gegeben.«
»Ist der Alte wirklich krank?« fragte ich. »Oder ist das bloß ein Dreh, damit er früher in Pension gehen oder sonstwas machen kann?« Frank und der Alte waren während des Krieges bei derselben Einheit gewesen, sie waren eng befreundet.
»Sir Henry läßt sich nur noch selten sehen, was? Wahrscheinlich soll er im Amt bleiben, damit sie ihm die Bezüge nicht kürzen müssen. Aber daß er die Zügel noch mal in die Hand nimmt, glaube ich nicht.«
»Wird Sir Percy an seine Stelle treten?«
»Vorläufig weiß das niemand. Angeblich will die Premierministerin unbedingt jemand von außen auf den Posten setzen... Wenn sie einen von den jüngeren Richtern des Oberhauses in den Sattel hebt, kann sie womöglich hoffen, daß der Druck nachläßt, mit dem jetzt verlangt wird, daß ein Parlamentsausschuß alles beaufsichtigt, was wir treiben.«
Nun wurden Franks *Angels on Horseback* serviert: ein Paar gekochte Austern, die, in gebratenen Schinkenspeck gewickelt, auf einem Dreieck warmen Toasts lagen. Frank liebte pikante Nachspeisen. Auf seinen Dinnerpartys hielt er eisern an dieser viktorianischen Tradition fest, nach dem Dessert noch ein paar salzige, scharfe Leckerbissen zu servieren. »Das macht den Gaumen sauber für den Port«, pflegte er zu sagen. Jetzt aß er seine Angels mit einem Appetit, wie er ihn bisher nur beim Wein gezeigt hatte, und sagte nichts mehr, bis der Kellner den leeren Teller abgeräumt hatte.
Dann wischte er sich die Lippen mit einer großen Stoffserviette ab und sagte:

»Du bist sauer, Bernard, oder?«
»Sauer?«
Frank grinste. »Du bist verärgert. Gib's ruhig zu.«
»Warum denn?«
»Halte mich nicht für blöder, als ich bin«, sagte Frank. »Du erinnerst dich, daß ich kürzlich versichert habe, Sir Henry sei schon seit vielen, vielen Jahren nicht mehr in Berlin gewesen. Jetzt habe ich dir erzählt, daß er ein Abendessen im Kempinski gegeben hat, und du spitzt die Ohren. Hab' ich recht, Bernard?«
»Das ist unwichtig«, sagte ich.
»Genau. Das Prinzip des Wissen-Müssens. Geheimnisse werden nur den Leuten anvertraut, die sie wissen müssen. Nicht denen, die nur gerne Bescheid wissen wollen.« Er hob die Weinflasche, um den Rest auf unsere Gläser zu verteilen, doch das hatte der Kellner bereits getan. Die Flasche war leer. »Ein toter Soldat«, sagte Frank und hielt die leere Flasche in die Höhe. (Die englische Umgangssprache hat ihre eigene Poesie.) »Und Tote erzählen keine Geschichten, was? Also, wie wär's mit einem Glas Madeira?«
»Für mich nicht mehr, Frank, sonst schlafe ich noch am Schreibtisch ein.«
»Recht so. Was sagte ich eben? Ach ja, das Prinzip des Wissen-Müssens.«
»Du hast mir gesagt, ich soll meine Nase nicht in Angelegenheiten stecken, die mich nichts angehen.«
»Überhaupt nicht. Ich habe dir einfach die Politik des Department erklärt. Es heißt, daß du wieder auf einem deiner privaten Kreuzzüge bist. Ich will dich nur davon überzeugen, daß das Ganze nicht persönlich gemeint ist. Solche Extratouren beunruhigen die Innere Sicherheit immer, egal, um welchen Angestellten es dabei geht.«
»Danke schön.«
»Du glaubst wohl immer noch, du findest einen Maulwurf?« Er lächelte wieder. Frank hatte festes Vertrauen zu seinen Vorgesetzten, vorausgesetzt, sie hatten die richtigen Schulen besucht oder sich beim Militär ausgezeichnet. Die Verdächtigung solcher Leute fand er nur komisch.

»Nein, Frank, nein, wirklich nicht.«
»Ich bin auf deiner Seite, Bernard.«
»Ich weiß, Frank.«
»Aber du hast Feinde – oder vielleicht sollte ich besser Rivalen sagen –, und ich will nicht, daß sie einen Vorwand geliefert kriegen, dich fertigzumachen.«
»Ja.«
»Du bist wie...?« Er zögerte nur einen Augenblick. »Ja, an deinem letzten Geburtstag bist du vierundvierzig geworden.« Frank hatte also sogar mein Geburtsdatum gespeichert.
Ich gab brummend meine Zustimmung.
»Mit zwei so entzückenden Kindern, wie du sie hast, solltest du mehr an deine Karriere denken, anstatt dir dauernd neue Methoden auszudenken, wie du es dir mit den Kerlen in der oberen Etage verderben könntest.« Er machte eine Pause, um das Gesagte wirken zu lassen. »Die Stimme der Erfahrung, Bernard.« Er ließ seine Serviette auf den Tisch fallen und erhob sich, um mir zu zeigen, daß seine kleine Lektion beendet war.
»Okay, Frank«, sagte ich. »Ganz streng nach dem Prinzip des Wissen-Müssens, von jetzt an und in Ewigkeit.«
»Du bist ein vernünftiger Bursche«, sagte Frank. »Denk an die Kinder, Bernard. Jetzt, wo Fiona weg ist, sind sie doch ganz auf dich angewiesen.«
»Ich weiß, Frank.«

Ich hatte Frank Harrington nichts versprochen, was ich nicht schon vorher mir selbst versprochen hatte. Anscheinend war ja die gesamte westliche Welt bemüht, mir zu versichern, daß Bret Rensselaer ein sauberer, aufrechter und wahrhaftiger Mensch war. Bei so vielen Bestätigungen wäre es zu dumm von mir gewesen, weiter herumzustochern und herausfinden zu wollen, womit er sich beschäftigt hatte, ehe meine Frau Fiona zum Gegner überlief.
An diesem Nachmittag kehrte ich also mit erneuter Energie an meinen Schreibtisch zurück. Am Donnerstag hatte ich ihn – trotz einer zweiten Ladung aus Dickys Postausgangskorb – im wesentlichen leergeschaufelt. Zur Feier der Befreiung von mei-

nen außerberuflichen detektivischen Pflichten leistete ich mir ein Wochenende auf dem Lande mit Gloria und den Kindern. An diesem Wochenende hatte das neue Mädchen, das nun schon seit nicht weniger als sechs Tagen für uns arbeitete, zum ersten Mal frei. Am Samstag morgen machten wir uns auf den Weg. Auf einem Feld bei Bath besuchten wir eine »Dampfmaschinen-Rallye«, eine bunte Sammlung alter dampfbetriebener Geräte, Mähdrescher, Karussells, Traktoren und Dampfwalzen. Und alle liefen. Die Kinder waren entzückt. Gloria schien noch jünger und schöner als sonst. Obwohl die Kinder ständig um uns herumschwirrten, beteuerte sie ein übers andere Mal, wie herrlich es doch sei, mich einmal ganz für sich zu haben. Ich glaube, zum ersten Mal hatten wir hier alle vier das Gefühl, eine Familie zu sein, eine glückliche Familie. Selbst die zwölfjährige Sally, die bisher Gloria gegenüber etwas reserviert gewesen war, umarmte sie nun; eine Geste, auf die ich die Hoffnung schon fast aufgegeben hatte. Billy, der gewöhnlich so prosaisch und zurückhaltend war, entführte Gloria zu einem Spaziergang zu zweit, bei dem er ihr die Geschichte seines Lebens erzählte und ihr gute Ratschläge für die richtige Behandlung des neuen Mädchens gab, dessen miese Launen schon wiederholt Anlaß zu Besorgnis gegeben hatten. Ich war nicht optimistisch, was das Mädchen anbetraf. Im Rückblick fand ich nun, daß Doris eigentlich nicht so übel gewesen war.
Am Samstag abend entdeckten wir Everton, ein hübsches kleines Dorf. Wir aßen zu Abend im dortigen Hotel. Und da wir die lange Rückfahrt nach London scheuten, blieben wir kurzentschlossen auch über Nacht. Gloria hatte in weiblicher Voraussicht ein paar Sachen, einschließlich der Schlafanzüge und Zahnbürsten der Kinder – ja selbst die Zahngummis, die Billy für seine bebänderten Zähne brauchte – in eine Tasche gepackt und hinten im Wagen verstaut. Ich habe mich an dieses Wochenende später oft erinnert. Von Glorias zukünftiger Weiterbildung war nicht die Rede. Am Sonntag morgen machten wir einen Spaziergang über die Felder, bei dem uns keine Menschenseele begegnete. Dem Ufer eines Baches folgend, in dem es von Fischen nur so wimmelte, erreichten wir ein winziges Wirtshaus, dessen

Gaststube mit Fotos, Konzertprogrammen, Plakaten und anderen Erinnerungsstücken an Maria Callas dekoriert war. Wir tranken eine Flasche Pol Roger. Billy wälzte sich im Schlamm, und Sally pflückte Blumen. Gloria sagte, daß es so nun immer und ewig weitergehen könnte, und ich leistete mir den Luxus, ihr das zu glauben.

Die Kinder wuchsen so schnell, daß ich in dem großen Bengel, der da an meiner Seite ging, das Kind kaum wiedererkannte, das Billy noch vor wenigen Monaten gewesen war. »Mädchen haben keine Ahnung vom Umziehen«, sagte er, als ob wir uns schon länger über dieses Thema unterhalten hätten, dabei waren wir voll und ganz damit beschäftigt, nach einer Möglichkeit zu suchen, wie wir einigermaßen trockenen Fußes den Bach überqueren konnten.

»Sprichst du von Sally?«

»Ja, die hatte doch diese Busenfreundinnen an ihrer Schule in Marylebone.«

»An denen hing sie mehr als du an deinen Freunden?«

»Ach, jetzt geht's schon. Es gefällt ihr auf der neuen Schule. Mädchen reden sowieso nur von Kleidern«, sagte Billy. »Es ist also fast egal, wo sie ist.«

»Und wie ist es für dich?«

»Ich werde in den Oldtimer-Club eintreten.«

Ich verbarg meine Überraschung. »Bist du dafür denn schon alt genug? Brauchst du dazu nicht ein eigenes Auto?«

»Wahrscheinlich darf ich helfen... Motoren reparieren, Reifen aufpumpen und so.« Er sah mich an. »Mir gefällt unser neues Haus, Papa. Sally gefällt es auch. Mach dir also wegen uns keine Sorgen.«

»Ich gehe zuerst«, sagte ich. Dann zog ich ihn mit Schwung zu mir herüber. Er war schwer, verdammt schwer. Die Zeiten, da er noch auf meinen Schultern reiten konnte, waren unwiderruflich vorbei.

Nun reichte er mir die Hand, denn das steile, glitschige Ufer hatte er vor mir erklettert. »Neulich habe ich Großvater gesehen«, sagte er.

»Großvater?«

»Er hat ein neues Auto, einen Bentley Turbo, dunkelblau. Er kam zur Schule.«
»Hast du mit ihm gesprochen?«
»Er hat uns nach Hause gefahren.«
»Ich dachte, das Mädchen sollte euch abholen.«
»Die war auch da.«
»Wir hätten ihn schon längst mal besuchen sollen.«
»Er sagte, wir könnten mit ihm in die Ferien fahren. Er fährt in die Türkei. Vielleicht mit dem Auto, die ganze Strecke.«
»Großvater? Du bindest mir keinen Bären auf, Billy?«
»Dürfen wir mitfahren, Papa? Vielleicht nimmt er den Bentley?«
»Hast du das Tante Gloria schon erzählt?«
Billy sah schuldbewußt drein. Er senkte den Blick auf die schmutzigen Stiefel und sagte leise: »Sie hat gesagt, ich soll dir nichts davon sagen. Sie sagte, du würdest dir Sorgen machen.«
»Nein, nein, das ist schon in Ordnung. Ich muß mir das noch ein wenig überlegen. Vielleicht werde ich die Sache noch mal mit Großvater besprechen.«
»Danke, Papa. Danke, danke!« Billy umarmte mich und fuhr fort: »Glaubst du, daß ich vorne neben Großvater sitzen darf?«
»Der Weg in die Türkei ist weit«, sagte ich.
»Da ist Sally mit Tante Gloria«, rief er. »Die beiden haben es auch über den Bach geschafft.«
Es ging also wieder los. Wenn er die Kinder nur auf eine Ferienreise mitnehmen wollte, warum hatte Fionas Vater den Vorschlag nicht erst mal mir gemacht? Und in die Türkei. Nur einen Katzensprung von der Sowjetunion entfernt. Die Vorstellung, daß meine Kinder mit meinem Schwiegervater, der sich in alles einmischen mußte, dort Ferien machten, erfüllte mich mit Schrecken.
Billys Erzählung warf zwar einen Schatten auf unser Idyll, aber Schuld daran, daß der Ärger für mich richtig wieder anfing, hatte schließlich Dodo, der verdammte alte Narr. Als ich ihm in Frankreich zuerst begegnet war, hatte er mir den Eindruck eines liebenswürdigen Sonderlings gemacht, eines sehr gebildeten alten Herrn, der gelegentlich zuviel trank. Jetzt sollte ich den

boshaften, selbstherrlichen, streitsüchtigen alten Säufer kennenlernen, der er wirklich war.
Obwohl ich das nicht beweisen könnte, bin ich doch überzeugt, daß Glorias Mutter ihn in Frankreich angerufen, ihm ihr Herz ausgeschüttet und ihm wegen der Vernachlässigung seitens ihres Mannes ihr Leid geklagt hatte. Gloria sagte, daß in irgendeiner nicht näher definierten Vergangenheit der alte Mann ihre Mutter sehr gern gehabt habe. In London versicherte dann aber Dodo jedem, den er traf, er sei »in Geschäften« dort. Was auch der Grund war, jedenfalls erschien Dodo plötzlich in London, herausgeputzt, in einem alten, aber wunderbar geschnittenen Glen-Urquhart-Anzug, und während der ersten Woche seines Besuches bewohnte er im Ritz ein Zimmer mit Aussicht über den Park.
Natürlich hatte er Beziehungen in London. Nicht nur zu ungarischen Emigranten und alten Bekannten aus seiner Wiener Zeit, sondern auch zu Leuten im Department. Dodo war schließlich einer von den »Preußen« des Langen gewesen, und für manche Leute war das eine unvergleichliche Empfehlung. Er hatte überdies eine nicht näher bekannte Rolle in dem Budapester Agentennetz gespielt, dem auch Glorias Vater angehört hatte, ehe er sich in den Westen absetzte. Und natürlich war Dodo ein Mann, der seine Beziehungen pflegte, und so führten ihn denn wiederholt »alte Kameraden« aus dem Schatzamt und dem Außenministerium zum Lunch in den Reform Club oder zu den Travellers.
Er ging gern auf Partys. Er ging auf Botschaftspartys, auf Partys des Showbiz, der sogenannten feinen Gesellschaft und auf Literatenpartys. Wieviel Zeit er bei Glorias Eltern zubrachte und ob, wenn er bei ihnen war, von mir gesprochen wurde und von meiner mutmaßlichen beruflichen Tätigkeit, weiß ich bis auf den heutigen Tag nicht. Doch als ich ihm wieder begegnete, war er beunruhigend gut informiert über mich.
Dodos Einladung auf ein Glas »mit Freunden – am Donnerstag zwischen sechs und acht Uhr abends oder solange es eben dauert« in ein Haus mit sehr vornehmer Adresse, und zwar in der Chapel Street in der Nähe des Eaton Square, war auf einen

Briefbogen des Ritz gekritzelt und kam am Mittwoch morgen mit der Post. Wir waren nicht im entferntesten vorbereitet auf das, was uns dort erwartete. Vor dem für London SW I typischen kleinen Stadthaus parkten, als wir eintrafen, schon mehrere Luxuslimousinen, und ein Butler im Frack öffnete uns die Tür. Viele der männlichen Gäste waren im Smoking erschienen, die Damen in langen Kleidern. Von irgendwoher hörte man Live-Musik und lautes Gelächter. Gloria fluchte halblaut, denn sie trug das Tweedkostüm, in dem sie morgens ins Büro gegangen war, und hatte nicht einmal Zeit gehabt, sich zu frisieren.

Das ganze Haus stand der Gesellschaft offen, und es waren Gäste in jedem Zimmer. In dem ersten, das wir betraten, fanden wir einen jungen Mann im Smoking und zwei Mädchen im Abendkleid, anscheinend in die gemeinsame Betrachtung eines großen Bildbands vertieft. Wir überließen sie ihrer Betrachtung und gingen in das nächste Zimmer, wo an einem langen Zeichentisch zwei Männer Getränke ausschenkten. »Ungarische Weine«, sagte der eine, als ich fragte, was es gebe, »nur ungarische Weine.« Ich ließ uns zwei der größten Gläser einschenken, und dann gingen wir auf die Suche nach der Zigeunerkapelle ins Obergeschoß. »Das ist ein Zimbalon«, erklärte mir Gloria, als sie das Saiteninstrument erkannte. »Wo mag Dodo nur jemand aufgetrieben haben, der Zimbalon spielt, hier in London?«

»Du kannst ihn gleich selber fragen«, sagte ich.

Dodo kam eben die Treppe herunter, ein Glas in der Hand und ein glückliches Lächeln im Gesicht. Sein Haar war sauber geschnitten, aber sein Abendanzug hatte schon bessere Zeiten gesehen, und er trug dazu blaue Wildlederschuhe mit ungleichen Schnürsenkeln und rote Socken. Als er uns erblickte, wurde sein Lächeln noch strahlender. Er war nicht der Mann, sich abgetragener Kleider zu schämen. Im Gegenteil schien er alte Gewänder zu lieben, wie er alte Bücher und alte Weine liebte, und Glorias Kummer, so unpassend angezogen zu sein, ließ ihn kalt.

Er hatte schon einige Gläser geleert, als wir ihm begegneten, und hielt sich nicht lange mit der Begrüßung auf, ließ sich dafür um so ausführlicher über den einen oder anderen

der illustren Gäste aus. »Der Bursche, den ihr da mit mir auf der Treppe gesehen habt, ist die Macht hinter den Kulissen bei der Lufthansa. Er hatte das Zimmer gegenüber meinem, als ich noch in dieser elenden Bude am Kohlmarkt wohnte. Inzwischen ist die Gegend natürlich eine der elegantesten von Wien geworden.« Dodo führte uns in den Raum, wo die Zigeunerkapelle spielte. Es war dunkel dort bis auf das Kerzenlicht, das über die Gesichter der Musikanten flackerte und hin und wieder auf einen der verzückt im Schatten lauschenden Zuhörer fiel.
»Haben sie schon den Csárdás gespielt?« fragte Gloria mit einem Eifer, der mir eine neue Seite ihres Wesens enthüllte.
»Natürlich, liebste Zu«, sagte Onkel Dodo.
»Du denkst wirklich an alles«, sagte sie und schien ihre Sorgen wegen der Kleidung und Frisur vollkommen vergessen zu haben. Sie küßte ihn schnell und sagte etwas auf ungarisch. Er lachte. Ich fühlte mich ausgeschlossen.
»Bist du aus Budapest?« fragte ich ihn, eher um Konversation zu machen als aus echtem Interesse.
»Alle Ungarn sind aus Budapest«, sagte er.
Gloria sagte: »Ja, wir alle lieben Budapest.« Dann sah sie Dodo an und sagte in nachdenklichem Ton: »Du hast recht. Alle Ungarn fühlen sich daheim in Budapest.«
»Sogar ihr Zigeunerinnen«, sagte Dodo, als die langsame Zigeunermusik von neuem begann und Gloria anfing, sich in ihrem Rhythmus zu wiegen.
»Hat Zu dir jemals die Zukunft vorausgesagt?«
»Nein«, sagte ich.
»Mit den Tarotkarten.«
»Nein, Dodo«, sagte Gloria. »Manchmal ist es besser, nicht zu wissen, was die Karten sagen.« Das Thema war beendet.
»Habt ihr schon gegessen?« fragte er.
Als wir verneinten, führte er uns in die Küche hinunter, wo zwei Köche wie die Irren schufteten, um eine Unmenge exotischer Gerichte zu fabrizieren. Gloria und Dodo wetteiferten darin, mir die verschiedenen Gerichte zu erklären, und stritten sich über die jeweiligen authentischen Rezepte. Ich probierte alles durch. Kalbfleischstreifen in saurer Sahne, geschmorte Rindfleisch-

würfel mit Knoblauch und Paprika, panierte Hühnerstückchen, gekochtes Schweinefleisch mit Meerrettich, Süßwasserfisch, mit Knoblauch und Ingwer gewürzt.
Nichts davon war mir bei meinen Reisen in das moderne Ungarn je untergekommen. Was sich da Gulasch nannte, schmeckte nach nichts und wurde einem so lieblos, wie es gekocht war, mit auf ein Maß von hundert Gramm geeichten Suppenkellen zugeteilt.
»Dir schmeckt die ungarische Küche, was?« sagte Dodo. Die einzige gute Mahlzeit, die ich in Ungarn bekommen hatte, war mir in einem großen Landhaus in der Nähe des Plattensees serviert worden. Das Essen war von Käfer in München, über die Grenze geschmuggelt. Mein Gastgeber war ein Schwarzhändler und der Ehrengast an seinem Tisch ein Oberst der Sicherheitsorgane. Als aber Dodo sagte – wie das übrigens heutzutage schon geradezu Pflicht ist bei uns –, daß die Ungarn wieder verdammt gut essen neuerdings und daß Budapest bald wieder das Ziel pilgernder Gourmets sein wird, nickte ich und lächelte und schlang mein Essen hinunter und sagte, ja, so sei es wohl.
Nach dem Essen machten wir uns auf die Suche nach einem Ort, wo wir uns bequem hinsetzen könnten. Die Zimmer im Erdgeschoß hatten sich geleert, denn die Zigeunermusik hatte viele Gäste nach oben gelockt. In einer Ecke in einem dieser Zimmer stand ein großer Tisch, auf dem Plakate und Faltblätter auslagen, die für ein neu erschienenes Buch mit dem Titel »Die wunderbare Welt der ungarischen Küche« warben. Und nun ging mir ein Licht auf: Der unsägliche Dodo hatte uns zu einer Buchpräsentation eingeladen, mit der er selbst gar nichts zu tun hatte. Er sah, wie ich das Werbematerial betrachtete, und lächelte nur, ließ sich zu einer Erklärung aber nicht herab. So war er eben.
Ein Kellner in eleganter weißer Jacke mit goldenen Schulterstücken bot uns Kaffee und Pfannkuchen an. Dodo lehnte ab, um die Erzählung über seine Jugendjahre in Wien fortsetzen zu können. »Die Wirtin – so knausrig und geldgierig, wie nur Wirtinnen in Wien sind – hatte einen Schiele in der Küche hängen. Eine Kohlezeichnung, ein Portrait. In der Küche! Sie hatte es dem armen Teufel für irgendeine geringfügige Schuld

abgenommen. Dabei hatte sie keine Ahnung, was sie da in ihrer Küche hängen hatte, die blöde Kuh. Ein buntes Bild wäre ihr lieber gewesen, sagte sie immer. Tatsächlich sind ja die farbigen Zeichnungen, die es von Schiele gibt, alle nachträglich koloriert, wirklich ursprünglich kann man also nur die Kohlezeichnung nennen. Dieses entzückende Portrait stellte übrigens eine junge Frau dar, ich weiß nicht genau, ob es seine Edith war, sie hätte es aber gewesen sein können, das hätte den Wert der Zeichnung natürlich noch erhöht.« Ich versuchte wegzuhören. Ein anderer Kellner erschien in der Tür. Dodo leerte sein Whiskyglas und winkte damit dem Kellner, ohne sich zu vergewissern, ob dieser ihn überhaupt bemerkt hatte. »Das waren noch Zeiten«, sagte Dodo und lehnte sich, rot im Gesicht und schwer atmend, zurück. Es war nicht ganz klar, ob er von Schieles Zeiten oder seinen eigenen sprach. Ich fragte nicht nach. Dodos erbarmungsloses Geschwätz ließ einem nicht viele Erholungspausen, und ich bekam langsam Kopfschmerzen.

Die Chancen, daß er länger als ein, zwei Augenblicke lang den Mund hielt, standen jedoch schlecht. In kürzester Zeit hatte Dodo ein neu gefülltes Glas in der Hand und fing eine neue Geschichte an.

Er war in voller Fahrt, als der Kellner zum zweiten Mal Kaffee anbot, und der sarkastische Unterton seiner spaßigen Geschichten schien mir seit einiger Zeit schon eine gewisse Feindseligkeit auch gegen mich zu verraten. Er legte mir schwer die Hand auf die Schulter. »Wir, die wir die Ehre hatten, in Stellungen des Vertrauens und der Gefahr für die Regierung Ihrer Majestät zu arbeiten, wir wissen, daß das Glück den Mutigen begünstigt, ist's nicht so, Bernard?«

Bemerkungen in diesem Sinn hatte er im Laufe des Abends schon mehrere gemacht, und diesmal stellte ich ihn zur Rede. »Ich weiß nicht genau, wie du das meinst.« Gloria, der mein gereizter Ton nicht entgangen war, sah uns nacheinander vorwurfsvoll an.

»Ein Agent im Außendienst läßt sich doch mit einem kleinen Orden und dem Dank des Vaterlandes nicht abspeisen, wenn er sein Geschäft versteht. Er weiß, daß er einen Sack voll Goldstük-

ke kriegen kann und daß, wo er die herkriegt, noch mehr zu holen ist. Verstehst du mich jetzt?«
»Nein«, sagte ich.
Wieder schlug er mir auf die Schulter, was er vermutlich für kameradschaftlich hielt. »Und ich finde das vollkommen in Ordnung. Ich bin nicht im mindesten dagegen. Sollen doch die Leute, die die Dreckarbeit machen, auch ein bißchen davon haben, sage ich. Das ist schließlich nicht unrecht.«
»Meinst du Papa?« fragte Gloria. Der warnende Ton war unüberhörbar, nur war Dodo nicht mehr nüchtern genug, darauf zu achten.
Er pfiff durch die Zähne und sagte: »Darling, was deinem lieben Vater bezahlt wurde – und was ich verdient habe –, war doch Hühnerfutter im Vergleich mit dem, was Leute, die wirklich Bescheid wissen, beiseite bringen. Wenn dir das bisher entgangen sein sollte, kann Bernard dich bestimmt genauer informieren.«
»Mir ist bisher noch kein reicher Agent über den Weg gelaufen«, sagte ich.
»Wirklich nicht, Darling?« Ein listiges Lächeln verbreitete sich langsam über sein Gesicht.
»Worauf willst du eigentlich hinaus?« fragte ich.
»Also wenn du mir weismachen willst, daß du nicht weißt, wovon ich rede, meinetwegen.« Er trank einen Schluck Whisky, wobei ein Teil auf sein Kinn tropfte, und wandte den Kopf ab.
»Sag es mir lieber«, sagte ich.
»Der Teufel soll euch holen!« Breites Lächeln. »Dich und deine feine Frau.«
»Was ist denn mit mir und meiner Frau?«
»Komm schon, Darling, stell dich doch nicht dumm.« Ein wissendes Grinsen. »Deine Frau war im Operationsbereich tätig, stimmt's? Sie war Treuhänderin für irgendeinen obskuren Tilgungsfonds. Dann ist sie verschwunden und mit ihr das ganze Geld. Erzähl mir bloß nicht, daß du nicht ein paar Pfund für dich abgezweigt oder im Namen deiner Kinder irgendwo auf die hohe Kante gelegt hast.«

»Onkel Dodo, das reicht«, sagte Gloria scharf.
»Laß ihn weiterreden«, sagte ich. »Ich finde das sehr interessant.«
Wie ein schlaues kleines Wiesel ließ er die Augen von mir zu ihr wandern. Dann sagte er bedeutungsvoll: »Berlin, Kurfürstendamm.«
»Was ist damit?«
»Schneider, von Schild und Weber.«
»Klingt wie eine Privatbank«, sagte ich.
»Es ist eine Bank«, sagte Dodo triumphierend, als sei damit bewiesen, daß er recht hatte. »Es ist eine Bank.«
»Na und?«
»Soll ich weiterreden, Darling?«
»Ich bitte darum.«
»Weber – der Enkel eines der Firmengründer – besorgt gewisse finanzielle Transaktionen für die britische Regierung. Da hast du dein Geld her.« Er betonte jede Silbe, als hätte ich versucht, ihn zum Narren zu halten.
»Geld? Welches Geld? Und wie bin ich da rangekommen?« fragte ich, inzwischen überzeugt, daß er nicht nur sternhagelvoll, sondern verrückt war.
»Du bist zeichnungsberechtigt für das Konto.«
»Quatsch.«
»Eine Tatsache, die man leicht beweisen oder widerlegen kann.«
Der Kellner stellte einen kleinen Teller mit Schokoladenminzplätzchen auf den Tisch. Dodo reichte den Teller nicht herum, er wickelte eines der Plätzchen aus und schob sich's in den Mund.
»Wer hat dir das alles erzählt?« fragte ich.
Kauend sagte Dodo: »Ich kenne den jungen Weber seit vielen Jahren. Als ich vom Department in den Ruhestand versetzt wurde, hat Webers Vater alles für mich geregelt.«
Ich versuchte, seine Gedanken zu lesen. Er kaute sein Schokoladenminzplätzchen und starrte mich blicklos an.
»Du kommst doch oft genug nach Berlin, Darling. Geh einfach mal bei Weber vorbei, und unterhalte dich mit ihm.«
»Vielleicht mache ich das wirklich.«

»Das Geld ist sicherlich in kurzfristig kündbaren Obligationen angelegt. So wird das gewöhnlich gemacht. Ein Dutzend Zeichnungsberechtigte ungefähr – mindestens. Aber zwei davon müssen jeweils unterschreiben. Also etwa du und deine Frau.«
»Ein Dutzend Zeichnungsberechtigte?«
»Stell dich doch nicht schon wieder dumm, Darling. Das ist doch gang und gäbe.« Die Bosheit hatte jetzt die Oberhand.
»Falsche Namen?« fragte Gloria.
»Das ist gar nicht nötig. Echte Namen sind viel besser. So verbirgt man den wahren Zweck des Kontos, und außerdem steht man gut da, falls doch jemand herumschnüffeln sollte. Immer vorausgesetzt, daß die Zeichnungsberechtigten nichts davon erfahren.«
»So könnte Bernards Name in die Sache reingezogen worden sein«, sagte Gloria leise. Ganz offensichtlich glaubte sie ihrem Onkel Dodo die tolle Geschichte.
Dodos Knopfaugen waren fast hypnotisierend. Der Kerl hatte etwas Beängstigendes an sich: die Ausstrahlung des Bösen.
»Wenn du wirklich von der Kohle keine Ahnung gehabt hast, dann hast du dich aber ganz schön übers Ohr hauen lassen, Darling.« Er lachte leise, damit ich merkte, daß er diese Möglichkeit nicht ernsthaft in Erwägung zog. Dann sah er Gloria auffordernd an, weil er den Spaß mit ihr teilen wollte. Als sie wegschaute, nahm er einen großen Schluck aus seinem Glas.
»Muß jetzt gehen«, sagte er. »Muß gehen.«
Ich stand nicht auf. Der alte Narr kam aber doch aus eigener Kraft auf die Füße und torkelte durch die Tür. Gloria und ich saßen einige Minuten schweigend da. Schließlich startete sie einen Versuch, mich über die Unverschämtheiten Dodos hinwegzutrösten, und sagte: »Er war in einer komischen Stimmung heute abend.«
»Lange nicht mehr so gelacht«, sagte ich.

18

Einen Tag vor meinem nächsten turnusmäßigen Besuch in Berlin rief Werner an und fragte mich, ob ich nur mit Handgepäck kommen würde. Ich sagte ja. Bei diesen Stippvisiten brauchte man nur einen Aktenkoffer, der groß genug war für Schlafanzug und Rasierzeug.

»Könntest du ein Päckchen für mich mitbringen? Ich würde dich nicht darum bitten, wenn Ingrid es nicht dringend brauchen würde.«

»Ingrid?« fragte ich. »Wer ist Ingrid?«

»Ingrid Winter. Lisls Nichte. Sie hilft mir im Hotel.«

»Ach, wirklich?«

»Es wird ziemlich schwer sein«, sagte Werner entschuldigend, »es handelt sich um Vorhangstoff von Peter Jones, dem Kaufhaus am Sloane Square. Ingrid sagt, das Muster ist in Berlin nirgends zu kriegen.«

»Schon gut, Werner. Kein Problem.«

»Warte, bis du das Hotel siehst. Fast alles ist anders geworden. Du wirst es kaum wiedererkennen.«

Du meine Güte! dachte ich und fragte: »Und was sagt Lisl zu all diesen Veränderungen?«

»Lisl?« sagte Werner, als könne er sich kaum daran erinnern, wer Lisl war. »Lisl ist sehr zufrieden mit den Veränderungen. Sie sagt, sie findet alles wunderbar.«

»Wirklich?«

»Wir würden doch nichts machen, was Lisl nicht gefällt, Bernie. Das weißt du doch. Für sie machen wir das ja schließlich alles.«

»Und Lisl gefällt es?«

»Aber ja doch. Habe ich dir doch schon gesagt.«
»Na, dann bis morgen, Werner.«
»Es ist auch ziemlich unhandlich.«
»Reg dich ab, Werner. Ich habe dir versprochen, daß ich es mitbringe.«
»Wenn der Zoll dafür kassieren will, dann zahle. Ingrid kann es nicht erwarten, die neuen Vorhänge vor den Fenstern zu sehen.«
»Okay.«
»Bleibst du über Nacht? Ich meine, bei uns? Wir haben Platz für dich.«
»Danke, Werner. Ja, gerne.«
»Ingrid macht Hoppel-Poppel einfach klasse.«
»Es ist mindestens zwanzig Jahre her, daß ich zum letzten Mal Hoppel-Poppel gekriegt habe«, sagte ich. »Einen echten jedenfalls.«
»Mit frischen Kräutern«, sagte Werner, »das ist das Geheimnis. Frische Eier und frische Kräuter.«
»Hört sich an, als ob Ingrid gar nicht besonders stören würde«, sagte ich.
»Überhaupt nicht«, sagte Werner. »Sie stört überhaupt nicht.«

Ich verfluchte Werner, Ingrid und die Rolle Vorhangstoff schon, bevor ich in Tegel ankam. Der Zollbeamte sah mich mit der Rolle ringen und grinste nur. In Berlin sind sogar die Zollbeamten Menschen.
Dann kämpfte Werner weiter und versuchte, das Ding auf dem Rücksitz seines fabrikneuen silbernen BMW der 7er Serie zu verstauen, was nur möglich war, wenn man ein Stück davon aus dem offenen Fenster ragen ließ. »Das paßt doch nicht zu dir, Werner«, sagte ich, als er mit einer dreisten Geschicklichkeit, die ich ihm gar nicht zugetraut hätte, in den Verkehr stürzte. »So ein protziger, potenter Wagen. Das paßt nicht zu dir.«
»Ich habe mich geändert, Bernie«, sagte er.
»Weil du jetzt ein Hotel führst?«
»Genau. Weil ich jetzt ein Hotel führe«, erwiderte er und lächelte geheimnisvoll, während er seinen neuen Wagen weiter durch den dichten morgendlichen West-Berliner Berufsverkehr steu-

erte. Die Heizung war angeschaltet, eben begann es, aus tiefhängenden, grauen Wolken zu regnen. Die Berliner waren alle noch winterlich eingemummt. Auf dem Weg nach Berlin läßt der Frühling sich Zeit.

Werner setzte mich vor Frank Harringtons Büro ab. Nirgends mußte ich mir mein Geld so sauer verdienen wie dort. Ich ackerte mit Frank und ein paar von seinen leitenden Angestellten die neuesten Londoner Direktiven durch. Alle paar Minuten fluchte jemand oder atmete heftig ein, wenn ich wieder einmal eine besonders unbrauchbare oder schlecht durchdachte Idee der Londoner Zentrale vorstellte. Im Prinzip war ich nur dazu da, damit die Leute vom Außendienst jemanden hatten, bei dem sie ihre Einwände anbringen konnten, und das wußte auch jeder der Anwesenden. Und so lächelte ich und zuckte mit den Achseln und wand mich und machte Ausflüchte, während sie mir ihre wohlbegründeten Einwände um die Ohren schlugen. Wenn das Spiel dann aus war und jeder seine Rolle ablegte, durfte ich wieder den etwas bequemeren Charakter Bernard Samsons annehmen, ehemals Agent der Einsatzgruppe Berlin.

Es war halb sieben, als es endlich soweit war. Der Regen hatte nachgelassen, aber noch immer nieselte es. Die Büros und Geschäfte hatten sich geleert, und auf den Straßen herrschte Hochbetrieb. Wie flüssiges Feuer flackerten die Spiegelbilder der bunten Lichtreklamen im regennassen Asphalt. Der Wagen brachte mich zu Lisl Hennigs Hotel. Ich blieb einen Augenblick im Regen davor stehen und musterte mißtrauisch die Fassade. Aber was immer Werner an Veränderungen vorgenommen hatte, war von außen nicht sichtbar. Das alte Haus sah noch genauso aus, wie ich es seit jeher kannte. Sie sahen fast alle so aus, diese Häuser in dem Viertel zwischen Ku'damm und Tiergarten. Alle waren sie um die Jahrhundertwende erbaut, von Spekulanten für neureiche Geschäftsleute, und wer sein Haus besonders individuell gestalten wollte, konnte sich vorgefertigte Verzierungen wie bärtige Faune und vollbusige Nymphen für die Fassade liefern lassen. Manche waren grotesk überladen.

Seither hatten die angloamerikanischen Bombergeschwader und die sowjetische Artillerie den Berliner Bauten ein noch charakteristischeres Aussehen verliehen. Auch die Fassade von Lisls Haus wies Spuren von Bombensplittern und Kugeln auf. Kurz nach dem Krieg war zwar das Dach erneuert worden, und die Fensterumrahmungen aus Stuck hatte man flüchtig wieder zusammengeflickt. Aber eine gründliche Renovierung war seit vierzig Jahren überfällig.

Ich drückte die schwere Tür auf und stieg die pompöse Treppe ins Hochparterre hinauf. Ein neuer rubinroter Läufer war verlegt, das Messinggeländer so poliert, daß es glänzte wie Gold, und von der Decke hing ein neuer Kronleuchter. Außerdem spielte jemand Klavier. »Embrace me, my sweet embraceable you...« Und dann eine Kaskade improvisierter Harmonien. Das konnte nur Werner sein, der seidenweiche und überschwengliche Stil war nicht zu verkennen. Wenn Werner sich ans Klavier setzte, ging eine fast überirdische Verwandlung mit ihm vor.

»... my irreplaceable you.« Jemand hatte den Konzertflügel in die Mitte des Salons gerückt. Und entweder hatte man ihn weiß lackiert, oder es war ein neuer. Es standen jetzt auch bequeme braune Ledersessel hier. In den Barockspiegeln an den Wänden konnte man sich wieder klar sehen, und sogar Lisls Erinnerungsfotos waren alle gesäubert und hingen jetzt dicht an dicht an einer Wand. Die unterschiedlichsten Berühmtheiten aus einem längst vergangenen Berlin waren hier vertreten, Einstein, Furtwängler, Strauss, Goebbels, Dietrich, Piscator, Brecht, Weill und alle Fotos hatten eine persönliche Widmung für Lisl oder ihre Mutter, Frau Wisliceny, bei der einst ganz Berlin ein und aus ging.

Hotelgäste waren nicht viele zu sehen, vier Dänen nur, die sich angeregt unterhielten, ohne Werners Klavierspiel zu beachten, und ein ausgetrocknetes altes Paar, das an der Bar vor bunten Cocktails saß und ab und zu feindselige Blicke wechselte. Ingrid Winter kam die Treppe aus dem Obergeschoß herunter, ein Tablett in den Händen. In dem knöchellangen Kleid mit einem kleinen, spitzenbesetzten Ausschnitt sah sie genauso herausgeputzt aus wie in Südfrankreich: wie eine Bäuerin beim sonntäglichen Kirchgang. Sie lächelte mir zu.

Werner blickte von den Tasten auf. Er sah mich und hörte auf zu spielen. »Bernie! Du solltest doch anrufen. Ich hätte dich abgeholt. Es regnet in Strömen...«
Er musterte meinen nassen Mantel.
»Frank hat mir einen Wagen besorgt.«
Von ihrem Sessel in der Ecke aus rief Lisl gebieterisch: »Was machst du denn, Bernd? Komm und gib deiner Lisl einen Kuß!« Sie war gut bei Stimme, was ihr auch sonst fehlen mochte. Sie trug einen langen, wallenden roten Hausmantel. Ihr Gesicht war sorgfältig geschminkt, und sie hatte ihre falschen Wimpern angelegt, mit denen sie klapperte wie ein Schulmädchen. Als ich mich über sie beugte, versank ich in der Duftwolke ihres Parfüms. »Dein Mantel ist naß, Bernd«, sagte sie. »Zieh ihn aus. Klara soll ihn in der Küche trocknen.«
»Ist schon in Ordnung, Lisl«, sagte ich.
»Tu, was ich dir sage, Bernd. Sei nicht dickköpfig.« Ich zog den Mantel aus und gab ihn der alten Klara, die irgendwoher aufgetaucht war. »Und dann geh in den Heizungskeller und sieh dir mal die Pumpe an. Sie macht wieder Ärger, und ich hab' ihnen gesagt, daß du sie bisher jedesmal repariert hast.«
»Ich werd's versuchen«, versprach ich ohne große Hoffnung. Lisl war überzeugt, daß ich in meiner Kindheit in den antiquierten Stromleitungen und Heizungen ständig technische Wunder vollbracht hätte. Das stimmte natürlich nicht. Die Vorstellung, daß Bernd es schon richten würde, war nur Tante Lisl Ausrede gewesen, die unumgängliche Erneuerung der altersschwachen und hinfälligen Installationen so lange wie möglich hinauszuzögern.
»Das Hotel sieht wunderbar aus, Lisl.«
Sie brummte, als hätte sie mich nicht richtig verstanden, aber das schiefe kleine Lächeln, mit dem sie mich ansah, gab mir deutlich zu verstehen, daß ihr Werners Renovierungsmaßnahmen Freude machten.
Keiner konnte im Ernst von mir erwarten, daß ich fähig war, die chronischen Rhythmusstörungen der Heizungspumpe zu kurieren; dazu waren sie zu weit fortgeschritten. Aber ich ging, von Werner begleitet, in den Keller und sah mir den lang geplagten,

halb verrotteten und überall die Isolierung verlierenden Kessel an. Um Lisls Vertrauen in mich zu rechtfertigen, klopfte ich wenigstens an die Druckmesser und an das Pumpengehäuse und befühlte die lauwarmen Rohre, die sengend heiß hätten sein sollen. »Es ist ja nicht nur der Kessel«, sagte Werner. »Das ganze System wird erneuert werden müssen. Ich hoffe nur, daß es irgendwie noch bis zum nächsten Jahr durchhält.«

»Ja«, sagte ich. Wir sahen die hinfällige Maschinerie eine Zeitlang an, als könnten wir sie mit unseren Blicken zum Leben erwecken. Dann gesellte sich Ingrid Winter zu uns. Sie sagte nichts. Sie stand einfach neben uns und starrte auf den Heizungskessel. Ich warf ihr einen Seitenblick zu. Sie war eine hübsche Frau mit schöner Haut und klaren Augen, die leuchteten, wenn sie einen ansah. Von ihrer Erscheinung ging diese stille Gewißheit unbeirrbarer Kompetenz aus, die man bei Krankenschwestern zu finden hofft.

»Es ist nicht nur das Geld«, erklärte Werner ungefragt. »Es wird furchtbar viel Dreck machen, wenn alle Rohre und Heizkörper ausgewechselt werden. Und wenn wir die Heizung im Winter erneuern lassen, wird das Hotel in der Zeit geschlossen werden müssen.«

»Könntest du nicht erst mal den Kessel erneuern?« schlug ich vor. »Und dann nach und nach die Leitungsrohre und die Heizkörper?«

»Der Klempner sagt, daß man das nicht machen kann«, sagte Werner. Er wußte, daß die Materie mir zutiefst fremd war, und sein Blick gab mir deutlich zu verstehen, daß er es wußte. »Die Sorte Kessel, die wir für all die neuen Badezimmer brauchen, kann an diese brüchigen alten Leitungen nicht angeschlossen werden, das gäbe eine Katastrophe.«

Ingrid Winter sagte: »Vielleicht sollten wir noch mit einem anderen Heizungsingenieur reden, Werner.«

Sie hatte einen unverkennbar bayerischen Tonfall, ohne allerdings Dialekt zu sprechen. Aber ich bemerkte eine winzige Veränderung in ihrer Stimme, eine neue Tonlage oder Melodie, und unwillkürlich sah ich Werner an. Werner erwiderte meinen Blick mit jenem traurigen Lächeln, das ich aus unserer gemein-

samen Schulzeit kannte. Werner hatte mir einmal anvertraut, dies sei seine »unergründliche« Miene, aber ich glaube, »schuldbewußt« würde hier besser passen.
Werner sagte: »Der alte Heinmüller kennt das System durch und durch, Ingrid. Er und sein Vater haben es schließlich nach dem Krieg wieder in Gang gesetzt.«
»Irgendwas werden wir jedenfalls machen müssen, lieber Werner«, sagte sie, und diesmal war die Vertraulichkeit in ihrem Ton unüberhörbar. Zwischen den beiden bestand jenes unausgesprochene Einverständnis, zu dem unglücklicherweise viele Ehepaare niemals finden.
»Da wir hier unten allein sind, erzähl Bernie doch gleich von diesem Ungarn.« Werner berührte ihren Arm. »Erzähl ihm, was du mir erzählt hast, Ingrid.«
Sie zögerte und sagte dann: »Vielleicht hätte ich überhaupt nichts davon sagen sollen... Aber neulich abend habe ich Werner von meiner Mutter und diesem schrecklichen Ungarn erzählt, der bei uns in der Nähe wohnt.«
»Dodo?« fragte ich.
»Ja, so nennt er sich.«
»Was ist mit ihm?«
»Er ist ein jämmerlicher kleiner Wicht«, sagte Ingrid. »Ich habe ihn nie leiden können. Ich wünschte, Mutter würde ihn nicht ins Haus einladen. Er glotzt mich immer so lüstern an.« Sie schwieg und musterte aufmerksam die Verkleidung der Kesselrohre. »Jedenfalls müßte hier mal saubergemacht werden«, sagte sie. »Ekelhaft, dieser Dreck.«
»Wann ist die Anlage zum letzten Mal gereinigt worden?« fragte ich. Sie schien verlegen. Ich wollte ihr ein wenig Zeit geben, sich zu überlegen, wie sie fortfahren sollte. »Ich erinnere mich, daß einmal jemand kam und einen Stutzen auswechselte oder so was, und danach funktionierte alles wieder ganz prima.«
»Wir haben es mit neuen Stutzen schon probiert«, sagte Werner ungeduldig. Dann zu Ingrid: »Erzähl Bernie, was sie über seinen Vater gesagt haben. Und über deinen Vater. Es ist besser, er erfährt's.«
Ingrid sah mich an, und es war offensichtlich, daß sie mir viel lieber überhaupt nichts erzählt hätte.

»Ich würde es gerne wissen«, sagte ich, um's ihr leichter zu machen.
»Wissen Sie noch, was ich Ihnen erzählte, als Sie meine Mutter besuchten?«
»Ja«, sagte ich.
»Ich habe Sie verletzt. Ich weiß es. Es tut mir leid.«
»Kein Problem.«
»Das meiste von dem, was ich weiß, habe ich von Dodo. Und der ist keine sehr zuverlässige Quelle.«
»Erzählen Sie mir's trotzdem.«
»Offiziell hat man uns nur davon benachrichtigt, daß Paul Winter einige Zeit nach Kriegsende erschossen wurde, angeblich unbeabsichtigt.«
»Von Amerikanern«, sagte Werner.
»Laß mich erzählen, Werner.«
»Entschuldige, Ingrid.«
»Angeblich war er auf der Flucht«, sagte sie. »Aber das sagen sie in solchen Fällen ja wohl immer.«
»Ja«, sagte ich. »Das sagen sie immer.«
»Dodo hat die ganze Sache wieder aufgerollt und meiner Mutter damit in den Ohren gelegen. Sie werden wahrscheinlich wissen, wie der Mann redet und redet und redet... Sie hört ihm zu. Er war ja auch Nazi.«
»Nazi?« frage ich.
Werner sagte: »Er hat für Gehlen gearbeitet. Die Abwehr hat ihn an der Wiener Universität angeworben. Als nach Ende des Krieges Gehlen für die Amerikaner zu arbeiten anfing, arbeitete Dodo für den Langen.«
Ich sah Werner fragend an und überlegte, wo in dieser Geschichte nun mein Vater vorkommen sollte. Werner lächelte nervös und bereute vielleicht schon, die Rede auf meinen Vater gebracht zu haben. Ingrid sagte: »Dodo ist ein Intrigant. Manche Leute sind nur glücklich, wenn sie andere unglücklich machen können.«
Da sie mich bei dieser Feststellung ansah, nickte ich zustimmend.
Sie sagte: »Der Mann ist krank und gefährlich. Er trinkt zuviel,

und jedesmal versinkt er dann in Selbstmitleid. Die Ungarn haben die höchste Selbstmordquote auf der Welt, wußten Sie das, Bernard? Viermal so hoch wie in den USA, und die Tendenz ist steigend.« Ingrid verstummte, wahrscheinlich war ihr eingefallen, daß auch Gloria Ungarin war. Feuerrot vor Verlegenheit wandte sie sich dem Heizkessel zu und sagte: »Wir könnten die Anlage reinigen und überholen lassen und einfach schauen, was passiert. Inzwischen wird das Wasser ja nicht mehr richtig heiß, selbst wenn die Pumpe arbeitet.«

»Lisl hätte eine größere einbauen lassen sollen, als die Anlage nach dem Krieg überholt wurde«, sagte ich. Mit beiden Händen versetzte ich dem Kessel zwei aufmunternde Klapse, etwa in der Art, in der ein neapolitanischer Feldwebel einem Mann auf die Schulter klopft, den er auf ein Himmelfahrtskommando schickt. Es änderte nichts.

Einen Augenblick lang dachte ich, sie wollte nichts weiter sagen, dann fuhr sie aber fort: »Dodo hat meine Mutter gedrängt, die U.S. Army zu verklagen.«

»Das sieht Dodo ähnlich«, sagte ich.

»Auf Entschädigung für den Tod von Paul Winter. Wegen fahrlässiger Tötung.«

»Ist es dafür nicht schon etwas spät? Und ich dachte, Sie hätten gesagt, er sei auf der Flucht erschossen worden«, sagte ich.

»Ingrid hat gesagt, daß die Amerikaner das zu ihrer Rechtfertigung behauptet haben.«

»Dodo meint, die Amerikaner würden einiges zahlen. Er sagt, sie wären bestimmt nicht daran interessiert, daß die Sache noch mal aufgewühlt wird.«

Ich brummte, um zum Ausdruck zu bringen, daß ich Dodos Theorie nicht sehr überzeugend fand.

»Mein Onkel Peter war Colonel bei der amerikanischen Armee. Er ist bei der gleichen Gelegenheit erschossen worden. Dodo sagt, die beiden waren in geheimer Mission unterwegs.«

Ich sagte: »Und was hatte mein Vater mit alldem zu schaffen?«

»Er war dabei«, sagte Ingrid.

»Wo?« fragte ich.

»In Berchtesgaden«, sagte Ingrid. »Bei der Untersuchung wurde festgestellt, daß er der Mann war, der Paul Winter erschoß.«

»Ich glaube, da muß irgendwo ein Irrtum vorgekommen sein«, sagte ich. »Werner kannte meinen Vater. Er kann Ihnen erzählen ... jeder kann Ihnen erzählen ...« Ich zuckte mit den Achseln. »Mein Vater war nicht bei den Kampftruppen. Er arbeitete für den Nachrichtendienst.«
»Er hat Paul Winter erschossen«, sagte Ingrid kühl und ruhig. »Paul Winter war ein Kriegsverbrecher, jedenfalls wurde das behauptet. Ihr Vater war Offizier bei der Armee, die uns besiegt hatte. Wahrscheinlich ist irgendwas vertuscht worden. Solche Sachen kommen schließlich im Krieg immer wieder vor.«
Ich sagte nichts, weil nichts zu sagen war. Sie glaubte offenbar, was sie erzählte, aber sie war nicht zornig. Sie war eher verlegen. Ich nehme an, sie erinnerte sich nicht an ihren Vater. Er war wohl nur ein Name für sie, und genauso redete sie auch von ihm.
Als es schien, daß Ingrid weiter nichts erzählen wollte, sagte Werner: »Dodo hat sich auf das amerikanische Gesetz berufen, das freien Zugang zu den staatlichen Archiven gestattet, den Freedom of Information Act, und jemanden beauftragt, die entsprechende Akte zu suchen. Viel kam nicht dabei heraus. Ein amerikanischer Colonel und ein deutscher Zivilist – beide mit Namen Winter – starben an Schußverletzungen. Die Schüsse wurden bei Nacht und Schneetreiben abgegeben. Die Untersuchungskommission bezeichnete das Ereignis als Unfall. Niemand wurde dafür zur Rechenschaft gezogen.«
»Aber wissen Sie mit Sicherheit, daß mein Vater dort war? Berchtesgaden lag in der amerikanischen Zone. Was hätte mein Vater bei den Amerikanern gemacht?«
»Captain Brian Samson«, sagte Ingrid. »Er hat bei der Untersuchung ausgesagt. Ein Protokoll dieser beschworenen Aussage – und eine Menge andere Dokumente – liegen bei der Akte, aber Abschriften davon hat sich Dodo nicht verschaffen können.«
Werner sagte: »Dieser verfluchte Dodo ist ein gefährliches kleines Schwein. Wenn der mal beschließt, Unruhe zu stiften ...«
Er sprach nicht zu Ende. Das war auch nicht nötig. Werner kannte mich gut genug, um zu wissen, wie sehr jeder Fehler, den man meinem Vater nachweisen konnte, mich verletzen würde.
»Ich habe keinen Streit mit Dodo«, sagte ich.

»Er mag Sie nicht«, sagte Ingrid. »Nach Ihrem Besuch bei ihm hat er Mama besucht. Dodo haßt Sie richtig, Bernard.«
»Warum sollte er mich hassen?«
»Sie ist doch Ungarin, oder nicht?«
»Ja, sie ist Ungarin«, sagte ich.
»Und Dodo ist ein enger Freund ihrer Familie«, sagte Ingrid mit der keinen Widerspruch duldenden Endgültigkeit, mit der Frauen ihre Urteile über solche Beziehungen fällen. »In seinen Augen sind Sie ein aufdringlicher Ausländer...« Sie sprach nicht zu Ende. Das war auch nicht nötig. Ich nickte. Den Rest konnte ich mir denken. Ich konnte mir gut vorstellen, wie ich wirkte: wie ein alternder Wüstling, der ein unschuldiges junges Mädchen verführt hat. Mehr brauchte ein labiler Charakter wie Dodo nicht, um bis aufs Blut gereizt zu sein. Im umgekehrten Fall, das heißt, wenn der unsägliche Dodo mit der Tochter eines meiner alten Freunde zusammenleben würde, hätte ich mich auch aufgeregt. Sogar über alle Maßen.
»Ja«, sagte ich.
»Man kann's immer noch mit Strom versuchen«, sagte Ingrid.
»Kann man?« fragte ich.
»Elektrische Boiler in den Badezimmern installieren«, sagte Ingrid. »Dann würde der Kessel hier unten heißes Wasser nur für die Küche liefern müssen.«
Die Ungerechtigkeit machte mich wütend. Ich sah den Kessel scharf an und stieß mit dem Fuß gegen die Stelle, wo das Wasser in die Pumpe lief. Nichts passierte, also trat ich noch mal zu, heftiger. Ein Surren ertönte. Ingrid und Werner sahen mich bewundernd an. Ein paar Augenblicke lang warteten wir ab, ob das Geräusch anhalten würde, und Werner faßte das Rohr an, um sich zu vergewissern, daß es wieder heiß wurde. Es wurde wieder heiß. »Wie wär's mit einem Glas?« fragte Werner.
»Ich dachte schon, du würdest mich überhaupt nicht mehr fragen«, sagte ich.
»Und dann macht Ingrid uns Hoppel-Poppel. Mit Gänseschmalz.«
»Wenn Sie sich waschen wollen, Ihr Badezimmer im Obergeschoß sollte reichlich heißes Wasser haben. Das läuft da oben direkt aus dem Tank.«

»Danke, Ingrid.«
»Ihr Zimmer haben wir gelassen, wie es war. Werner wollte es neu tapezieren und einrichten lassen als Überraschung für Sie, aber ich habe gesagt, wir sollten Sie lieber vorher fragen. Ich dachte, Ihnen gefällt es vielleicht besser, wenn alles so bleibt wie früher.« Dabei sah sie mich an, und in ihrem Gesicht las ich, daß es ihr leid tat, einem Freund von Werner unangenehme Nachrichten überbracht zu haben.
»Mir gefällt es so, wie es ist«, bestätigte ich.
»Es war nett von Ihnen, mir den Vorhangstoff mitzubringen. Werner sagte, Sie würden es gerne tun.«
»In Gänseschmalz, was?« sagte ich. »Ingrid, Sie sind eine tolle Frau.«
Werner lächelte. Er lächelte viel neuerdings.

19

Die bösartigen Verleumdungen des alkoholisierten Dodo klangen mir noch in den Ohren, als ich nach London zurückkehrte. Ich hinterließ eine Botschaft für Cindy Prettyman oder vielmehr Matthews, wie sie trotz der ihr bewilligten Pension Prettymans genannt zu werden wünschte. Sie rief sofort zurück. Ich hatte Vorwürfe erwartet, weil ich mich nicht eher gemeldet hatte, aber sie schien nicht im mindesten verärgert. Im Gegenteil, sie freute sich, von mir zu hören. Freitag abend sei ihr recht. In einem Hotel in Bayswater? Wie du willst, Cindy. Mir war aufgefallen, daß sie aus einer öffentlichen Telefonzelle anrief. Warum hatte sie ihr Büro verlassen, um mich anzurufen? Und sich in einem Hotel in Bayswater mit mir verabredet? Na ja, Cindy war schon immer ein bißchen komisch gewesen.

Ich mußte mit ihr reden. Dodos verschiedene Enthüllungen, ob sie nun die Wahrheit oder nur Unsinn enthielten, machten das nur um so dringender. Und so heikle kleine Aufgaben wie das Ausschnüffeln der achtbaren kleinen Firma Schneider, von Schild und Weber wurden besser mit Hilfe der ausgedehnten und anonymen Einrichtungen des Außenministeriums ausgeführt als mit den beschränkten Mitteln des Department, noch dazu, da sich kaum verbergen lassen würde, daß ich es war, der Nachforschungen anstellte. Falls sich herausstellte, daß an Dodos wilden Behauptungen auch nur ein wahres Wort war, hätte ich eine Menge zu erklären.

»Mir ist gar nicht wohl bei dem Gedanken, daß du dich dieser Frau anvertraust«, sagte Gloria an diesem Abend, als ich nach Hause kam. »Sie ist so...« Gloria zögerte, bis ihr das richtige Wort einfiel, ». . . so kaltblütig«.

»Wirklich?«
»Wann triffst du dich mit ihr?«
»Freitag abend nach dem Büro.«
»Kann ich mitkommen?« fragte Gloria.
»Natürlich.«
»Ich würde nur stören.«
»Nein, komm ruhig mit. Sie erwartet nicht, zum Abendessen eingeladen zu werden. Auf ein Glas, hat sie gesagt.« Ich beobachtete Gloria eingehend. Während all der Jahre unseres Zusammenlebens hatte meine Frau – Fiona – sich nie auch nur das geringste Mißtrauen, die kleinste Regung von Eifersucht anmerken lassen, aber Gloria hatte jede einzelne meiner Bekannten als Nebenbuhlerin in Verdacht. Insbesondere mißtraute sie natürlich den Motiven alleinstehender Frauen und solcher, die ich schon länger kannte als sie. Cindy mußte ihr also hochgradig verdächtig sein.
»Wenn du wirklich meinst«, sagte Gloria.
»Du müßtest dir vielleicht zwischendurch mal die Ohren zuhalten«, warnte ich sie. Ich meinte natürlich, daß Sachen zur Sprache kommen könnten, die ich vielleicht später offiziell leugnen würde, die Cindy leugnen würde, und die Gloria, falls sie dabeisein sollte, möglicherweise ebenfalls würde leugnen müssen. Unter Eid.
Ich glaube, Gloria verstand. »Ich werde die Toilette aufsuchen, dann hat sie Gelegenheit, unter vier Augen mit dir zu sprechen.« Schließlich verzichtete dann Gloria doch darauf, mich zu begleiten. Ich nehme an, sie wollte nur wissen, ob ich mich weigern würde, sie mitzunehmen, und mit welcher Begründung. Ich wußte, daß alle diese kleinen »Prüfungen«, denen sie mich unterzog, auf ihre Unsicherheit zurückzuführen waren. Manchmal fragte ich mich, ob nicht auch ihr Plan, an der Universität zu studieren, eine Prüfung war und mich herausfordern sollte, ihr einen Heiratsantrag zu machen.
An diesem Freitag abend ging ich also zu dem Rendezvous mit Cindy allein. Glücklicherweise, denn Cindy war nicht bei bester Laune. Sie war ziemlich zerstreut, und es hätte ihre Stimmung bestimmt nicht gehoben, wenn Gloria als Anhängsel mit dabei-

gewesen wäre. In Cindys Augen war Gloria nur eine sehr subalterne Bedienstete des Department, die eigentlich kein Recht hatte, sich in unsere alte Freundschaft einzumischen.
»Dein blondes Zwischenspiel«, nannte sie Gloria. Die Bezeichnung verriet, was sie von unserem Verhältnis hielt.
Ich ging nicht darauf ein. Sie lächelte auf eine Weise, die zugleich ihrem Urteil Nachdruck verlieh und Befriedigung ausdrückte darüber, daß ich es widerspruchslos gelten ließ. Cindy war eine anziehende Frau, sexy auf die Art, wie Gesundheit und Energie gemeinsam oft wirken. Aber ich hatte Jim nie beneidet. Cindy war mir zu schlau und intrigant, und ich konnte nicht gut mit ihr umgehen.
Ich fand sie in einem Zimmer im zweiten Stock des Hotels. Sie saß rauchend auf dem Bett. Neben ihr stand ein Tablett mit einer Teekanne, Milch und einer Tasse – nur einer – und ein großer Martini-Aschenbecher voller Zigarettenstummel, deren Mundstücke mit Lippenstift beschmiert waren. Cindys Anstrengungen, sich das Rauchen abzugewöhnen, waren offenbar vergeblich gewesen. Sie fragte, was ich trinken wollte. Ich hätte ablehnen sollen, bat aber um einen Scotch und gab ihr die Schachtel mit den Grabinschriften und den Ansätzen zu deren Entzifferung oder vielmehr, ich versuchte, sie ihr zu geben. Sie wies sie mit einer müden Handbewegung zurück. »Ich will das Zeug nicht.«
»Gloria hat mir gesagt...«
»Ich habe es mir anders überlegt. Du kannst es behalten.«
»In dieser Schachtel ist nichts, was über Jim oder seine Arbeit irgendwas aussagt«, meinte ich, »darauf wette ich meinen Kopf.«
Sie zuckte mit den Achseln und strich sich übers Haar.
Wir verschwendeten viel Zeit auf die Überredung des Hotelpersonals, uns die Getränke zu bringen, und während wir warteten, unterhielten wir uns über nichts Besonderes. Einen angenehmen Abend stellte ich mir anders vor. Den Ort hatte Cindy bestimmt: das Grand & International, ein heruntergekommenes, altes Hotel am Nordrand der Kensington Gardens, hinter den chinesischen Restaurants von Queensway versteckt.

Sie hatte das Zimmer im voraus bezahlt mit der Erklärung, daß sie ohne Gepäck einzuziehen beabsichtige, da sie dort nur etwa eine Stunde lang mit einem Herrn zu reden haben würde. Ich betrachtete sie in ihrem schicken Kostüm aus schwarz-grünem Schottenkaro. Ein dicker Mantel aus synthetischem Pelz war über das Bett geworfen. Sie war nicht groß und anmutig wie Gloria, aber ihre Figur konnte sich sehen lassen, und wie sie da auf dem Bett lagerte, ließ sie ihre Figur sehen. Ich fragte mich, was die Leute am Empfang unten von ihr hielten. Oder sparte sich das Hotelpersonal in dieser Gegend Vermutungen über die Gäste?
Das Zimmer war sicherlich eines der besten des Hotels, aber trotzdem ein schmutziges Loch. Über einem von mehreren Sprüngen durchzogenen Waschbecken aus blauem Porzellan hing ein Spiegel voller Fliegendreck. Das Bett war groß, mit gepolstertem Kopfbrett und grauen Laken. Cindy sagte, es sei hier angenehm anonym, aber ich glaube, sie verwechselte Anonymität mit Unbequemlichkeit wie viele Leute. Falls die Lage des Grand & International – der Doppelname des Hotels erinnerte an einen Anspruch, den dessen Gründer vor annähernd einem Jahrhundert vielleicht allen Ernstes erhoben hatten – für Cindy eine Garantie darstellte, keine Bekannten zu treffen, von mir konnte ich das nicht behaupten.
Ich war schon oft hier gewesen. 1974 hatte ich eine wunderschöne alte Sauer-Automatik in die Bar mitgebracht. Ich hatte sie einem Mann namens Max verkauft, der mir dann während meines letzten illegalen Grenzübertritts das Leben rettete und seins verlor. Die Pistole war ein Schatz, ein bißchen verkratzt, aber nicht oft gebraucht. Die Doppelmechanik dieses Modells war damals die beste, die zu haben war. Ich nehme aber an, daß Max eine Sauer haben wollte, weil im letzten Krieg die höheren deutschen Offiziere diese Waffe bevorzugten. Max war zwar nicht für die Nazis gewesen, im Gegenteil, aber daß sie was von Waffen verstanden hatten, bezweifelte er nie.
Es verging kaum ein Tag, an dem ich nicht an Max dachte. Wie Dodo war er einer von »Kobys Preußen« gewesen, ein Preuße amerikanischer Abstammung freilich. Max war einer jener seltsamen Männer, die sich von Ort zu Ort, von Job zu Job treiben

lassen und, wo immer sie landen, in schwierige Situationen kommen und Jobs annehmen, die meist nicht nur gefährlich, sondern auch mehr oder weniger illegal sind. Aber Max, ein ehemaliger New Yorker Kriminalbeamter, war anders als die andern: stets kameradschaftlich besorgt um jeden, mit dem er zusammenarbeitete, und besonders um mich, den Jüngsten seiner Mannschaft in Berlin.

Max hatte ein ganz erstaunliches Gedächtnis für Verse, und er zitierte alles mögliche von Goethe bis zu den Liedertexten von Gilbert & Sullivan. Als Amerikaner wußte er nicht immer, wovon Gilbert & Sullivan redeten, und da ich der einzige Brite in seinem näheren Bekanntenkreis war, erwartete er von mir Aufklärung über manche dunklen und typisch britischen Stellen, wie zum Beispiel: »Ein junger Mann von Sewell & Cross, ein junger Mann von Howell & James.« Armer Max, ich habe es ihm nie erklären können.

Aber Max selbst war im Grunde noch unerklärlicher. Er war sich selbst der schlimmste Feind, falls man meinem Vater glauben konnte, aber mein Vater konnte Max nicht ausstehen. In Wirklichkeit verabscheute er den langen Koby und mit ihm alle die »amerikanischen Freibeuter«, wie er sie nannte, in Berlin.

»Hörst du überhaupt zu?« hörte ich Cindy fragen.

»Aber ja doch, natürlich.« Ich nehme an, ich hatte, während ich meinen Erinnerungen nachhing, zu ihrem belanglosen Geplauder nicht häufig genug genickt und gelächelt.

»Ich fahre nach Straßburg«, sagte sie plötzlich, und nun war ich ganz Ohr. Die Hand mit der Zigarette fuhr hoch, so daß eine dünne Rauchfahne in der Luft hing. Dann berührte Cindy ihr Haar. Es war lockig und glänzte, als käme sie eben vom Friseur. Aber ihr Haar sah immer so aus.

»Willst du Urlaub machen?«

»Um Himmels willen! Sei doch nicht so blöde, Bernard. Würdest du denn in Straßburg Urlaub machen?« Wieder gestikulierte sie mit ihrer Zigarette, und ein langes Stück Asche fiel dabei aufs Bett.

»Ein Auftrag?«

»Bist du wirklich so schwer von Begriff, Bernie? Das Europäi-

sche Parlament ist dort, verdammt noch mal!« Als sei sie wütend wegen der verstreuten Asche, drückte sie strafend die erst halb gerauchte Zigarette heftig im Aschenbecher aus.
»Und da willst du nun arbeiten?« Ich fragte mich, warum zum Teufel sie das nicht eher erzählt hatte, als wir über das Wetter sprachen und darüber, wie schwierig es ist, Karten für das Royal Opera House zu kriegen, wenn man nicht irgendwelche Beziehungen hat. Doch dann begriff ich, daß sie mit der Eröffnung hatte warten wollen, bis ich etwas getrunken hatte.
»Das Gehalt ist nicht großartig, und ich muß mein Haus in London verkaufen. Am Sonntag wird die Anzeige in den Zeitungen erscheinen. Der Immobilienmakler, den ich beauftragt habe, sagt, wenn ich nur noch eine Kleinigkeit in Küche und Bad investiere, könnte er den Preis leicht um fünfzehntausend erhöhen, aber ich habe dazu einfach keine Zeit mehr.«
»Aha.«
»Du selbst bist nicht interessiert, nehme ich an?«
»Interessiert woran?«
»Was ist los mit dir heute abend, Bernie? Wärst du an dem Haus interessiert? Ich würde es natürlich lieber einem Freund verkaufen.«
»Ich bin gerade umgezogen«, sagte ich. »Noch mal packen und auspacken, das steh' ich nicht durch.«
»Stimmt. Hab' ich ganz vergessen. Du bist ja jetzt in der hintersten Provinz. Ich würde es in diesen Vororten nicht mehr aushalten. Das ist doch der schleichende Tod.«
»Ja, nun, ich hab' keine Eile damit«, sagte ich. Mir war zumute, als hätte sie mir ganz beiläufig in den Bauch getreten. Ich war in dem Glauben hierhergekommen, daß Cindy noch entschlossener als ich dem Geheimnis auf den Grund gehen wollte, und jetzt mußte ich feststellen, daß sie nur darauf aus war, ihr Scheiß-Haus zu verscheuern. Versuchsweise und ohne Dodo ins Spiel zu bringen, sagte ich: »Ich glaube, in der Sache mit dem deutschen Bankkonto ist mir ein Durchbruch gelungen.«
Sie hatte angefangen, in der teuren Krokodillederhandtasche zu kramen, von der sie sich niemals trennte. »Gut«, sagte sie, musterte den Inhalt ihrer Tasche und zeigte wenig bis gar kein Interesse an meinen Entdeckungen.

Ich fuhr beharrlich fort: »Wie ich höre, ist es bei einer Bank namens Schneider, von Schild und Weber. Ich habe die Adresse im Berliner Telefonbuch gefunden. Wir werden noch ein paar Einzelheiten brauchen.«

»Von Ende der nächsten Woche an werde ich in Straßburg sein.« Sie entnahm ihrer Handtasche ein Päckchen Zigaretten und ein goldenes Feuerzeug.

»Das ist aber verdammt plötzlich.«

Langsam zündete sie sich eine Zigarette an, blies eine Rauchwolke zur Decke und sagte: »Sir Giles hat mich dafür vorgeschlagen.«

»Creepy-Pox hat also wieder einmal zugeschlagen.«

Sie musterte mich mit einem starren Lächeln, das mir zu verstehen gab, daß die Bemerkung sie zwar nicht amüsierte, sie aber deswegen keinen Streit mit mir anfangen wollte.

»Der Job ist gut. Und er ist aus heiterem Himmel frei geworden. Nur deshalb habe ich ihn überhaupt gekriegt. Der Mann, der ihn bisher hatte, ist an AIDS erkrankt. Die beiden anderen Anwärter auf den Posten sind Männer mit Familien und Kindern in schulpflichtigem Alter. Keiner von denen ist imstande, sofort in Straßburg anzufangen. Deshalb muß ich nächste Woche dort sein.«

Ich schluckte die zornigen Worte, die mir als erstes einfielen, herunter und sagte: »Aber als wir zuletzt miteinander redeten, hast du gesagt, daß niemand dir den Mund stopfen würde. Du hast gesagt, du würdest keine Ruhe geben.«

»Ich muß an meine Zukunft denken, Bernard.«

»Und ich soll also alles vergessen?«

»Schrei doch nicht so, Bernie. Ich dachte, du würdest dich freuen und mir alles Gute wünschen. Ich werde dir nicht sagen, was du zu tun hast. Wenn du weitermachen und die Räuber überführen willst, dann werde ich dich nicht aufhalten.«

Geduldig und ruhig sagte ich: »Cindy, es geht nicht darum, irgendwelche Räuber zu überführen. Wenn es so ist, wie ich glaube – wie wir beide glauben –, dann handelt es sich hier um den größten Einbruch des KGB in unser Department, der den Russen bisher gelungen ist.«

»Wirklich?« Es scherte sie einen Dreck. Es war, als spräche ich mit einer Fremden. Dies war nicht mehr die Frau, die sich geschworen hatte, die Wahrheit über die Mörder ihres Exmannes aufzudecken.

»Selbst wenn ich mich irre«, sagte ich. »Um eine Unterschlagung allergrößten Stils handelt es sich auf jeden Fall. Ein Millionending!«

»Das habe ich zuerst auch gedacht«, sagte sie sehr ruhig und sehr herablassend. »Aber wenn man die Sache ein bißchen gründlicher durchdenkt, fällt es schwer, darauf zu beharren, daß da ein gigantischer Schwindel stattgefunden hat und daß der D. G. darin verwickelt sein soll.« Sie lächelte süß wie Saccharin, um die Absurdität der Vorstellung noch zu unterstreichen.

»Der D. G. ist praktisch von der Bildfläche verschwunden.« Ich übertrieb nur wenig. Er kam wirklich nur noch höchst selten ins Büro.

»Gehört auch das Verschwinden des D. G. zu der Verschwörung?« fragte sie mit dem gleichen blöden Lächeln.

»Ich mache keine dummen Witze, Cindy«, sagte ich. Nur mit großer Mühe brachte ich die Selbstbeherrschung auf, dem blöden Weib nicht unter die Nase zu reiben, daß sie schließlich mit der ganzen Sache angefangen hatte. Und daß sie dieses geheime Treffen verabredet hatte, und zwar aus einer Telefonzelle.

»Auch ich mache keine dummen Witze, Bernie. Bitte antworte mir auf die Frage: Willst du wirklich behaupten, daß es da eine Verschwörung gibt, an der Bret Rensselaer, Frank Harrington, der Deputy und vielleicht auch Dicky Cruyer beteiligt sind?«

Das war eine so absurde Verdrehung all meiner Vermutungen, daß ich nicht wußte, wie ich anfangen sollte, sie zu dementieren. Ich sagte: »Laß uns mal annehmen, daß nur ein wirklich über jeden Verdacht erhabenes Individuum ...«

»Der D. G.«, sagte sie wie eine besonders hochnäsige Dame im Publikum, die sich dazu herabläßt, einem Amateurzauberer eine Karte zu nennen.

»Meinetwegen. Laß uns also mal annehmen, der D. G. sei in irgendeinen großen Schwindel verwickelt. Du wirst doch sicherlich einsehen, daß so, wie das Department strukturiert ist, niemand glauben würde, was geschieht. Frank, Dicky, Bret und alle anderen würden ungerührt versichern, daß alles in bester Ordnung ist.«

»Und du bist der kleine Junge, der dem Kaiser sagt, daß er nichts anhat?«

»Nur weil alle sagen, daß alles in Ordnung ist, sollten wir nicht darauf verzichten, uns selbst zu überzeugen. Es passieren seltsame Dinge dort, wo ich arbeite. Ich rede nicht vom Erziehungsministerium, auch nicht vom Gesundheitsamt oder Sozialamt, Cindy. Ich rede von der Stelle, wo die gröberen Sachen laufen.«

»Wenn du meinen Rat willst...« Sie glitt vom Bett und stand auf. Da sie halb aus den Schuhen geschlüpft war, trat sie erst mit dem einen, dann mit dem anderen Fuß voll auf, um sich wieder hineinzuquetschen. »Du solltest aufhören, mit dem Kopf gegen die Wand zu rennen.«

»Wenn man dich reden hört, glaubt man, es macht mir Spaß, mit dem Kopf gegen die Wand zu rennen.«

Sie strich die Aufschläge ihrer Jacke glatt und langte nach ihrem Mantel. »Ich glaube, du willst dich selbst zugrunde richten. Das muß irgendwas damit zu tun haben, daß Fiona dich verlassen hat. Vielleicht fühlst du dich irgendwie schuldig. Aber all diese Theorien, die du ausbrütest... Ich meine, sie führen doch zu nichts, oder? Siehst du denn nicht, daß irgendwo in dir ein Wurm drin ist, der dich auffrißt? Ich nehme an, du willst dir unbedingt weismachen, daß die ganze Welt unrecht hat und nur Bernard Samson im Recht ist.« Das Schloß ihrer Handtasche schnappte zu. »Vergiß diesen ganzen Scheiß, Bernard. Das Leben ist zu kurz, alle krummen Sachen in der Welt gradezubiegen. Ich habe lange gebraucht, das zu lernen, aber von jetzt an werde ich mein eigenes Leben führen und nicht mehr daran denken, die Welt zu ändern.«

»Eine Kleinigkeit könntest du immerhin noch für mich tun, ehe du nach Straßburg gehst.«

»Nicht ehe ich nach Straßburg gehe, und nachher auch nicht. Ich will überhaupt nichts davon wissen, verstehst du, Bernard?«

Ich sah sie an, und sie starrte zurück. Sie war nicht feindselig, nicht einmal trotzig. Sie war einfach eine Frau, die sich entschie-

den hatte. Und ihre Entscheidung war unabänderlich. »Also gut, Cindy. Amüsier dich schön in Straßburg.«
Sie lächelte, durch den freundlichen Ton sichtlich erleichtert. »Mit Gottes Hilfe finde ich vielleicht einen appetitlichen jungen Franzosen, den ich heiraten kann.« Sie zog den Vorhang beiseite, um zu sehen, ob es draußen regnete. Es regnete. Sie knöpfte ihren Mantel zu. »Möchtest du vielleicht den Mercedes kaufen, Bernard? Dunkelgrün, 380 SE. Nur zwei Jahre alt. Macht fünfundzwanzig Meilen pro Gallone.«
»Kann ich mir nicht leisten, Cindy.«
»Fünfundzwanzig auf der Autobahn. Im Stadtverkehr nur ungefähr zwanzig.« An der Tür blieb sie stehen. Ich dachte einen Augenblick lang, sie wollte mir ihre Hilfe doch noch anbieten, aber sie sagte nur: »Das Steuer ist auf der falschen Seite für den Rechtsverkehr, ich kann mir dort steuerfrei einen neuen Wagen anschaffen und muß deshalb den Mercedes verkaufen.«
Schweigend gingen wir die Treppe hinab. Als wir das hell erleuchtete Foyer erreichten, blieb sie stehen und wühlte in ihrer Handtasche nach einer Regenhaube aus weißem Kunststoff, die sie aufsetzte. Wir waren allein, der Empfang war nicht besetzt. Cindy ging zu dem Spiegel an der Wand und prüfte den Sitz ihrer Regenhaube.
»Alles andere nehme ich mit«, sagte sie, während sie sich im Spiegel betrachtete, »Möbel, Fernseher und Video, Hi-Fi und so fort. Diese Sachen sind sehr teuer in Frankreich.«
»Dein Fernseher wird dir in Frankreich nichts nützen«, sagte ich. »Sie haben dort ein anderes System.«
Sie sah mich nicht an. Sie drehte sich um, stieß die Tür auf und ging in die Nacht hinaus, ohne auf Wiedersehen zu sagen. Die schwere Tür klappte hinter ihr zu. Sie dachte wohl, ich versuchte sie zu ärgern.
Zu meinem Wagen hatte ich es ziemlich weit. Die Straße war laut und voll von verschiedensten Fahrzeugen und Leuten. Junge Paare, Skinheads, Punks, Freaks, Prostituierte aller Geschlechter, Polizisten und Diebe. Das Neonlicht bleichte selbst grell bemalte Gesichter. Mein Wagen stand noch unzerlegt an der Stelle, wo ich ihn abgestellt hatte. Kaum war ich aus der Lücke gefahren, war schon ein anderer Wagen drin.

Der Regen wurde heftiger. Mein alter Volvo stotterte und verschluckte sich. Vielleicht gab's in Schweden keinen Regen. Während der Heimfahrt dachte ich nur an Cindys Mercedes. Britisches Rennstreckengrün. Gewachst und poliert, so daß sogar Mr. Gaskell begeistert war. Dazu ein V-8-Motor. Ich fragte mich, was sie wohl dafür wollte.
Als ich in der Balaklava Road ankam, war im Untergeschoß alles dunkel. Die Kinder lagen schon in ihren Betten, und das Mädchen saß in ihrem Zimmer vor einem Fernsehquiz. Gloria war nicht da. Ich hatte vergessen, daß sie kürzlich den wöchentlichen Besuch bei ihren Eltern auf den Freitag verlegt hatte. Wahrscheinlich hatte sie nie auch nur entfernt daran gedacht, Cindy und mir bei unserem kleinen Treffen in der Stadt Gesellschaft zu leisten. Gloria wußte, daß sie sich auf mich verlassen konnte. Ich vergaß immer, an welchen Abenden sie nicht zu Hause war.
Ich öffnete eine Büchse Sardinen und entkorkte eine Flasche weißen Burgunder. Dann schob ich *Citizen Kane* in das Video und setzte mich vor den Bildschirm, das Tablett mit meinem Abendbrot auf den Knien. Aber die ganze Zeit dachte ich nur an Bret Rensselaers Zorn, Jim Prettymans Ermordung, Dodos Hetzereien und Cindy Matthews plötzlichen Sinneswandel.
Als Gloria nach Hause kam, lag ich schon im Bett. Daß sie spät kam, wunderte mich nicht. Ich nahm an, es habe irgendwas mit der »Krise« zu tun, die nach Meinung ihrer Mutter die Ehe ihrer Eltern gefährdete.
Aber wie sich nun diese Krise neuerdings auch entwickelt haben mochte, Gloria kam jedenfalls bester Laune, ja aufgekratzt nach Hause. Ich merkte das schon, ehe sie ins Haus trat. Ihr alter gelber Mini paßte gerade in die Lücke zwischen der Küche und dem Gartenzaun, an dem sich die gehätschelte Glyzinie unseres Nachbarn hochrankte. Der Platz war so eng, daß der Fahrer sich aus der Tür auf der Beifahrerseite ins Freie winden mußte. Dieses riskante Parkmanöver traute sich Gloria nicht jedesmal zu, aber in dieser Nacht hörte ich sie über den Bordstein rumpeln und mit unverminderter Geschwindigkeit auf den Gartenweg fahren, dann mit quietschenden Bremsen halten.

Ehe sie den Zündschlüssel abzog, gab sie im Leerlauf dem Gaspedal noch einen zufriedenen kleinen Tritt. Ich konnte mir ihr triumphierendes Lächeln richtig vorstellen.

»Hallo, Liebster«, sagte sie, auf Zehenspitzen ins Schlafzimmer kommend, eine Plastiktüte in der Hand, die, wie ich wußte, von ihrer Mutter gebackenen ungarischen Walnußkuchen, eine Schüssel hausgemachten Liptoi-Käse, saure Gurken und anderen Proviant enthielt, mit dem sie, seitdem sie von zu Hause ausgezogen war, nach Meinung ihrer Familie regelmäßig versorgt werden mußte.

»Wie war Mrs. Prettyman?«

»Plötzlich sehr wortkarg.«

Gloria sah mich an und versuchte, meinen Gesichtsausdruck zu lesen. »Hat jemand ihr die Pistole auf die Brust gesetzt?«

Ich lachte. »Ja, eine vergoldete. Man hat ihr aus heiterem Himmel einen ruhigen Job bei den Straßburger Bürokraten angeboten, einen Haufen Geld, wenig oder keine Steuern, Gott weiß was sonst noch.«

»Du glaubst doch nicht...«

»Ich weiß nicht.«

»Ich möchte sie nicht bestechen«, sagte Gloria.

»Weil sie mehr verlangen würde, als du zu bieten hast?«

»Nein, das meine ich nicht. Ich halte es für riskant. Sie wäre imstande, alles aufzuschreiben und in die Zeitung zu bringen.«

»Es ist doch nur ein angenehmer Job in Straßburg«, sagte ich. »Nicht einmal die Reporter der Boulevardzeitungen könnten daraus einen Bestechungsversuch machen, es sei denn, Cindy erklärt sich selbst als völlig inkompetent, so daß das Angebot unglaubwürdig wirkt.«

»Vermutlich.« Sie legte die Tüte mit den ungarischen Spezialitäten auf die Frisierkommode und fing an, sich auszuziehen.

»Was ist?« fragte ich, denn ich erkannte ihr selbstzufriedenes Grinsen. So pflegte sie zu grinsen, wenn ich irgendeinen geistesabwesenden Fehltritt begangen hatte, wie zum Beispiel die Katze in die Besenkammer einzusperren oder das für den Milchmann an der Haustür bereitgelegte Geld in die Tasche zu stecken.

»Nichts«, sagte sie, doch der Eifer, mit dem sie sich auszog und ihre Sachen im Zimmer verstreute, verriet mir, daß sie darauf brannte, mir was Lustiges zu erzählen. Ich dachte, es ginge vielleicht um ihre Eltern oder den unsäglichen Dodo, dem man für die Zeit seines Aufenthalts in England jetzt ein bequemes kleines Haus bei Kensington on Thames, für das er keine Miete zu bezahlen brauchte, überlassen hatte.

»Diese Bank«, sagte sie, als sie unter die Decke kroch und sich an mich schmiegte. »Rate mal, wem diese Bank gehört?«

»Bank? Meinst du Schneider, von Schild...«

»Und Weber«, ergänzte sie, noch immer grinsend bei dem Gedanken an den bevorstehenden Spaß. »Genau diese, Liebling. Rate mal, wem sie gehört?«

»Nicht den Herren Schneider, von Schild und Weber?«

»Deinem geliebten Bret Rensselaer gehört sie.«

»Was?«

»Ich wußte, das würde dich aufwecken.«

»Ich war schon wach.«

»Zumindest gehört die Bank der Familie Rensselaer.«

»Wie hast du das rausgekriegt?«

»Ins Yellow Submarine mußte ich dazu nicht einbrechen, Liebster. Die Information ist öffentlich zugänglich. Selbst deutsche Banken müssen ihre Eigentümer offenbaren. Mein Volkswirtschaftslehrer hat die Information bei einer Datenbank für mich abgerufen. Eine halbe Stunde später wußte er auch, wie die Rensselaers an die Bank gekommen sind.«

»Daran hätte ich selbst denken sollen.«

»Hast du aber nicht.« Sie kicherte wie eine Dreijährige.

»Du bist schon ein schlaues Mädchen«, sagte ich.

»Hast du's also endlich gemerkt?«

»Daß du ein Mädchen bist? Doch, habe ich gemerkt.«

»Laß das... jedenfalls vorläufig.«

»Die Familie Rensselaer?«

»Bist du bereit, die Einzelheiten zu hören? Halt dich fest, es geht los: Ein Mann namens Cyrus Rensselaer kaufte einst, vor langer Zeit, 1925 nämlich, Anteile an einem Bankkonsortium in Kalifornien. Bret und seine Brüder arbeiteten für dieses Konsortium, ich nehme an als Direktoren oder so was. Ich kann mich noch genauer erkundigen... Dann, irgendwann während des Zweiten Weltkriegs, starb der Alte. Seine Anteile an der Bank hatte er einer Stiftung vermacht, deren Nutznießer Brets Mutter war. Durch eine komplizierte Fusionsoperation wurde 1953 das kalifornische Bankenkonsortium Teil von Calibank (International) Serco, einer Gesellschaft, die eine große Anzahl anderer Banken, auch im Ausland, aufkaufte. Unter anderem erwarb sie die Anteilsmehrheit bei Schneider, von Schild und Weber.«

»Sonst noch was?«

»Sonst noch was, sagt er! Liebling, du bist unersättlich. Hat dir das schon mal jemand gesagt?«

»Ich mache von meinem verfassungsmäßigen Recht Gebrauch, die Aussage zu verweigern«, sagte ich.

20

Nur Verzweiflung kann mich getrieben haben, mich an diesem Sonnabend auf den Weg zu Silas Gaunt zu machen. Er hatte zwar schon vor Jahren seinen Abschied vom Department genommen, war aber ein höchst einflußreicher Angehöriger in der von Dicky Cruyer behutsam so genannten »Nachrichtendienst-Gemeinschaft« geblieben. Onkel Silas wußte alles und kannte jeden. Er war viele Jahre lang ein vertrauter Kollege meines Vaters gewesen. Überdies war er entfernt mit meiner Schwiegermutter verwandt und Billys Patenonkel.

Vielleicht hätte ich ihn öfter besuchen sollen, aber er verehrte meine Frau Fiona, und ihr Weggang hatte mir Silas entfremdet. Man konnte von ihm nicht erwarten, daß er's gerne sah, wenn ich mit Gloria am Arm bei ihm aufkreuzte – aber konnte er von mir erwarten, daß ich die lange Reise zu seiner Haustür nur deswegen alleine machte? Jetzt machte ich sie allein, und als ich so durch das flache und noch in den Fesseln des Winters liegende Land fuhr, überlegte ich mir, was ich ihm sagen würde. Wo sollte ich anfangen? Jim Prettyman war plötzlich tot und Bret Rensselaer plötzlich wieder lebendig, aber beide Verwandlungen nützten mir nichts. Dodo erzählte jedem, der es hören wollte, daß ich mich mit Fiona verschworen hatte, das Department zu betrügen, und meine wichtigste Verbündete Cindy Prettyman litt plötzlich an der selektiven Amnesie, die eine ersehnte Beförderung manchmal mit sich bringt.

»Onkel« Silas wohnte auf Whitelands, einem Landgut mittlerer Größe in den Cotswolds. Es war ein malerisches Haus, aus braunem Stein erbaut, aber die Türen schlossen schlecht, die

Dielen ächzten, und die niedrigen Deckenbalken spalteten jedem, der groß und unvorsichtig war, den Schädel. Silas muß außerordentlich vorsichtig gewesen sein, denn er war von riesenhaftem Wuchs und dabei so dick, daß er sich nur mit Mühe durch einige der schmaleren Türen quetschen konnte. Irgendein Industriebaron des vorigen Jahrhunderts hatte das Innere des Hauses nach seinem Geschmack renovieren lassen, und so waren Mahagoni und bemalte Kacheln im Überfluß vorhanden, dafür kaum WCs. Aber Silas gefiel es, und inzwischen konnte man ihn sich in einer anderen Umgebung kaum noch vorstellen.
Untertags war er viel beschäftigt. Da gab es Diskussionen mit seinem Gutsverwalter und mit seiner Haushälterin, Mrs. Porter, und mit der Dame aus dem Dorf, die seine Post erledigen sollte, jedoch außerstande war, einen Anrufer abzufertigen, ohne herunterzukommen und Silas persönlich treppauf an den einzigen im Hause vorhandenen Telefonapparat zu schleppen.
Ich blieb unten sitzen und wartete auf seine Rückkehr vom Telefon. Die schmalen, steingefaßten Fenster ließen nur dünne Streifen grauen Nachmittagslichts herein. Die in dem großen steinernen Kamin brennenden Holzkloben erfüllten die Luft mit rauchigem Duft und erhellten flackernd das Wohnzimmer mit dem ramponierten alten Sofa und den bequemen Sesseln, deren Umrisse unter den sackartigen Chintzbezügen nur ungefähr zu erkennen waren. Vor dem Kamin stand ein Tablett mit den Resten unseres Nachmittagstees: eine silberne Teekanne, das letzte Paar von Mrs. Porters frischgebackenen kleinen Teekuchen und ein Topf Konfitüre mit dem handgeschriebenen Etikett »Whitelands-Erdbeeren«. Die Szene hätte hundert Jahre her gewesen sein können, hätten in den fernen Ecken des Zimmers nicht die Lautsprecher der Hi-Fi-Anlage gestanden. Dort verbrachte Silas seine Abende damit, sich seine Opernplatten anzuhören und sich durch seinen bemerkenswerten Weinkeller zu trinken.
»Entschuldige die Unterbrechung«, sagte er, während er sich abmühte, die Tür hinter sich ins Schloß zu ziehen. Er klatschte in die Hände und wärmte sie dann am Fenster. »Frischen Tee?«
»Danke, ich habe genug Tee getrunken«, sagte ich.
»Und für was Stärkeres ist's noch zu früh«, sagte Silas.

Ich antwortete nicht.
»Du erzählst mir einen Haufen Sachen«, sagte er, wobei er den letzten lauwarmen Rest Tee in seine Tasse goß. »Und ich soll sie dir dann schön passend zusammenfügen, wie ein Puzzle.« Er nahm einen Schluck aus der Tasse, verzog aber das Gesicht und stellte sie ab. »Leider sehe ich aber keine logische Verbindung.« Er schniefte. »Entweder ist's heute viel kälter geworden, oder ich kriege eine Erkältung oder... vielleicht beides. Dieser Buchhalter, Prettyman, ist also in Washington von irgendeinem Gangster umgelegt worden, und jetzt hat man seine Frau auf einen feinen Posten nach Straßburg versetzt, ja? Schön für sie, kann ich da nur sagen. Warum soll die arme Frau nicht befördert werden? Ich war immer der Meinung, wir sollten, so gut wir können, für unsere Leute sorgen.«
Ein langes Schweigen folgte dieser Erklärung, bis ich ihn an den Rest meiner Geschichte erinnerte. »Da war auch noch Bret Rensselaer«, sagte ich.
»Ja, der arme Bret. Verdammt anständiger Bursche, dieser Bret. In Erfüllung seiner Pflicht schwer verwundet. Ein Vorfall in der allerbesten Tradition des Dienstes, wenn ich mal so sagen darf. Und doch scheinst du dich darüber zu ärgern, daß er mit dem Leben davongekommen ist.«
»Ich war nur überrascht, als er von den Toten wieder auferstand.«
»Ich weiß nicht, worauf du hinauswillst«, sagte Onkel Silas. »War dir das vielleicht nicht recht?« Er kratzte sich ungeniert zwischen den Beinen. Er war ein seltsamer alter Teufel. Fett und schlampig, mit einem groben Humor und beißenden Witz, deren Opfer nichts zu lachen hatten.
»Da sind einfach zu viele Sachen passiert... komische Sachen.«
»Ich kann dir wirklich nicht folgen, Bernard.« Er schüttelte den Kopf. »Wirklich nicht.« Onkel Silas hatte das Talent, Tatsachen so lange zu verdrehen, bis sie sich seiner Hypothese fügten. »Es bringt uns nicht weiter, wenn du dasitzt und mich feindselig anstarrst, mein lieber Junge.« Er hielt inne, um sich mit einem großen roten Tuch, das er aus der Tasche gezogen hatte, die Nase zu schneuzen. »Ich versuche nur zu verhindern, daß du noch mehr Dummheiten machst.«

»Welche zum Beispiel?«

»Na, zum Beispiel wäre es ein Jammer, wenn du den armen alten Dodo überfallen würdest, um ihn einem hochnotpeinlichen Verhör zu unterziehen.« Der alte Silas war vielleicht der letzte unter den Lebenden, der noch von »hochnotpeinlichen Verhören« redete.

»Hast du ihn gut gekannt?«

»Ja, ich erinnere mich sehr gut an ihn«, sagte Silas. Er lehnte sich in seinen Sessel zurück und starrte ins Feuer. »Sein wirklicher Name war Theodor, Theodor Kiss, er ließ sich deshalb lieber Dodo nennen. Ein eifriger Arbeiter und ein helles Köpfchen. Gutes Examen an der Wiener Universität und administratives Talent. Eine Menge Sprachen und sogar Dialekte. Dodo konnte sich ohne Schwierigkeiten als Deutscher ausgeben. Oder als Österreicher. Ohne Schwierigkeiten.«

»Erstaunlich«, sagte ich.

»Ach, ich weiß, du kannst das auch, Bernard. Aber trotzdem ist es ein ziemlich ungewöhnliches Talent. Nicht viele Deutsche wären dazu imstande, wie ich zu meinem Bedauern habe lernen müssen. Dodo war ein bemerkenswerter Sprachkünstler.«

»Er hat für Gehlen gearbeitet«, sagte ich, um Silas in Erinnerung zu rufen, daß der tüchtige Mann eine Nazi-Vergangenheit hatte.

»Viele der besten Leute waren bei Gehlen. Nach dem Krieg waren sie die einzigen Leute mit Erfahrung, die uns zur Verfügung standen. Ich persönlich habe sie allerdings nie beschäftigt«, sagte Silas, vielleicht um meine Wut zu dämpfen. »Nicht unmittelbar jedenfalls. Ich habe immer einen gewissen Abstand zu den ehemaligen Abwehrleuten gehalten. Der Lange hat ihn genommen... wie nannte er doch diesen Haufen, den er führte?«

»Die Preußen«, sagte ich.

»Richtig. Kobys Preußen. Wie konnte ich das nur vergessen. Schlimm, daß sogar das Langzeitgedächtnis schon anfängt, mich im Stich zu lassen.«

Ich sagte nichts.

»Dein Vater auch. Der wollte nichts mit ihnen zu tun haben. Es war ihm gar nicht recht, als du anfingst, für Koby zu arbeiten.«

»Ich habe mich mit Max zusammengetan«, sagte ich. »Und Max gehörte eben zu Kobys Haufen.«

Silas schniefte. »Du hättest bei deinem Vater bleiben sollen, Bernard.«

»Ich weiß«, sagte ich. Er hatte einen Nerv berührt.

Einige Minuten lang saßen wir schweigend da. »Dein Dodo ist ganz in Ordnung«, sagte Silas endlich, als hätte er gründlich darüber nachgedacht. »Vielleicht ein bißchen zu scharf darauf, seinen Mut zu beweisen, aber das waren alle, die die Seiten gewechselt hatten. Dennoch war Dodo, als er sich erst eingewöhnt hatte, ein loyaler und vernünftiger Agent. Der Typ, von dem ich erwartet hätte, daß er dir sympathisch wäre. Einem Mann wie ihm muß man die eine oder andere Indiskretion schon nachsehen. Was?« Wieder zog er das Taschentuch heraus, um sich zu schneuzen.

»Indiskretion?«

»Ich würde das gleiche über dich sagen, Bernard«, fügte er hinzu, ehe meine Wut überkochte. »Habe es sogar schon gesagt«, beharrte er, um mich nicht im Zweifel darüber zu lassen, daß ich in seiner Schuld stand.

Er hielt inne, vielleicht in Erwartung einer Geste der Zustimmung oder Bestätigung. Ich nickte ohne besonderen Nachdruck. Seitdem ich in seinem Zimmer saß, überlegte ich, wie ich Dodos verrückte Behauptungen über meinen Vater zur Sprache bringen sollte. Silas hatte meinen Vater so gut gekannt wie kaum sonst jemand unter den noch Lebenden. Die beiden hatten in Berlin zusammen gedient, später auch in London. Silas Gaunt konnte sicherlich so ziemlich jedes Rätsel lösen, das mit der Arbeit meines Vaters zusammenhing, wenn er wollte. Wenn er nur wollte. Und das war der Haken. Silas Gaunt verriet Geheimnisse nicht gern, selbst denen nicht, die ein Recht darauf hatten, eingeweiht zu werden. Und ich hatte einen schlechten Zeitpunkt gewählt. Das sah ich ihm an der Nase an. Mein Besuch machte ihm keine Freude, obwohl er lächelte und nickte und freundlich war. Vielleicht machte er sich nur Sorgen um mich. Oder um Fiona und die Kinder. Oder um Dodo. »Ich weiß das«, sagte ich. »Ich weiß es auch zu schätzen.«

»Ich will, daß du mir versprichst, nicht da aufzutauchen und dich wie ein Rasender aufzuführen«, sagte Silas, »sondern hinzugehen und in aller Ruhe ganz versöhnlich mit ihm zu sprechen, so daß er deinen Standpunkt sieht.«

»Ich will's versuchen«, versprach ich.

»Wir alle haben eine Menge alter Kameraden gemeinsam: die Gebhard-Zwillinge, den sogenannten Baron Busch, der dich nach Leipzig mitgenommen hat, Oscar Rhine, der behauptete, über die Lübecker Bucht schwimmen zu können, das aber nicht konnte...« Silas hatte diese Liste verblichener Kollegen in munterem Ton herunterbeten wollen, aber er hielt es nicht durch. Er wischte sich die Nase und versuchte es noch einmal. »Wir alle trauern um dieselben alten Freunde, Bernard. Du, ich, Dodo... es wäre doch sinnlos, wenn wir uns jetzt gegenseitig bekriegen.«

»Ja«, sagte ich.

»Er ist noch länger in diesem Geschäft als du«, sagte Silas. »Komm ihm also nicht herablassend.« Da zeigte sich Silas von seiner schlechtesten onkelhaften Seite. Manchmal fragte ich mich, ob Silas nicht sogar mit dem D. G. in diesem Ton redete, denn ich wußte, daß Silas uns alle als Kinder betrachtete, die mehr oder weniger ungeschickt versuchten, das Handwerk zu erlernen, in dem er Meister gewesen war.

»Nein, Silas«, sagte ich. Eine gewisse Skepsis muß meinem Ton anzumerken gewesen sein, denn ich bemerkte jenes Zucken in seinem Gesicht, das bei ihm immer einen nahenden Zornesausbruch ankündigte.

Aber der Zorn kam nicht zum Ausbruch, zumindest merkte man nichts davon. »Erzähl mir noch einmal von Bret Rensselaer. Will er den Dienst wieder antreten?«

»Er könnte es gar nicht«, sagte ich. »Er ist zu alt und zu krank.«

»Es heißt, er hat Berlin verlangt«, sagte Silas.

»Ja«, sagte ich. »Damals hieß es, daß Frank seinen Adelstitel kriegen und in Ruhestand gehen würde, und Bret sollte dann Berlin kriegen.«

»Und dann würde Bret seinen Adelstitel kriegen und selbst in den Ruhestand gehen«, ergänzte Silas. Niemand hatte gezweifelt, daß es so laufen würde, bis dann plötzlich alles schiefging und Bret niedergeschossen wurde. »Was aber war auf lange Sicht für Berlin geplant?«

Ich sah ihn an und fragte mich, was sich irgendwann wohl jeder im Department mal gefragt haben wird: Weshalb war Silas Gaunt nicht in den Ritterstand erhoben worden, da das doch bei Beamten seines Ranges fast automatisch mit der Pensionierung verbunden war? »Ach komm, Silas«, sagte ich. »Du weißt mehr über die geheimen Gedanken der Herren im Obergeschoß, als ich je rauskriegen werde. Erzähl du es mir.«

»Nein, im Ernst, Bernard. Was, meinst du, war damals geplant? Wenn man Frank zum Zivilisten gemacht und durch Bret ersetzt hätte, dann hätte Bret die Stelle doch auch nur bis zum Pensionsalter behalten können. Sie hätten für Bret kaum eine Sonderregelung beantragen können.«

»Ich nehme an, du hast recht«, sagte ich. »Über solche langfristigen Sachen zerbreche ich mir selten den Kopf.«

»Schade«, sagte Silas, »das ist wirklich bedauerlich.« Er senkte die Stimme, als wolle er mir etwas Geheimes und Wichtiges anvertrauen, ein Trick, den er sich bei seinen Einsatzbesprechungen angewöhnt hatte. »Wenn du ab und zu solche Sachen in Betracht ziehen würdest, dann stünde dir jetzt vielleicht das Wasser nicht bis zum Hals.«

»Ach, wirklich?«

»Ist Dicky Cruyer der richtige Mann für den Posten in Berlin?« Seine Stimme war noch immer leise.

»Er will ihn jedenfalls haben.«

»Dicky hat keine deutschen Beziehungen, stimmt's? Jedenfalls keine, die auch nur einen Pfifferling wert sind. Auf den Posten in Berlin gehört jemand, der eine Nase für die Atmosphäre dort hat, jemand, der ein Gefühl für die Straße hat, jemand, der riechen kann, was los ist, und zwar ohne daß es ihm das Department steckt.«

»Jemand wie Frank?«

»Frank, wie dein Vater, war einer von meinen Schützlingen. Ja, Frank hat seine Sache in Berlin gut gemacht. Aber im Alter wird jeder Mann langsamer. Auf den Posten in Berlin gehört ein beweglicher, jüngerer Mann, der herumkommt. Frank sitzt viel zuviel zu Hause vor seinem verdammten Grammophon.«

»Ja«, sagte ich und nickte ernst. Grammophon? Silas wußte über

Franks außereheliche Liebesaffären genauso gut Bescheid wie ich, aber er erzählte die Geschichte anscheinend lieber auf seine Art. So war er immer schon. »Ich glaube, ich weiß, worauf du hinauswillst, Silas«, sagte ich. Wenn ich ein braver Junge wäre und mit meinen außerdienstplanmäßigen Fragen nicht ständig Schrecken und Verzweiflung verbreiten würde, könnte ich den Job in Berlin bekommen. Darauf wollte er hinaus. Ich glaubte nicht daran.

»Wirklich? Das freut mich aber«, sagte Silas. Ich erhob mich von meinem Sitz. »Würdest du mir dann den Gefallen tun, diesen Dodo ein, zwei Tage lang noch in Ruhe zu lassen...?«

»Eigentlich wollte ich heute abend zu ihm gehen«, entgegnete ich. »Samstag abends ist er immer zu Hause, weil's da irgendwas im Fernsehen gibt, das er unbedingt sehen muß.«

»Nur bis nächste Woche. Zeit zum Abkühlen, ja? Das ist für alle Beteiligten das Beste, mein lieber Junge.«

Ich sah Silas an. Sein Rat war zweifellos gut, aber ich kochte und konnte es nicht erwarten, dem verleumderischen Schwein gegenüberzustehen. Silas starrte zurück, ohne nachzugeben. »Wenn es unbedingt sein muß«, sagte ich schließlich.

»Du wirst deine Entscheidung nicht bedauern«, sagte Silas. »Ich werde mit dem Alten darüber reden. Und über dich.«

»Es war nett von dir, daß du dir Zeit für mich genommen hast, Silas.«

»Warum bleibst du nicht zum Abendessen? Wir könnten eine Partie Billard spielen.« Das Taschentuch in der Hand, hielt er inne wie vom Schlag getroffen, und für einen schrecklichen Augenblick glaubte ich, daß ihm irgend so was tatsächlich passiert wäre, doch dann nieste er.

»Du gehörst ins Bett, Silas«, sagte ich, »du bist schwer erkältet.« Silas bestand nicht auf seiner Einladung. Er war schließlich ein alter Herr mit festen Gewohnheiten. Unangekündigter Besuch war nicht nach seinem Geschmack, und unvorhergesehene Gäste zum Abendessen schon gar nicht. Er wischte sich die Nase und fragte: »Irgendwelche Neuigkeiten von deiner Frau?«

»Nichts.«

»Es muß schwierig sein für dich, aber gib nicht auf«, sagte Silas. »Wann besuchst du mich mal mit den Kindern?«

Ich sah verblüfft auf. Daß eine derartige Invasion seiner wohlgeordneten kleinen Welt ihm willkommen sein könnte, hätte ich nie für möglich gehalten. »Jederzeit«, erwiderte ich verlegen. »Heute in einer Woche? Zum Mittagessen?«
»Großartig!« Er sah aus dem Fenster und sagte: »Ich werde Mrs. Porter einschärfen, das Lendenstück nicht zu sehr durchzubraten. Und danach vielleicht eine Charlotte Russe? Das ist doch was für Billy, nicht?«
Sein Auge für solche Kleinigkeiten überraschte mich immer wieder von neuem; es war ihm also nicht entgangen, wie gierig Billy bei unserem letzten Besuch hier Mrs. Porters Roastbeef und Charlotte Russe vertilgt hatte. »Ja«, sagte ich, »für uns alle übrigens.«
»Dich brauchen wir nicht in Versuchung zu führen, du magst doch alles«, sagte Silas wegwerfend. »Manchmal wünschte ich, du wärst ein bißchen wählerischer.«
Ich verstand, daß dieses Urteil nicht nur meinen Geschmack im engeren Sinne treffen sollte, ließ mich auf eine Diskussion aber nicht ein.

Als ich mich verpflichtet hatte, Dodo nicht sofort zu besuchen, war es mir ernst damit gewesen. Aber je länger ich mir die Sache auf der Rückfahrt nach London überlegte, desto schwerer fiel es mir, bei diesem Vorsatz zu bleiben. Während ich durch die ersten Vororte fuhr, war es dann soweit: Ich beschloß, Silas' Bitte zu ignorieren. Sämtliche Instinkte rieten mir, daß ich ihn mir schnappen mußte, und zwar jetzt.
Dodo war mir inzwischen als hochtalentierter Nassauer schon bekannt, es wunderte mich also nicht, daß er jetzt ein ganzes Haus mietfrei bewohnte. Das Haus gehörte einem ungarischen Ehepaar, dessen Bekanntschaft er bei Glorias Eltern gemacht hatte. Die Besitzer verbrachten ihren Winterurlaub auf Madeira. Es war ein elegantes, altes Haus in Hampton Wick. Ich fand es in einer ruhigen Seitenstraße neben anderen frühviktorianischen Bauten, zwischen dem Fluß und dem Park des Hampton Court Palace.
Es wurde schon dunkel, als ich dort ankam, der Himmel war

violett, und der Mond hatte einen Hof, was angeblich Regen ankündigt. Das Haus Nr. 18 stand einzeln und ein Stück von der Straße zurückgesetzt. Über die Gartenmauer hinweg sah man eine kunstvolle schmiedeeiserne Balkonbrüstung und das wie bei einer Pagode geschwungene Dach des Balkons. Bei dieser bewußt und mit soviel Dekor inszenierten Abgeschiedenheit dachte man sofort an eine dieser Villen, in denen einst vielleicht eine verführerische Konkubine ihre langen und einsamen Tage verbracht hatte.

Ein schmiedeeisernes Tor in der Gartenmauer führte in einen kleinen Vorgarten. Dort blieb ich stehen und sah das Haus näher an. Die Vorhänge waren nachlässig zugezogen, so daß sich an fast allen Fenstern Lichtspalten zeigten. Der Abend war bitterkalt, und außer dem Verkehr auf der Hauptstraße nach Kingston Bridge war kein Geräusch zu hören.

Ich ging die Stufen zur grünen Haustür hinauf. Einen Klingelknopf fand ich nicht, aber einen Messingtürklopfer in der Form eines Löwenkopfs, mit dem ich laut hallend anklopfte. Es dauerte eine ganze Weile, ehe ich drinnen Bewegung wahrnahm. Ich hatte das Gefühl, daß irgend jemand erst einmal aus dem Fenster des Obergeschosses nachgesehen hatte, wer da klopfte. Endlich öffnete mir aber Dodo höchstpersönlich die Tür. Er trug einen weißen Rollkragenpullover, graues Baumwolljackett, graue Cordhosen und Mokassins mit Lederbommeln. »Ahhh! Guten Abend!« sagte er. »Du hast mich also aufgespürt.«

»Kann ich reinkommen?«

Er antwortete nicht gleich. Er hielt sich vielmehr an der Türkante fest und musterte mich von oben bis unten. »Meinetwegen«, sagte er ohne Begeisterung. »Komm rein und trink ein Glas.«

Er führte mich durch ein Entree mit Garderobe und großem Spiegel, ohne mich einzuladen, meinen Mantel abzulegen. Wir betraten einen Raum an der Rückseite des Hauses, fast einen Saal, in dem ein Konzertflügel, ein paar Sessel und verschiedene antike Tischchen standen, auf denen verschiedene Schnupftabakdosen und allerhand Nippes ausgelegt waren. Die viktorianische Tapete faßte das alles in einen Dschungel gedruckter

Vegetation, und das einzige Licht im Raum fiel aus einer Messinglampe geradewegs auf die Noten, die auf dem Flügel aufgeschlagen bereitstanden.
Das Zimmer roch muffig und unbewohnt, die Fensterläden waren geschlossen, und auf dem schwarzen Lack des Flügels lag eine graue Staubschicht. Dodo wandte sich um und sah mir ins Gesicht. »Also, was gibt's?« fragte er. Seine Stimme war hart und streitlustig, und seine Augen blitzten. Ich schrieb das alles dem Alkohol zu, aber sicher konnte man bei Dodo nie sein.
»Also hör mal, Dodo«, sagte ich, »eins sollten wir wohl besser klarstellen...«
Er hatte sich bewegt, als wollte er an mir vorbeigreifen, richtete sich dann aber plötzlich und ohne jede Warnung gerade auf, um mir einen Fauststoß in den Magen zu versetzen, so wuchtig, daß mir der Atem wegblieb. Als ich mich nach Luft schnappend vornüber beugte, schlug er mir mit der Handkante auf den Hals. Es war ein sehr gut plazierter Karateschlag, und augenblicklich stand jeder Nerv meines Körpers in Flammen. Ich krümmte mich und hustete mein Mittagessen aus. So sah ich zu meinem Glück seinen Fuß kommen und konnte dem gemeinen Tritt ausweichen, so daß die Schuhspitze nur meinen Arm streifte.
Mein Mantel hatte mich vor der vollen Wucht seiner Schläge geschützt. Hätte Dodo mir den Mantel im Entree abgenommen, läge ich jetzt schon flach. Noch ein Tritt, aber weit daneben diesmal. Ich versuchte, den Fuß zu packen, aber Dodo war zu schnell für mich. Zu schnell und zu erfahren. Ich hatte Dodo von Anfang an unterschätzt, in jeder Hinsicht: seinen Verstand, seinen Einfluß, seine Bösartigkeit und seine Körperkraft.
Als ich mich aufrichtete, tat mir jeder Knochen im Leibe weh. Ich wich vor Dodo zurück und spürte hinter mir den Flügel. Die Stütze konnte ich gut brauchen, und ich lehnte mich einen Augenblick lang dagegen und wartete auf Dodos nächste Bewegung. Das Licht, das die Noten auf dem Klavier beleuchtete, blendete Dodo. Seine Schläge und Tritte hatten auch ihn ein wenig außer Atem gebracht, aber er wollte mir keine Gelegenheit geben, mich zu erholen. Er ging also wieder auf mich los, langsamer diesmal, breitbeinig, die Hände erhoben. Ich holte

tief Luft. Wenn er richtig traf, konnte er mich mit ein paar von diesen Karateschlägen aus dem Verkehr ziehen, soviel war klar. »Gaaah!« schrie er plötzlich und sprang mich an. Oder war das nur eine Finte, um zu entdecken, wie ich reagierte? Ich ging ein bißchen in die Knie und trat nach seinem Bauch, traf aber ins Leere. Immerhin ließ die Drohung ihn zögern. Dann senkte er den Kopf, und sein nächster Schlag traf meinen Arm, so daß der Schmerz mir für einen Augenblick die Hand lähmte. Aber dann griff ich an. Ein Nierenhaken entriß ihm ein zorniges Grunzen, ich hatte ihm weh getan. Einen Augenblick standen wir im Clinch wie Partner auf dem Tanzboden, dann stieß er sich von mir ab und hämmerte mir dabei auf die Brust.

Er wich so weit zurück, daß er in den Schatten des spärlich beleuchteten Raums fast verschwand. Schwer atmend belauerten wir einander nun aus der Ferne. Mit dem Überraschungselement konnte er nicht mehr rechnen, und außerdem durchschaute ich ihn langsam. Dodo war kein Boxer. Wenn ich ihn in die Finger kriegte, konnte ich ihn bewußtlos schlagen. Aber das war ein großes Wenn. Von der Straße war jetzt das Geräusch eines langsam fahrenden Wagens zu hören. Dodo neigte lauschend den Kopf, aber ein oder zwei Augenblicke später gab der Fahrer Gas, und das Geräusch des Wagens verlor sich in der Ferne.

Klick! Plötzlich hatte er sein Klappmesser in der Hand, und als er langsam näher kam, blitzte die Klinge im Licht auf. Er hielt es niedrig mit aufwärts weisender Spitze, wie ein Mann ein Messer hält, wenn er es ernst meint. »Ich werd's dir zeigen, Samson«, versprach er mit jenem leisen Knurren in der Stimme, das seine besonders bösartigen Äußerungen jedesmal begleitete. »Ich werde dich aufschlitzen!« Sein Gesicht war gerötet, und Speichel triefte aus seinem Mund.

Ich schob mich seitwärts. Die Rückendeckung, die der Flügel mir gewährt hatte, wurde jetzt zur Falle. Ich hatte nicht die geringste Lust, mich aufspießen zu lassen. Ich zog mir den Schal vom Hals und wickelte ihn mir um die Hand. Dabei schob ich mich weiter seitwärts. Aus den Augenwinkeln fixierte ich das größte Stück Nippes in meiner Reichweite, eine große Kristallananas mit silbernen Blättern. Die packte ich und schmiß sie ihm mit aller Kraft vor die Brust. Er grunzte und taumelte zurück, wobei er ein Tischchen umstieß und etwa ein Dutzend Porzellanfiguren zu Boden fielen. Aber ich bekam nicht die Chance, auf die ich gehofft hatte. Dodo fluchte leise auf ungarisch und fand sein Gleichgewicht wieder, ohne sich umzudrehen und nachzusehen, was er angerichtet hatte.

Als er wieder auf mich losging, versuchte ich gerade, die altmodischen Jalousien vor den Fenstertüren aufzukriegen, durch die man in den Garten gelangt wäre. Ich drehte mich nach ihm um und trat hoch genug, um die Hand mit dem Messer zu treffen, aber er war auf den Tritt gefaßt und wich ihm aus, zufrieden lächelnd.

Wieder rückte er mir auf den Leib. Mein Rücken krachte gegen die Jalousie, und dahinter zersprang eine Glasscheibe mit dem Krach eines Pistolenschusses. Dodos Messer zerschlitzte mir den Mantel. Ich griff nach seinem Handgelenk und kriegte es einen Augenblick lang auch zu fassen. Wir standen auf Tuchfühlung. Er stank nach Whisky. Er wand sich mit aller Macht, um freizukommen, und verzweifelt stieß ich mit dem Kopf zu, ihm mitten ins Gesicht. »Bastard!« rief er, riß sich los und wich zurück. Ein kleiner roter Wurm kroch ihm aus der Nase über Mund und Kinn. »Bastard!« wiederholte er. Er nahm das Schnappmesser in die Linke und griff unter sein Jackett. Nun hatte er einen Revolver in der Rechten, ein albernes, kleines Spielzeug, wie es Damen in der Handtasche haben, das aber unter diesen Umständen völlig ausreichte.

Und in dem Augenblick wurde mir auch klar, daß ich ihn nicht schlagen konnte. Dodo hatte jene Ausdauer, Zuversicht und rücksichtslose Entschlossenheit, um jeden Preis zu gewinnen, die einen Olympiasieger auszeichnen.

Und in dem Augenblick hatte ich das Gefühl, daß Dodo mich erwartet hatte. Er war auf mich gefaßt gewesen. Er hatte nicht mit mir reden wollen, nicht einmal gefragt, was ich von ihm wollte. Er hatte sich Revolver und Messer in den Gürtel gesteckt und gewartet, bis ich aufkreuzte. Woher hatte er wissen können, daß ich zu ihm unterwegs war?

»Du kannst schon mal deinen Frieden mit dem lieben Gott

machen, Samson.« Mit demonstrativer Schadenfreude nahm er den Revolver in die linke Hand. Er wollte mir zu verstehen geben, daß er den Revolver nur für alle Fälle hatte. Dodo wollte mich mit dem Messer fertigmachen. Er kam wieder näher, aber vorsichtiger jetzt. Diesmal würde er sich nicht durch meine Tritte, Kopfstöße oder Haken überraschen lassen. Ich versuchte zu erraten, was er mit mir vorhatte. Schon um sicherzugehen, daß ich ihm den Revolver nicht abnahm, mußte er mich mit dem Messer wenigstens verstümmeln. »Bete«, flüsterte er.

Ich hatte Angst, und das sah er mir an. Ich hatte nicht die Absicht, ihn anzugreifen. Sein Standpunkt war gut gewählt. Es gab in der Nähe nichts, das ich hätte nach ihm werfen können, da war kein Teppich, den ich ihm hätte unter den Füßen wegziehen können, es gab keine Türen oder Fenster, durch die ich hätte abhauen können. Außerdem blendete das einzige Licht im Raum jetzt nicht mehr ihn, sondern mich. Deshalb sah ich auch nur schemenhaft, was als nächstes passierte.

Über Dodos Schulter hinweg sah ich eine Gestalt durch die Tür hinter ihm den Raum betreten. Dieser Eindringling bewegte sich geräuschlos und mit der Anmut eines Tänzers. Es war ein schlanker Mann, der einen kurzen, schwarzen Mantel und eine enge Kappe trug. In einer tänzerischen Bewegung erhob er die Hand so hoch, als versuche er, die Decke zu berühren. Dann fuhr diese Hand vertikal auf Dodos Schädel hinab, und man hörte den dumpfen Aufprall von etwas Hartem.

Dodo ächzte wie ein Ballon, aus dem die Luft entweicht, und brach bewußtlos auf dem Boden zusammen. Und dann schien plötzlich das dunkle Zimmer voller Leute zu sein. Irgend jemand stieß mich gegen die Wand und tastete mich ab, während andere den niedergestreckten Dodo und, wie es schien, das ganze Haus durchsuchten.

»Setz dich, Bernie. Setz dich und komm erst mal wieder zu Atem.« Irgend jemand reichte mir ein Glas Whisky, das ich dankbar trank.

»Das ist gerade noch mal gutgegangen, was?«

Ich kannte die Stimme. Prettyman. »Jim!« sagte ich. »Jesus! Bist du das wirklich, Jim? Aber... Warum?«

Ich sah ihn an, aber er wirkte überhaupt nicht freundlich. »Äußerste Geheimhaltung, Bernie.«

»Cindy denkt, daß du tot bist. Was soll denn das alles?« Draußen auf dem Korridor hörte ich das Quäken und Zischen einer Gegensprechanlage. Schubladen wurden aufgezogen, Türen zugeschlagen. »Was zum Teufel soll das alles?«

»Du müßtest wissen, daß du dir die Fragen sparen kannst, Bernie.«

»Für das Department?« Er antwortete nicht.

Er starrte mich an. Seine Haut war weiß, sein Gesicht hart wie das einer Wachsfigur. Er sagte: »Du mußt hier weg. Glaubst du, daß du selbst nach Hause fahren kannst?«

Ich konnte der Versuchung nicht widerstehen, mich vorzubeugen und ihm die Hand auf den Arm zu legen. »Hast du mir deshalb diese Schachtel mit den alten Keilschriften und den Aufzeichnungen vermacht? Sollte ich dir die Sachen aufbewahren? Sollte ich merken, daß du nicht wirklich tot warst?«

Er schüttelte meine Hand ab, stand auf und sah sich in dem düsteren Zimmer um. »Vielleicht«, sagte er. Er stand in der Nähe des Flügels. Nachdenklich berührte er die Tasten und schlug ein paar tiefe Töne an. Das Zimmer war so dunkel, daß die Klavierlampe ein Schlaglicht auf die Tastatur warf und auf seine scheinbar vom Körper abgetrennten Finger.

»Jim«, sagte ich. »Wer hat dir befohlen zu verschwinden? Hat das irgendwas mit Fiona zu tun?«

Gemächlich schlug er ein paar weitere Töne an, die eine traurige kleine Melodie vervollständigten. Dann blickte er auf und sagte: »Bernie, es wird höchste Zeit, daß du lernst, daß das Department nicht für dein Wohlergehen da ist. Es steht nirgends, daß alle Einzelheiten einer Operation vorher mit Bernard Samson abgeklärt werden müssen.«

»Ich rede von meiner Frau, Jim«, sagte ich zornig.

»Na schön, ich rede nicht von ihr, weder mit dir noch mit sonst jemand. Und nun halt den Schnabel, und verdufte von hier. Geh nach Hause, vergiß alles, und überlaß es mir, die Scheiße zu beseitigen, die du gebaut hast.«

»Sonst?«

Es gab eine kleine Pause, in der sich unsere Blicke trafen. »Sonst muß ich dich in meinem Bericht erwähnen. Man hat dir gesagt, daß du Dodo in Ruhe lassen sollst, aber du kannst ja nichts und niemanden in Ruhe lassen, nicht wahr, Bernard? Du mußt einfach in alles und jedes deine verdammte Nase stecken.«
»Silas Gaunt hat dich also hergeschickt?«
Er schlug einen Mollakkord an und ließ ihn ausklingen. »Ich habe dir gesagt, du sollst abhauen, also hau endlich ab.« Er klappte den Deckel über die Tasten. »Meinst du, daß du selber fahren kannst?«
Ich kippte den Rest meines Whiskys hinunter und stand auf. Ich war immer noch wacklig auf den Beinen. »Klar, Jim«, sagte ich. »Um unserer alten Freundschaft willen werde ich dich aus der Sache raushalten. Hör also gut zu: Wenn dich irgend jemand danach fragt – ich meine wirklich jeden –, du bist geradewegs nach Hause gefahren.« Dabei sah er mir in die Augen, und nun lächelte er zum ersten Mal ein wenig, wenn auch ohne großen Nachdruck. »Kein Wort über mich.« Ich dachte, er würde mir die Hand geben, doch er wandte sich ab und stieß Dodos reglosen Körper mit der Schuhspitze an. »Na komm, Dodo«, sagte er, »der Kampf ist vorbei.«

21

»Gehen Sie ins Gefängnis!« Es war nicht unerwartet. Bei jedem Glücksspiel gibt es gewisse Zwänge.

Ich frage mich manchmal, ob das Mißtrauen meiner Generation gegen den Kapitalismus nicht an jenen Sonntagnachmittagen geweckt wurde, an denen unsere Eltern uns am Monopoly-Brett bankrott machten und demütigten. Billy und Sally werden solche Traumata erspart bleiben. Wenn wir mal Monopoly spielen, sind dabei die Hauptsache die Geschichten und die Witze, die wir einander erzählen, und das flüchtige Würfeln zwischendurch nur eine kurze Unterbrechung unserer Unterhaltung.

»Gehen Sie ins Gefängnis. Begeben Sie sich direkt dorthin. Gehen Sie nicht über Los.« Na schön.

Das war jetzt meine Familie. Drei Kinder im Prinzip, denn wenn ich Gloria in Gesellschaft meiner Kinder sah, schien sie mir oft wie ein großes Kind. Wie die beiden war sie jenem plötzlichen Stimmungswandel unterworfen, den Kinder für selbstverständlich halten. Ich sah sie prüfend an an jenem Sonntagnachmittag. Der Tag kündigte schon vielversprechend den Frühling an, die Sonne schien von einem blauen Himmel herunter, und wir saßen in der baufälligen Glasveranda, die vor allem schuld daran war, daß Gloria sich für dieses Haus in der Balaklava Road entschieden hatte. Die Topfpflanzen und Blumen, die hier die Regale füllten, waren zwar nicht selbstgezogen, sondern in der Gärtnerei gekauft, aber mit ihnen wirkte die Veranda wie ein üppiges Paradies, und auf Wirkung kam es Gloria am meisten an.

Die Sonne ließ Gloria noch frischer aussehen – nicht allen, aber vielen Frauen tut sie den Gefallen –, und ich hatte meine junge

Freundin nie schöner gesehen als an jenem Tag. Das Sonnenlicht gab ihrem blonden Haar die Farbe blasser Butter und brachte, wenn sie wie jetzt so ansteckend lächelte, die hohen Backenknochen und wunderbaren Zähne aufs schönste zur Geltung. Und trotz meines gegenwärtigen Elends – oder vielleicht deswegen – verliebte ich mich von neuem heftig in sie.

Nicht nur einmal, sondern oft habe ich mich gefragt, wie ich ohne Gloria die furchtbare Zeit nach Fionas Verrat überstanden hätte. Neben ihrer täglichen Arbeit, ihren Studien zur Vorbereitung auf die Universität und ihren Bemühungen, mir den Haushalt zu führen, kümmerte sie sich um meine Kinder und machte sich Sorgen um mich. Vor allem ist es ihr gelungen, mir meine Selbstachtung wiederzugeben, und das zu einem Zeitpunkt, da durch den Weggang Fionas meine männliche Eitelkeit stark angeschlagen war.

Ich nehme an, ich hätte ihr das alles sagen sollen, aber ich habe es nie getan. In schlechten Zeiten, wenn ich Gloria am dringendsten brauchte, hatte ich zu solchen Geständnissen nicht den Nerv, und wenn zwischen uns alles gut lief, dann schienen sie überflüssig zu sein.

»Du kannst jetzt nicht weiter, du sitzt im Gefängnis«, sagte Sally. »Da kommst du erst raus, wenn du zwei Sechser wirfst.«

»Ach richtig, ich bin im Gefängnis«, sagte ich. »Hatte ich ganz vergessen.«

Sally lachte.

Ich fragte mich, ob die Kinder eine Ahnung von den Schwierigkeiten hatten, die mir ihre Mutter hinterließ, als sie überlief. Sie waren immer höflich zu Gloria, manchmal sogar liebevoll, aber die Mutter konnte sie ihnen natürlich nicht ersetzen. Bestenfalls ließen sie Gloria als eine Art ältere Schwester gelten, und auf diesem Zugeständnis beruhte auch Glorias Autorität. Ich machte mir Sorgen um die drei, und in der Arbeit lief es nicht gut. Dicky Cruyer beklagte sich, daß ich nicht hart genug arbeitete und meinen Schreibtisch nicht leerschaufelte. Ich wandte ein, daß ich nicht an meinem Schreibtisch arbeiten könnte, wenn man mich dauernd als Botenjungen nach Berlin schickte, aber

Dicky lachte nur und sagte, die Spritztouren nach Berlin seien doch die besten Erholungspausen vom alltäglichen Trott. Und Dicky hatte recht. Diese Ausflüge nach Berlin waren mir wichtig. Ich wäre untröstlich gewesen, wenn man mich um diese Gelegenheit gebracht hätte, hin und wieder meine Berliner Freunde zu besuchen.

Aber hatten sich neuerdings alle Leute, denen ich immer vertraut und auf die ich mich verlassen hatte, gegen mich verschworen? Vielleicht wurde ich langsam verrückt; oder war ich's schon? Nachts lag ich wach und versuchte herauszufinden, was da vor sich ging. Die Schlaftabletten, die ich mir aus der Apotheke holte, hatten nicht die gewünschte Wirkung. Stärkere hätte ich mir von einem Arzt verschreiben lassen müssen, und gemäß den Richtlinien für höhere Angestellte muß jeder Arztbesuch gemeldet werden. Schlaflosigkeit schien mir das geringere Übel. So wurde ich von Tag zu Tag schwächer. Am Mittwoch war ich zu der Überzeugung gelangt, daß ich aus dieser scheußlichen Lage nur herauskommen konnte, wenn ich mit jemandem ganz oben sprach. Da der Deputy noch ein grüner Junge und außerdem so etwas wie eine unbekannte Größe war, blieb nur der Director-General, Sir Henry Clevemore. Zu diesem Zweck mußte ich den D. G. natürlich erst einmal auftreiben. Ich nahm mir vor, das vor meinem nächsten Ausflug nach Berlin zu erledigen.

Von seinen Krankenhausaufenthalten abgesehen, lebte Sir Henry in einem protzigen, im Tudorstil erbauten Herrenhaus in der Nähe von Cambridge. In ferner Vergangenheit hatte ich mal ab und zu wichtige Papiere dort hinbringen müssen. Einmal war ich bei dem Alten sogar zum Mittagessen eingeladen. Außer seinen engsten Vertrauten kam so selten jemand zu dieser Ehre, daß Dicky mich anschließend geradezu inquisitorisch ausfragte und sich jedes Wort der Unterhaltung wiederholen ließ.

Wie oft Sir Henry dieser Tage nach London kam, schien auf meiner Etage niemand zu wissen. Allenfalls erinnerte sich dieser oder jener, ihn vor einiger Zeit, gebeugt und mit düsterem Gesicht, den Expreßaufzug betreten gesehen zu haben, der den Alten ohne Zwischenhalt in die oberste Etage beförderte.

Sir Henrys Büro war immer noch dort oben, und man hatte

nichts darin verändert; ein heilloses Durcheinander von alten Büchern, Akten, Nippesfiguren und Souvenirs, die zu häßlich und zu billig waren, als daß er sie in seinem Haus in Cambridge aufbewahren hätte können, andererseits seinem Herzen zu teuer, um sie wegzuschmeißen.

Die unbezwingbare und stets bezaubernde Gloria löste mein Problem, als sie eines Mittags in der Kantine eine Freundin an unseren Tisch rief. Peggy Collier, eine vorzeitig ergraute Dame, die mit Gloria gleich vom ersten Tag an, da sie ihren Dienst bei uns antrat, Freundschaft geschlossen hatte, deutete an, daß Sir Henry jeden Freitag in seinem Büro sei. Sie sagte, jeden Freitagmittag müsse sie eine Kassette mit »dringenden und aktuellen Vorgängen« für den D. G. bereithalten. Die Papiere würden dann durch Kurier zum Cavalry Club in Piccadilly gebracht. Als ich das hörte, fiel mir auch wieder ein, daß im Operationslogbuch an jedem Freitag der Cavalry Club als Kontaktnummer des D. G. angegeben war.

Peggy sagte, die Dokumentenkassette würde stets zwischen fünf und sieben Uhr abends durch Kurier ins Büro zurückgebracht. Die arme alte Peggy nämlich mußte deren Rückkehr abwarten und die vom D. G. durchgesehenen Akten wieder am richtigen Platz einordnen. Manchmal – viel öfter, als ihr lieb war – kam Peggy deshalb nicht rechtzeitig nach Hause, um ein anständiges Essen zu kochen für ihren Mann Jerry – mit J geschrieben, da der abgekürzte Name nicht Gerald, sondern Jerome war –, der als staatlich geprüfter Buchhalter bei der örtlichen Zweigstelle des Finanzamtes arbeitete und deshalb immer früh zu Hause war, auch weil er nicht diese lange Zugfahrt hatte, die Peggy täglich zweimal erdulden mußte wegen der unverschämten Mieten, die überall in der Nähe des Zentrums verlangt wurden, als wenn die Miete, die sie da draußen zahlten, wo sie neben Jerrys Mutter wohnten, nicht schon happig genug wäre. Und wer will schon nach einem harten, langen Arbeitstag mit kalter Küche abgespeist werden? Obwohl ja die Zubereitung eines kalten Abendbrots auch nicht viel schneller geht als die eines anständigen warmen Essens. Und wer kann es sich schon leisten, die Preise zu zahlen, die sie in dem kleinen Laden gerade neben der Bushaltestelle verlangen, der immer bis Mitternacht auf hat – Ausländer führen den, aber man kann gegen diese Leute sagen, was man will, die scheuen jedenfalls harte Arbeit nicht, was man leider von manchen in Pegs Bekanntenkreis nicht sagen kann –, aber wer kann sich die warmen Mahlzeiten zum Mitnehmen, die's da gibt, schon leisten, bei den Preisen, die sie verlangen? Sie haben dort Schweinefleischpasteten, gekochtes Huhn und diese ausländischen Würstchen, die ganz aus Fleisch gemacht sind und die Jerry so gerne ißt, aber Peggy findet, daß sie komisch schmecken wegen der vielen Chemikalien, die da drin sind, jedenfalls schreiben das die Zeitungen, aber kann man wirklich alles glauben, was man in der Zeitung liest?

»Wer macht den Kurier?« fragte ich.

»Jeder, der autorisiert ist, streng geheimes Material zu transportieren.«

»Aha«, sagte ich.

»Und seinen Hund«, sagte sie. »Der Fahrer nimmt die Kassette und den Hund mit. Der Hund geht dann im Green Park spazieren.«

Der Cavalry Club ist nicht einer von diesen »Gentleman's Clubs«, in denen sich heute Schauspieler und Werbefachleute breitmachen. Die einzigen Nichtkavalleristen, denen sich diese heiligen Hallen jemals geöffnet hatten, waren die (nachdem ihr ähnlich exklusiver Club im Januar 1976 hatte geschlossen werden müssen) verwaisten ehemaligen Mitglieder des Guard's Club. Die stille Würde des alten Hauses an dem zur Hyde Park Corner hin gelegenen Ende von Piccadilly macht den elitären und stammesbewußten Mitgliedern alle Ehre. Wenn man erwähnt, daß ihr Club in dem Ruf steht, mehr französischen Champagner zu verbrauchen als irgendein vergleichbares Etablissement, wird man von den geselligen Kavalleristen daran erinnert, daß ihr Haus sich besonderer Beliebtheit als Schauplatz von Regimentsfeiern und privaten Cocktailpartys erfreut, deren fröhlicher Lärm oft bis in den abgeschiedenen, stillen Bezirk der Bibliothek des Clubs dringt.

Sir Henry Clevemore war allein im Schreibzimmer, als ich ihm die Kassette überbrachte. Er hielt sich immer in diesem Raum auf, der im Erdgeschoß lag. Als einziger Raum des Clubhauses ist er direkt von der Straße zugänglich, man kann ihn also betreten, ohne den Haupteingang zu benützen oder Fragen des Pförtners zu beantworten. Hier wurden die Stühle für die Cocktailpartys aufbewahrt sowie ein Billardtisch, den der zuständige Ausschuß nicht dem Sperrmüll übergeben wollte. Der Raum roch nach altem Leder und Politur. Man hörte nichts von einer Cocktailparty, nur die Motoren der Autobusse, die auf der regengepeitschten Straße draußen vorüberkrochen. Sir Henry saß vor einem Schreibpult am Fenster, über ihm an der Wand donnerte mit geblähten Nüstern ein durchgehendes Pferd der Leichten Brigade durch dick aufgetragene Ölfarbe. Unter dem Gemälde, das die Erinnerung jener katastrophalen Kavallerieattacke, bei der die ganze Leichte Brigade draufging, wachhielt, erblickte man hinter Glas und Rahmen getrocknete Blumen aus dem »Tal des Todes« (in das die Leichte Brigade hinabstürmte, damals auf der Krim) und eine Locke aus der Mähne von Wellingtons Lieblingspferd.

»Ach, Sie sind es«, sagte Sir Henry geistesabwesend, als er die Hände nach der Dokumentenkassette ausstreckte.

»Ja, Sir Henry«, sagte ich und gab ihm die Kassette. »Ich hoffe, Sie haben ein paar Minuten Zeit für mich.«

Er runzelte die Stirn, die Kassette vor sich auf dem Pult. So was machte man natürlich nicht. Anständige Leute schlichen sich nicht in jemandes Club ein, um ihm derart die Pistole auf die Brust zu setzen. Immerhin rang er sich ein kurzes Lächeln ab, ehe er in die Tasche griff und einen Schlüssel an einer langen, silbernen Kette zum Vorschein brachte.

»Natürlich, natürlich, großartig, das Vergnügen ist ganz meinerseits.« Er hoffte immer noch, er hätte sich verhört und ich würde mich verabschieden und ihn seinen Akten überlassen.

»Samson, Sir. Aus der Deutschland-Abteilung.«

Er blickte zu mir hoch und rieb sich das Gesicht wie ein Mann, der aus tiefem Schlaf erwacht. Endlich sagte er: »Hmm. Brian Samson. Natürlich.« Er war ein seltsamer alter Knabe, ein schlaksiger, unbeholfener, ausgemergelter Teddybär, dessen

Bärenhaftigkeit durch das rötliche grobe Tweedjackett, das er trug, und sein langes Haar noch betont wurde. Sein Gesicht war faltiger, als ich es in Erinnerung hatte, und seine Gesichtsfarbe war in jenem violetten Ton nachgedunkelt, den manche Krankheiten mit sich bringen.

»Brian Samson war mein Vater, Sir. Ich heiße Bernard Samson.« Der D. G. setzte seine Brille auf und musterte mich fragend. Die Brille hatte seine Frisur in Unordnung gebracht, so daß jetzt über beiden Ohren Haarbüschel wie teuflische Hörner in die Höhe ragten. Die Brillengläser blitzten. Das Gestell war für sein langes, schlaffes Gesicht zu klein und saß nicht richtig auf der Nase.

»Bernard Samson. Ja, ja. Aber natürlich.« Er schloß die Kassette auf, um einen Blick auf die Papiere zu werfen. Er schien sich darauf zu freuen wie ein Kind auf ein neues Spielzeug. Ohne aufzublicken und ohne sonderlichen Eifer sagte er: »Wenn wir diesen Kellner zu fassen kriegen, werden wir Ihnen eine Tasse Kaffee bringen lassen... oder was anderes zum Trinken.«

»Danke, ich möchte nichts, Sir Henry. Ich muß gleich zurück ins Büro, ich fliege heute nachmittag noch nach Berlin.« Ich griff nach dem Deckel der Kassette und drückte sie sachte, aber bestimmt zu.

Staunend sah er auf zu mir. Eine derartige Insubordination kam einem tätlichen Angriff schon sehr nahe, aber ich war geschützt von der glänzenden Ritterrüstung der Selbstgerechten und Unschuldigen. Er ließ sich seinen Ärger nicht anmerken. Er war ein vollendetes Produkt jener britischen Eliteerziehung, deren Ziel die Ausbildung umgänglicher und höflicher Philister zu sein scheint. So bat er mich also, Platz zu nehmen und ihm zu sagen, was ich ihm zu sagen hätte, und mir soviel Zeit zu nehmen, wie ich brauchte.

Im Büro hieß es oft, der Alte sei unzurechnungsfähig, aber meine Vorbehalte, einem verrückten Chef meine Ängste darzulegen, waren bald verschwunden. Ich beschloß, meinen Besuch bei Dodo in Hampton Wick und meine seltsame Begegnung mit Jim Prettyman unter den Tisch fallen zu lassen. Wenn das Department sagte, Jim sei tot, sollte er meinetwegen ruhig tot bleiben. Von Anfang an hörte mir Sir Henry aufmerksam und interessiert zu. Als ich ihm erzählte, was ich über die Gelder in Erfahrung gebracht hatte, die an Bret Rensselaers Firma überwiesen wurden, und erklärte, auf welchen Umwegen sie meines Erachtens nach Berlin gelangt waren, unterbrach er mich wiederholt mit sachlichen Zwischenfragen. Manchmal war er mir weit voraus, und mehr als einmal verstand ich nicht gleich, worauf er mit seinen Fragen hinauswollte. Aber er war ein alter Praktiker und viel zu erfahren, als daß er mir das Ausmaß seiner Kenntnisse oder Ängste offenbart hätte. Das überraschte mich nicht. Ich erwartete vielmehr voll und ganz, daß jeder Director-General jeden Verdacht, seine Angestellten seien Verräter oder hätten sich falsch verhalten, entschieden zurückweisen würde, und ginge es nur darum, daß irgendjemand zu seinem Nachmittagstee regelmäßig einen zweiten Keks bekäme.

»Gärtnern Sie?« fragte er, plötzlich das Thema wechselnd.

»Gärtnern, Sir?«

»Na ja, Gärtnern, Mann, verdammt noch mal.« Er lächelte mir leutselig zu. »Umgraben, Blumen züchten, Büsche, Gemüse, Obst und so.«

Sir Henrys zwanzig Morgen großer Garten fiel mir ein und die Männer, die ich dort bei der Arbeit gesehen hatte. Am Revers trug er eine kleine weiße Rose, ein Hinweis auf seine Herkunft aus dem ländlichen Yorkshire, auf die er so stolz war. »Nein, Sir. Ich gärtnere nicht. Nicht richtig.«

»Ein Mann braucht einen Garten, sage ich immer.« Er sah mich über seine Brillengläser hinweg an. »Haben Sie denn nicht mal ein kleines Stückchen?«

»Doch, ein kleines Stückchen Garten habe ich«, räumte ich ein, da mir jetzt die Wildnis von Unkraut und Brennesseln hinter unserem Häuschen in der Balaklava Road einfiel.

»Juli ist für mich der schönste Monat im Garten, Simpson. Haben Sie eine Ahnung, warum?« Er hob einen Finger.

»Ich fürchte nein, Sir.«

»Im Juli ist alles da, was überhaupt kommen kann. Viele schöne Sachen kann man schon ernten: Himbeeren, rote Johannisbeeren und Kirschen, dazu Bohnen und Frühkartoffeln...« Er hielt inne und sah mich durchdringend an. »Aber wenn irgendwas nicht gekommen ist, nicht aufgegangen ist, vom Regen weggewaschen, beim letzten Nachtfrost erfroren ...« Der Finger zeigte nun auf mich. »Es ist noch Zeit, etwas Neues anzupflanzen. Stimmt's? Juli. 's gibt nichts, was man nicht im Juli pflanzen kann, Simpson. Es ist nicht zu spät, noch einmal anzufangen. Können Sie mir jetzt folgen?«

»Ich glaube, ich weiß, was Sie meinen, Sir«, sagte ich.

»Ich liebe meinen Gemüsegarten, Simpson. Es gibt nichts Schöneres, als das zu essen, was man selbst gezogen hat. Sicherlich wissen Sie das.«

»O ja, Sir.«

»Unsere Welt ist wie eine Zwiebel, Simpson«, sagte er vielsagend und bedeutungsschwer, wobei seine Stimme rauh wurde. »Ich meine natürlich das Department. Das habe ich auch schon der Premierministerin erklärt, als sie sich über unsere unorthodoxen Methoden bei mir beschwerte. Jede Zwiebelschale paßt genau auf die nächste, aber jede Schale ist von der nächsten getrennt und unabhängig: eine *terra incognita*. Folgen Sie mir, Simpson?«

»Ja, Sir Henry.«

Derart bestätigt, fuhr er fort: »*Omne ignotum pro magnifico*. Ist Ihnen diese glänzende Einsicht bekannt, Simpson?« Verlassen wollte er sich aber darauf nicht, weshalb er sie mir in einem kurzen Exkurs erläuterte. »Alles Unbekannte wird für wunderbar gehalten. Das ist die Losung des Department, Simpson ... Wenigstens die Losung der Burschen von der Bewilligungsstelle.« Er lachte.

»Ja, Sir«, sagte ich. »Tacitus, nicht?«

Die Augen hinter den Brillengläsern schienen plötzlich zu erwachen. Der alte Teddybär räusperte sich. »Arrr. Ja. Tacitus gelesen, was? Wissen Sie noch mehr daraus, Simpson?«

»*Omnium consensu capax imperii nisi imperasset*«, zitierte ich, und nachdem ich ihm einen Augenblick lang Gelegenheit gegeben hatte, das zu verdauen, erklärte ich ihm, seinem Beispiel folgend, was es hieß: »Jedermann hielt ihn für fähig zu herrschen, bis er's versuchte.«

Die wäßrigen Augen sahen mich unverwandt an. »Ha! Ein Volltreffer! Ich verstehe, was Sie meinen, junger Mann. Sie fragen sich, ob ich fähig bin, meine Autorität geltend zu machen. Ist es das?«

»Nein, natürlich nicht, Sir Henry.«

Er kratzte sich an der Nase. »Ob ich sie genügend geltend machen kann, um den Grund für Ihre Sorgen und Ängste aufzuklären.« Er wandte den Kopf ab und hüstelte wohlerzogen.

»Nein, Sir.« Ich erhob mich, um mich von ihm zu verabschieden.

Er blickte zu mir auf. »Keine Angst, mein Junge. Ich werde der Sache nachgehen. Ich werde jeden Aspekt dieser Geschichte unter die Lupe nehmen, bis auch der letzte Schatten jedes Zweifels aufgeklärt ist.«

»Danke, Sir.« Er erhob sich schwerfällig, um mir zum Abschied die Hand zu geben, wobei ihm die Brille von der Nase fiel. Ich fing sie noch rechtzeitig auf. Vermutlich passierte ihm das häufig.

Draußen sah ich auf die Uhr. Es war noch reichlich Zeit, meinen Koffer aus dem Büro abzuholen und in die Ebury Street zu fahren, um Werner abzuholen, denn Werner hatte wieder einmal Einkäufe in London gemacht und den Rückflug nach Tegel in der gleichen Maschine gebucht, die ich nehmen mußte. Ich machte mich also auf den Weg zu Fortnum, um vorher noch eine Tasse Kaffee zu trinken. Ich wollte für einen Augenblick allein sein. Ich brauchte Zeit zum Nachdenken.

Dunkle Wolken jagten über die Kronen der Bäume im Green Park, und der Nieselregen war in windgepeitschte, heftige Schauer übergegangen. Touristen stapften grimmig entschlossen durch den Platzregen. Maler, die auf dem Bürgersteig neben dem Park ihre Werke ausstellten, hatten diese mit Plastikbahnen abgedeckt und hinter der Kolonnade des Ritz Zuflucht gesucht. Als ich am Eingang der U-Bahn-Station Green Park vorüber kam, stülpte der Wind einer eben die Treppe heraufkommenden Frau den Regenschirm um, und einem Mann flog der breitkrempige Filzhut davon, mitten auf die Straße. Der Hut hüpfte wieder hoch, ein Wagen wich ihm aus, doch gleich darauf überrollte ihn ein Bus, und ein Zeitungsverkäufer lachte höhnisch dazu. Ein Donnergrollen ertönte. Es war kalt und naß. Ein durch und durch elender Tag. London im Winter.

Manchen Leuten verschafft es eine perverse Befriedigung, im Regen spazierenzugehen. Man hat dabei eine Privatsphäre, die bei schönem Wetter nicht möglich ist. Die Passanten senken den Kopf und stürzen sich, ohne an irgend etwas anderes als ihr eigenes Elend zu denken, in den Regenguß. Ich ging in Gedanken meine Unterhaltung mit dem Director-General durch und fragte mich, ob ich mich richtig verhalten hatte. Irgendwas an den Reaktionen des alten Mannes war mir seltsam vorgekommen. Nicht, daß er kein Interesse gezeigt hätte. Jedes meiner Worte hatte er auf die Goldwaage gelegt. Aber irgend etwas...

Ich betrat Fortnum durch den Haupteingang, durchquerte die Feinkostabteilung und suchte die Teestube auf. Sie war voller Damen mit blauem Haar und Krokodillederhandtaschen, die alle so aussahen, als würden sie daheim sehnsüchtig von ihren kleinen weißen Hunden erwartet. Vielleicht hatte ich mir auch die falsche Zeit ausgesucht. Ich setzte mich an den Tresen und bestellte eine Tasse Kaffee und ein Stück Blätterteig. Es war köstlich. Ich saß einige Zeit in Gedanken versunken da. Nachdem ich die erste Tasse Kaffee geleert hatte, bestellte ich eine zweite. Und dann endlich fiel mir ein, was mir bei meiner Unterhaltung mit dem Director-General merkwürdig vorgekommen war. Er hatte sich meine unerhörten Spekulationen angehört, ohne Entrüstung oder Zorn zu zeigen; nicht einmal überrascht war er.

Ich mußte jegliches Zeitgefühl verloren haben, denn als ich das nächste Mal auf die Uhr sah, hatte ich kaum mehr Zeit bis zu meiner Verabredung. Aber ich beeilte mich, und als ich in der Ebury Street anlangte, war ich nur ein paar Minuten zu spät. Werner – auf dessen deutsche Pünktlichkeit Verlaß war – erwartete mich vor dem Hotel, die Koffer gepackt, die Rechnung bezahlt, den schwarzen Burberry-Regenmantel zugeknöpft und den Regenschirm aufgespannt. Neben ihm stand ein großer

Pappkarton mit der Aufschrift: »Porzellan. Fragile. Nicht werfen.«
»Entschuldige, Werner«, sagte ich. »Es hat alles ein bißchen länger gedauert, als ich dachte.«
»Die Zeit reicht ja noch dicke«, sagte Werner. Der Fahrer öffnete ihm die Tür und verstaute die Porzellankiste im Kofferraum. Sie schien verdammt schwer zu sein. Werner äußerte sich zu diesem großen und lästigen Gepäckstück nicht. Er legte seinen Regenschirm am Vordersitz neben dem Fahrer ab und nahm dann seinen weichen Filzhut ab, um nachzusehen, ob sein Ticket auch noch da war. Tickets und solche Sachen steckte Werner immer unter das Schweißband in seinem Hut. Er war der einzige Mensch in meiner Bekanntschaft, der das tat.
Der Wagen setzte uns bei der Victoria Station ab, wo die direkten Züge zum Flughafen Gatwick abfuhren. Ein Gepäckträger lud Werners Porzellankiste auf einen Karren, wobei Werner um ihn herumwuselte und aufpaßte, daß der Kiste auch nichts passierte. Der Zug war fast leer. Wir fanden mühelos einen Sitzplatz. Werner trug einen neuen leichten grauen Mohairanzug, in dem er wesentlich verwegener aussah als in seiner bisherigen soliden Aufmachung. Aber er hängte seinen Regenschirm so ans Gepäcknetz, daß er auf den Boden abtropfen konnte, legte Hut und Aktentasche behutsam nebeneinander und faltete seinen Regenmantel sorgfältig zusammen. Egal, wie verwegen er auch aussah, die jahrelange Dressur durch die unbeugsame Zena konnte Werner nicht verleugnen. »Teller, Tassen und so weiter«, sagte Werner und berührte den Karton behutsam mit der Spitze seines blankgeputzten Schuhs.
»Ja«, sagte ich. Mir fiel nichts weiter dazu ein.
Als der Zug abgefahren war, sagte er: »Du wirst in Berlin diesmal wahrscheinlich auch Koby besuchen?«
»Den Langen? Vielleicht.« Koby wohnte in einer heruntergekommenen Wohnung in der Nähe des Potsdamer Platzes und ließ sich von ausländischen Journalisten und Schriftstellern hofieren, die über das »echte Berlin« schrieben. Ich ging nicht öfter hin als unbedingt nötig.
»Wenn dieser Dodo für ihn gearbeitet hat, kann dir Koby doch einiges erzählen.«

Ich hatte Werner nichts davon gesagt, daß ich Prettyman getroffen oder mich mit Dodo herumgeprügelt hatte. Niemandem hatte ich das erzählt. »Vielleicht«, wiederholte ich. »Aber das war doch schon vor langer, langer Zeit, Werner. Dodo war damals nichts weiter als ein bösartiger kleiner Speerträger. Ich kann mir nicht vorstellen, daß Koby irgendwas von Bret und dem Geld und all den Sachen weiß, auf die es wirklich ankommt.«

»Über krumme Sachen weiß Koby immer sehr gut Bescheid«, sagte Werner ohne Bewunderung.

Ich beugte mich zu ihm vor und sagte: »Ich habe dem Alten alles erzählt, was ich weiß... fast alles jedenfalls. Von jetzt an ist die Sache das Problem des D. G., Werner. Sein Problem, nicht meines.«

Werner sah mich an und nickte, als dächte er darüber nach. »Soll das heißen, daß du dich um diese ganze Bret-Affäre überhaupt nicht mehr kümmern willst?«

»Kann schon sein«, gab ich zu.

»Laß die Finger davon, Bernard. Der Fall frißt dich noch auf.«

»Wenn ich nur wüßte, welche Rolle Fiona bei diesem Schwindel gespielt hat.«

»Fiona?«

»Sie hatte Zugang zu dem Geld, Werner. Ich erinnere mich, daß ich die Kontoauszüge in der Schublade gesehen habe, in der sie das Haushaltsbuch und das Geld für Mrs. Dias, unsere Putzfrau, aufbewahrte.«

»Bevor Fiona übergelaufen ist, meinst du?«

»Ja, vor Jahren. Ich suchte die Autoschlüssel... Schneider, von Schild und Weber... Ich wußte, daß mir der verdammte Name schon mal irgendwo begegnet war, und letzte Nacht ist mir eingefallen, wo.«

»Aber weshalb hätte Fiona die Kontoauszüge einer Berliner Bank haben sollen?«

»Damals dachte ich, es wären irgendwelche Unterlagen aus dem Büro... vielleicht sogar Fälschungen. Es waren eine Menge Nullen auf diesen Blättern, Werner. Millionen und Abermillionen Deutsche Mark. Jetzt weiß ich, daß die Dinger echt waren, und daß das Geld ihres war. Oder zumindest hat sie's verwaltet.«

»Fionas Geld? Ein geheimes Konto?«

»Kontoauszüge werden den Kontoinhabern zugeschickt, Werner. Das steht nun mal fest.«

»Jetzt ist es zu spät«, sagte Werner. »Sie ist weg.«

»Ich habe dem Alten alles erzählt, was ich weiß«, wiederholte ich, wie um mich selbst daran zu erinnern. »Von jetzt an ist es sein Problem, Werner. Seins, nicht meins.«

»Das hast du schon mal gesagt«, entgegnete Werner.

»Ich habe Ingrid nicht erwähnt. Es gab keinen Grund, ihm diesen ganzen Zirkus mit ihrer Mutter und Dodo zu erklären.«

»Und diese Geschichte mit deinem Vater auch nicht«, sagte Werner.

»Richtig«, erwiderte ich. »Meinst du, ich hätte ihm das erzählen sollen?«

»Entweder hat das Department autorisiert, was Bret mit dem Geld gemacht hat, oder Bret und Fiona haben es geklaut«, sagte Werner mit der für ihn charakteristischen umwerfenden Direktheit. »Hattest du das Gefühl, daß der Alte in die Sache irgendwie eingeweiht war?«

»Vielleicht ist er der begabteste Schauspieler der Welt, aber er machte den Eindruck, als hörte er die Geschichte zum ersten Mal.«

»Es wird ja behauptet, daß er meschugge ist.«

»Davon habe ich nichts bemerkt.«

»Du hast das Richtige getan, Bernie. Ganz bestimmt. Schlag dir die Geschichte jetzt aus dem Kopf, und hör auf, darüber zu brüten.«

Ich sah zu dem großen Karton hinüber. »Was hast du denn da in London gekauft, für das ich nicht würdig genug bin?«

Er lächelte. »Wir hatten das Gefühl, daß wir dich nicht dauernd für Botendienste einspannen können.«

»So wie es gegenwärtig läuft, komme ich jede Woche einmal nach Berlin. Ich kann dir alles mitbringen, was du brauchst.«

»Ingrid will das Hotel anders einrichten, es soll intimer werden. Sie liebt englische Stoffe, englisches Porzellan, die kleinen Blümchenmuster, weißt du. Sie findet, das Hotel sieht zu ungastlich aus, zu klinisch.«

»Es ist ein Berliner Hotel. Es sieht deutsch aus.«
»Die Zeiten ändern sich, Bernie.«
»Ich dachte, Lisl hätte dir gesagt, ihre Schwester hätte keine Kinder«, sagte ich. »Was hat sie gesagt, als Ingrid auftauchte?«
Er nickte, und dann sagte er: »Lisl wußte von Ingrid, aber Ingrid ist illegitim. Sie hat keinerlei Erbanspruch auf das Hotel.«
»Bist du in Ingrid verliebt?«
»Ich? Verliebt in Ingrid?«
»Keine Ausreden, Werner. Dafür kennen wir einander zu gut.«
»Ja, ich liebe Ingrid.« Werner klang beinahe ängstlich, als er das sagte.
»Weiß Zena davon?« fragte ich.
»Zena wird keinen Ärger machen«, antwortete Werner bestimmt. »Ich gebe ihr einfach eine Menge Geld, dann ist sie schon zufrieden.«
Ich sagte nichts. Er hatte natürlich recht. Dem vernichtenden Nachruf auf seine Ehe mit Zena konnte man nicht widersprechen.
»Zena ist in München. Ich hoffe, daß ihr da jemand über den Weg läuft...« Werner sah mich an und lächelte. »Ja, Ingrid und ich... Wir sind glücklich zusammen. Natürlich braucht alles seine Zeit...«
»Ich finde das wunderbar.«
»Du hast Zena nie gemocht, ich weiß.«
»Ingrid ist eine anziehende Frau, Werner.«
»Magst du sie?«
»Ja, ich mag sie.«
»Sie war nie verheiratet. Vielleicht wird's ihr schwerfallen, sich in ihrem Alter noch an die Ehe zu gewöhnen.«
»Ihr seid doch beide noch jung, Werner, was zum Teufel...«
»Das sagt Ingrid auch«, warf Werner ein.
»Gatwick Airport«, sagte die Stimme des Zugführers über die Lautsprecher. Der Zug verlangsamte die Fahrt.
»Danke, Bernie«, sagte Werner. »Du hast mir geholfen.«
»War mir ein Vergnügen, Werner.«
Das Flugzeug startete planmäßig. Wir flogen mit einer kleinen Gesellschaft, Dan-Air, die Stewardessen lächelten, und es wurde

echter Kaffee serviert. Über der Wolkendecke leuchtete die Sonne. Obwohl der Zug fast leer gewesen war, war das Flugzeug bis auf den letzten Platz besetzt. Ich fragte Werner nach den Fortschritten in Lisls Hotel und bekam einen langen, enthusiastischen Bericht über seine Pläne und die harte Arbeit zu hören. Werner war nicht so eitel, Ingrids Beitrag zu verschweigen. Im Gegenteil, er lobte sie über den grünen Klee. Manchmal schien er mir dabei ein bißchen zu übertreiben, aber ich hörte geduldig zu und gab an den passenden Stellen die richtigen Geräusche von mir. Werner war verliebt, und Verliebte fallen nur denen, die in sie verliebt sind, nicht auf die Nerven.

Ich warf einen Blick aus dem Fenster auf die jetzt sichtbare Landschaft unter uns. Deutschland. Das war unverkennbar. Es mag sein, daß die Europäer sich immer ähnlicher werden in der Wahl ihrer Autos, ihrer Kleider, ihrer Fernsehprogramme und ihrer Fertigmahlzeiten, aber unsere Landschaften verraten, wie wir wirklich sind. Die Bundesrepublik Deutschland ist nirgends mehr ländlich. Die deutsche Landschaft ist überall aufgeräumt, rechtwinklig eingeteilt und bebaut, so daß die Kühe ihren Lebensraum mit Mietshäusern teilen und die Bäume des deutschen Waldes überall den Vergleich mit Fabrikschornsteinen aushalten müssen. Den Städten wird ein gewisses Maß an Begrünung zugeteilt, damit die häßlichen Einkaufszentren nicht so auffallen, aber der Jäger muß sein Wild zwischen den Parkplätzen und Swimmingpools endlos sich erstreckender Vorstädte anpirschen.

Hat man jedoch einmal die Grenze nach Osten passiert, wird die Landschaft einsam und friedlich. In der Deutschen Demokratischen Republik ist das Land noch ländlich, man sieht nicht so viele Autos und Neubauten. Hier sind die Bauernhäuser alt und malerisch, und auf den Äckern werden statt Traktoren oft noch Pferde eingesetzt.

Es war ein wunderschöner Abend, an dem wir da in Berlin (West) landeten, auf dieser glitzernden kleinen kapitalistischen Insel inmitten der grünen See kommunistischer Wiesen. Die rote Sonne stand schon tief. Am östlichen Himmel türmten sich hohe Kumuluswolken, während im Westen graue Gewitterwolken über den Horizont verschmiert waren, als habe ein zorniger Gott versucht, sie auszuradieren.

Als wir die Treppe zum Rollfeld hinabstiegen, trug ich Werners Aktentasche, während er unter der Last seiner Porzellankiste schwitzte. Die übrigen Passagiere waren schon unterwegs zur Paß- und Zollkontrolle.

Berlin-Tegel liegt im französischen Sektor von Berlin. So war die Anwesenheit von vier britischen Militärpolizisten am Rande des Rollfelds auffällig, um nicht zu sagen beunruhigend. Sie waren alle vier auf die unnatürlich tadellose Weise angezogen, die man nur bei der Militärpolizei findet. Ihre Schuhe blitzten, ihre Messingknöpfe funkelten, und ihre Uniformen hatten messerscharfe Bügelfalten an allen Stellen, wo Bügelfalten hingehörten.

Als wäre diese ungewöhnliche Präsenz vier britischer »Redcaps« noch nicht genug, bemerkte ich nun auch noch, daß einer von ihnen ein Captain war. Solche Leute stehen selten in der Öffentlichkeit herum, denn ein Captain der Militärpolizei braucht keinen Streifendienst auf Flughäfen, um aufzupassen, daß seine Rekruten nicht schlampig herumlaufen. Auf dem Vorfeld entdeckte ich zwei britische Armeefahrzeuge, einen khakifarbenen Pkw und einen kleinen Lastwagen. Dahinter stand ein blauer Mannschaftswagen mit dem Wappen der Armée de l'Air. Ein paar Meter weiter war auch noch ein Auto der Berliner Polizei. Die Männer, die wartend darin saßen, trugen Sommeruniformen. Ein ganz nettes Polizeiaufgebot für einen praktisch leeren Flughafen.

Als wir das Vorfeld überquerten, nahmen die vier britischen Militärpolizisten Haltung an und starrten zu uns herüber. Der Captain setzte sich in Marsch und schnitt uns den Weg ab.

»Entschuldigen Sie, Gentlemen«, sagte er. Der britische Captain war ein schüchterner junger Mann, dessen breiter Schnurrbart noch sehr pubertär dünn wirkte. »Wer von Ihnen ist Mr. Samson?«

Ich habe mich später oft gefragt, weshalb Werner, ohne einen Augenblick zu zögern, antwortete: »Ich bin Bernard Samson. Was gibt es, Captain?«

Werner hatte ein Nase dafür, wenn irgendwas nicht stimmte, deshalb sagte er das. Noch bevor mir etwas Ungewöhnliches auffiel, ahnte er schon, daß etwas faul war, und das war wirklich schnell.

»Ich muß Sie bitten, mich zu begleiten«, sagte der Captain. Er warf dem Sergeant einen Blick zu – der war ein untersetzter, kräftiger Mann von ungefähr vierzig Jahren und trug eine schwere Pistole am Koppel –, und der Blickwechsel der beiden verriet mir alles, was ich wissen mußte.

»Sie begleiten?« fragte Werner. »Aber warum?«

»Das sollten wir vielleicht besser im Büro besprechen«, erwiderte der Captain. Er wirkte leicht nervös.

»Ich geh' wohl besser mit, Werner«, sagte Werner, seine Rolle weiterspielend.

Ich nickte. Wieso machte Werners deutscher Akzent die Leute nicht mißtrauisch? Vielleicht war ihnen nicht gesagt worden, daß Bernard Samson Engländer war.

Wie um mir etwas zu beweisen, wandte sich Werner an den Captain und fragte: »Bin ich verhaftet?«

»Also...« sagte der Captain. Offensichtlich hatte man ihm mal erzählt, daß eine Verhaftung in der Öffentlichkeit so etwas wie die letzte Zuflucht sei, etwas, das man nur dann macht, wenn nette Worte nicht mehr weiterhelfen. »Nicht direkt. Ich meine... nur wenn Sie nicht freiwillig mitgehen.«

»Also, wir werden das gleich in Ihrem Büro aufklären. Da muß irgendeine dumme Verwechslung vorliegen«, sagte Werner.

»Zweifellos«, sagte der Captain erleichtert. »Vielleicht kann Ihr Freund Ihnen solange das Paket abnehmen?«

»Ich nehme es«, sagte ich.

Der Captain wandte sich an einen seiner Begleiter und sagte: »Helfen Sie dem Herrn, Corporal. Nehmen Sie ihm das Paket ab.«

Ich hatte Werners Aktentasche unter dem Arm. Sie enthielt seinen Paß und alle möglichen anderen persönlichen Papiere. Wenn sie Werner mit auf die Wache nahmen, konnte es ein, zwei Stunden dauern, bis sie dahinterkamen, daß sie den falschen Mann verhaftet hatten. Ich folgte also dem Corporal und Werners Porzellankiste und überließ Werner seinem Schicksal.

Von einem Militärpolizisten begleitet, passierte ich Zoll und Paßkontrolle, ohne kontrolliert zu werden. Vor der Ankunftshalle standen Taxis. Mein Fahrer war ein unrasierter Jüngling in einem schmutzigen roten T-Shirt, auf dem das Wappen der Harvard University fehl am Platz wirkte. »Ich will zu einer Adresse in der Oranienburger Straße. Ich kenne das Haus vom Sehen, weiß aber die Nummer nicht. Fahren Sie erst mal zum S-Bahnhof Wittenau«, sagte ich langsam und deutlich, in Hörweite meines polizeilichen Begleiters. Daran würden sie erst mal zu beißen haben, denn die Oranienburger Straße ist endlos, geht vom Flughafen bis nach Hermsdorf. Keine Straße, in der man sich unbedingt von Tür zu Tür durchfragen will.

Sobald der Flughafen außer Sicht war, erklärte ich dem Fahrer, daß ich's mir anders überlegt hätte und nun zum Bahnhof Zoo wolle. »Also zum Zoo«, wiederholte der Fahrer. Dabei grinste er mich im Rückspiegel an. Die Umgebung des Bahnhofs Zoo hat den Charakter des Times Square in New York: zentral gelegen, aber bevorzugter Aufenthalt von Randexistenzen. Wenn jemand untertauchen wollte, konnte er dort immer jemanden finden, der ihm dabei half. »Alles klar«, sagte der Fahrer. Er dachte sich wahrscheinlich, daß ich die Militärpolizei abhängen wollte, und das fand er gut.

Ja, dachte ich, alles ist klar. Kaum hatte ich ihm mein Herz ausgeschüttet, hatte der verdammte D. G. angeordnet, mich in Berlin zu verhaften. Schlau von ihm, das in Berlin machen zu lassen. Hier war das Militär König. Hier gab es keine bürgerliche Freiheit, die nicht durch Verordnungen, die noch aus der Kriegszeit datierten, außer Kraft gesetzt werden konnte. Hier konnte man mich einfach einsperren und schmoren lassen. Ja, alles klar, Sir Henry. Ich hänge an der Angel.

22

Ich habe keine Ahnung, was ich eigentlich erreichen wollte, außer genug Zeit zu gewinnen, meine Gedanken zu sammeln und auf irgendeinen rettenden Einfall zu warten.

Den Gedanken, mir die stumpfnasige 38er Smith & Wesson und die fünfhundert Pfund in verschiedenen Währungen und kleinen Scheinen, die ich immer in Lisls Hotelsafe aufbewahrt hatte, aus dem Schließfach zu holen, in das ich sic kürzlich transferiert hatte, verwarf ich. Weder bares Geld noch Pulver und Blei würden mir was nützen, wenn das Department hinter mir her war. Ich ließ auch den österreichischen Paß im Futter des Koffers in dem möblierten Zimmer in Marienfelde. Zwar konnte ich mich in einen Österreicher verwandeln, wenn ich meine Stimme eine Oktave anhob und mir beim Sprechen die Nase zuhielt. Aber wozu. Spätestens am Montag würden allen Polizeistellen gute Fotos von mir vorliegen, und dann war es egal, ob ich Österreicher war oder nicht.

Ein Taxi lieferte Werners Porzellankiste im Hotel ab mit einer Nachricht für Ingrid Winter, daß Werner und ich noch zusammen ins Kino gegangen seien.

Jeder, der uns kannte, würde allein eine solche Vorstellung für absurd halten. Aber Ingrid kannte uns noch nicht so gut, und mir fiel kein besserer Vorwand ein, der sie wenigstens zwei, drei Stunden davon abhalten könnte, Nachforschungen anzustellen.

Nicht alles, was ich tat, war so wohlüberlegt. Wie von einem Dämon aus meiner wildbewegten Vergangenheit gehetzt, nahm ich ein zweites Taxi und ließ mich zum Checkpoint Charlie fahren. Es war schon fast Nacht, aber meine Welt neigte sich zur

Sonne und war nicht dunkel. Mein Taxi kroch in der Budapester Straße durch die Horden von müden Touristen, die, Popcorn und Curry-Wurst mampfend, um das längst nicht mehr sensationelle Neon- und Betonwunder des Europa Center herumschlenderten.

»Checkpoint Charlie?« fragte der Fahrer sicherheitshalber noch einmal nach.

»Ja«, sagte ich.

Wir fuhren am Landwehrkanal entlang nach Osten. Das Ufer war menschenleer, obwohl hier mehr geschichtsträchtige Bauten standen als am Kurfürstendamm. Hinter jener dunklen Fassade saß vor noch nicht allzu vielen Jahren der Chef der deutschen Spionageabwehr, Admiral Canaris, und sann darauf, seinen Herrn und Meister zu stürzen. In einem der größtenteils noch zu wilhelminischen Zeiten errichteten neobarocken Paläste, die hier den Zweiten Weltkrieg überstanden hatten, befand sich das Oberkommando des Heeres, und auf einem der Höfe darin wurde Stauffenberg nach dem gescheiterten Putsch erschossen.

Bald hatten wir das dunkle Kanalufer hinter uns gelassen und waren in Kreuzberg. Beim Anhalter Bahnhof fuhr das Taxi am Café Leuschner vorbei, ein Stück die Kochstraße entlang – Berlins Fleet Street – und bog schließlich in die Friedrichstraße ein, von der man geradeaus ins Herz von Ost-Berlin sehen kann. Ich bezahlte das Taxi und erkundigte mich umständlich bei dem amerikanischen Soldaten in der nun schon seit vierzig Jahren behelfsmäßig aufgestellten Wachbaracke, zu welcher Zeit der Grenzübergang geschlossen würde. Durchgehend geöffnet sei der Checkpoint Charlie, bekam ich zur Antwort, Tag und Nacht! Er würde sich später bestimmt an mich erinnern. Wenn ich für die britische Militärpolizei eine Spur hinterlassen wollte, mußte ich dafür sorgen, daß sie deutlich war. Das Department würde zwar auf meine Finten nicht hereinfallen, aber ehe die sich der Sache annahmen, konnte noch einige Zeit vergehen. Es war Freitag abend. Und so mußte Dicky Cruyer irgendwo aufgetrieben werden, wo Jagd und Fischfang ausgezeichnet, die Telefonverbindungen aber miserabel waren.

Auf der Westseite lungerten am Checkpoint Charlie nur ein paar westalliierte Soldaten herum, aber jenseits der Mauer wimmelte es von Bewaffneten, deren Uniformen an diejenigen der einstigen Deutschen Wehrmacht erinnerten. Ich gab meinen Paß einem mürrischen Grenzposten, der ihn einem Vorgesetzten reichte, welcher ihn durch einen Spalt in eine den Blicken der Reisenden verborgene Kammer schob. Dort wurde das Dokument mit Sicherheit fotografiert und auf etwaige geheime Markierungen untersucht. Diese besitzergreifende Haltung gegenüber Ausweispapieren ist typisch für Bürokraten. Ich glaube, Grenzkontrollbeamte betrachten Pässe und Dokumente als Botschaften von anderen Bürokraten in anderen Ländern. Die Inhaber dieser Papiere sind nur die unwürdigen Überbringer.
Ich tauschte den vorgeschriebenen Betrag Westgeld zum amtlichen Wechselkurs in Ostgeld um, was jedesmal ein schlechtes Geschäft war. Wachhabende gingen auf und ab. Touristen standen Schlange. Spiegel auf Rädern wurden unter die Autobusse und Privatwagen gerollt, die den Schlagbaum passierten. Ein neuer glänzender schwarzer Mercedes mit dem Stander einer entlegenen und verarmten afrikanischen Nation stand an einer Schranke hinter einem Jeep der U.S. Army, der das Recht der Siegermächte, in beiden Teilen der Stadt zu patrouillieren, demonstrierte. Die DDR-Wachen waren immer langsam. Alles brauchte seine Zeit. Insbesondere hier. Es sollte mich nicht wundern, wenn Ostberlin noch orthodoxen Marxismus-Leninismus praktizieren würde, lange nachdem überall sonst die Illusionen dieser Ideologie schon auf dem von Marxisten so gern beschworenen Abfallhaufen der Geschichte zur letzten Ruhe gebettet sind. Die Deutschen sind ja auch ihrem Kaiser und dann ihrem Führer länger treu gewesen, als es gut für sie war.
Vom Checkpoint Charlie ist es, auf der Friedrichstraße nach Norden, nicht weit zum Bahnhof Friedrichstraße. Dort verkehren nebeneinander die Fernzüge zwischen Paris und Warschau und die S-Bahn-Züge zwischen West-Berlin und Ost-Berlin. Während ich die Friedrichstraße entlangging – vorbei an den geschwärzten, seit dem Krieg noch nicht restaurierten und angeblich im Besitz irgendwelcher mysteriöser Schweizer

Firmen stehenden Häusern, Firmen, mit denen es sich nicht einmal die DDR verderben wollte –, fiel mir dummerweise zu spät ein, daß man selbst für diese Strecke ein Taxi nehmen sollte, wenn man es eilig hat.

An der S-Bahn-Station Friedrichstraße erwartete mich eine weitere Demonstration der weder Mühe noch Kosten scheuenden Sorgfalt, mit der der erste Arbeiter-und-Bauern-Staat auf deutschem Boden über seine Grenzen wachte. Bei der Ausreise wurde natürlich noch sorgfältiger kontrolliert als bei der Einreise, und es dauerte eine kleine Ewigkeit, bis man mich passieren ließ.

Endlich stand ich oben auf dem windigen Bahnsteig und stieg in den klapprigen, funzelig beleuchteten Zug – vielleicht derselbe Zug, der auf dieser Strecke schon zur Olympiade des Jahres 1936 gefahren war. Ich saß allein im Abteil. Innerhalb weniger Minuten rollte der Zug über die Staatsgrenze der DDR wieder nach West-Berlin zurück. Am Alexanderufer hatte man eine eindrucksvolle Aussicht auf den »antifaschistischen Schutzwall«, hier mit spanischen Reitern und anderen Schikanen besonders eindrucksvoll ausgestattet, vielleicht zur Abschreckung.

Am Bahnhof Zoo stieg ich aus und wartete auf den Zug nach Wannsee, der am Bahnhof Grunewald hält. Mit der Bahn war ich schneller als mit dem Taxi, das um diese Zeit im dichten Verkehr auf dem Ku'damm steckenbleiben würde. Zu Franks Haus ging ich zu Fuß. Ich näherte mich dem Haus vorsichtig, wenn es auch nicht sehr wahrscheinlich war, daß man mir dort auflauerte. Normalerweise wurden zunächst die Grenzübergänge und der Flughafen besetzt. Das an einem Freitagabend und kurzfristig zu organisieren würde die Herrschaften fürs erste vollauf beschäftigen. Frank als der Chef der Berliner Außenstelle stand bereits unter dem besonderen Schutz der Berliner Polizei. Ich nahm an, daß die Verantwortlichen es nicht für nötig halten würden, zusätzlich einen Patrouillenwagen mit dreifacher Besetzung rund um die Uhr vor seine Haustür zu stellen. Ich galt wahrscheinlich als Flüchtling der Sonderkategorie drei: »möglicherweise bewaffnet, aber nicht gefährlich«.

Axel Mauser, einer meiner Berliner Schulkameraden, hat mir als erster gezeigt, wie man an Regenrinnen hochklettert. Bis ich bei ihm in die Lehre ging, hatte ich mich immer mit den Händen hochgezogen, und dementsprechend grauenhaft sahen meine Kleider anschließend aus. Axel aber sagte: »An Tauen klettert man mit den Händen hoch, an einer Regenrinne mit den Füßen.« Und er zeigte mir, wie's die Einbrecher machen, damit die Hände sauber bleiben. Ich weiß nicht, wer ihn das gelehrt hatte, vermutlich sein Vater. Rolf Mauser arbeitete in Lisls Hotel. Er war ein skrupelloser alter Halunke. Rolf würde ich fast alles zutrauen.

Daran dachte ich, als ich zum Fenster von Franks Badezimmer neben dem Schlafzimmer an der Rückseite seines großen Hauses in Grunewald hinaufkletterte. An der Rückseite des Hauses gab es keine Alarmanlagen. Ich wußte das, weil ich bei der Installation der Alarmanlagen in Franks Haus selbst mitgeholfen hatte. Ich wußte auch, daß ich das Badezimmerfenster nur angelehnt, nicht verriegelt finden würde. Frank war ein Frischluftfanatiker. Er hatte mir oft genug gepredigt, wie ungesund es sei, die Schlafzimmerfenster zu schließen, selbst bei kaltem Wetter. Manchmal glaube ich, daß das einer der Gründe ist, weshalb seine Frau nicht mehr mit ihm zusammenlebt. Sie hatte einfach die Nase voll von der eisigen Frischluft im Schlafzimmer. Als ich das einmal Fiona gegenüber vermutet hatte, sagte die zwar, das sei doch lächerlich, aber ich fand es überhaupt nicht lächerlich. Ich kann kalte Schlafzimmer nicht ausstehen. Ungesunde Wärme ist mir lieber.

Frank war natürlich nicht im Bett. Ich hatte das auch nicht erwartet. Deshalb stieg ich ja durchs Fenster ein. Zuerst einmal mußte ich jedoch tausendundeine Flaschen, Tuben und Dosen mit Badeöl, Rasierseife, Shampoo, Zahncreme und weiß der Teufel was noch allem auf dem Fensterbrett vorsichtig zur Seite schieben. Wozu brauchte Frank bloß dieses ganze Zeug? Oder waren das die Hinterlassenschaften seiner Freundinnen?

Endlich konnte ich vom Rahmen aufs Fensterbrett steigen und von dort aus in die Badewanne... Du meine Güte, es war Wasser in der Badewanne. Eine ganze Menge! Konnte dieser verdammte Tarrant nicht mal dafür sorgen, daß der Abfluß im Bad anständig funktionierte? Ich hatte den Schuh voll Seifenwasser. Ekelhaft! Ich mochte Franks Diener nicht, und das Gefühl wurde erwidert. Wenn ich genauer darüber nachdachte, dann war der Hauptbeweggrund, warum ich nicht einfach an die Haustür klopfte, mein Mißtrauen gegen diesen Tarrant. Wenn er mich gesehen hätte, in der Klemme, in der ich jetzt steckte, würde es drei Minuten dauern, und er hätte sich an die Strippe gehängt und mich verpfiffen. Weniger als drei Minuten. Dreißig Sekunden.

Frank war unten. Ich wußte, wo er war. Ich wußte das schon, als ich auf dem Rasen hinter dem Haus an der Regenrinne hochsah. Er saß im Wohnzimmer und hörte seine Duke-Ellington-Platten. Das machte Frank fast immer, wenn er allein zu Hause war. Volle Lautstärke, so daß man Schlagzeug und Blechbläser noch an der nächsten Straßenecke hörte. Frank sagte, daß man diese alten Platten nur dann richtig genießen könne, wenn man sie so laut spielte, wie die Kapellen bei der Aufnahme gespielt hatten, aber ich glaube, Frank wurde allmählich taub.

Es war die Besetzung von 1940 – meiner Meinung nach die beste, die Ellington jemals hatte, Frank war anderer Meinung –, und sie spielte »Cotton Tail«. Kein Wunder, daß Frank nicht hörte, wie ich ins Zimmer kam. Ich hätte einen Mähdrescher über die Schwelle fahren können, und auch das hätte Frank beim Genuß dieses dröhnenden Swing nicht gestört.

Frank saß auf einem Stuhl genau zwischen zwei turmhohen Lautsprechern. Er trug einen gelben Pullover und einen Seidenschal mit Paisley-Muster um den Hals, dessen Enden in den offenen Hemdkragen gesteckt waren. Er hätte eine Rolle in einer von Noël Cowards Gesellschaftskomödien spielen können, nur die große gebogene Tabakpfeife in seiner Faust und die stinkenden Rauchwolken, die mich zum Husten reizten, paßten nicht dazu. Er saß über eine Schallplatte gebeugt und entzifferte die kleine Schrift auf dem Label. Ich wartete, bis er aufblickte.

»Hallo, Frank«, sagte ich so beiläufig, wie ich konnte.

»Hallo, Bernard«, sagte Frank und hob warnend die Pfeife. »Hör dir Ben Webster an.«

Anhören. Was hätte ich sonst tun sollen? Das Tenorsaxophonsolo ging mir durch den Schädel wie ein Elektrobohrer. Doch als endlich der unsterbliche Webster fertig war, drehte Frank den Ton leiser, bis er nur noch laut war.
»Whisky, Bernard?« fragte er. Er goß mir bereits einen ein.
»Danke«, sagte ich dankbar.
»Du bist mir immer willkommen, Bernard. Aber ich wünschte, du würdest einfach an die Haustür klopfen wie andere Besucher auch.«
Wenn Frank wußte, daß es einen Haftbefehl gegen mich gab, dann war er jedenfalls ganz schön gelassen. »Warum?« fragte ich und trank einen Schluck Whisky. Laphroaig. Frank wußte, daß ich den besonders gern trank.
»Damit du mir den Teppich nicht so versaust«, sagte Frank mit einem flüchtigen Lächeln, das seinen Vorwurf wieder zurücknehmen sollte.
Ich sah mir den Teppich an. Mein nasser Schuh hatte Spuren hinterlassen. Man konnte ihnen bis zur Tür folgen, und höchstwahrscheinlich durchs ganze Haus. »Tut mir leid, Frank.«
»Warum mußt du eigentlich jeden Gaul vom Schwanz her aufzäumen, Bernard? Damit machst du deinen Freunden das Leben verdammt schwer.« Frank hatte seine Vaterrolle immer ernst genommen, und er bewies das, indem er immer zur Stelle war, wenn ich ihn brauchte. Manchmal fragte ich mich, was für ein Mann mein Vater gewesen sein mochte, eine so tiefe und treue Freundschaft zu verdienen, von deren Kapital ich jetzt noch zehrte. »Du bist inzwischen zu alt dafür, durch das verdammte Badezimmer einzusteigen. Du hast das als kleiner Junge immer gemacht. Weißt du noch?«
»So?«
»Ich habe extra das Licht angelassen, damit du nicht noch vom Fensterbrett fällst und dir den Hals brichst.«
»Hast du gehört, was passiert ist?« fragte ich. Franks ausweichendes Gerede konnte ich keinen Augenblick länger ertragen.
»Ich wußte, daß du zu mir kommen würdest«, sagte Frank und kam, die Whiskyflasche in der Hand, auf mich zu. Er konnte sich's nicht verkneifen. Es war die Sorte selbstzufriedener Be-

hauptungen, die ich oft genug von meiner Mutter gehört hatte. Warum mußte er so ein altes Weib sein? Sah er nicht, daß er damit alles verdarb? Ich ließ mir noch einen Whisky einschenken. Es war ein Wunder, daß er mir noch nicht gesagt hatte, ich würde zu viel trinken, aber früher oder später würde er auch das in die Unterhaltung einzuflechten wissen.

»Wann hast du es gehört?« fragte ich.

»Daß der Alte angeordnet hat, dich zu schnappen? Ich habe ein ›vertrauliches‹ Fernschreiben deswegen gekriegt, so gegen vier. Aber etwas später wurde die Anordnung widerrufen.« Er lächelte. »Man merkte an der Formulierung, daß irgendjemand in London meinte, der Alte sei jetzt völlig durchgedreht. Dann, ungefähr eine Stunde später, wurde die Anordnung wiederholt. Diesmal mit der Unterschrift nicht nur des D. G., sondern auch des Deputy.« Er blickte auf den Teppich. »Das ist doch hoffentlich kein Fett?«

»Es ist Wasser«, sagte ich.

»Wenn es Fett oder Öl ist, sag's lieber gleich, damit ich Tarrant einen Zettel hinlegen kann, daß er sich schleunigst darum kümmern muß, ehe sich das Zeugs im Gewebe festsetzt.«

»Ich habe dir doch gesagt, daß es Wasser ist, Frank.«

»Nun reg dich doch nicht gleich auf, Bernard.«

»Der Haftbefehl gegen mich ist also nicht aufgehoben?«

»Leider nein. Deine List mit deinem Freund Werner Volkmann hat die Militärs nicht lange zum Narren gehalten.«

»Lange genug.«

»Damit du abhauen konntest, ja. Aber Captain Berry hat einen Mordsanpfiff kassiert.«

»Captain Berry?«

»Na, der junge Captain der Militärpolizei. Wie ich höre, will der kommandierende General ihn deswegen vors Kriegsgericht bringen. Armes Schwein.«

»Captain Berry soll sich zum Teufel scheren«, sagte ich. »Für Militärpolizisten, die mich in den Bau bringen wollen, vergieß' ich wirklich keine Tränen.« Ich sah auf die Uhr, die auf dem Kaminsims stand. Frank, der meinem Blick gefolgt war, sagte: »Hier werden sie dich nicht suchen.«

»Was soll das Ganze eigentlich, Frank?«
»Ich hoffte, das könntest du mir erklären, Bernard.«
»Ich war beim Alten und hab' ihm die Geschichte von Bret Rensselaer und den Bankkonten erzählt.«
»Ich dachte, du hättest endlich aufgehört mit diesem Quatsch«, sagte Frank müde.
»Haben sie dir gesagt, was sie mir vorwerfen?«
»Nein.«
»Wollten sie mich hier einbuchten oder in die Heimat zurückverfrachten?«
»Keine Ahnung, Bernard. Ich weiß es wirklich nicht.«
»Du bist der Leiter der Berliner Außenstelle des Department.«
»Ich sage dir die Wahrheit, Bernard. Verdammt noch mal, ich habe nicht den leisesten Schimmer.«
»Es geht um Fiona, stimmt's?«
»Fiona?« fragte Frank. Er schien ehrlich verdutzt.
»Arbeitet Fiona noch für das Department?«
Das nahm ihm den Wind aus den Segeln. Er nahm einen Schluck aus seinem Glas und sah mich lange an. Jedenfalls kam's mir lange vor. Endlich sagte er: »Ich wünschte, ich könnte ja sagen, Bernard. Wirklich.«
»Das ist nämlich die einzige Lösung, die einen Sinn ergibt.«
»Wie das?«
»Was soll Bret Rensselaer mit zig Millionen Dollar anfangen?«
»Ach, da fällt mir alles mögliche ein«, sagte Frank. Er hatte Bret Rensselaer nie besonders gemocht.
»Geld. Du weißt doch, wie ängstlich das Department seine Ausgaben überwacht. Kannst du wirklich glauben, daß bei der Hauptkasse Millionen so einfach verschüttgehen können, ohne daß sich irgend jemand erinnert, wo sie hingekommen sind?«
»Hmm.« Er zog an seiner Pfeife und dachte darüber nach.
Ich sagte: »Dieses Geld liegt auf geheimen Konten für Zahlungen bereit. Für Zahlungen, Frank.«
»In Kalifornien.«
»Nein. Nicht in Kalifornien. Als ich mich mit Bret in Kalifornien unterhielt, hat das niemanden aufgeregt, außer die Amerikaner. Die allgemeine Aufregung fing erst an, als ich das Geld hierher nach Berlin verfolgt hatte.«

»Berlin?«

»Das haben sie dir also nicht erzählt? Schneider, von Schild und Weber, am Kurfürstendamm.«

Er berührte seinen Schnurrbart mit dem Mundstück seiner Pfeife. »Trotzdem, ich weiß noch immer nicht...«

»Nimm doch mal an, Fionas Überlaufen sei nur der Schlußpunkt eines langfristigen Plans. Nimm an, daß sie da drüben in Ost-Berlin ihre eigene Sache aufzieht. Sie würde eine Menge Geld brauchen, und zwar genau hier, in Berlin, wo leicht ranzukommen ist.«

»Um ihre eigenen Agenten zu bezahlen?«

»Mann, Frank, ich muß dir doch nicht erst erzählen, wozu sie das Geld brauchen würde. Na klar. Für alles mögliche: Agenten, Bestechungen, Spesen. Du weißt, was da zusammenkommt.«

Frank legte mir die Hand auf die Schulter. »Ich wünschte, ich könnte das glauben. Aber ich bin der Leiter der Dienststelle hier, wie du vorhin gesagt hast. Niemand könnte ohne meine Einwilligung dorthin versetzt werden. Das weißt du, Bernard. Hör auf, dir etwas vorzumachen, das paßt nicht zu dir.«

»Nimm doch mal an, die Sache wäre sehr geheim. Bret Rensselaer als ihr Führungsoffizier...«

»Und der D. G. ließe die Operation direkt vom Kabinett autorisieren? Die Erklärung ist genial, aber ich fürchte, die Wahrheit ist einfacher und weniger angenehm.« Er blies eine Qualmwolke aus. »Der Leiter der Berliner Außenstelle wird immer informiert. Über diese Verfahrensregel würde sich nicht mal der D. G. hinwegsetzen. Das war schon immer so, schon als dein Vater noch dabei war. Das wäre das erste Mal.«

»Genauso, wie man zum ersten Mal einen hochrangigen Mitarbeiter des Department am Flughafen verhaften läßt«, sagte ich.

»Der D. G. ist kein Hasardeur. Ich kenne ihn, Bernard. Wir sind im Krieg zusammen in der Ausbildung gewesen. Er ist übertrieben vorsichtig. Auf einen derart abenteuerlichen Plan würde der sich nie und nimmer einlassen.«

»Einen Agenten ganz oben beim Stasi einzuschleusen? Einen Agenten, dem man traut, auf der höchsten Ebene? Denn da ist Fiona doch gelandet, du selbst hast mir das gesagt.«

»Beruhige dich, Bernard. Ich kann verstehen, warum dir die Vorstellung gefällt. Fiona wäre rehabilitiert, und du hättest ganz auf eigene Faust das bestgehütete Geheimnis des Department gelüftet.«
Und außerdem, hätte er hinzufügen können, wäre aus Fionas Liebhaber Bret so ihr Kollege geworden. »Und was ist deine Erklärung?« fragte ich.
»Eine trostlos langweilige, fürchte ich. Aber nach einem bei diesem Geschäft verbrachten Leben findet man rückblickend, daß man immer wieder bizarren Erklärungen nachgelaufen ist, während die Wahrheit banal und offensichtlich war und man die ganze Zeit mit der Nase hätte draufstoßen können.«
»Daß Fiona Haus und Kinder verläßt und beim Stasi in den Dienst geht? Daß Bret das Department um Millionenbeträge betrügt, während er in Kalifornien sitzt und den armen Mann spielt? Daß Prettyman aus Washington zurückbeordert und seiner Frau erzählt wird, er sei umgelegt worden? Daß Onkel Silas mir erzählt, was für ein toller Mann Dodo ist, um gleich darauf zu veranlassen, daß er fertiggemacht und zum Schweigen gebracht wird? Nur war ich zuerst da. Daß ein Haftbefehl gegen mich rausgeht, weil ich dem D. G. darüber berichtet habe? Sind das die trostlos langweiligen Erklärungen, die der Wahrheit entsprechen?«
Frank sah mich an. Silas Gaunts Doppelspiel hatte ich jetzt zum ersten Mal erwähnt – nicht einmal Werner wußte davon –, und ich beobachtete Frank genau. Er nickte, als ginge er in Gedanken noch mal alles durch, was ich gesagt hatte, schien aber nicht überrascht. »Der Haftbefehl ist jedenfalls rausgegangen, ich selbst habe ihn aus dem Fernschreiber gezogen. Willst du ihn sehen?«
»Der Alte will mich verhaften lassen, weil er Angst hat, daß durch meine Fragerei Fionas Tarnung auffliegt. Sie haben mich nach Kalifornien geschickt, nur damit Bret mich überreden könnte, die ganze Sache fallenzulassen. Charles Billingsly wurde nach Hongkong geschickt, weil er vielleicht im Computer auf Brets Scheinfirma gestoßen war. Cindy Prettyman haben sie den Mund gestopft mit einem schönen Job in Straßburg. Weil

Dodo drohte, ihre Geheimnisse auszuplaudern, wurde Prettyman beauftragt, ihm Verschwiegenheit beizubringen.«
»Das sind doch alles nur Zufälle«, sagte Frank. Aber er hörte mir jetzt aufmerksam zu.
»Ich nehme an, sie sind verzweifelt, aber wie verzweifelt sie sind, habe ich erst gemerkt, seitdem ich hier gelandet bin. Als ich mit meinen Fragen zum D. G. ging, ist ihnen erst mal nichts Besseres eingefallen, als mich einzusperren, in der Hoffnung, daß ihnen später eine Idee kommen würde, wie sie mich definitiv zum Schweigen bringen könnten.«
Frank sah mich mitleidig an und sagte: »Setz dich, Bernard, es gibt da noch etwas, das du wissen solltest.«
Ich setzte mich. »Was?« sagte ich.
»Es ist anders, als du denkst. Nach dem zweiten Fernschreiben rief ich in London an und bat um Erläuterung. Ich dachte... unter den Umständen...«
»Du hast mit dem D. G. gesprochen? Heute nachmittag?«
»Das nicht, aber mit dem Deputy.«
»Und?«
»Sir Percy hat es mir im Vertrauen erzählt.«
»Was hat er dir erzählt?«
»Sie haben eine Orange Akte über dich angelegt, Bernard.«
»Über mich?«
Jetzt hätte er noch nein sagen können, aber er tat es nicht. Er sagte: »Ladbrook kommt mit der Maschine morgen früh.«
»Du lieber Himmel!« sagte ich. Eine Orange Akte wird angelegt, wenn jemand vom Department des Verrats beschuldigt wird und glaubhaftes Belastungsmaterial gegen ihn bereits vorliegt. Ladbrook ist der leitende Ermittlungsbeamte. Ladbrook bereitet die Anklage vor.
»Verstehst du jetzt?«
»Du glaubst mir noch immer nicht, was, Frank?«
»Ich wage nicht, dir zu glauben«, sagte er.
»Was?«
»Ich würde lieber glauben, daß der Verdacht gegen dich begründet ist, als daß Fiona da drüben ein doppeltes Spiel spielt. Besonders jetzt, nachdem du dieses Gerede in Gang gesetzt hast.

Hast du darüber nachgedacht, was du da sagst? Hast du dir mal überlegt, was es für Fiona bedeutet, wenn die drüben was spitzkriegen? Dich würden sie hier ins Gefängnis stecken – aber wenn da drüben rauskäme, daß sie, in ihrer Stellung dort...« Er schwieg. Wir dachten beide an Melnikow, der mit einem von Silas' Agentennetzen in Verbindung gestanden hatte. Mehr als ein Dutzend Augenzeugen konnten berichten, wie Melnikow lebendigen Leibes in einen Hochofen gesteckt worden war. Der KGB hatte Wert darauf gelegt, daß die Geschichte sich herumsprach. »Paß ja auf, daß du mit deiner Verteidigung nicht deiner Frau das Todesurteil sprichst«, sagte Frank. »Ob, was du sagst, nun der Wahrheit entspricht oder nicht.«

Ich setzte mich wieder. Es ging mir alles zu schnell. Mir war speiübel, aber es gelang mir, den Brechreiz zu unterdrücken, und ich sah auf die Uhr. »Zeit, daß ich verdufte.« Ich haßte dieses Zimmer. Hier schienen mir immer die schlimmsten Sachen zu passieren. Aber schließlich rannte ich auch jedesmal, wenn mir was Schlimmes passierte, zu Frank. Ich sagte: »Meinst du nicht, daß Tarrant...«

»Ich habe Tarrant für den Abend freigegeben. Kann ich noch irgendwas...«

»Du hast schon getan, was du konntest, Frank.«

»Es tut mir leid, Bernard.«

»Was haben die bloß, Frank? Warum können sie die Jagd nicht einfach abblasen?«

»Was die Wahrheit auch sein mag, eine völlig saubere Unbedenklichkeitsbescheinigung wirst du nie wieder kriegen. Nicht, nachdem deine Frau übergelaufen ist. Das mußt du doch einsehen.«

»Das sehe ich aber nicht ein.«

»Ob deine beunruhigende Theorie nun richtig oder falsch ist, das Department kann einfach das Risiko nicht eingehen, Bernard. Es gab Stimmen genug, die deine Entlassung forderten, kaum daß ihr Weggang bekannt wurde. Und jedesmal, wenn du anfängst, auf eigene Faust herumzuschnüffeln, kriegen sie es mit der Angst zu tun. Du mußt verstehen, Bernard, daß du's ihnen nicht leichtmachst.«

Ich stand auf. »Hast du ein bißchen Geld für mich, Frank?«
»Tausend Pfund, reicht das?«
»Ich hatte nicht damit gerechnet, daß ich schon eine Orange Akte bin. Ich hielt die ganze Sache für eine Art Mißverständnis. Irgendeine übereifrige Interpretation eines Vorschlags des Alten...«
»Es ist hier im Schreibtisch.« Er hatte das Geld so schnell zur Hand wie vorher das Glas und den Laphroaig und das Eis. Er hatte wahrscheinlich alles vorbereitet. Er begleitete mich zur Haustür und sah auf die dunkle Straße hinaus. Vielleicht wollte er sich vergewissern, daß mir niemand auflauerte. »Nimm diesen Schal, Bernard. Verdammt kalt heute abend.« Als ich ihm die Hand schüttelte, sagte er: »Viel Glück, Bernard« und ließ nur zögernd meine Hand los. »Was hast du jetzt vor?« fragte er.
Ich sah über die Häuser und Gärten, sogar von hier aus war der Widerschein der Flutlichtscheinwerfer zu sehen, mit denen die DDR ihre Mauer beleuchtete. Ich zuckte mit den Achseln. Ich wußte es nicht. »Es... es tut mir leid... wegen der Flecken auf dem Teppich.« Dabei nickte ich dankend mit dem Kopf und wandte mich ab.
»Das macht nichts«, sagte Frank. »Solang es kein Fett ist.«